The Number One
Producer
In China

在江湖

张纪中
著

江苏凤凰文艺出版社

侠之大者，为国为民

林谷芳　序

以侠为心，以剑为名

　　武侠小说的存在是中国特质性的一种文化现象，谈武侠，许多人都从《史记》的《游侠列传》《刺客列传》说起，但真说侠，战国四公子之养士，亦乃侠风。侠与士，原有无尽牵连。

　　士，不可不弘毅，但真要负重行远，必以侠气担当，否则就成腐儒。但士虽具侠气，生命真要以侠而直显，却就更须"言必行，行必果，已诺必诚，不爱其躯，赴士之厄困"。简单说，侠所面对的正乃寻常生命之无以匡济处，于是"路见不平，拔刀相助"。

　　这拔刀，是因见及危难，无以事缓，故直接出剑，所以侠者，正须有此即时出剑之本事。剑之于侠，侠之于剑，合称"剑侠"，正乃必然。

　　说侠，小则一人济于社会所不及处，大则在乱世中家国担当。且不只举侠义之纛，更因剑之所指，总须生死相向，固人格乃必鲜烈极致，于时间之流中遂永远夺人眼目，使后人读《游侠列传》《刺客列传》，必慷慨激昂，而叹斯人之未及见也。

　　正因此叹，无论盛世乱世，武侠之于江湖乃未能断，于百姓之心乃未能止，所以有唐之传奇，有宋之"水浒"，有今之武侠。

　　然而说武侠、叹武侠，寻常人也仅止于说与叹而已，可却有人仍相信

人在江湖

能"以历史之真实而为现前之真实",于是尽管已非徒手执剑的时代,却以其他形式之剑,继续抒发乃至体现着这样的生命。

这样的抒发与体现,在当世,不得不提及之一人正乃张导——张纪中先生。

张导以拍武侠——尤其金庸武侠而知名当代,而他每一次将文字转为影像的过程,亦即是"赋小说生命以自己生命,以自己生命为小说生命"的锻炼过程,因不如此,这些鲜明的生命就流于制式平板、浮滥想象,就少了那份我们隐于心中对侠的向往,也就不能生起如读《游侠列传》《刺客列传》般的激昂。

这种艺术与生命之间的互置移情,源自张导强烈的武侠情性,但每一次的互置,又使他这情性更为深化。而这深化,何止是性格的突显,更是眼界的开阔、境界的提升。于是,你跟他谈武侠,这人与剑,已非历史之事,已非小说之言,已非影像之现,更就活生生地体现在他的一言一行中。

直言之,他的终极武侠作品正就是他自己:"以侠为心,以剑为名"的一个当代生命。

这样的生命,你或无以亲炙,却可由此书中得。

因为之序!

林谷芳,禅者,音乐家,文化评论人。

赵季平 序

从兄弟到亲人：我与纪中相识的二十年

张纪中在我的心中是一位极有品位的艺术家，他敏锐的艺术视角、超凡的艺术想象力，造就了他一部又一部上佳的艺术作品，也造就了他在业内的主导地位。老百姓口中的张纪中像神话一般，可见其作品影响之大、之广。我和纪中相识于《水浒传》剧组，那个时候我与张纪中虽然没有工作上的合作，但彼此似乎神交已久，之前我的音乐创作重心主要放在电影音乐中，期间有不少电视剧剧组找我写音乐，都被我婉言拒绝。1996年，电视剧《水浒传》已进入拍摄阶段，剧组的主创人员找到我，请我写该剧的配乐部分，声乐部分他们另请别人创作。

当时我明确表态：如果要写，配乐部分与声乐部分我都写，否则我就不介入。简单的交谈后，我便把此事搁置下来，没想到一个月后，剧组提着沉重的剧本来到西安找我：经全剧组慎重考虑，决定让我独立创作该剧的全部音乐。我读完剧本后，整个剧的音乐形象在我脑子里有了雏形。很快我进入拍摄现场，实地来写。一路陪着我的人就是该剧总制片主任张纪中，在外景地的拍摄现场，纪中对每一场戏每一个人物都了如指掌，他如数家珍般地向我娓娓讲述，绘声绘色，感觉他时而是宋江、时而是林冲、时而又是武松，我完全被他带入了他的梁山世界。

人在江湖

张纪中是剧组的总制片主任，同时也充当了导演的角色，对于音乐的要求都是纪中来跟我谈，剧作整体气质的把握和表现力也都是出自他的想法。这是纪中的风格，在后来的剧作中纪中也延续了这个风格，因此我们可以感受到，每一部作品都带着张纪中的烙印。

此刻的我心里涌动着每一个人物的音乐形象，以至于我在创作时有如神助般的撒笔，写出了《天时地利与人和》《公道在人间》，又几经打磨后，脍炙人口的《好汉歌》横空出世。这是我第一次"触电"，没想到如此顺利、如此愉快。由此我和张纪中结下了梁山好汉般的兄弟情谊。接下来我与张纪中又有了《笑傲江湖》《天龙八部》《青衣》等等一系列掷地有声的艺术作品。

纪中对于音乐很有想法也很有要求，总带着我和词作者一同讨论音乐的创作，很多作品的灵感和打磨都是在讨论的过程中实现的。

这些讨论一直延续到工作之外，延续到十几年的生活中。这些年来，我与纪中经常联系，讨论对于影视音乐的看法。

再后来，我和纪中竟有了家人般的牵挂。2013年夏季，我突然重病，纪中不知从何处得到消息，立即放下手中工作，千里迢迢赶到西安看我。

那时我刚刚手术没几天，身体极度虚弱，我看见纪中眼中充满焦急担忧、心痛。"季平，你怎么了？别吓我……"纪中就是这么朴实、这么纯真，每一个字都滚烫在我心里，让我刻骨铭心一辈子，无形中给予了我战胜病魔的支持。

后来我才知道，我生病的那几天纪中似乎有所感应般在微信上三番四次找我，见我没有回应后更加心焦，于是找到我儿子，才得知了我的病情。

纪中看到我躺在病床上的样子，眼中涌出泪水，我看到他关切的样子，也流下了眼泪。二十年的时光，早已将我们之间的友情变成了亲情。这些年来，虽然我们见面的机会不多，但是彼此之间的牵挂却越来越多，亲情越来越浓。在微信里一段文字一个语音，我们便融化在相知相惜的幸福中……

　　纪中总是忙碌着,这几年他能静下心来,有所思考、有所领悟,写成这本书,对于关心影视行业的朋友、对于有志于影视艺术的年轻人、对于普通读者,都是一件好事。

　　赵季平,著名作曲家、教授、博士生导师。

人在江湖

倪匡 序

我与张纪中相识，是金庸带他来与我们一同吃饭。张纪中言谈爽快，我们几个性情相对，快意酣畅。行走江湖的张先生是个痛快人，是个明白人，是个能做朋友的人，金庸和我都很喜欢他。

张纪中就是张纪中，张纪中的江湖也是金庸的江湖。张纪中把武侠剧拍得路人皆知，是个了不起的制片人。他拍得很好，应该一部部拍下去。

这几年他写了些东西，给大众呈现了张纪中荧幕之外的江湖之路，其中滋味千万，还由读者去评判。我的观后感是：好玩的人写了这本好看的书，很值得一读。

倪匡，笔名卫斯理，著名作家。

韩美林 序

处庙堂之高则忧其民，处江湖之远则忧其君。有人的地方就有江湖，能把江湖和忧虑联系起来的是范仲淹诗人式的悲悯担当，而把江湖和有血有肉的生命联系起来的则是张纪中侠客般的快意豪情。读张纪中的生命感悟，体会中国社会与人生哲学的生生不息。

韩美林，国家一级美术师，清华大学美术学院教授，中央文史馆研究员。

人在江湖

王旭烽　序

有一类艺术家的天命，是只描述自己投射出去的那个世界，对应在张纪中导演身上，实在最合适不过。他是个一意孤行者，从17岁开始进入生活到70岁蓦然回首，他相当固执地用他的每一幅视频宣告自己的理念，忠于心中汹涌澎湃的艺术浪潮，从不对自己的精神追求和艺术思考改弦更张；他又仿佛生来便是江湖大侠，行走其间，本来侠气冲天，何意百炼钢，却化为绕指柔肠，散落成吉羽片光，降临在纸上……我感觉他就像一头大象，卷着他的艺术，沉重而庄严地向世界走来，世界在他面前只好让步了。

王旭烽，著名作家，茅盾文学奖获得者。

戴敦邦　序

讲中国故事的影视导演——张纪中

　　自改革开放以来，中国尤为重视优秀传统文化的传播。当年中央电视台组织全国的文艺工作者与影视力量，先后将中国的四大名著改编成了电视连续剧。为弘扬中华文化和传统美德精神，以全国人民喜闻乐见的电视剧形式来讲好中国故事。

　　吾亦有缘，经作家诗人白桦兄举荐认识了当年正筹拍电视剧《水浒传》的中央电视台总制片主任张纪中先生。并荐说吾入盟《水浒传》摄制组为主创人员，做该剧的人物造型，绘制前期诸多人物造型的创作设计，是为日后导演正式开拍前遴选演员以及人物造型、化妆、服装等具体形象安排做准备，要把原著的文字描写复原为北宋末期的那场可歌可泣的农民起义至失败的壮烈悲剧。所以当与纪中初会，只见他伟岸身材，浓眉大眼，活脱一条水浒汉子，说话亦为单刀直入：此番邀戴老加盟电视剧拍摄前的剧中人物造型设计，也为以往未见先例，但中央电视台事成后不可能支付多大报酬的。未知意下如何？

　　吾看在诗人白桦兄的介绍，与彼此的情分，脱口而出：中央电视台既选中戴某，给钱亦画，一分钱不给亦画。因为我画的水浒为最好！

　　三人就言出如山，一拍定局了。我花了近一整年的时间，在京沪两地

人在江湖

往返，赶制此画。

因为当时全剧剧本尚未全部敲定，多有反复，因此说定：要绘制的剧中造型人物不时增添且大大超越原定的数量。作为总制片主任张纪中，且又豪言壮语般铁板承诺，吾见颇似为难，再次表态，为剧情需要而增添之人物造型，仍以事前承诺不需增酬。吾每次去京到摄制组基地，纪中总亲驾车迎送，而在京期间亦多有两边问师访友冗事，作为主任的纪中反成了我的专职司机了。

吾亦由此陪同他广结影视同行之外的诸多文艺人士，这也是他日后在国内声名鹊起的有心插柳了。更难得的是，要把一个硕大的摄制组各色人等吃喝拉撒的生活安排、成本核算、伙食口味与拍摄业务等管理得顺利妥帖，不亚于管理一个当下的水浒大寨！

主任难当！除了各色业务安排，也有来自各路成员口角斗殴、女人间的鸡毛蒜皮，琐事多多。纪中都要随时解决纷争。只见无论在饭桌上或行驶途中，总是在自说自话，发布他那及时解决的信息，更为难得者，其时剧组是他唯一的家，竟不见有任何家产。那单衾孤枕上倒躺着正翻阅的一本小说。这可能他已先期对自己艺术生涯的日后谋划了。当下体制内的剧组，不能与旧时戏班子江湖走穴相提并论，但种种潜在的昔时行规亦多难免！

这个名为主任，实乃上下不道好的尴尬角色，而为听命婆婆的小媳妇儿！

亦是纪中命大。当年去武汉联系剧组公务，在彼地他所乘之车误撞农家手扶拖车，满载砖瓦，幸亏他的大腿骨抵住轿车前截，因冲击，大腿髋骨骨盆全击折粉碎了。不幸之大幸，保住了命！吾在病房中见到他，恰似伤肢断臂的汉子武松，这次病房之晤彼此平添多多江湖上的义气情分了。

当吾将要结束吾的全部《水浒传》电视剧180余幅画时，吾与纪中主任说了，吾日后计划自己任职的上海交大与本职教务相融合，组建一个为影视剧专门制作人物设计造型的工作室！况且计算机应用技术又是上海交大之强项，乃为先天之有利条件。

序

纪中倾听之后，立马全部否定吾的想法，并直言告诫：这种拍摄前的人物造型可能是空前之举，也将是绝无仅有之事，剧组把美工、布景、服饰、化妆所为取代了造型。吾当时只认为是纪中的行业偏见，不以为然，但日后吾也着实努力地做了几番劳作，总以失败而终，但更为自己黯然的是，剧组总是以吾为旁门而已，多此一举，是种寄生而汲取名利残羹。

而公允者还是广大的观众朋友们。

观至《水浒传》剧尾，《好汉歌》中显现出一排英雄好汉的记忆，而附带上了吾这一傍天才的施耐庵笔下的水浒人物作画的民间艺人——这个先见安排完全是出于纪中的一手着力策划。

今天吾辈靠祖宗留下的经典吃饭，躬逢盛世，有幸参与优秀文化的创造。纪中已是百姓心中的大导演，20余年来精心策划、制作了一部又一部的电视剧新作，无非是在更形象地讲好一个个中国故事。吾作为纪中的朋友与曾经合作人，祝愿他更上一层楼。作为讲好中国故事的影视大导演，希望张纪中再多多地把中国故事讲遍全世界。

中华先民的智慧和明德本是人类共享的。

戴敦邦，著名国画家。

人在江湖

杨丽萍　序

我最特殊的一次舞蹈表演，就是梅超风的九阴白骨爪。我原本对梅超风了解很少，但张纪中三顾茅庐，热泪盈眶地给我讲戏，请我一定演梅超风，那种真诚让我难以拒绝。用舞蹈来演绎武功，如今看来，确实是最特别的梅超风和独特的九阴白骨爪。张纪中粗犷的外表下潜藏着丰富的内心和对于艺术的敏锐眼光，这点我非常敬佩。

张纪中导演是一个外在狂放而内心广博的人，书如其人，通过文字我们更能够感受到他的内心世界。

杨丽萍，中国舞蹈家协会副主席，国家一级演员，享受国务院"政府特殊津贴"。

序

杨争光 序

好汉歌"水浒","岁月"可追忆

　　和张纪中相识，继而成为无话不谈且不遮不掩如兄弟一般的朋友，是因为央视1998版《水浒传》的改编。1990年代初，我在山西帮朋友写电视剧的时候，他曾来剧组见过一面。那时候，他已经做过许多电视剧了，我主要的精力则在电影写作，写电视剧是为了挣点钱还债。这次的见面算是我们初识，记忆是模糊的。

　　没想到的是，1994年初，他来西安找我，要我主持《水浒传》的剧作改编。

　　那时候，我对电视剧存有偏见，总以为电影好赖还算艺术，而电视剧不是。更多的则是对所谓名著改编的惧怕，尤其是《水浒传》这样的名著改编，很可能是一个陷阱，很可能出力不讨好，没准还要挨骂。所以，就有过两次推脱。

　　却并没有推脱掉纪中兄的坚韧以及对我的抬举。平时受到在中央电视台的校友以及周围朋友的怂恿与教导——

　　比如，《水浒传》是央视四大名著改编的最后一部，希望能为四大名著的改编画一个圆满的句号，对编剧的选择是慎之又慎的。

　　比如，当时的四大名著的改编，以投资论，可以说是国家的文化工

人在江湖

程，由当时的国家广电部副部长任《水浒传》领导小组组长，可以调动能够调动的力量，倾力打造。

如此等等。

我终于打消了顾虑，1994年5月5日，就作为央视版《水浒传》"编剧村"的村长，去北京参加了第一次研讨会，听取了庞大的顾问团队的意见。剧本改编工作由此正式开始，和纪中兄的交往、相互的了解，也就由工作到情感，由冲撞到理解，成为"打一架依然是朋友"的哥们儿。这样的哥们儿不会相互护短，不会相互吹捧，有的只是真诚与信任。

关于电视剧《水浒传》的改编，我有当时的日记，会写专门的文字，包括和纪中兄合作期间的一枝一叶，点点滴滴。在此，拎出的只是几件小事，略作记述，以证纪中兄的做事与为人——

第一次封闭研讨剧作，是在香山的一栋别墅里。导演、编剧、制片人与美工一并参加，整整十五天。结束后，北京的各自回家，外地的住在了一个叫作康城的招待所里。我们都给家里打电话报平安，但电话是要交费的，就希望能报销电话费，却遭到纪中的拒绝，理由是私人电话与工作无关，且有人打电话竟超过半个小时。大家都觉得他太过小气，还是希望报销。那时候纪中已去外地出差。我是所谓的组长，反映大家的要求，与纪中交涉，责无旁贷，就给他打电话，态度坚决，声言被关了整整十五天打个电话在情理之中，如此小气，以后难以合作。纪中很无奈，说好吧好吧报销报销，你们说我小气，你们打私人电话却不愿掏钱是不是小气？他虽然答应了报销，我却像被打了脸一样。纪中是对的，无理的是我们。将来的剧组是一个庞大的团队，如果都像我们一样，类似打私人电话也要剧组报销的事情会有多少！花钱是小，管理事大。那时候，我已创办了长安影视制作公司，也管理过剧组，深有感触，像纪中这样为工作敢较真敢负责的制片人实在难得。我即刻向纪中收回了看似合情却无理的要求，并向各位做了解释。就因为这一件小事，他赢得了我的敬重，也使我对他将要领导的《水浒传》剧组满怀信心。后来的事实也为我对他的敬重做了证明。

还有，纪中几乎参加了所有前期的剧本讨论，并多有建设性的建议。

他是懂剧本的。我们的影视行业少有这样的制片人。

他在采景的路途中出过一次车祸,腿上订了8根钢针。我去医院看望他,看他卧在病床上组织剧组的工作,事无巨细,当然也有对编剧的安排与照顾。进入拍摄以后,我也曾去过剧组。确实是一个庞大的剧组,工作千头万绪,强度与难度,他如何扛过来的,我难以想象。但实在知道,他是一条汉子,做事是,为人也是。至少《水浒传》剧组众多好汉兄弟们可以作证。没错,影视剧是团队艺术,需要参与的每一位贡献智慧,付出努力,但领军式人物的作用也不容低估——在很多情形下,往往是决定性的作用。央视版《水浒传》从筹备到拍摄完成,纪中都是主要的领军人物之一,且始终在第一线。

我和冉平被"关"在秦皇岛一个叫求仙大酒店的饭店封闭写作之后,他又表现出了他的细心与温情。他知道封闭式写作的艰苦,特意为我们安排了家属探班。

从接受改编到完成剧本,整整一年多,不仅和纪中,也和导演、主演等诸多"水浒"兄弟们结下了一生的情缘。这,是要感谢纪中的。

央视版《水浒传》于1998年春节播映,收视可谓盛况空前,《好汉歌》一时唱响在中国的每一个村镇,城市的每一条街巷。央视四大名著改编的最后一部,以圆满的句号进入了中国电视剧的历史。

去年4月,央视国际频道"向经典致敬"栏目组织《水浒传》剧组在央视聚会,近百位当年的主创和演职人员在演播厅重温当年,却没有见到纪中,说他在国外,我很遗憾,甚至有些沮丧。

《水浒传》之后,我和纪中有过好几次合作的机会,包括他花一元钱购买版权的金庸武侠小说改编,却都因各种原因而没有成为事实。成为事实的是后来享誉大江南北的电视剧《激情燃烧的岁月》。

这部剧是由我创办的西安长安影视制作公司全额投资,纪中主要负责的。作为总策划的我,倒并没做多少重大的工作。有纪中负责,整个公司从上到下都是放心的。选择康洪雷做导演也是他坚持的。后来的事实不仅又一次证明了他的能力,也证明了他的眼光。

> 人在江湖

那时候，中国的电视剧满屏都是"小燕子"那样的人物和故事，做《激情燃烧的岁月》这么一个电视剧，对一家民营公司来说，需要冒很大的风险。还没有人敢放胆像《激情燃烧的岁月》一样塑造石光荣这样的军人形象。

陈枰写了一个难得的好剧本。

康洪雷不负众望，第一次执导这样的大题材，就大放光彩，显示了一个优秀导演的潜质和格局。

扮演石光荣的演员，在1989、1990年就出演过我编剧的电影《双旗镇刀客》，是主演之一，其后又有过几次合作。出演《激情燃烧的岁月》时，他彻底颠覆了此前的戏路，新造了一个自我，获得了举国观众的高度认可。

纪中喜爱这部电视剧，符合他至今不灭的理想主义浪漫情怀。

愿意投资拍摄这部戏，也符合当时的长安影视制作公司同仁们要开风气敢开风气的理念，说雄心也可以。

和《水浒传》一样，《激情燃烧的岁月》获得了中国电视剧能有的所有奖项，至今还有电视台在播放，成为重播率最高的电视剧之一。虽然这一部电视剧因为被央视否定在业内引起的效应，并没有赚钱，却开了中国电视剧一时的风气。后来的《亮剑》等同类题材的电视剧，也应感谢这一部《激情燃烧的岁月》冒险开辟的风气和路径。而有这样的获得，纪中功不可没。

《水浒传》和《激情燃烧的岁月》应该都属于中国的电视剧经典，也是我和纪中合作与情谊的见证。现在，虽然都已都成为记忆，但，人生苦短，却也有义薄云天。能有这样的记忆，至少，是可以慰藉自己的。

此后，纪中对电视剧的执着，先着力于金庸武侠小说的改编，后又有《英雄时代》等大架构的作为，也曾试图重改《三国演义》，甚至专程去美国和卡梅隆先生接触，重改《西游记》以成《美猴王》等等，其中的多部在构想中曾和我有过联系与商讨，我也贡献过我的建议。这在他与我，都是出于情义与彼此的信任。但相对于他的作为，我的那些建议实在微不足道。

几十年一路走来，中国的荧屏有纪中的大笔书写。当下有口碑，相信后来者也自有评说。而他的这一本自述性的文字，也并未写尽曾经的心得与心血，激情与苦情。但——

人在江湖，立处皆然。

曾经沧海，夫复何求。

以此，祝贺纪中兄新书出版。

杨争光，著名作家，影视编剧。

人在江湖

自序

如果没有路见不平、豪气冲天的大侠；如果没有血脉偾张、惊心动魄的较量；如果没有痴心情长、荡气回肠的恩怨……我们是否还拥有江湖？或者说，江湖是否拥有我们？

天地四方为江湖，有人的地方就有江湖。

人，就是江湖。

多年前我出版过一本《行走江湖》，那是一些随笔文章，是我在"行走江湖"的间歇留下的痕迹。那些年总是脚步匆匆，连记录的笔都是匆匆的，难得安静。

这两年我给了自己一个慢下来、沉下来的机会。远离了诸多纷乱事务、喧闹尘嚣，我把自己"隐"在江南的别院中，审视过往种种，陶澄自己的内心。我不再似从前急赶紧行、攀登冲锋，但作为一个江湖人，脑中所想、心中所系，总是江湖事。

人在江湖。这么多年来，除却几十场为创造作品而人聚人散、攻坚克难的行动轨迹之外，除却经历本身之外，我从岁月中获得了些什么呢？在一场场热热闹闹以至轰轰烈烈背后，我一直在坚持的、一直在追求的是什么呢？在被观看、评论、爆料的张纪中之外，主导我生活、情感、生命的主线是什么？如果有能够有益于读者的思考，又是些什么呢？

当我从战场中短暂抽身，回归到生活的本质，也同时有了看待江湖的另一只眼。江南的山林俊美秀逸、云雾缭绕，是绝佳的冥思居处。我时常上去思想片刻，于是有了这样一本书。

我想这些年我一直坚持的，就是真实。江湖可以险恶，但做人一定要真实，待人一定要真诚。重剑无锋，大巧不工。对于艺术追求的坚持，很多时候是不知不觉的。比如前段时间我对某个作品加入宫斗情节的拒斥。其实宫斗类的情节充满着戏剧性，但是这类题材在价值判断上的模糊，与我一直所追求的理念相悖。

我的内心，是追求成为一个艺术家的。

形而上者谓之道，形而下者谓之器。如果说，哲学家要做的是在宇宙间确定人的方向，政治家要做的是将哲学家的某些理念实践为社会事实，那么艺术家要做的，就是以一种批判性的眼光对社会的过去和未来进行审视，用艺术的魅力来表达人性的光辉，坚定人们心中真善美的信念。如果作为一个艺术家，不能给人带来更多信心，反而给人带来更多迷惑，尤其是生产一些并非旨在反思人性、却助长负面价值观的作品，我觉得是艺术家的一种堕落。如果某些文艺作品的创作者把社会视作一个大酱缸，把每个人都视为其中的蛆虫，个体争来斗去不过为了谁能踩在上面；如果创作者不能够表达自己鲜明的观点，而是表现一种在大酱缸中的随波逐流……那么，这些作品会对观众的心灵产生什么影响呢？如果一个艺术家、一个可以影响他人的艺术家都无法坚守自己的价值标准，乃至于迷失在社会诱惑的重重迷雾中，那么我觉得这是一种不负责任。这类不负责任的作品一多，久而久之就会营造一种社会氛围，甚至导致社会中显示出一种道德价值观念倒退的迹象。

侠之大者，为国为民。文艺之德，亦应如是。面对错综复杂的社会现实，艺术家应当可以为人们昭示一种人性的可能，这种可能中蕴含着他鲜明的观点和认识。这是我们觉得艺术家崇高的原因，也是我孜孜不倦追求成为一个艺术家的原因。

那些我们称之为艺术经典的作品，我们称之为艺术家的创作者，也都有着鲜明的价值标准，不遗余力地表达着人类永恒的主题：真善美。莎士比亚的作品《李尔王》《查理三世》，都充满了鲜明的对真善美的歌颂和

人在江湖

虚伪贪婪的鞭挞；美国的经典电影，比如我很喜欢的《拯救大兵瑞恩》《绿皮书》《波西米亚狂想曲》等等都在传播真善美的价值，让人唏嘘感叹、荡气回肠，给人一种向上的力量。中华民族的文化经典，像我钟情和拍摄过的《西游记》《三国演义》《水浒传》，像金庸先生的武侠作品，都那样热血沸腾、振奋人心，让人看完油然而生面对生活的胆气，更想好好活一回。

我相信，我们每个人都愿意做一个好人，我们每个人内心里都知道应该做一个怎样的人。只是在遇到一些社会问题和考验的时候，在面对利益的时候，在面对多元价值观的时候，我们的信念可能会发生一些动摇；所以我们需要精神支撑。而大众文艺工作者做的事情，就是把我们的精神力量建设得更加稳固，把我们的心灵世界建设得更为强大。

因而，作为一个大众文艺工作者，在我如今从事的领域和做的工作当中，我更喜欢观点明确、善恶分明、价值标准清晰的作品。当然我也只能去创作和表现那些震撼我内心的题材，传承中国传统文化中的血性与智慧、英雄主义情怀和浪漫主义精神，是我艺术创作的主线。

在这本书中，我回顾了过往，回顾了我行走过的江湖。人生的历程，总是从有限生发到无限，又从无限落实到有限。四十年江湖岁月，是从制片人这个职业延展出了宇宙人生，又从广博天地回落到了这个职业。四十年艺术生涯，我始终沿着向上的方向前进着，在这个行当中取得了一些成绩和成功。我想制片这个行当的要义就是本着纯粹质朴的初心，踏踏实实走好自己的路，不贪财不好色，不为名利喧嚣所动，不为物欲诱惑所累。这本书，既是关于在当今社会中如何做好一个人的思考，也是关于在如今行业里如何做好一个制片人的探寻。

虽然已经走过了几十年的创作生涯，但我仍有梦想和热情，仍充满着创造的欲望。将中国传统文化精神传播到世界，是我一直以来的梦想。

我觉得我永远没有成为一个艺术家，但我愿意一直去追求艺术家的高度。

张纪中

目 录

第一章　为理想而战

《三国演义》创作：南征北战，勇往直前　　002
回顾《水浒传》，不忘初心　　012
电视剧《西游记》创作阐述　　042
《笑傲江湖》
　　——第一部武侠剧的诞生　　074
《天龙八部》的男主角是乔峰还是段誉？　　097
《神雕侠侣》创作阐述　　103
投入生命的作品终将获得认可
　　——关于《鹿鼎记》创作　　123
纯心真侠客，本色走江湖：感于《侠客行》　　134
史诗大剧《英雄时代》创作阐述　　137
激情打造出的《激情燃烧的岁月》　　147
碧血丹心，民族脊梁
　　——《吕梁英雄传》　　150

第二章 侠骨神心——纪中说

创作是一种态度，需要严肃而认真 162
大道至简，纯粹是艺术家应有的生命品格 165
敢为天下先：做开创性的艺术工作者 168
精神食粮更要注重食品安全，影视从业者要担起重任 171
敬畏经典，尊重原著精神：由小说改编影视作品的原则 174
片酬乱象背后的文化危机 178
做照亮人生的火炬：文艺行业不是娱乐圈，入行要有使命感
182

"侠文化"，让世界聆听中国的声音
　　——张纪中哥伦比亚大学讲话实录 190
张纪中导演沃顿中美峰会答记者问现场实录 195
做事先做人
　　——文艺工作者的修养 205

目 录

第三章 江湖浮沉——以梦为马

母爱如斯，春风化雨	208
不要让没说出口的爱和抱歉，成为一生无法弥补的遗憾	214
致奔波在路上的年轻人：不怕慢，就怕站	220
我的三次高考：以梦为马，坚持踏出一片坦途	224
沉痛悼念金庸先生：先生不会走远，武侠永存世间！	228

第四章 真，是最强大的力量

朝向梦想，不遗余力	252
当代更要珍重亲情，人生应心安于理想	257
保养赤子心，不在朋友圈当"宝宝"	262
珍惜生命的真诚与相伴：记我的狗儿子们	265
路有迷惑重重，你我但问初心	281
人间这场游戏，心才是通关法门	284
无用之用，是为大用	289
用美照亮生命的荒芜	293
真实是最强大的力量	296
五月致青春：头白仍可称少年，岁岁高唱青春歌	299
正言正行，做自己的英雄、当代的侠客	302

人在江湖

第五章 制片艺术——用共同理想凝聚人心

制片人的自我认知 306
制片统筹八法 309
制片人必备的素质 316

第六章 诗意人生

西湖秋歌 326
雪后抒狂 326
小　年 326
戊戌春节　闲情偶寄 327
探梅超风 328
游超山 329
清平乐 329

第一章

为理想而战

人在江湖

《三国演义》创作：南征北战，勇往直前

> 岁月的点点滴滴灌注在一个人的身上，可能就是对某件事、某个人的热爱，从愿望融合为事实的现象，也是人从激昂的青年到沉稳中年不知不觉的转度。

滚滚长江东逝水，浪花淘尽英雄……

时至今日，我们还能经常想起、听到这雄浑壮阔的音乐，并想起、回看《三国演义》这部经典的电视剧。

《三国演义》是中国电视史上意义非凡的一部作品，也是对于我个人来讲意义重大的一部作品。我有幸参与了《三国演义》的拍摄，这是我第一次拍摄真正的"大戏"——拍摄时间长、取景地多、演职人员众多、拍摄要求高。正是这部剧的拍摄锻炼了我拍"大戏"的能力，让我走出山西，开始了拍摄文化"大戏"的艺术道路。

在拍摄《三国演义》之前，我和导演张绍林和编剧石零合作，已经拍摄了很多短剧，像《百年忧患》《沟里人》《有这样一个民警》等等，这些片子拿了一些奖，包括"五个一"工程奖。1990年代，我们这个团队已算是小有名气，有媒体朋友给我们起了个名字："太阳集体"。

心胸和格局，决定能不能看到成功那扇门

在拍了很多农村戏之后，我希望我们的作品有所突破，便提议到城市里来拍城市戏。在我的提议下，我们三人跑到了北京三元桥上、上海立交桥上观察拍摄，想做出一个城市戏。就是在这部城市戏拍摄的过程中，我得知了央视筹备拍摄《三国演义》、正在征集拍摄人员的消息。

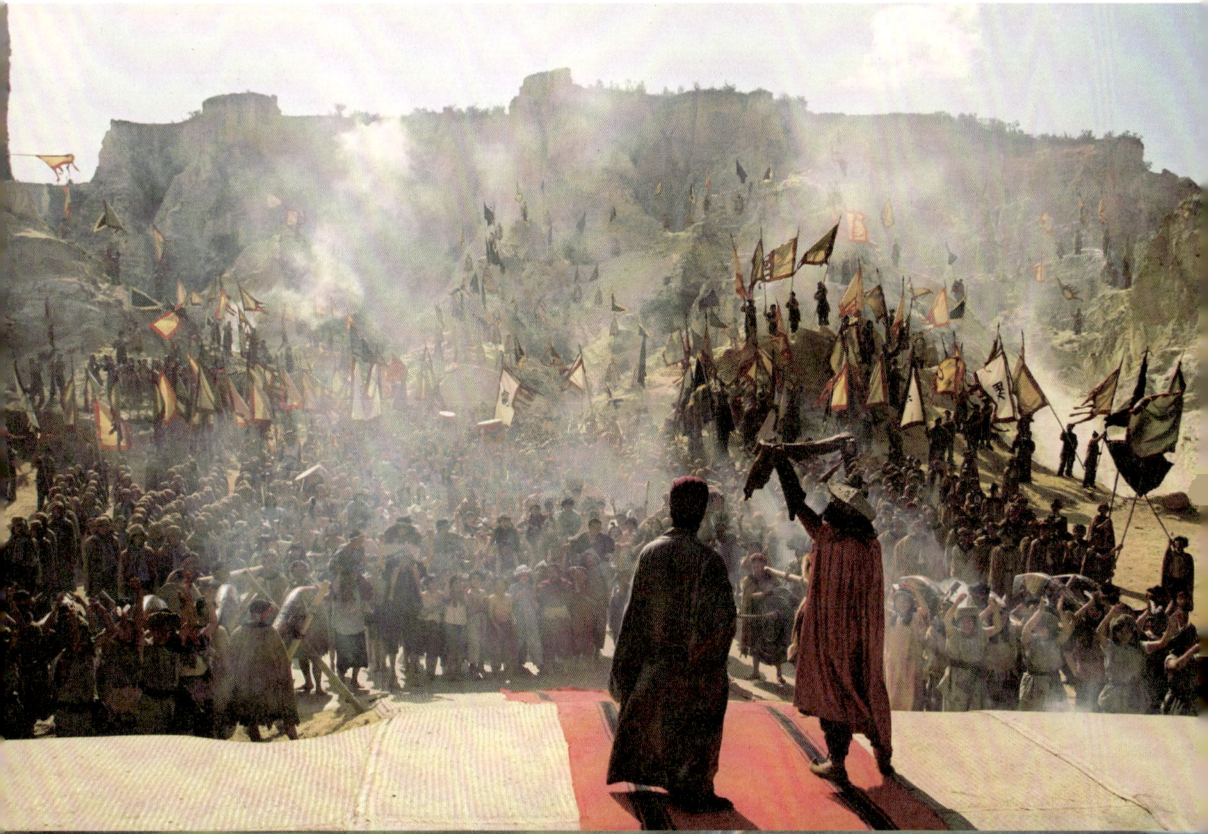
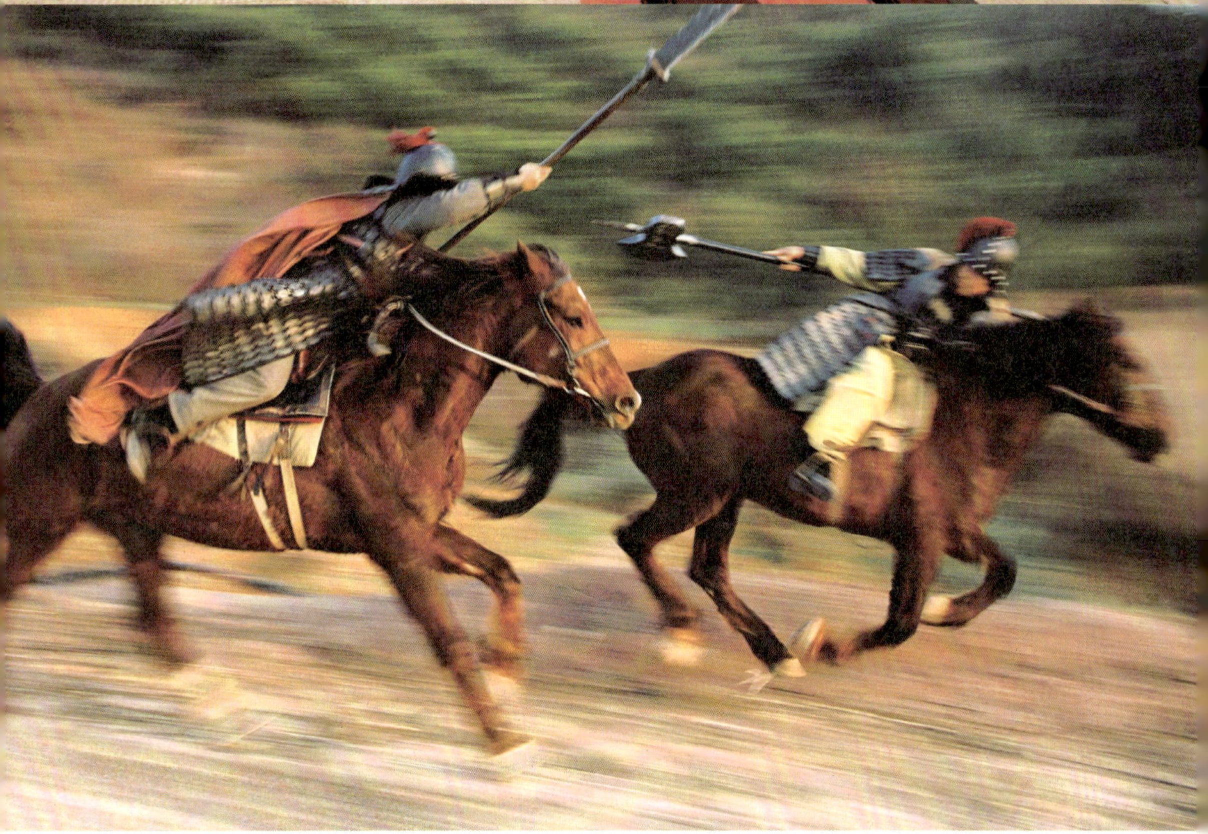

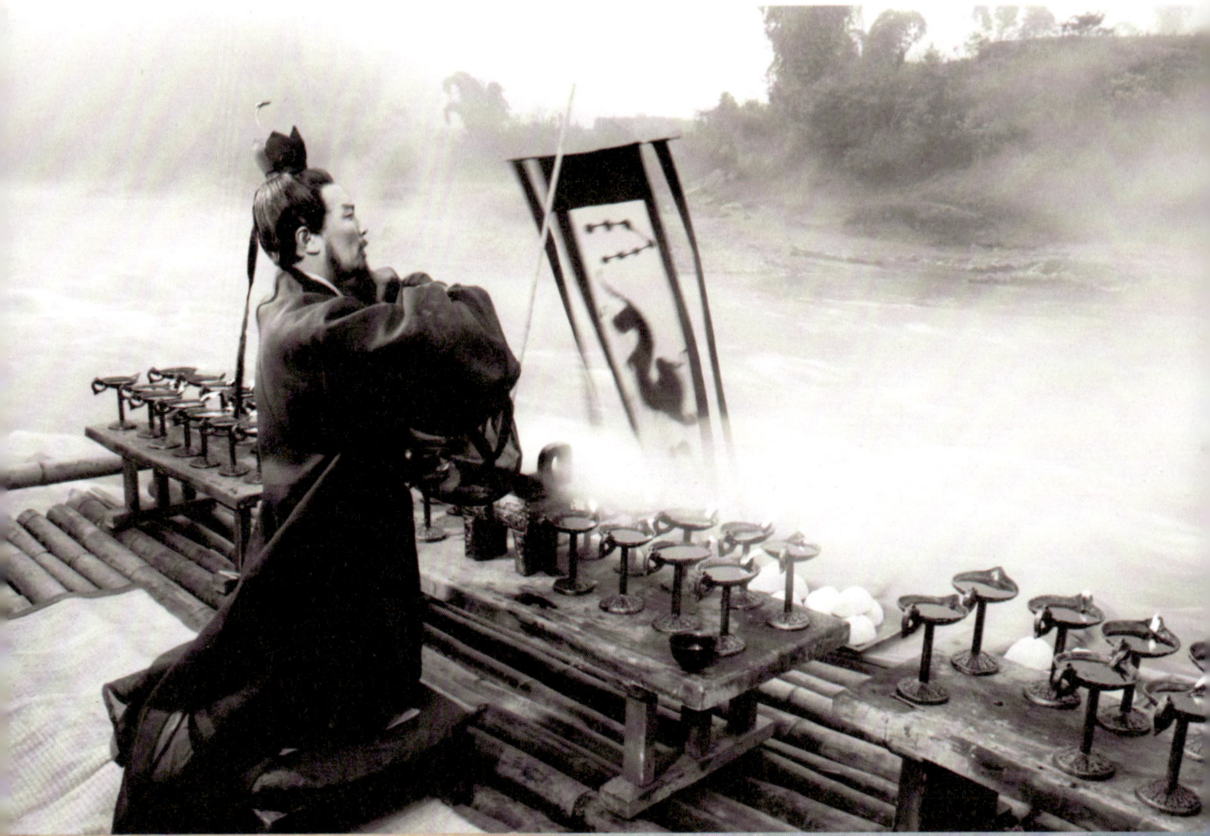
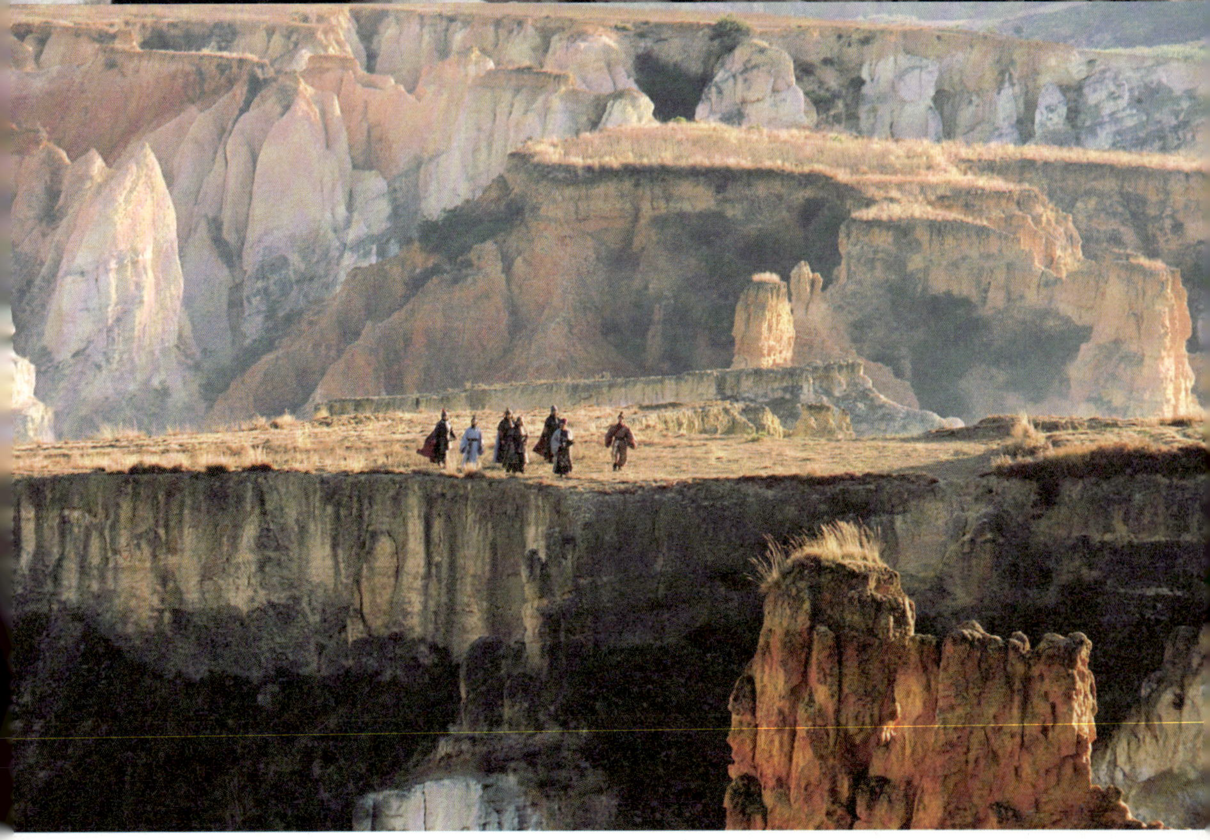

听到这个消息，我非常激动：《三国演义》是中国文学经典，第一次将《三国演义》搬上荧幕是开创意义的文化大事！能够参与这样一部戏的拍摄，是所有文艺工作者心向往之的盛事。

我立马回去找到张绍林，说服张绍林与我一同请战，参与《三国演义》的拍摄。其时张绍林已经是山西电视台的副台长，副台长面对央视的征集令有些犹豫："我一个山西电视台副台长，去中央电视台做什么？"我理解他片刻的踌躇，如果请缨被拒，也难免尴尬和难堪。但是"副台长"之外，他更是一个导演。于是我反问他："你听说过著名导演吧，可你听说过著名副台长吗？"张绍林瞬间被我说服了，显然相对于"副台长"来说，还是"导演"的身份更重要些。对于一个导演而言，拍摄《三国演义》这样一个富有挑战性和极具文化意义的任务，实在是极其诱人的。创作带给创作者的意义，文学名著带给文化传承者的意义，远远超过官衔带给人的意义。

我们连忙赶到央视请缨，没想到还是去迟了，《三国演义》的戏已经被其他队伍分配完毕了，张绍林见状有些气恼："你看，咱们来了，却没被采用，多丢人！"我丝毫不觉得："这有什么，咱们争取了，虽然没争取到，也没有损失什么啊！"张绍林不再气恼，我们一行人又回到上海拍戏，不再想这件事。

过了不到两个月，中央电视台打电话来征求我们的意见，问我们还要不要拍《三国演义》：之前定的拍摄队伍中有一组拍得不好，央视问我们能不能顶上。事态的发展柳暗花明，我们非常欣喜。但当时央视却有所顾虑，因为拍摄队伍中制片人员一直都是由央视委派的，由编外人员来担任制片主任没有先例。张绍林此次态度很坚决，明确表示："没有张纪中不行。"央视思量之后，最终决定由我们来拍摄《三国演义》的"南征北战"部分。很多时候，机缘的到来不是一蹴而就，对于机会的争取也并非立竿见影，但真诚和实力总会将我们与机遇拉得近一点。

虽然我们争取到了拍摄《三国演义》的机会，编剧石零依旧离开了我们的"太阳集体"。《宰相刘罗锅》可以给到编剧很多钱，《三国演义》

却做不到，石零因此选择离开我们，转而去了《宰相刘罗锅》剧组。我叹息惋惜不已：《三国演义》报酬虽然不多，但是文化意义不可估量啊！

一个人的心胸和格局，往往决定能不能看得到成功那扇门。

我们的"太阳集体"中，编剧石零原名石守魁，老家辽宁盖县；张绍林老家河北邯郸，都是农村出身，我们的出身都不算高。

出身低其实没关系，人这一生起点很重要，但最终获得多大成就，其实最重要的决定因素是格局，格局往往决定了一个人能走多远。眼前的利益固然诱人，但长远的意义和前景才是更应当追求的；当下的名利固然魅惑，但未来的艺术道路和艺术方向才是更值得探索的。

上士闻道，勤而行之；中士闻道，若存若无；下士闻道，大笑之。很多道理说说容易，但是能够真正去琢磨其中深意，并且动手去实践，却不容易。从我自身的经历来看，一个人走出的每一步路都是有用的，获得的每一份历练最终都将发挥作用。如果工作紧张，剧本需要改，我虽然不是做这项工作的专业人员，但还是会主动承担修改剧本的工作。即便拿不到报酬，我却得到了历练，这是无价的。正因为多方面的历练，我才能够了解每个部门的工作，提出准确的艺术要求，进而顺利把控整个剧组各方面的工作。

《三国演义》是机遇，也是极大的挑战。因为分配给我们组的戏都是其他组挑剩下的，是其中最难啃的硬骨头，大多是战争戏。在那个没有特效的年代，画面中的千军万马，就是拍摄现场的千军万马，无论是选景规划、武打设计的艺术创作，还是管理调度、进度统筹的各项工作，都极其繁杂，也没有任何经验可以借鉴，绝对是一场重大的考验。作为一个制片人，组里没有一件事情与我无关，面对这个困难，我只有勇往直前。

南征北战，勇往直前

要拍好战争戏，选景首先就是一个重大的难题。

我们的祖国山河壮阔，奇山丽水无数，这使得我们能够找到与壮阔历

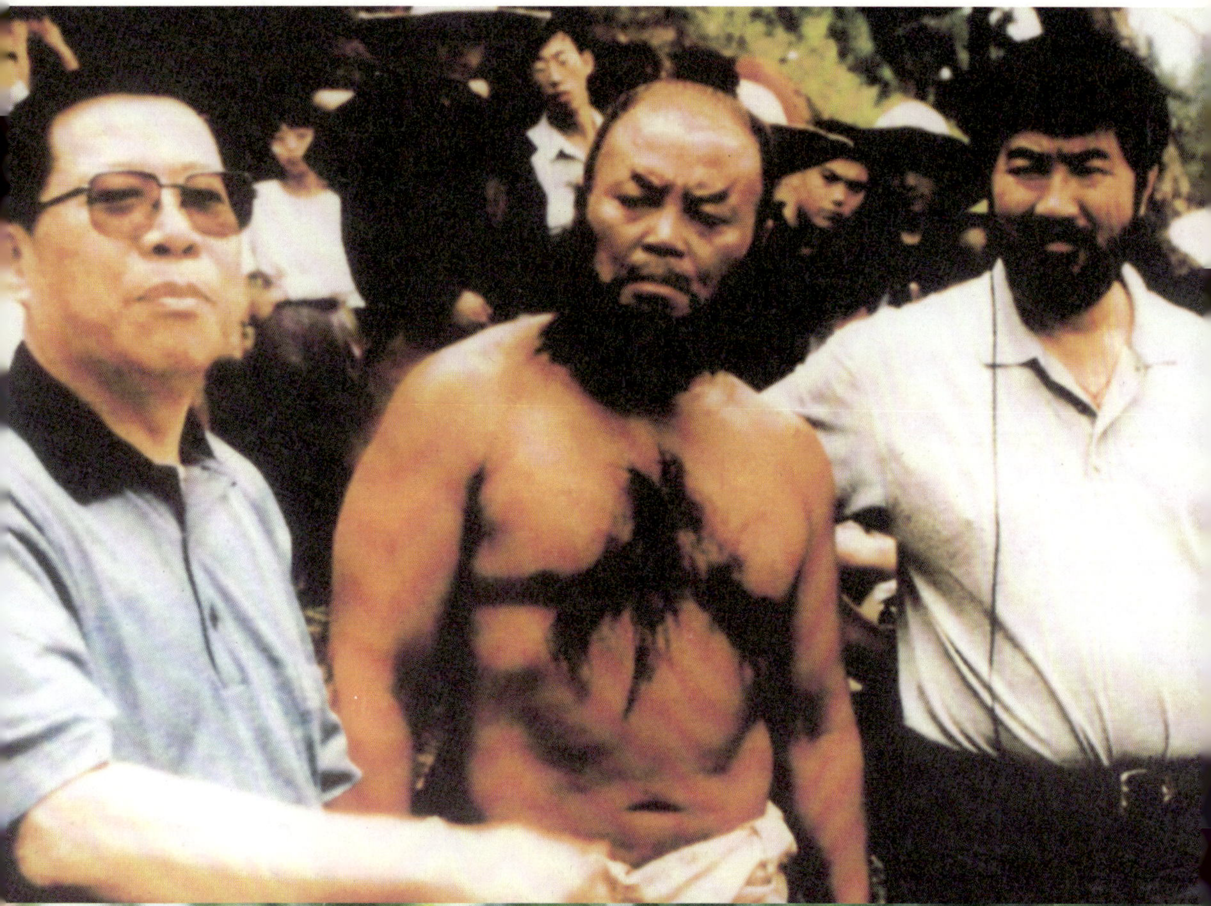
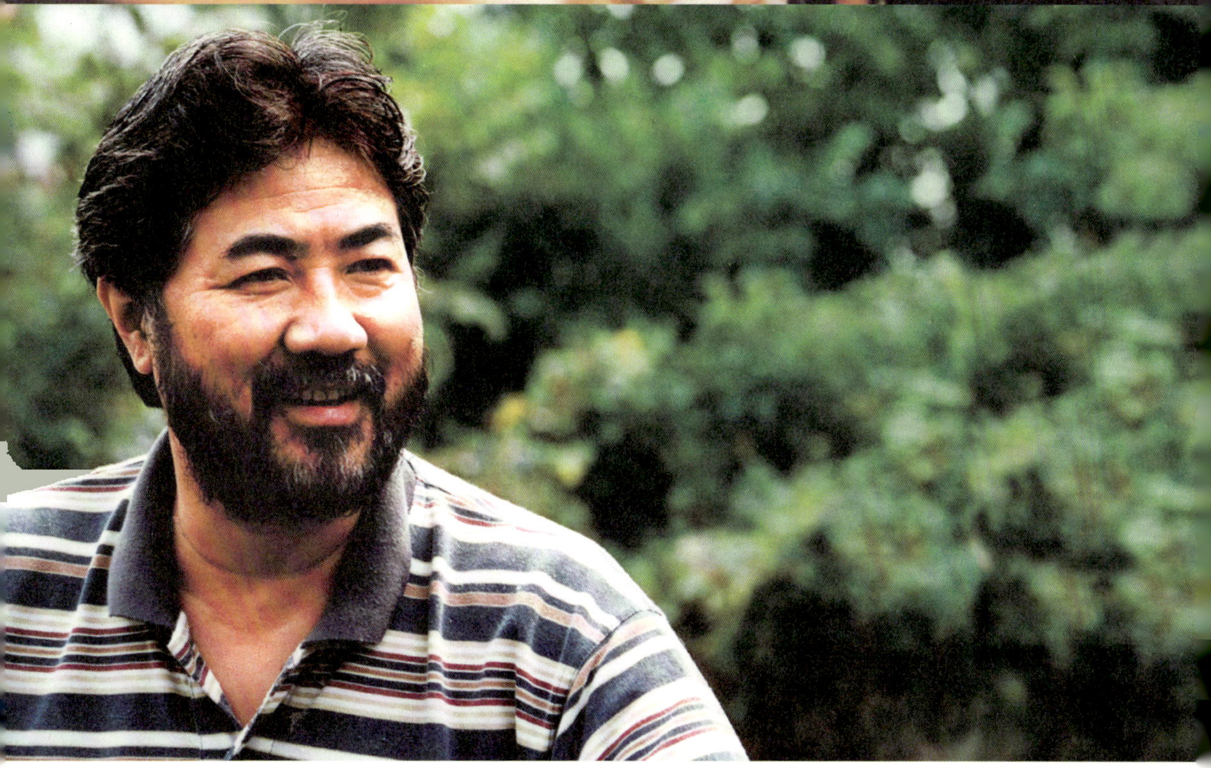

人在江湖

史相符合的如画美景。为了找到最合适的取景地，在接到拍摄《三国演义》的任务之后，我不断勘查各个地点，一直奔波在旅途中，力图精益求精。

"秋风五丈原"的选址最早定在云南元谋的一个沟壑纵横的土林，但我实地查看之后，发觉此处不太能够达到我们的要求。怎么办呢？我一面进行其他工作，一面留心其他备选地点。后来我在飞机上看到了一份美丽的画报，云南陆良县有个彩色沙林，从照片看更加符合我们拍摄的要求。很快我们实地勘查了此处，景色确实非常美，气势磅礴。我很兴奋，当即就开始规划，对着一片空地"指点江山"：什么地方搭景，什么地方留白。好的取景地总能激发人的灵感，好的嘴皮子才能把心中的创作欲望表达出来。所以我常开玩笑说，制片人必须要有张好嘴皮子。后来其他的戏看景，大部分时候也都是我在滔滔不绝地说。

但要在这些风景如画的地方拍摄，需要克服很多难以想象的巨大困难。交通不便、天气恶劣、人员道具众多而经费有限……这不仅是对体力的重大考验，而且是对耐力和意志力的重大磨炼。

八大河路上都是沟壑，行进时速只有七公里，拍戏时因为条件艰苦、经费有限，晚上只有几个人可以住在镇上：一个房间五块钱，得留给有工作需要的同志。其他所有的工作人员，只好全部住在河边。为了应对艰苦的环境，我们买了很多发电机、电线、帐篷、地铺，还从五台山借用了军队的卡车运了八十匹马。因为路途太过颠簸，精壮的马儿死了两三匹。

很多场戏都需要在高原拍，高原缺氧的环境同样给拍摄造成了很大的困难，大家遭遇高原反应，身心都承受着很大的痛苦。我一边头痛，一边精气神十足地举着扩音器奔跑——越是艰难，就越是需要精神支撑。所有人都能喊累，就是制片人不能喊累。

条件艰苦、困难重重，众多拍摄人员的衣食住行、组织配合、服化、道具，都是摄制组必须解决的大问题，为了提前把所有事情准备好，我必须在剧组和办公地点之间当天来回。可即便这样，众多无法预料的特殊情况和困难还是层出不穷。

有一场戏需要在云南瑞丽拍大象。我们从缅甸租大象过来，这才知道缅甸人驯服大象是用鸦片膏。拍摄时间一长，鸦片膏用完了，大象很有意见，屁股往车上一靠，汽车就撞坏了。后来，大象的问题，也只能用大象喜欢的方式解决。

除了自然环境带来的困难，拍摄本身也带来很多困难。

"诸葛亮出殡"这场戏，我印象非常深刻。这场戏声势浩大，参与演出的规模之大近乎空前绝后。64人抬诸葛亮的棺椁入城，百姓出城三十里相迎。棺椁很大，为了呈现出整齐划一的效果，这64个抬棺人必须行动一致。每天下午我都会去监督训练成果，两个星期下来，总算是有了像样的队伍。

扮演迎棺百姓动用了三千人，人是够了，服装又成了大问题。丧服只有一千多套，其余的怎么办？我们只好买了很多块白布，每一块掏一个洞，头从白布中钻出来，腰间用布条一扎——虽然粗陋，但拍远景看不出来。

漫天飞纸钱的镜头成为震撼很多观众心灵的经典镜头，但是当时如何让纸钱飞到天上，却费了很大一番周折。首先是纸钱的问题，三千多人送灵，意味着至少要有三四吨的纸钱，但这三四吨纸钱从何而来？有人提出可以让演员自己回去剪，我觉得不可行，一方面速度太慢，三四吨的纸钱绝不是手的速度能够剪出来的；另一方面手工剪裁也无法保证纸钱的整齐。

在苦思冥想一段时间以后，我突然有了灵感。我们吃饭时发现啤酒厂的商标跟纸钱的样子很像，就打电话咨询啤酒厂如何制作出这么多的商标。原来啤酒厂是用铣子一撮一撮地铣出来。我们就采用了啤酒厂制作商标的方法，生产出了三吨多纸钱。

纸钱是有了，但怎么能飞到天上去呢？张绍林当时出主意说，八一制片厂有飞机头，可以借来吹纸钱。但是飞机头只有一个，无法吹起这么多的纸钱，而且飞机头租借费用高昂。后来我又琢磨鼓风机应该也可以吹纸钱，鼓风机比较便宜，试吹了一下，高度也足够，最终我们租借了四台鼓风机便解决了问题。

人在江湖

拍这场戏的第一天，我指挥三千人进场和准备，花了五个多小时。等大家都准备好了，天公却不作美，突然下起雨来，我们只能停止拍摄，给每人补助六块钱，要求大家第二天再来。第二天一切顺利，早上五点多进场，十点多开拍，一直拍到下午三点拍完。

我们负责的部分是"南征北战"，面对如此巨大的拍摄难度，拍摄进度的缓慢可想而知。《三国演义》基本以一天几个镜头的速度在拍，比现在拍电影速度还要慢。但是为了实现《三国演义》的宏大场面和真实感的艺术追求，在特效不过关的年代，我们花的功夫和下的心思，是现在拍摄想象不到的。

尤其是火戏。镜头中的火都是真的火焰，拍摄过程充满了危险，拍摄起来难度也很大。其中三场火戏我记忆最为深刻。

有一场戏需要士兵动用喷火器喷出笔直的火焰，但是因为风的影响，喷火器喷出来的火苗总是歪斜的，于是我要求这位士兵稍微调整、倾斜喷火器，以保证火焰是笔直的。结果这个士兵操作失误，把自己烧伤了。我马上开车送他去医院，路上他很暴躁，一直在骂剧组的领导，我在车上没有解释，静静听他说完。后来这位受伤的士兵要求赔偿、要求解决工作，我都想办法实现了他的要求。出了这样的事故，我心中也不是滋味，虽然小伙子伤得并不严重，但在偌大一个剧组，指挥着大量非专业从业人员配合拍摄，再周密的规划也难免会有漏洞。迅速地、有条不紊地解决拍摄问题，是制片人应当具备的素质。

有一场"烧牦牛"的戏，要拍牦牛在火焰中奔跑，我们用了一些特殊方法才完成拍摄。还有一场戏拍火烧栈道，为了保护栈道，我们在栈道上铺了石棉网，然后点火来烧，演员们就在这样的火当中拍摄——因为没有经验，这种办法能不能完全保护栈道，我们心里也没有底。幸运的是，栈道最终并没有受损。

因为实地拍摄的巨大困难，因为第一次探索，因为没有经验可借鉴，我们不知动了多少脑筋，不知道用了多少"土办法"，不知道想出了多少不寻常的解决思路。现在回想起来真是梦一般的过程，怎么完成的都不知道。如果没有一种勇往直前的精神，根本无法实现。

青山依旧在，几度夕阳红。

当年的这些艰辛经历，南征北战的全情投入，勇往直前的坚毅精神，对当下还是有益的。对于我而言，这些经历告诫我不能偷懒，无论拍什么戏，在服化道、烟火、照明等每一个方面，都要根据作品的气质全力创造，毕竟我们想要做的不仅是一个产品，而是一个艺术品，艺术品当然就要有创造。

虽然如今我们的影视行业已经逐渐成熟，无论布景、道具、造型、服装各个方面都有了高效专业的表达方式和工作流程，但这并不意味着我们可以"偷懒"，相反，我们需要更加全力以赴地创造和创新。因为表达的模式也会一定程度上造成雷同，在不同的影视作品中反复出现类似的布景、造型、服装，难免会给人"串戏"的感受。如今，我们更要避免塑造出"千人一面"、样貌雷同的作品，全力创作的精神才是我们应该提倡的。

人在江湖

回顾《水浒传》，不忘初心

> 一个剧组的风气也非常重要，李雪健老师表演的风格、激情、态度，实际上感染了剧组所有的人。

2018年，是《水浒传》播出20年整。《水浒传》1998年1月2号开始播出，春节期间还在播。当时，"大河向东流"唱遍祖国大江南北，大街小巷。那个时代的创作制作的工作精神，我觉得是最值得留恋的。

20年过去了，回顾《水浒传》，其实我最想说的还是那句话：不忘初心。不论过多少年，我们只要从事这个行业就应该抱着兢兢业业的态度，一丝不苟。

《水浒传》已经播出20年了，从我们开始进入《水浒传》的创作算起，已经将近24年了。1994年进入创作，到完成播出用了三年零八个月，创作过程中的点点滴滴，我印象非常深刻。在那个时代，一部四十多集的戏，用了这么长的时间制作，可见大家下了多大功夫。

千辛万苦得到拍摄任务

我是央视版《水浒传》的总制片主任，所以《水浒传》的诞生过程中，没有一件事是与我无关的。

在这之前，我和张绍林在山西电视台工作，取得了一些成绩，那个时候我们连年得奖，包括"飞天奖""五个一工程奖"这些大奖，有时候一年甚至得两三个奖。

因为有这样的成绩，我们到中央电视台请战拍《三国演义》。央视最终也还是选择我们拍摄《三国演义》的"南征北战"部分，在这一部分中，我担任制片主任。《三国演义》是五支队伍独立作战，拍摄得也非常艰难，像"七擒孟获""秋风五丈原"，拍这些戏的艰辛程度如今仍然历历在目。

应该说，我们在《三国演义》中"南征北战"这部分完成得还不错。

因此，有了中央电视台再次任用我们拍摄《水浒传》这样的决定。

争取《水浒传》

但这个决定一波三折。开始，台里的领导希望由我们这个团队继续来打造。没想到中途又有了变化，我们听到消息，领导似乎又改变主意了。

我们那时候正年富力强，我当时43岁，张绍林45岁，我和张绍林两人一起去找广电部的部长、副部长和台长，向领导表达了我们拍摄《水浒传》的愿望，阐述了我们拍摄《水浒传》的想法，领导最终才接受我们的意见，转而让我们来承担这个任务。

刘欢偶然演绎《好汉歌》

我们制作《好汉歌》的时候很有趣，请了一位当时还比较红的名歌手来唱主题曲，他唱地方民歌还不错，很有一种匪气。所以我想请他来唱，但是唱完了之后，听上去简直太痞气了。

正好刘欢来录另外一首歌，我们就说请刘欢试试吧，试试怎么样。结果刘欢一张嘴唱，震惊了我们这些人，我和赵季平老师都非常赞赏地说："哎呀，还是刘欢吧！"

刘欢唱出了奔放、大气、豪迈的精神，而不是简单的匪气。从歌曲后来的效果也可以看得到，刘欢是如何出色地演绎了这首歌。

人在江湖

（左为赵季平）

伟大的艺术家都是用生命在创作。一股热情，一脉深情，一腔痴情，尽数倾注于作品。那些动人心魄的恩怨情仇，无不是内心世界最真切的风景。

好的影视音乐是包裹剧情的

《水浒传》的音乐可圈可点。

首先我们请到了音乐大师赵季平先生来进行创作。我想,《水浒传》的音乐应该带有浓厚的地方色彩,尤其是带有山东的味道。在当下对中国音乐非常有研究的,应该非赵季平莫属。他当时做的"黄土地"的音乐,带有强烈的地域特色,而且与影视结合得非常好。好的影视音乐应当这样:音乐包裹整个剧情,会让人沉浸在剧作里,而不是沉浸在音乐本身。观众感受到艺术作品的突出气质,不是感受到音乐怎么样,但是音乐又一直在其中起着很重要的作用。

那时我确实是有很强烈的愿望,希望赵季平老师能够参加,所以我就到西安去联系赵季平老师,我们也从此成了一生的朋友。

当时配音也与现在不同,我们拿着片子到西安去,一秒一秒地过,一秒一秒地对戏,仔细研究每一段戏应该怎么配音。从起始到结束,以秒为单位计算,一共多少秒,感觉在哪些地方应该有一首歌做背景烘托,或者,这个地方应该有首歌我们回去也可以把它再丰富。

我非常重视音乐对作品的作用。与后来很多电视剧用了很多罐头音乐不同,《水浒传》音乐完全都是实录的,一首《好汉歌》就做了三个多小时长度的音乐。《水浒传》当中的插曲,也同样每首都恰到好处。后来的作品我也一直很注重音乐对于电视剧的烘托。

精益求精写出"大河向东流"

说起音乐,特别要提到的是《好汉歌》的词作者易茗老师,他是一位非常有才华的作词家。他为《渴望》《便衣警察》等作词的主题曲,也是唱响全国的。

在《好汉歌》创作过程中,我们对歌词反复进行了推敲和讨论。我记得很清楚,开始的歌词是"哥哥说声走,山上有朋友"等等。我就感觉气势不够磅礴，不够大气，虽然是农民起义，但是确实要有大江东去、大河奔流的这种气势。

在都已经快录音的时候，易茗老师在旁边突然说："哎，我想出来了！"遂写下"大河向东流，天上的星星参北斗"。这两句真是荡气回肠，一下子就让我们所有人都振奋起来。

后来又出现了"风风火火闯九州"这些非常令人振奋的歌词。但是同时，我们也考虑这首歌与后半部梁山好汉被招安的部分不合适，跟剧情不太吻合，后半部分需要更大气势的烘托。当时赵老师就提议说："我们是不是再做一首能够更加烘托这部剧的这种气势的歌曲？"后来我们就考虑做一首大合唱托底，有一位女高音在前面唱的歌，叫《天时地利与人和》。

歌词同样写得非常大气，"漭漭乾坤，方圆几何"，气势非常庞大、非常磅礴。《水浒传》的后半部，都是用这首歌做主题曲。现在听来也是荡气回肠。

理想主义者付出生命力的作品

《水浒传》播出之后，创下了纪录。网上有百分之七十几的收视率数据。我相信那个时候，应该实现了万人空巷，大街小巷都在讨论，很多人都等着播出。说到《水浒传》的观众，还发生过让我很惭愧的一件趣事。正是《水浒传》播出的阶段，我到浙江去看外景，司机有一点点超车，警车在后边就叫我们停下，停下以后他认出我们是《水浒传》的人员。然后就跟我聊说，他们全家、全队的人都在看《水浒传》。结果就很客气地嘱咐说小心交通安全。看来《水浒传》那个时候真的做到了家喻户晓。

像《好汉歌》这样的歌曲能够流传至今而不衰，而且能给人感染力，我觉得都是一个纪录。当然我觉得创下收视率纪录只是一个说法、一个说明，其实在拍摄的手段上，我们也是力图做到当时最先进的水准。当时数字摄像机刚刚出来，我们是首先用数字相机进行拍摄的团队，这是当时质

第一章　为理想而战

影视艺术是一座险峰，不能往上看，唯有低头攀登，一鼓作气往上爬。

量做到最好的一个保证。

播出后，《水浒传》获得了"金鹰奖""飞天奖"等很多奖项。

参演《水浒传》的主要的演员有几百人，工作人员有500多人，参与的演员有上千人，要是加上群众演员就不止了！所有工作人员都几乎是付出生命来参与这样的工作。我觉得《水浒传》给每一个人都留下了生命印记。现在如果我们凑到一起，大家想起那时候，都感觉非常亲切，会陷入那种生命烙印式的回忆中。

严重车祸，拆线就回剧组
人生难得几回搏！

剧本创作后期，我们开始看外景，看了很多地方，还修建了梁山。我们去了广西合浦，星岛湖的水库非常像水泊梁山，当地政府也很积极，我们就在那里复制一个聚义厅，拍了大量的外景。包括上山下山，水浒后寨——大家生活的地方。

我们坐汽艇在无锡周边看，最后还是选择了现在的水浒城的位置。当时我带着美术师一步步地丈量，最终规划出了无锡水浒城。

我们还去了湖北蒲圻，1995年3月8日，这个日子我不能忘记。那天我遭遇了有生以来最严重的车祸。当时还没有高速，我们乘坐一辆右舵的香港的车，因为我比较壮，就坐在了车的前排。车开得比较快，没想到对面突然来了一辆装石头的拖拉机，我们车的司机掰了一把轮躲出去了，我就被送上去了，与石子车狠狠相撞！

我当时惨不忍睹，脸撞破了，鲜血横流。实际上最严重的是我的腿、胯、髋臼。车门已经撞得不成样子，同行的人弄开车门，把我从车里拖出来——剧痛无比。

我被拉回武汉后，在医院的骨科住了两周，检查了两遍才发现问题所在：情况非常严重，髋臼骨折，股骨头有碎片。原本想以治疗脱臼这种方式解决问题，结果根本解决不了。当时的受伤情况，武汉的医疗水平无法治疗。两周之后,我的腰部以下被全部裹满石膏,如同一个硬壳一样被抬上飞机,为了能够安放我这个特殊病人,飞机还拆了几个座。

1995年网络还没有这么强大,消息传播得不像今天这么快,只有报纸登了一小块,说我们遭受了车祸,多严重没有说。但我的胯骨、髋臼,整个碎了三块,股骨头也碎了一块。

回到北京积水潭医院,检查和制定手术方案又花了两个星期。终于在受伤一个月之后,由积水潭医院的大骨科医生给我做了手术,手术进行了7个小时,在我的腿上划了一尺六的刀口:把肉层层剥开一直到髋臼,把股骨拉出来,把里面的碎片清除掉,再把骨头放回去,一层层地缝好。最后用一块钢板固定住了我的髋臼。

到今年算来已经23年,23年过去了,这块钢板依旧。这场车祸导致我的整条腿外侧是麻木的,而且脚非常疼。

幸运的是,手术非常成功,7天之后拆线。

我出了车祸之后,自己也在思索:我是否就此放弃工作?还是我付出这么大代价仍要继续完成工作?

拆线之后,我被批准出病房养病,直接就回到了剧组,家都没回。当时心中有一个信念:人生难得几回搏!

人生难有几回搏,现在真的是拼搏的时候,即使我现在不能行走,但是可以躺在床上来指挥工作。剧组在南三环的海军招待所,我就在那里,在床上指挥作战。当时没有可以摇起来的床,剧组的木工就为我做了一个可以撑起来的床,那个床支起一块板子,让我半靠在床上。我的身体底下整个糊满了石膏,在床上维持工作。

我当时是《水浒传》的总制片主任,所有的生产过程都要过目,所有的图纸都要看,确定它在哪加工,要多少钱等等很多复杂的事务。

大家都围在我的床边开会。还有一个插曲,有人去举报说张纪中太霸道了,开会他躺着,别人站着。后来真的有人来调查,是不是有这样一个霸道的人。调查人说来了以后才发现我们确实是在用生命在工作。

我在床上躺了三个多月才拄着双拐开始下地。当我第一次能直立着

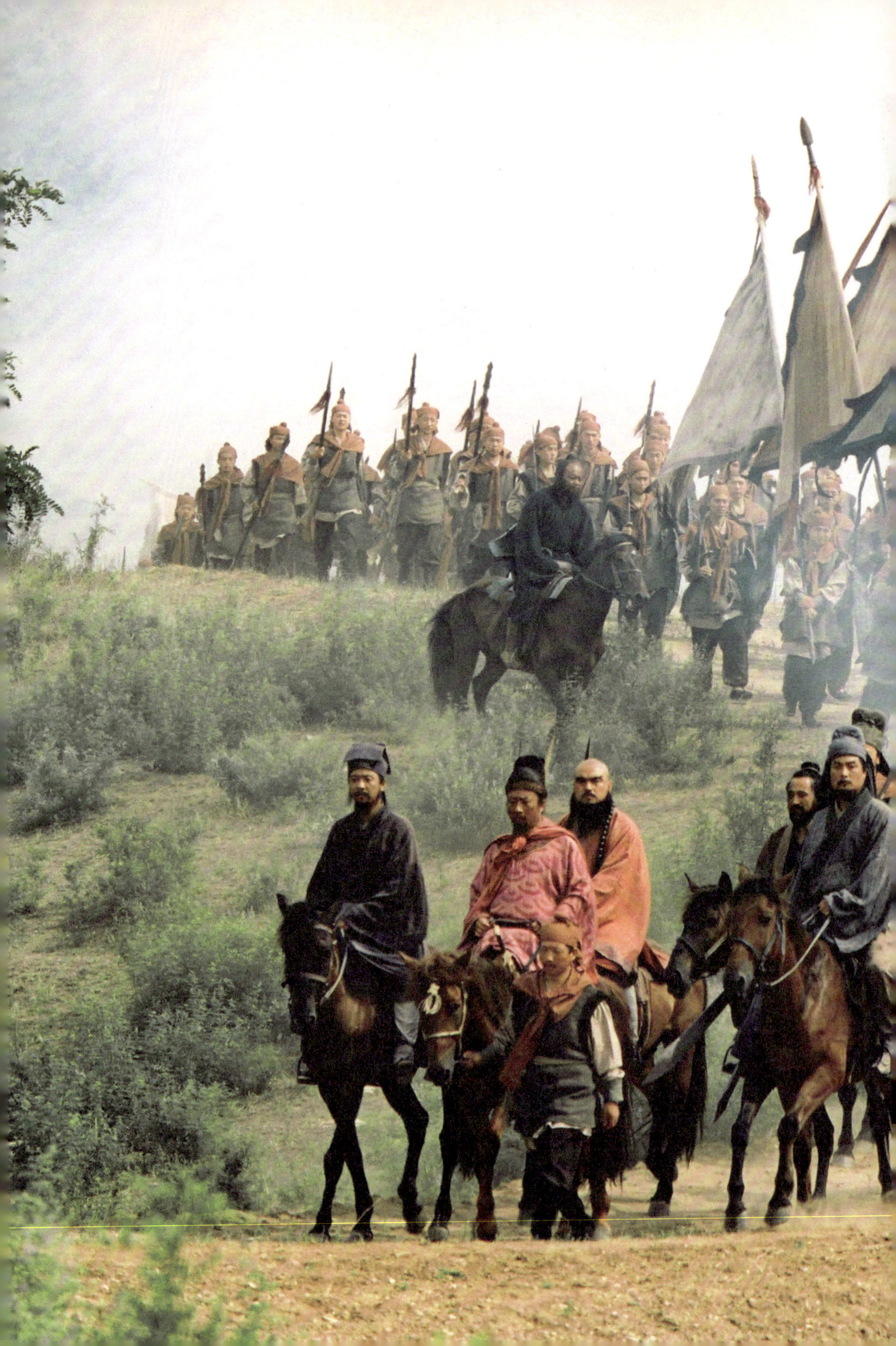

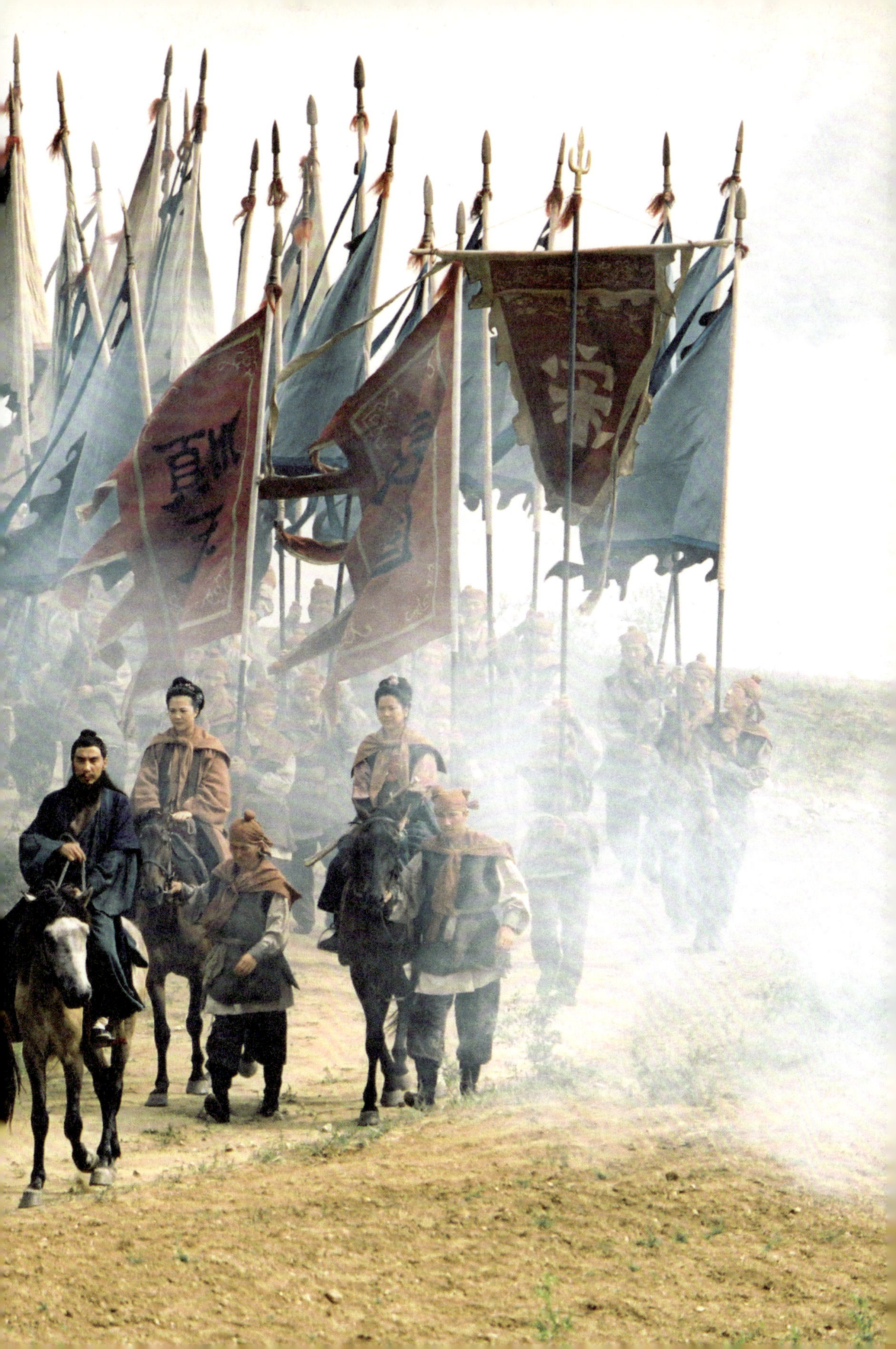

人在江湖

站起来的时候，只站立了20秒，腿部充血剧痛！很快站立时间就一次比一次长，开始20秒，后来是几分钟，再到10分钟，再后来就可以挂着双拐行动。

所以在我逐渐康复的那段时间，我是挂着双拐到各个部门去检查工作的。副导演他们经常跟我开玩笑说，只要听到楼道里拐杖的声音，他们就会认真地看剧本。因为当时我对副导演的要求是熟读剧本。

我们是11月开拍的，在这个过程中，我挂着双拐到处跑，包括去请袁和平先生。

三下江南请袁和平担任武术指导

我坚定认为《水浒传》不能走武侠的风格，就想找袁和平来为我们设计动作。第一次到香港去找袁和平，找到一个掮客一样的人，把袁和平弟弟找来，我当时就翻脸了，问袁和平到底在哪儿。对方说袁和平在给吴京拍《太极宗师》，然后我找到他，他说了一些客套话，拒绝了。第二次去也是那样。第三次因为我出车祸了，只能挂着双拐到杭州找他。夏天特别热，到了宾馆门口，我听说袁和平前一天夜戏，没起床呢。我说行，搬个椅子我坐门口。中午12点，送饭的来了，门一开，我进去了："你看我这样了都来看你，古有刘玄德三顾茅庐，今有张纪中三下江南。"

"哎呀，张先生，行了，我去！"

然后我们就谈怎么参与，什么时候参与，多少钱。

袁和平先生在这之前是没有拍过电视剧的，他一直都在拍电影。

袁先生当时真的是哈哈大笑，说："张先生，我看你挂着拐来这么两次，我答应了！"

我们两个人激动得击掌为号！

《水浒传》的武打风格就这么定了。

后来的15个月，袁家班参与了整个拍摄。很难想象拍摄一部电视剧用了这么长的时间。刚才说起纪录，这件事上创造的纪录就是我们43集的戏，后来剪成43集，当时是40集的剧本。40集的剧本我们居然拍了15个月,后半程由一开始两个组变成了四组拍摄。

为什么拍得这么慢?其实当时我们真的是按照电影的要求,一个镜头一个镜头去实现。在我印象里,在水浒城拍摄的时候,每个组24小时不间断地工作,不是A组就是B组,然后就是C组、D组,四个组轮番作战。那时候演员也非常辛苦,好在《水浒传》演员众多,还可以分身出来。水浒城也是当时的一个壮举,我们为了拍这部戏建了那么大一个城。

在那个艰苦的岁月,我觉得最辛苦的是食堂的人,食堂一天要做九顿饭,他们都是不分昼夜地倒班,来供应这些以剧组为家的人吃饭。

袁先生确实没有拍过电视剧,他不想拍电视剧,电视剧时间非常长,跟电影也不同。

我跟袁先生谈起《水浒传》的武打风格,《水浒传》作为中国的四大名著之一,其地位非常重要。之所以请袁先生是觉得他作为武术指导,武打的风格非常符合《水浒传》。我们不是拍那种飞来飞去的武侠片,而是很实在的一种风格。不管是林冲的枪、鲁智深的禅杖、武松的棍,还是李逵的板斧等等,都是很实的,包括燕青的拳。整个《水浒传》的武打风格是非常接地气的,不像有些戏,失去了对人物的观照。我从袁和平先生身上学到的就是怎样通过动作塑造人物的个性。

这就是袁和平,他善用动作来刻画人物的个性,比如:"武松斗杀西门庆"的动作设计,还有林冲的很多动作。他的武打风格在《卧虎藏龙》这些戏中也有体现。我觉得袁和平其实是我的一位启蒙老师。过去我们虽然拍了《三国演义》,但是真正的动作在其中表现得并不充分,到了《水浒传》才让我们大开眼界。

我们从袁先生这样的导演身上学到他的创作力。我像一个学生一样学习怎么拍动作戏,怎么使用武打器材。

袁家班对中国大陆武打戏起到了黄埔军校的作用

袁和平的加入奠定了整个戏的武打基础。

人在江湖

袁先生设计的武打，每一个人都有强烈的个性。这种强烈个性既实用，又不像过去那种武侠片的套路。像燕青的拳，大的战争场面，攻打方腊的戏，这些都是袁家班非常优秀的拳师来指导设计的。

所以整个《水浒传》的武打风格，是袁家班奠定了基础。后期，赵箭等人的进入，为后来的中国大陆培养了一大批人。他们在这个戏中实打实的去实践，成长非常大。参加过《水浒传》的所有武师、动作指导，包括赵箭他们，是到今天都活跃在动作武打戏里的中坚力量。所以《水浒传》确实意义非凡，对于后来中国大陆整个电视剧动作片的发展，起到了黄埔军校的作用。

随着时代变化，制作方式在变化，但是制作的精神不应该改变。

当时我们确实缺少经验，应该说是我们才探索着来做，也确实没有能够辅助的设备，比如说电脑。那个时代所有拍的戏，1000人就是1000人，2000人就是2000人。

这些也是拍摄缓慢的原因。比如说《三国演义》，其中一场戏是"诸葛亮出殡"。诸葛亮的灵柩回到成都，那场戏有3000个群众演员。这3000个群众演员中包括一个抬棺的部队，这个抬棺的部队一共有64个人。光抬棺材的这些人的训练，就用了两个星期，我天天在那看他们训练。用什么方法，用什么东西，才能让他们走得齐？最后想到用一种梆子敲的声音，大家都听得见的声音，才保证走整齐。

可想而知，光群众演员入场，就大概经历了6个小时。当时拍摄的难度主要在这些方面，这千军万马，真的就是千军万马。《水浒传》也是这样，梁山好汉加上梁山的兵，加上官兵，加上其他人员，每天人数非常多，道具的损坏量也是相当之大。

但是对于我来讲，其实2008年拍《西游记》，也是用了将近三年时间；2010年拍摄《英雄时代》，大概用了四年时间。后来，我们拍摄的时间渐渐缩短，但我觉得时间确实是实现质量的重要保证。

没有电脑动画，成全了朴实的风格

我们曾经看到《阿甘正传》影片开始的一个镜头，那片神奇的羽毛飘啊飘，飘到地上。这样的效果让我们很震撼，我就去考察了电脑动画，当时电脑动画制作在香港有两家公司。

考察的结果是电脑动画太贵了，根本做不起。那时电脑动画的制作是按秒来计算。计算机的速度达不到那么快，渲染的速度和软件的速度，跟现在相比就是天壤之别。这也是我第一次接触到电脑动画，尽管在《水浒传》里没有能够使用，但现在看，没有使用也是一件很幸运的事。如果说我们那时候用了大量电脑动画，就不会有后来呈现的朴实风格。

因为从色彩上来讲，《水浒传》只有黑白灰，在这种有限的色彩当中实现变化非常难。因此戴敦邦先生做的造型图真是给人非常直观的视觉表达，给我们创作提供了很直观的视觉提示。在没有电脑动画的情况下，我们的戏里没有那种夸张的飞，应该说是一种幸运：保持了这部戏的质朴风格。至多跳起来，要用器材拉一下，也好像是借助一种力量做出的动作，而不是说一下飞得老高，飘在空中。包括燕青打擂，燕青和李逵逃跑的时候上房上墙，也都是在物理允许的范围之内，是借助某一点踩踏上去翻墙走人，而不是像现在的武侠片"蹭"一下就上去了。

当时也没有抠像这种技术，所以也不可能做到这些，都是老老实实进行拍摄。但其实今天，这些技术来帮助我们实现的时候，要更谨慎小心。高清技术出现，会让人们看得更清楚，做得差一点都会让人看得很明白。尤其现在观众的审美已经达到了非常高的层次。

时代变了，理想主义的精神没有变

我觉得，拍戏的关键是要调动所有人对这部戏的热爱。

我一直在想，时代变了，其实很多人都没有变，很多人都还是有着理想主义精神。每拍一部戏，大家都应该有一种理想主义精神。我觉得《水

人在江湖

浒传》保持了一个非常强大的纪录，就是所有人都怀着理想主义的激情，能够坚持参加15个月。比如说，扮演董超、薛霸的两个演员（董超的扮演者刑国忠已经去世了），他们其实是两个解差，很短的戏，但是一共跟了剧组8个月，因为需要他们出现在不同的地点。按照现在的话，可能一天就搞定了，甚至蓝背景前面就搞定了。当时的态度，让人可以看到真情实感，好像他们真的经历了很长的道路，把林冲送到沧州。我觉得真是经历了8个月，要说起来的话，演员拿那点钱，包括主演所拿的钱现在都不如人家一个小时或几分钟的钱。

一个剧组的精神非常重要，把大家团结在一起，鼓舞大家在一起，随时都能够保持一种非常旺盛的创造力，一种吃苦耐劳的精神，我觉得这是今天也不能失去的。

今天也可以看到很多剧组历经艰辛，我觉得这些都是我们应该坚持的，《水浒传》中的每一个人真的都给我留下了极为深刻的印象，现在每每回忆起来，每一个人都那么清晰，每个人都付出了基于生命的投入。

主演也好，其他演员也罢，他们都是在拼命努力地去做这个戏。比如梁山水军的弟兄们，他们大概提前两个月进入剧组，跑步、锻炼。我们为此还买了一套健身器材，给大家伙练身体，同时给大家提供一些鸡蛋，每人一天六个；还请了一位健美冠军，后来饰演阮小五的演员张衡平，也来作为训练的健美教练。

说起来很有趣，大家经过两个多月的锻炼，每个人都练就了一身健美的肌肉，在拍摄当中脱了衣服，个个都是威风凛凛的梁山好汉，花费了这样的时间和精力，我觉得得到的效果是完全不一样的。

王思懿是台湾演员，口音就是一个大问题。而且，怎么样让她能够进入角色当中？她也是提前了一个多月到剧组。我们专门为她找了一位导演，为武松、武大、王婆等等这一组人来做小品。我觉得当时王思懿下的功夫也非常大，要跟李明启老师学习台词，她的发音很咬舌，所以要力扳发音。虽然她不是同期录音，但她的嘴型要一样。我们还让她到厨房去和面，每天做针线活。我觉得这些虽然很多不是在电影、电视当中能够表现表达出来的，但是所有努力的目的都是为了演员塑造角色，然后她才能游刃有余。当时所有人一门心思要把这部戏拍好，这是我感到特别骄傲的一点。《水浒传》的所有参与者，我觉得都是值得赞颂的。

现在我们应该怎么做？我还要拍金庸剧，我希望在拍新剧的时候，找到志同道合的演员，而不是说给我40天，我必须要在这40天完成。我觉得世界上一定会有志同道合的演员，也必须志同道合，才能够塑造出一个丰满的有力量的角色。否则就是大家为高片酬演员服务，那整个剧组就丧失了一种精神。大家都会说得过且过，这是很危险的一件事情。到今天，应该以一种什么样的态度来对待自己的作品，我觉得想清楚是很重要的。

对艺术不够专注，不能姑息

剧组这么多演员，在这么长时间中保持这么旺盛的创作状态，跟剧组的风气分不开。剧组长期在外，像打麻将这种风气我是严令禁止的。打麻将带来什么结果呢？演员睡眠不足，第二天在现场根本记不住戏；而且还会产生很多矛盾，在打牌过程当中，输赢会造成矛盾。

一旦发现存在这种现象，我觉得是要杜绝的，要对剧组负责，对戏负责。锻炼这样的一支队伍，风气是很重要的。一是设立剧组规则，二是要监督检查，要不断跟大家灌输这样的观念。

那时候剧组的作风是很严的。当时有一个演员，确实耽误了剧组的行程。一个演员不来，会牵扯到一批人。比如说某个场面需要这个演员出现，有很多人要陪伴他出现，因为梁山一出来就是好多好汉在一起。所以有一个人耽误，就会耽误整个拍摄的进程，本身拍摄速度已经非常慢了。对待这个演员我们曾经真的是下决心要换掉，最终让他做了书面检查。

但是我觉得这都是为剧组树立正气，是必须要做到的。这也是我的经验，尤其是对待艺术不够专注的行为，不能够姑息。服化道、烟火、照明、美术、动作，所有人都在为这个戏服务，如果有人采取这样一种不尊重的态度，非常不应该。实际上我们的工作是需要相互尊重的，所有的工作人员都不会露脸，但是他们付出的汗水都会在演员的表演上得到体现。

实地考察的灵气，给我们很多灵感

接到拍摄《水浒传》通知的第二天，我即刻准备进行剧本创作，立即出发到西安，寻找了编剧，一周后就组织开了第一次编剧会议。当时一共寻找了五名编剧，包括西安编剧杨争光和内蒙古的编剧冉平。

这一趟到西安还找了美术师钱运选老师加入。钱老师做过电影《双旗镇刀客》《炮打双灯》，获了两次"金鸡奖最佳美术奖"。他的特点就是能够做得很真实，很有历史感。灯光师定了姚卓玺。这都是去西安一次性定下来的人物。他后来跟着我跑遍了大江南北，寻找影视基地。

选了编剧之后，我马上开始与编剧进行剧本讨论，同时还请了李希凡、冯其庸、孟繁树这些学者，以及评书大师田连元来担任我们的顾问。田连元后来也成了与我们一起工作时间最长的顾问，因为田老师对于《水浒传》的故事非常熟悉。

我首先率领这一行编剧奔赴山东，实地考察了《水浒传》里故事发生的地点：宋江运城、智取生辰纲的黄泥岗、打虎的景阳冈、东平府、水泊梁山、石碣村……至今还使用《水浒传》中地名的，我们毫无遗漏地走了一遍。

这些地方都已经不是小说里描述的那样，与之相去甚远，但是大家都仿佛从实地考察中获得了一些灵气。景阳冈，在小说中森林茂密，宋代或许有老虎出没，现在看来就是一个小土包。时过境迁，但是在这些地方，我们能够追忆历史或者感受历史过程。

第一章　为理想而战

一个人的艺术成就和作品是他做人的体现，是他的德性格局和内在境界的体现！

创作不将就，编剧被关北戴河潜心创作

实地考察后，编剧团队写完了剧本一稿。

此后，有三名作者离开了团队，因为我感觉他们写得不够精彩。

我当时也经常跟这些作者在一起聊，比如说林冲的死，高俅被捉上山，这样的情节创作等，表达我的理解和感受。

杨争光和冉平这两个作者在北京，朋友比较多，生活节奏乱。我11月把两人送到了北戴河，北戴河一个人都没有，不管是宾馆还是大街，都没有人。这样，就像把他们关在那里，让两人心无旁骛地创作。这期间我每周去一次，与他们交流。他们在那里差不多关了两个月，剧本最后的冲刺，差不多都在这两个月完成。

从1994年4月接受这个任务，一直到1995年年初，我们完成了剧本。剧本创作，从讨论到写第一稿，到否定第一稿，到编剧团队的整合，到最终选择这两个人来完成，过程极为辗转。两位编剧也不负众望，最终完成了《水浒传》剧本。

导演组任务艰巨，亲自上阵做统筹

说起导演组，张绍林跟我合作了十年，在此之前每天在一起，比和各自家人在一起的时间长得多。其实我们两个人之间经常争论，外人看来说我们在吵架。但这些争论才使这个戏更加完备。

我会坚持我的想法，他也会坚持他的想法，最终会找到一个彼此都能够认同的意见。这个戏的复杂性对于拍摄确实是非常大的挑战。当时是我亲自担任统筹，因为没有任何一个统筹，能够那么清楚四个组的进度。四个组的排列，四个组的导演、演员相互交叉，道具的分配，灯光器材分配，全部需要细致考虑。

一个剧组其实非常庞杂，非常非常庞杂。同时，我们制片的力量也非常强大，这是一支特别能战斗的队伍，像孟凡耀、汪瑞、陈长龙，都是现

在活跃在电视界的中坚力量。

这么多人的付出铸就了这样一部戏

我记忆很深刻的还有道具组,道具的量非常之大。总投资四千多万,有一千多万是用于道具制作。无锡太湖水浒城的开业,我们的道具起到了非常大的作用——须得把道具摆满了,才能开业。可想而知道具的数量得有多大。单是道具的制作、搬运和使用,在当时就创造了一个纪录。现在一部庞大的电视剧可能道具更多一些。那时候我们积累了经验,以至于后来再拍多大的戏,都不觉得有多大的压力,这个是非常重要的。

道具包括马匹,尤其是像我们要在广西拍摄,专门有一支队伍负责养马、使用马,要在整个部队中运输马。在队伍当中的道具师、灯光师、美术师、服装设计师等等,都通过《水浒传》成长起来。

所有这些人的智慧、汗水的付出铸就了这样一部戏。

按图索骥挑演员:符合气质最重要

《水浒传》演员众多。当时在思考怎样做《水浒传》的时候,我和张绍林恰好看到一本插画,那是戴敦邦先生画的《水浒传》的插画,一共没几张。但是他画的神气、气质确实把我们,至少把我一下子震惊了。虽然我们过去曾经看过他画的《红楼梦》《西游记》等等这些连环画,但是,这就是我们要拍的《水浒传》呀!

我们好像在寻找方向的时候看到了一盏灯,于是我就萌发了要去找他来给我们做造型设计的想法。当时他在上海,我正好去找了白桦先生,白桦跟他是朋友,带我去拜访了这位老先生,应该说当时他还不算老——今年八十多岁了,当时才六十多。他非常谦虚,自称为民间艺人。我怀着一种忐忑的心情说:"戴先生,您给我们画画,我们给的报酬不多。"但我没有想到,戴先生说他根本不要钱。我很吃惊,他说这件事情真的必须由

人在江湖

他来做。他一直想要通过这样一件事情完成他的平生夙愿。我觉得他跟我们有着共同的理想。为理想而战是非常美妙的事情,当时我也非常感动。

随后我们就定下了时间,他开始伏案来给我们画,画稿一批一批地给我们送到北京,当时我们把每一批来的画都贴在墙上,看着这些画,盯着这些画去寻找符合画上气质的演员。如此按图索骥才有了后边的演员。我们也照着这些画,去思考服装的色彩、质感,设计市井、老百姓装扮、街道上的挑夫、货郎、铺面等等,这些方面戴先生的画都给我们做了一个视觉上的提示。

戴敦邦先生跟我从此成了忘年之交,他还带我去拜见了中国泰斗级的画家叶浅予、潘絜兹,还有漫画家丁聪。见了叶先生之后几天,叶先生就逝世了,戴先生带我见这些大师,我非常感动。

我也从与这些大师的接触中,感受到一种胸怀和榜样的力量。其实每个大师都不是偶然的,他们对于人生的态度,都有独到的坚守。

前不久我又去上海拜访了戴先生,他依旧在创作中,八十多岁了,一只眼睛已经失明了。他说:"在我还能看得见的时候,我还要画下去。"这种创作态度,激励着我们晚生后代奋然前行。

服装难哭设计师

《水浒传》所有的服装、化妆、道具,都参照了戴先生的图。

我们的服装设计师换了好几个人,最终留下的是小姑娘伍健——当然她现在已经是服装设计大师了。《水浒传》的服装难度很大,色彩上的要求是以黑白灰为主,在很有限的色彩之内要有所差别,这在当时是一个很大的难题,各个层面都涉及前所未有的创新和尝试。这个年轻女孩反复设计都没有过关,当时还跟我哭起来:"太难了,实在弄不出来啊!"

我鼓励她:"坚持下去,会达到一个完美。"比如说关于铠甲的设计,当时用模具把牛皮压成很有形的样子,实现那种铠甲厚重的感觉。这是非常有创造性的,在之前没有任何相关经验。

视演戏如生命的演员

我们看了这些画，对于宋江，第一个想到的是李雪健，第二个还是他，第三个还是他，没有任何其他人选。雪健老师本身是山东人，而且他对宋江有独到的理解，不是去表演一个狡猾的英雄人物，而是从一个很普通的山东人，从一个小县城中的一个小官吏的角度理解宋江。但是他又有这样的胸怀和江湖上的人士互动，而且有强烈的正义感。李雪健老师表现人物的时候，非常生动，而且出人意料。

我印象非常深的是他在浔阳楼题反诗那场戏，李雪健老师有一点点喝酒的感觉，他的书法也是非常了得，在墙上一挥而就。那是一面白墙，如果拍的不行，肯定要重新再拍，需要重新把墙刷了再来。但是那一次是一条过。当时我们也考虑到这个问题，用了两三台摄像机同时拍摄，大家屏住呼吸来看这场戏，这给我的印象非常深刻。

从表演角度来看，李雪健老师也非常敬业和认真。他从来没有在现场拿着剧本背台词，或者是有人提醒台词，从来没有。不管拍哪一段，不管拍哪一个镜头，他都能够一字无误地把台词说得有声有色，完全融入宋江这个人物当中去。我说一个剧组的风气非常重要，李雪健老师表演的风格、激情、态度，感染了剧组所有的人。当然除了他，我觉得其他演员也都很认真敬业，像饰演林冲的周野芒老师，包括臧金生、王卫国，都是跟我合作多部戏的演员。我为什么要跟他们合作这么多戏？他们的品德、艺德确实非常好，而且他们真的也付出了非常大的代价。

演鲁智深的演员原来没有那么胖的，他要增肥，把自己吃胖起来。所以经常看到他端着个盆在吃，一直把自己吃成了一个大胖子。

武松年轻要练武，有很多拳脚戏，都是非常有难度的。像武松打虎这些片段，都是付出了近乎生命代价的。

有些女演员像孙二娘扮演者梁丽，她很有意思，来到剧组就说要演潘金莲，我说你真的不适合潘金莲，你的泼辣性格可以演孙二娘。

我觉得潘金莲不是一个风骚的形象。其实从小说当中看，她也是一个

人在江湖

创新，就是传承文化传统基础上的重新审视，是在岁月积聚的智慧上的重新解读，是立足于当下对以往的继承和回顾。只有立足于深厚的文化根基才能做出有价值的新意！

悲惨世界中的女人，她过去在张大户家做丫鬟，不从张大户才有了后来跟武大郎的关系。她的变化，应该是从一个很清纯的少女转变成这样，由于生活的压抑，才有了西门庆的乘虚而入，才引出了这一段故事。

还有值得说的演员，像李明启老师，也是跟我合作了多次，表演起来炉火纯青。当时值得称道的演员数不胜数，而且大家都欣然接受这些角色，就像赵小锐演李逵。

演吴用的老师是宁晓志，我们要选择这样一个人：他既要有学究的样子，又是一个乡下人，不是一个城市高级知识分子。林冲是一位具有书生气质的80万禁军教头，是很有修养的一位武将。豹子头到底是什么样子？我们在看了戴敦邦先生的画以后，非常有感触。而且周野芒也是我们当时认识的演员之一，于是决定由他来演。谈合作的时候他们都是非常痛快，不讲价钱，他们是视演戏如生命的演员。

以上说的只是几个主要演员。其实所有的配角，哪怕在戏当中只有一场戏、两场戏的演员都非常认真。整个剧组的氛围，确实就是创造精品的氛围。服化道、烟火、照明等等每一个部门，都是如此。

我当时负责所有戏的拍摄进程，所有的资金控制，包括演员的安排等等，这些事情繁杂至极，简直如乱箭穿身。

作为《水浒传》的总制片主任，操纵的不是一个小戏格，是那么大的一部戏。压力其实也蛮大的，时间确实是非常长。怎样提高速度，保证质量，是大难题。质量是没有顶的。我们要的是一个什么质量？当时我经常会跟他们吵，后来看到成果，心里还蛮有底的。

兢兢业业工作的精神
让我一辈子记住他们

我们为《水浒传》搭了好几处影城，我特别要说的还是之前提到的美术师钱运选，现在这位老先生已经七十多了。当时我去请他的时候，他拍了《双旗镇刀客》，特点就是能够非常真实地体现朝代特色。现在的水浒影视城依旧是旅游的热点，5A级景区，这都是《水浒传》给我们留下的印记。

南方还有蒲圻、广西合浦的星岛湖，都留下了我们拍摄《水浒传》的场景。

那个时候的道具组有几十个工人，除了兵器类是外面加工包装，所有的陈列陈设道具，还有一些部分手带道具，都是剧组自己设计，自己制作。我们剧组有很多技艺高超的师傅。

这些人树立了一种风气，他们从来不记加班加点的时间，基本上吃完饭就开始工作。我当时会经常去看看他们，跟他们交谈，互相鼓励。像贾少武、韩永泰这些老师，有的已经不在了，但是他们兢兢业业的精神，一丝不苟的工作态度，会让我一辈子记住他们。

拍武侠剧先要理解武侠精神

我觉得拍摄武侠剧先要理解武侠精神。中国的武侠精神是自古以来流传下来的。武侠精神特别能体现正义终将战胜邪恶的鲜明价值，鼓励和提倡中国文化当中的仁义礼智信。尤其是金庸先生的小说，体现了中国文化中丰富深厚的文化现象和文化表现。

我为什么拍摄金庸武侠剧？因为金庸的作品真的是将儒释道精神融在一起的小说代表，而且也有非常浪漫的情感。

几乎每一个人物，像张无忌、小龙女、杨过等等，他们都表达了浪漫主义的情怀。虽然每一个故事浪漫的方式不同，但确实都有这种情怀。武侠精神是需要中国传承下去的。我觉得创新不是去迎合庸俗，创新是要把原著精神用自己所理解的方式，更为独到地传递给大家。要把你所理解的武侠的气质表达出来，传递给观众，从而感染观众。

关键的问题是我们所做的这一切能不能够感染大家，如果说只追求一种取宠的效果，而不能够感动大家，我觉得它没有实现艺术震撼人心的效果。真正好的艺术品，是触摸灵魂的艺术品。只有感动自己，才能够感动别人。

以灵魂来塑造灵魂，正是我们做这一行的标准。虽然我们拍的是武侠剧，但是我一直都认为这是在弘扬主旋律。倡导见义勇为，有侠义精神。我所拍的武侠剧是主旋律，而不是一个简单的爱情故事。爱情故事有，但是为张扬武侠精神而服务的。

爱情需要服务于武侠精神，不能单独地把爱情故事挑出来，反复翻炒，甚至大幅度改编金庸先生小说，改得不伦不类，让原来的人物全都变了味。例如有的版本改编的东方不败和令狐冲的关系，这样改编，我觉得它误解了金庸先生的创作初心。

当你失去了一个武侠剧的本质的时候，那东西就已经不是武侠剧了。

拍武侠剧，是对侠义精神，对武打、情节、信念、血性这些特质，有自己的情怀的。我就是本着情怀来做的，但别人是否是把它拍成爱情片，他们是用一种什么样的理解拍的，我无从知晓也无从干预。

武侠剧其实分为两部分，一个武，一个侠，武是一种外在的美感，侠是内在的美感。武侠剧要拍得内外兼修，是一件不容易的事情。我们在拍摄一部武侠剧的时候，确实要寻找到适当的表达方式。我们都不希望它雷同，我经常跟自己说，能不能够超越自我一点，只要我这部戏比上一部戏有进步，那我就没有白干。我拍戏的时候，总是要求自己能够有一点点进步。其实超越别人还是别人的事情，超越别人是别人给你的评价，但超越自己确实是对自己的一个要求，而且是痛苦的要求。

重拍经典要心存敬畏

我觉得后来所有经典的重拍，都没有耗费前面那么长的时间。对于我个人来讲，我参加过《三国演义》《水浒传》和《西游记》这么大规模的戏的制作，其中最重要的还是前面的《三国演义》和《水浒传》。没有人能有这样不寻常的经历，我在四大名著的拍摄过程中，经历了三部，尤其《三国演义》和《水浒传》完全没有电脑动画。

我们在操作这样的大戏的时候，会发现拍戏其实需要很周密的安排。

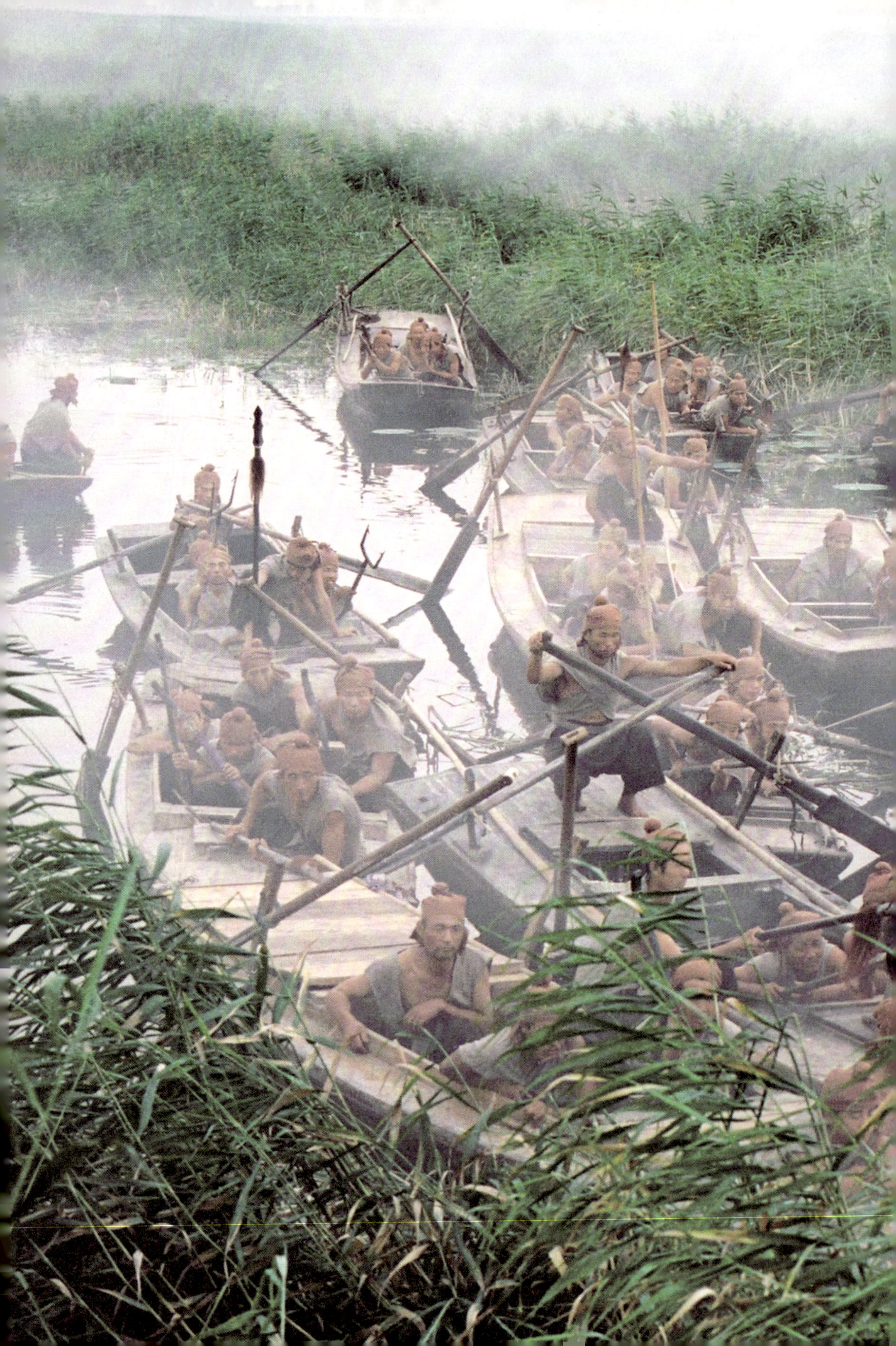

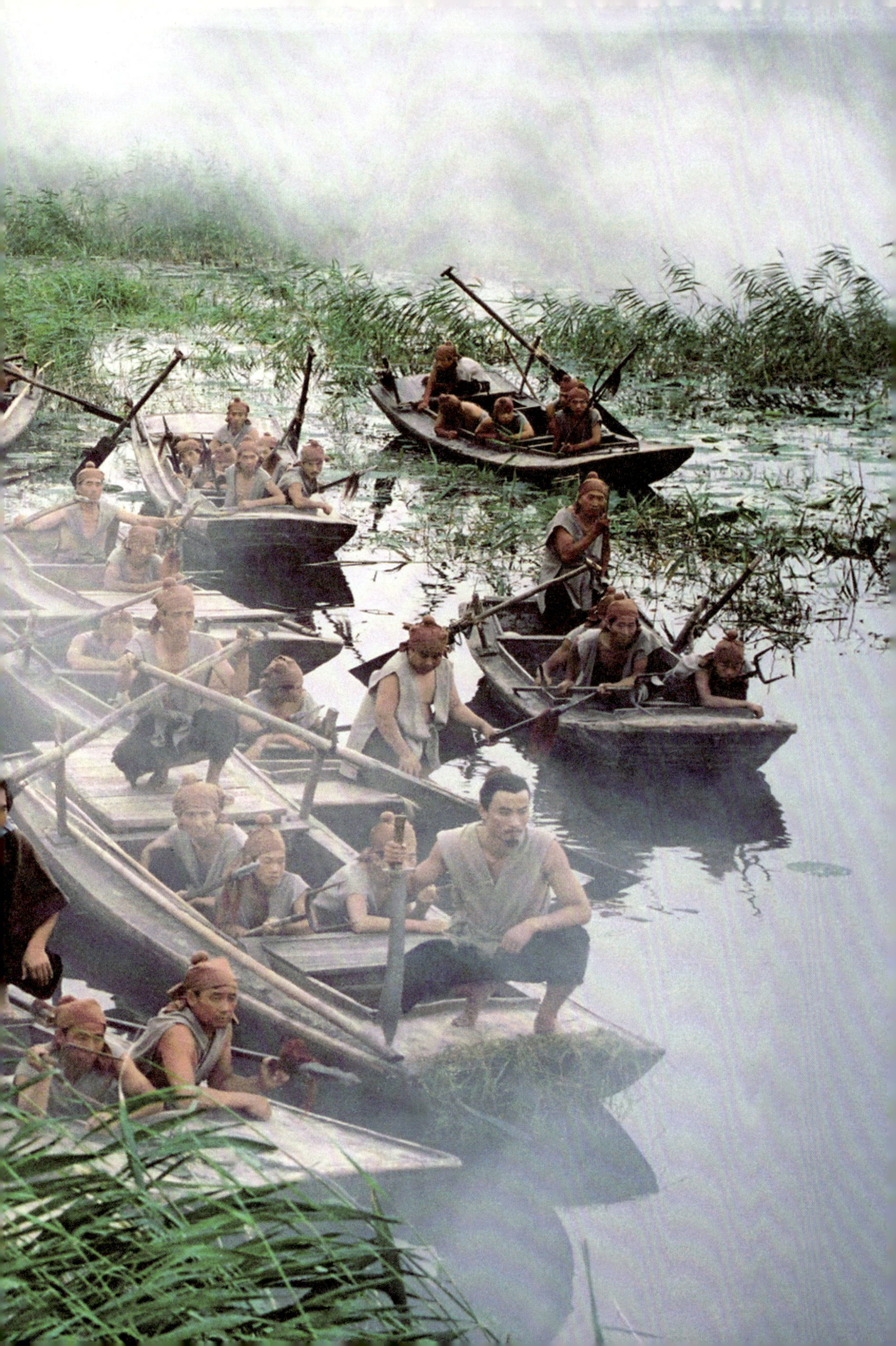

人在江湖

《三国演义》和《水浒传》锻炼了我对制片的把握，这个过程经验教训并举，很多是经验，也有很多教训变成了经验。这是后来者没有的机会。

后续的很多戏，因为时代不同，比如说要求演员的时间等等有很大的限制，因而产生出不同的结果，也是能够理解的。

其实重拍经典，要想实现经典，我觉得首先创作者要有一种敬畏的精神，要小心翼翼地来对待作品。要寻找到自我的感动，就是自己究竟有什么感受？比如说我后来要拍《西游记》，这是一个很难下手的戏，过去六小龄童老师的《西游记》已经深入人心。但是我们有对于儒释道的理解，还有对人物的了解，这都是让我们自己感动的。我当时时常考虑我们最大的不同何在，比如孙悟空很大的不同就在于，过去是一个人怎么努力想演得像一个猴，我们能不能够让猴努力去变成一个人？这一反一正之间，我觉得有天壤之别。

重拍《西游记》，必须要深刻了解中华传统文化精神，在这一方面我们是下功夫了。当然我们的技术手段，已经比1980年代有了很大的进步，但是拍完了之后，我觉得还是有很大的遗憾。我们的进步还没有那么大，没有国外拍摄的作品那么好。又过了几年，拍摄《英雄时代》就有了非常大的进步，尤其是环境，包括所有的动物，所有的创作，都有很多进步。时代进步有时代进步的好处，我们要做到扬长避短。

传承经典要有责任心

所有世界名著都有人生价值观的表达。在我们的时代，还需不需要这些价值？我觉得可以这么说，人类历史自有记载以来到今天，人性上是没有变化的，贪婪终究还是贪婪，善良终究还是善良，凶恶、丑恶、邪恶依旧存在。经典表达的是对于人性的剖析，对于真善美的歌颂。这些是我们要去挖掘和从不同的侧面、以不同的表达手法去表现的。而不是说有些人喜欢年轻貌美，我就把里面的人物变得年轻貌美；有些人喜欢不劳而获，我们就把人物变成不劳而获的形象。以牺牲作品质量去取悦社会的低俗风气，是完全不可取的。我们要保持对经典的敬畏。

经典其实就是对永恒主题的代表性表现。经典作品代表着人类文明和人类思想的真善美，那些在人类文明历史上产生过巨大的力量，能够给人带来心灵鼓舞的经典作品，都值得我们去拍摄。只要我们内心的感触非常强大，就可以把这种强大的感触带给观众。这就是去再现经典的动力，也是一个缘由。

为什么我一直坚持拍摄文化经典？我觉得这是一件伟大的事。传承很重要，我们甘做文化传承者，因为传承优秀传统文化是每一个人的责任。

一个民族需要有一些经典的文化象征，如果一个民族连文化象征都没有，所有的文化都被外来文化取代或者占领，那这个民族在世界上的力量在哪儿？中国的传统文化彰显我们的精神风貌和价值观，促进中国传统文化创造性地发展确实很重要。

选演员首先要明确对于人物的认定

当时在选择潘金莲的演员的时候，并没有考虑过是大陆的台湾的还是香港的还是什么地方的，主要考虑的是气质上的合适。当时我和张绍林觉得应该选择一个清纯的潘金莲，而不是一个风骚的潘金莲，这是对人物认定的问题。因为王思懿是台湾人，她的台词方面有很大的弱点，那么我们考虑的是怎样改善她的情况，提高她的演艺水平。

我后来在拍戏当中也用了不少港台演员，只要我认为符合气质的，我都会用。包括当时钟丽缇的马夫人，钟镇涛的公孙胜主，寇世勋、应采儿等等。这些演员，其实都符合我心目当中的人物形象。也许这些演员的个性上，有的还跟角色有反差，但是我觉得只要气质合适，成熟的演员都会从角色出发去塑造一个全新的人。

《水浒传》拍摄已二十余年了，行业发生了巨大的变化，但为理想而战的精神不应该变。希望我们每一个从业者，都能做到不忘初心。

人在江湖

电视剧《西游记》创作阐述

> 在拍每一部戏之前，我都会写创作阐述。理清创作思路的同时，也能给各部门以创作提示和要求。读者可以从中窥见创作拍摄工作之一二。这些工作资料随着日后的颠簸流离，大多失散了，不免遗憾。

重拍《西游记》是我多年的梦想。历来"文学的传授，是价值观传授的捷径"，而历史的、社会的、人的生活方式发展到了今天，电视电影的传媒，娱乐的方式，都已然成为文化价值观传播的最有效形式。客观地说，历史是被选择成为今天的，在一切的选择之中渗透有文化的、政治的、审美的秩序传授，亦即为主观授意，一种看似客观的不由自主。我看重这种不由自主的主观授意，一个人可能由于不同书籍的阅读选择，重塑自我人格，因此相对当代社会习性、民族特性而言，对于不同可传播内容的选择，重塑的是民族的品格与文化特征。

这是我决意要拍摄《西游记》的最根本意图。

对于重新拍摄这部流传有将近600年的"西游故事"，我们首先应该分析曾经有过的《西游记》电影、电视剧。1982年大陆版的电视连续剧《西游记》，以及1990年代香港周星驰的《大话西游》，都是距离我们视觉和记忆最近的影视作品。它们虽然是不同的风格，但是都有自己独特的成功之处。然而我认为，无论是电视连续剧《西游记》，还是电影《大话西游》，甚至《月光宝盒》，都没有能够参透《西游记》的文化真谛与魅力，都没有以影视的独到、独特方式来表达、展现《西游记》的故事，传递《西游记》中独具魅力的中国儒释道文化精髓，没有反映出《西游记》的本来面目。我对《西游记》这么多年的喜爱与探究，得出的《西游记》的"本来面目"，亦即《西游记》表现的精髓，既不是曲折离奇、怪异的故事过程，也不仅仅是人物的有趣、惊险，各具本事，无所不能，而是贯穿于这一切之中的文化的表达，是对世界对人内心的价值指证。

分析这两个影视前辈的《西游记》作品，是我们这次《西游记》重新拍摄的诸多繁重工作的首要任务。

两版《西游记》，在故事的讲述上和原著有较大的区别。1982年的42集电视剧《西游记》，虽然是电视作品，但是在故事讲述的观念上表现上，基本仍是以戏曲的模式来表达整个故事。戏曲当中的假定性，甚至戏剧表达的故事发展方向、空间关系，同样表现在电视剧里。一方面是因为当时影视科技技术只有非常简单的特技技巧，与二十多年之后的今天相比，不可同日而语，创作受到局限。而更重要的原因，我认为是对传统文化的不同时代的认知，以及对于电视特性的理解。当年拍摄《西游记》，"文革"刚刚结束，思维、理解、想象力都带有多年禁锢的痕迹，而在今天，多元文化的呈现，信息交流的便捷，技术表现的丰富奇妙，想象力的拓展，都为我们当今的电视创作，呈递了丰富的参考与选择。另一方面，因为文化、思维的开放，我们看了大量世界性的尤其是美国的优秀电影、电视剧，这对于我们把握电视镜头的故事讲述，区别传统舞台的故事叙述习惯，强调电视的概念，有了视觉的创作方式的专业性铺垫。

周星驰的《大话西游》，可以说与大家熟悉的《西游记》没有什么关系。碰巧，片名中有"西游"二字；碰巧，影片之中的人物也叫悟空，也有八戒，等等。《大话西游》只是利用了《西游记》人物的名字与大致故事背景，来描述现代人，尤其是现代青年人的一种情绪、感情、心态。它是借了《西游记》的一个壳，为他自己"变种"成了《大话西游》。《大话西游》做得非常成功，这么多人对这部电影的喜爱、钟爱，都足以证明他的成功不是同行业人之间的相互客套、恭维。

由此，我们纵观所有被视觉过、被体现过的《西游记》，最为成功的，应该是大陆大小观众都熟悉的万籁鸣先生的动画片《大闹天宫》。因为在我看来，这部动画片"西游记"之《大闹天宫》，最具有孙悟空的猴子特性，与大闹天宫的传神。虽然它没有以真实景物为背景的环境，没有

人在江湖

夺人眼目的服、化、道视觉奇异，只是一部画出来的动画片，但是，在作品的传神方面，它做到了超越其他同类《西游记》。

今天我们再拍《西游记》，首先是对这部伟大作品的定位，我把它定位为魔幻题材的神话电视剧，这意味着我们各方面创作表现手段的方向。对我们来说，这将是一次巨大的也是杰出的挑战，也是中国电视剧在制作上能不能够由此突破、还原文字作品魅力、展现我们想象力的一个最好的机会。

我们面临最大的困难是我们能够有多大的想象力来表现这部作品的文化；其次，我们能够有多少拍摄经费，来成全我们的创作与想象力。

我先谈谈"粮草先行"的拍摄经费。

以最为保证创作体现、保障创新需求、实现想象力的角度，200万一集的投资，是我们梦寐以求的；实际情况是，每一集只有150万的资金投入。以当前国际国内经济大形势，以及电视市场的投入来看，这样的投资不低。但是，第一，我们是创作者，不是生意人，大的经济环境于我们的创作而言，可参照，而不可作为减少四分之一创作的理由。第二，如何在每集减少50万资金投入的情况下，不失创作水准，而且还要有创新。

这种情况下，我们即将面对三大困难：

一、如果确实因为资金短缺导致作品质量受影响，这每集50万的资金缺口怎么填补？制片部门首先要仔细核算，反复推敲，最终要具体到去拉赞助来解决问题。

二、什么是创作的创新？举例来说，我们拍摄的这部《西游记》将有大量的CGI。有很多优秀的影视剧（世界范畴），它们的CGI都做得非常棒，但是我们没有真正做过。我们以往片子里面的CGI，都属于小小玩闹，没有经历过动作、角色的CGI，从人成为妖或者魔。因此，我所指的创作的创新，还不是真正意义上、我们独创的创新，仍是别人做到了，而我们还没有自己尝试的创作的创新。我们要做得好，而且视觉效果上好过我们已有的视觉经验，这是我们努力的方向。要完成这个创作的创新，我们起码应该知道国内电视制作行业，有多少能够实现理想CGI的专业人员？我们有没有能力团结全中国范围内所有的CGI行业的力量，来完成这部伟大的《西游记》作品的电视化效果？我们能否做到因为我们《西游记》的制作，而使全国的CGI的水准有所提高？因此我们的创作人员包括导演，更需要清楚我们期望的CGI效果是怎样的艺术标准。

在以往的创作经历和实践过程中，我们掌握了不少技术的表达、表现方式和创作经验，但是，新技术日新月异，我们即便天天在这个行业里摸爬滚打，对很多技术也属于所谓的"见过猪跑"，却不知道"猪是怎么养大的"。CGI能够做到什么程度？什么是我们可能想得到、却是目前依然没有视觉参考的创作创新？

三、创作周期的控制。依照我原来拟定的拍摄计划，从前期准备，到外景、内景拍摄，到后期制作完成，应该需要三年。最新计划要把全部过程压缩到两年。这个最新计划并不是我个人心血来潮，或者为节约大家的创作生命、享受时间而产生的变革，而是投资商、发行商出于对当前经济形势与未来收入隐患的考虑，以法律的形式与我们签订的合同制约。在这个合同中，我们的制作过程，每超过一天，需要赔付总投资的千分之三。千分之三听起来似乎不多，我把它计算出来，7000万总投资的千分之三是21万，每拖延一天就要赔付21万。这是一个非常可怕的数字。

现在，在《西游记》没有拍摄之前，我们先看到了需要翻越的三座大山。非常可怕，非常有挑战。但是，我们都应该明白自己在做的是一件怎样的事情，让每一个参加《西游记》拍摄或者制作的工作人员，每一个演员包括群众演员，都为我们的创作和我们的工作自豪。因为，它除了是一部前无古人的电视剧之外，更是一件对中国文化非常有意义的事情。如果我们大家都有一致的共识，才有可能把力量拧成一股绳，用这根绳子拉动一个崭新的奇迹。

《西游记》是四大名著之首，融汇了中国儒释道三种文化的精华，表现了三种文化在整个中国社会、生活、道德、人生理念等等方面水乳交融的关系。

这部小说也具有非常强的现实意义。唐僧的取经小分队，从他们相

人在江湖

我们每个人心里都要有一把剑。这把剑，就是一把正义之剑，是心头的正义之剑！"路见不平一声吼，该出手时就出手"传唱的是一种精神，这种精神就是让我们有正义感，拍武侠剧就是让人们建立一种情怀，当你有这种情怀的时候、就会出手相助！

遇，共同经历成长，取经路上遭遇磨难，一直到达西天取到真经。这曲折的过程如同我们的人生经历，年幼的心怀理想，少年的幼稚冲动，青年的血气方刚、目空一切，一直到我们在人生道路上遇到各种诱惑，只有坚韧不拔的人才最后取到了真经。《西游记》也罢，我们的人生经历也罢，蛰伏其中的种种妖魔鬼怪、金钱美色、权力的利诱，实际上都是我们每个人的心魔。《西游记》象征了我们的人生，我们如何战胜自己的心魔，像唐僧、孙悟空的小团队战胜各种妖魔鬼怪一样，抵挡人生的种种利诱，勇往直前，永远不迷失方向，这是我们的人生问题，也是我们创作要寻求的主题表达。战胜电视剧《西游记》创作过程中的困难，也是我们战胜自己内心心魔的一个象征。

重拍《西游记》，如何表现我们着重要表达的儒、释、道三家的思想，这个对我们非常敏感、非常重要的问题，我暂且简单提及：这倒不是一个难题，只要把故事讲好了，原作中本身具备的这些内涵，并不需要我们刻意去描述这三者到底是什么，它们会非常自然地表达出来。通过讲故事，通过人物的经历、剧情，让人们看到并感受到儒、释、道文化的精髓。

创作部门，首先需要严阵以待，从内心全力以赴的，是全剧创作的灵魂：导演部门。我希望导演部门在入组开始这项艰巨的工作之后，首先要把握剧本创作，要认真参考原作小说中的故事表达、含义，人物表现的精华，影射的深度，全面考察剧本结构以及所用细节是否合适、到位；剧本有没有将原作的文化精华通过非常有趣的情节来表现出来。

这次拍摄电视剧《西游记》，有很多不同于我们以往的创作经历与经验，与以往所表达的方式内涵，都有本质差别。无论是人物的造型、语言、动作、服饰、道具等等，都应该是历来其他艺术形态的《西游记》所不曾表现的。因为我们处于这个具有不同于以往年代技术表现力的时代，因为我们拥有丰富的理解力、想象力，因为我们以多年的人生经历和创作经验能够解读到《西游记》的文化内涵。所以，我们要将《西游记》的故事和人物，从一个虚幻的、被文字描绘的书本的、头脑的空间，转换到一

人在江湖

个真实的视觉空间，让观众相信这个奇妙的神话故事，发生在不可能的地方——就是让虚幻变成现实，从创作的根本开始，否决我们去做一些经常在其他电视剧或者在以前同类电视剧里面所见到的那些场景，否则就证明我们想象力的失败。从而彻底摆脱唐僧、孙悟空们像从戏曲舞台两侧出来的戏剧人物的束缚。这需要我们的造型部门发挥全新的，从脚后跟出发的翻天覆地的想象力，让真实折服的想象力。

第一部分　主要人物的创作方向

1. 孙悟空

虽然《西游记》的中心人物是唐僧，但是最重要的人物，应是孙悟空。《西游记》所表达的诸多思想，以及故事的精彩之处，离不开孙悟空的种种表现。因此对待这个人物，我们要非常用心，极其慎重。

首先是演员的寻找。合适的演员（非单指外形）即已经成功了一半以上。我们希望扮演孙悟空的这个演员，是我目前视野里面所没有参照的。这真是不幸、也是大幸，不幸在于找到这个人需要花费时间和精力，需要通过各种媒介，各种渠道，也不排除在戏曲界、运动界或从明星当中重新考量。大幸是我们为此将打开眼界，不可能草率，也不可能将就。

对扮演孙悟空演员的要求，比之身手敏捷，有"猴像"（非单指外貌），更重要的是这个演员的灵性、悟性、感受力。能够准确领悟导演的意图，更能够对孙悟空有自己的理解和表现力。能够把感情演绎、传递得非常精彩、准确。

解释一下孙悟空的感情。以往我们看到的孙悟空除了愤怒、淘气——甚至淘气也是愤怒的另外一种表现，几乎没有其他情绪。我认为值得商榷。《西游记》是一部神话作品，"神话"二字在《西游记》中更多的是体现在环境，而作为在神话这般情景之中的角色，他们的情感依旧是我们所能够理解的、人的情感。如果我们能够这样来理解这则神话故事里面的情感，那么孙悟空从一只石猴，"奋斗"转变为经历西天取经的斗战胜佛，在这个过程中，他就不仅仅是外形变化，心理上也会有很多情感变化。这不是为了给孙悟空做心理分析，而是剧情的进展，观众的观赏，都需要有这样情感的变化。我把孙悟空的情感经历划分了几个大致的、粗略的常规阶段。

孙悟空作为石猴出世的时候，他是一种孤独的心态；当他终于被众人接纳的时候，也是他的好胜心、虚荣心开始无限膨胀的时候；学艺之后，他武功高强，有了金箍棒，有了筋斗云，他心高气傲，不可一世，因此大闹天宫；然后经过了老君炉的锤炼，经过了五行山下的五百年反思；当他皈依佛门之后，我觉得他依然只是形式上的皈依，他的那颗"猴心"依然充满俗世红尘的喜怒哀乐恨，甚至还时不时要把唐僧打死！

孙悟空妄想把唐僧打死是原作中一个奇妙布局：西天取经的故事并不是一个从开始就意志坚定的小团队共同奋斗直至成功的单纯过程。这一队人马，也是"社会各阶层"的"垃圾组合"，一开始就是松散的结构，是不得已的西天取经，只有唐僧是意志坚定的僧人，是内心有目标、有修行、有定力的象征。因此最终是唐僧的坚强意志、定力感召以及他们共同的经历，改变了这个由妖、魔形成的西天取经团队，成为坚定不移的组合。而孙悟空亦是从任性、不可一世、意志不坚定，转变成为内心真正被感动、被感化、被震撼，以至成为取经过程中坚定的守护神——这也是我们要力现的重要主题，通过故事的出神入化、曲折离奇，通过人物内心情感的经历，达到西天取经成功的目的。这也是我要强调《西游记》中人物情感的原因：正是通过情感，改变了人物的内心，改变了人物的世界观，从而形成了取经成功的《西游记》。

因此提醒导演们对人物情感层次的处理，一定要认真地分析，不能够把情感弄得一团模糊，或者仅仅是莫名其妙的感情演绎，而失去了对剧情变换，对人物内心改变的推动力。

2. 唐僧

唐僧——唐三藏的形象气质、故事讲述的不同是与以往作品的区别所在，对他的改变是我们创作中的一个亮点。在过去的影视剧当中，我们看

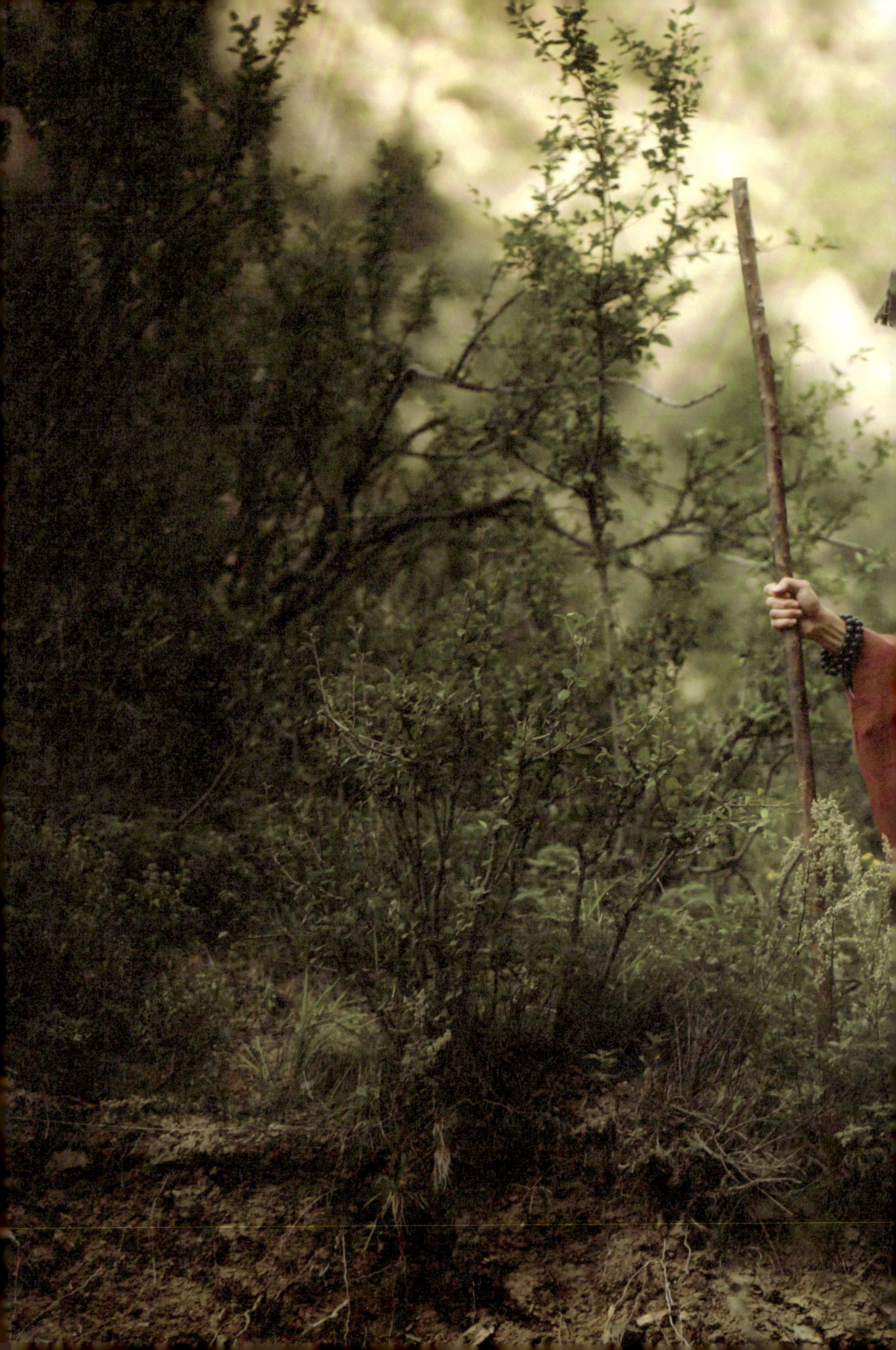

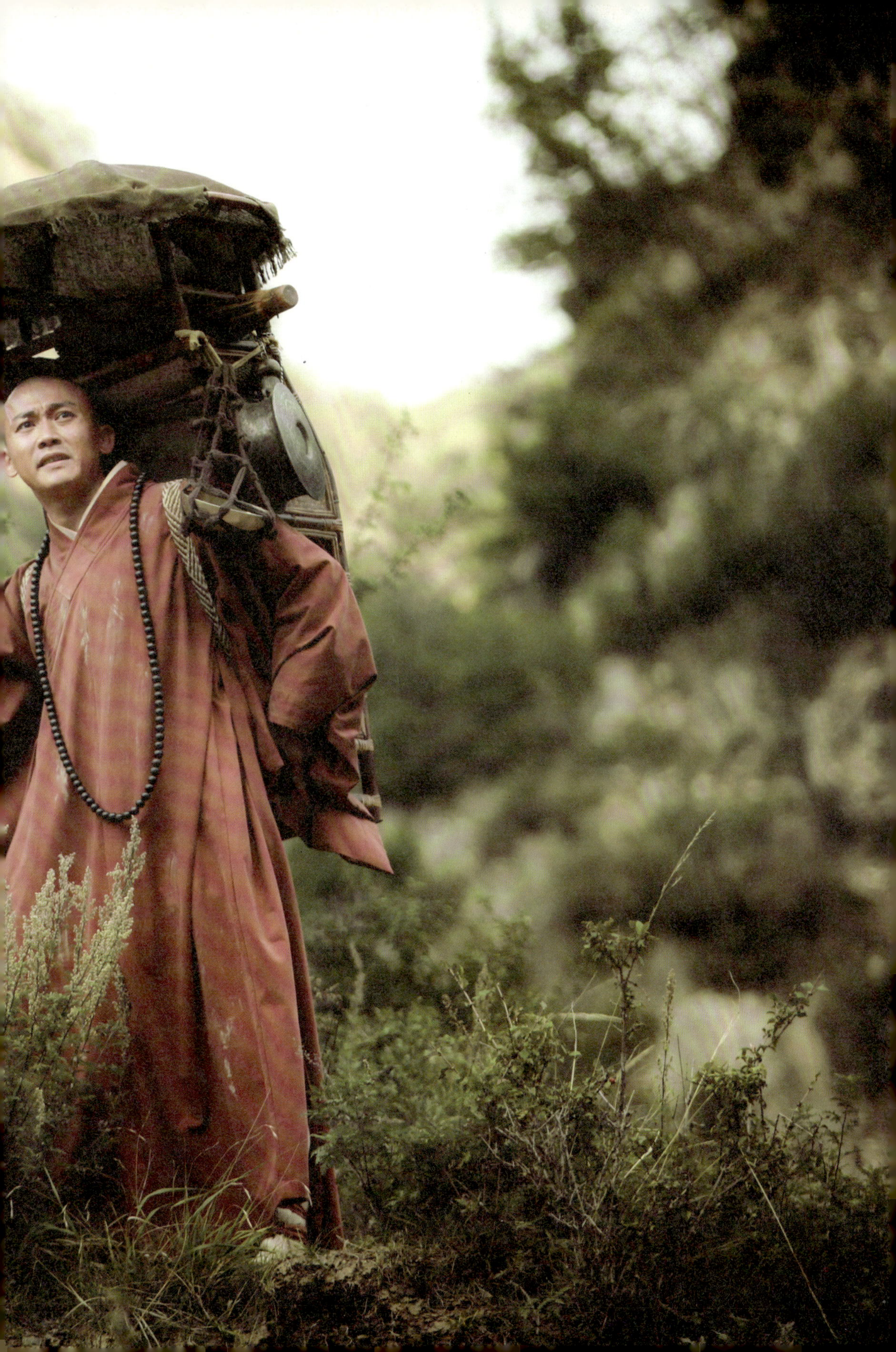

人在江湖

到的唐僧几乎形成了一个固定的模式，与戏曲的描绘如出一辙：软弱、胆小、贪生怕死、细皮嫩肉。这样的形象、情景类似，没有创新，也不是追寻原作，过去叫作以讹传讹，以至对这个人物的误解越来越大。

在我看来，像软弱、胆小、贪生怕死、细皮嫩肉这些奇怪的描述或者表现，在唐僧身上应该都不存在。唐僧是一个苦行僧，在取经的路上日晒雨淋，哪里可能是软弱的、胆小的、贪生怕死的、细皮嫩肉的？唐僧是意志无比坚定的一位高僧，他的目的简单且坚定：就是爬也要爬到西天。即便整个故事不成立，即便没有这些无可奈何的追随者，即便只有他唐僧一个，他也好似要去西天取经的。这就是把握了唐僧这个人物的"内力"，唐僧的根本气质——坚定。因此，在故事的开展上，他就是靠这种无比坚定的意志才能够感召他的几位徒弟。从唐僧在故事中出现，到完成整个西天取经的过程，这一队人马在唐僧的带领之下，目标从来没有丧失过，他们风里来雨里去，走西边大漠，穿荒山野岭，饥一顿饱一顿，哪里有什么细皮嫩肉？只有艰难。只有坚定、不可改变的意志与一切欲望和恐惧的搏斗。

唐僧的情感除了坚定之外，还有对身边伴随取经的这几个徒弟的爱。唐僧所表现的爱，与常人常情也是非同一般的，他对这几个徒弟的严格、严厉，也是对这几个徒弟的情。他只要能够一个不少地带领他们到达西天取得真经，就是他对众徒儿的完整彻底的爱。这是我们应该着重表现、寻求表现的细节。

而表现在唐僧身上的另一种情，是佛教所谓的"众生平等"。唐僧正是依据这样的精神，相待他在取经路途中遇到的所有妖魔鬼怪。这个情，在世俗的理解，就是他的悲悯之心。唐僧的情，是他以慈悲之心来面对所有妖魔。因此，唐僧哭了是他"慈悲的哭"，而不是他胆怯，更不是无奈的、胆小的哭，贪生怕死的哭。唐僧是一个经历艰难修行、最终达到了目标的高僧，他怎么可能因为惧怕而胆小地哭了？在唐僧的世界观里面，妖魔也是生灵，当唐僧落泪的时候，他是为这些生灵惋惜、痛惜，希望能够普渡他们，希望能够让他们脱离妖界、魔界的苦海，走向光明的正道。唐僧凭着这样的境界，感悟了孙悟空，让他的杀心逐渐去掉。孙悟空的杀戮之心在《西游记》里比比皆是，二话不说，一棍子就打死一个。人物间因为世界观不同而导致的不同行为、性格，都是我们创作过程中要着力把握，不能够忽视的细节。这些细节将衍生出我们这次创作的不同于众的魅力：因为我们在讲述一个众人皆知的《西游记》的时候，把握了作品真正的本性，善，与"到达目的"的本性。

基于以上我对唐僧这个人物的分析，可以认为唐僧外形上首先应该是消瘦的、苦行僧状的，他脸上的神情应该是刚毅的、坚定的、深邃的、不露声色的。他的服饰应该是简单的、粗放的，而不是华美的、干干净净的。当然唐僧有他的"礼服"——他的袈裟，但是这个袈裟绝不是每天艰难行进之中的必备表现。我们要有所选择，唐僧的袈裟在我们的《西游记》里，应该什么时候出现，什么时候不出现。这是唐僧服装跟随故事变换的细节把握。

3. 猪八戒

猪八戒是一个可爱的人物。他的可爱在原作之中有，以往的影视、舞台，各种表现也有。猪八戒身上有着与我们世间凡人最相似的特点，比如说贪睡、贪吃、好色、顾家、爱老婆等等。他喜欢过平凡的生活。

而我们要表现的猪八戒不仅仅如此。猪八戒曾经是天蓬元帅，从天蓬元帅到猪八戒，有一个充满戏剧情节的过程：他原是一个天神，由于调戏了嫦娥，才被贬到下界。这是一个有趣的过程，我对于这个过程的遐想，产生了天蓬元帅服装的设想：我希望在视觉的表达上，天蓬元帅作为天神时，他的铠甲都是从肉里长出来的，而不是以往的像人一样穿在身上的一件件衣服。这个天神的衣服是自然地从皮肤里长出来的铠甲，然后包裹在身上。因此当他被打入到野猪肚子里的时候，要把他这身铠甲扒下来，相当于把他的皮撕裂下来，给他扔到下面，浑身血淋淋的被扔到野猪的肚里去。我的这个设想一方面是借以表现天神遮体之物与人类的衣服是完全不一样的概念；另一方面，天条是非常严厉的，如果触犯了天条，给予的处罚仅打入下界就相当于"扒掉一层皮"。因此长在天神身上的铠甲既是华丽的，也是一种桎梏。

　　猪八戒的情感表达，我建议从这个方面去理解，去注重。依照中国传统道家的理解，《西游记》里面人物之间的关系，是金、木、水、火、土的关联。唐僧是水，孙悟空是火，沙和尚是土，白龙马是金，猪八戒就是木。金木水火土之间相生相克，火克木，火是孙悟空，木是猪八戒，因此猪八戒永远怕孙悟空；火又怕水，所谓水要克火，水是唐僧，因此孙悟空再厉害也弄不过水，被唐僧管教；白龙马是金，金生水，所以白龙马总是要驮着唐僧。《西游记》虽然是取经的故事，但是贯穿这故事诸多细节的，有很多中国道教文化对于天地人、理法术的认识。五行关系是其中之一。

　　所以猪八戒与唐僧、孙悟空、沙和尚之间的关系，以及各人物之间的关系，绕不开五行相生相克。我们在处理这些人物关系的时候，首先要补充大量的中国传统文化知识，要了解五行之间的关系，这样在情节、细节、情绪的处理上，才操作有度，不会贻笑大方。

　　猪八戒的情绪表现依据，主要是他的馋和贪。猪八戒在高老庄傻乎乎的性格、与高翠莲之间的情感故事表现，取经路上不停地反复他的贪与馋，他从不自觉到开始自觉，到开始有觉悟，这些都是编剧和导演们需要寻找出来的故事情节，依据这些情节，才能展现猪八戒取经过程中真正的内心改变。

　　塑造猪八戒，无论从世界观，还是从情节的推动内心变化来讲，都不能够省略他非常生动的欲望故事线。他的几个阶段的著名"段子"非常重要，是我们值得好好创作的突破点。

　　从形象上来说，他从威风的天蓬元帅变换到了粗野的野猪形象，然后被唐僧收为徒弟之后，变成可爱家猪的形象，一直到他变成了净坛使者，这基本囊括了他在《西游记》之中整个变化的过程，也是心理变化的过程。我们如何把握好这几个变化过程的形象创作，是与故事的展开、他内心的变化息息相关的。编剧以及导演，需要在每一集里分析他渐变和转变的过程。

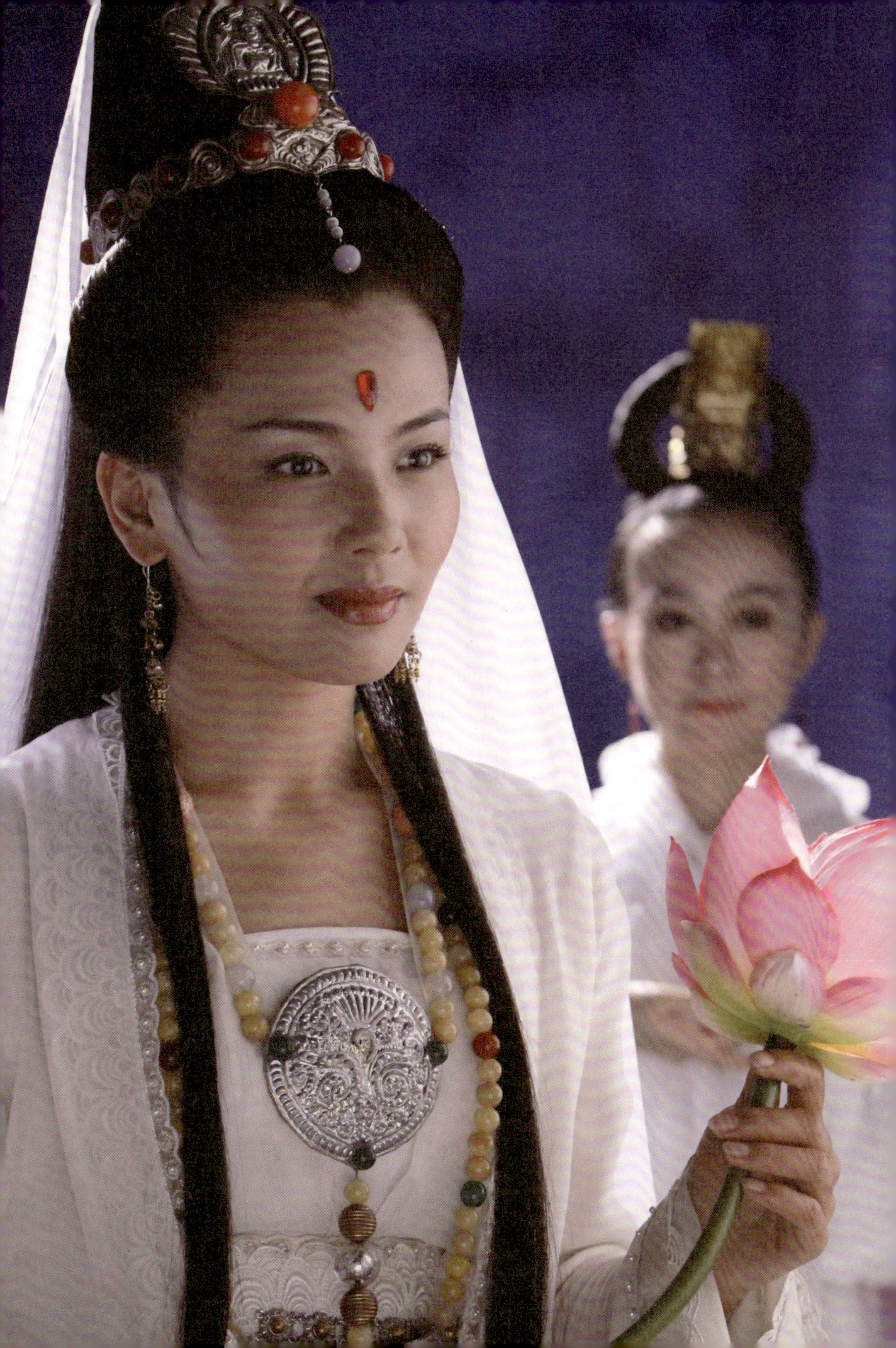

4. 沙和尚

沙和尚同样是一个非常重要的人物。沙和尚在《西游记》的故事里属于五行当中的土，代表有协调、调和的作用。事实上沙和尚也是这样在经历，这般发挥作用的。

沙和尚在天界曾经是卷帘大将。在我们的电视剧里面，我认为应该有相当的篇幅，去描绘沙和尚的前身——"卷帘大将"的故事。

卷帘大将即"礼宾司官"，威风凛凛，仪表堂堂，高大威风。他同样也是犯了"天戒"被打下界来的。他被打发到流沙河受了无数的苦，也造了无数的杀孽。在伴随唐僧的取经路上，他比猪八戒觉悟得早，但是他同样经历了心理、情感的变化过程。

他从当初威风凛凛、仪表堂堂的卷帘大将，变成流沙河里凶神恶煞的妖怪，然后成为跟随唐僧取经朴实的沙和尚，最后皈依了佛门。他确实是唐僧西天取经小团队里最为规矩的，最勤勤恳恳的，也是最具有冷幽默的人物。我希望在我们创作的作品里面，沙和尚这个人物的话不要多，沉默为主，一旦出口，必定一句顶十句，且耐人琢磨。这个要求，比之让他台词不断，更为提高，更为精炼了。请编剧和导演参考我的意见，琢磨如何把沙和尚的语言，发展为冷幽默倾向——是倾向，而不是幽默的人物。他的一句话，会让人们想半天，越想越有意思，才会笑，而不是一听说了，马上就笑。因此沙僧的语言，要简练深刻，而不是死板。沙和尚在整个团队当中的磨合、融合作用，才会具有特色，才能发挥得好。而且在剧情的推动上，沙僧的各方面觉悟，应该比猪八戒要早一些。

总之，沙和尚的语言、个性都不要张扬，从流沙河中的狠，到取经途中的沉稳。我希望我们的这次创作，能够让沙和尚这个人物有鲜明性格的特征表现，虽然他话不多、不张扬，但是他"鲜明"，能够让这个曾经的卷帘大将，在遇到妖魔鬼怪的时候发挥真正的威风。未必发挥出作用就是无敌，主要表现的是气势。虽然可能打不过，但是他的这种气势一定很大，让人过目不忘。

5. 白龙马

白龙马是《西游记》中极具有神话意味的人物。在之前的《西游记》电视剧里面，白龙马的表现是一匹会说话的马，他有人一样的表情。白龙马说话的时候会让旁边的人吃一惊，寻找一下才知道，原来是马在说话。

在我们的《西游记》里面我希望改变以往对白龙马的判定，我非常希望白龙马拟人化的程度更明确一点。我认为的拟人化不是指让他明确变成人形，而是在交流上，在一路的行进过程中，他不但是唐僧的坐骑，也是团队的一员，他一直与大家有交流。在有妖怪来的时候，他同样会与妖怪搏斗，那时他的下肢就应该变成龙爪，因为他是龙马。他参与灭妖时，立起来的腿将成为一种武器的表现，他的"马蹄"变成有龙鳞的龙爪。

白龙马的情感也不是一匹马的情感，而是一个人物的情感。白龙马的人物塑造，应该成为我们这部戏的亮点，而不仅仅是与以往的剧、戏有区别而已。

以上为《西游记》最重要五个人物的简单要求阐述。作为如此伟大的一部神话小说的被电视剧化，我们要做的，要创作的，要体会到并且还原出来的，远远超出我们能够有时间来讲述的。至于其他众多的神、妖、魔、鬼、怪，限于时间与篇幅，我在这里不展开，我们跟随剧本的发展和需求，跟随创作的进展，随时随地进行必要的、将伴随我们长达两年的讨论。

对这五位《西游记》的核心人物，我再补充一点。

这五人之间的感情把握，并不是从一开始就是心向西天取经、衷心跟随唐僧的，聚到一起的时候他们之间是一种离心力，他们之间的感情是从四分五裂，各有经历与想法，到逐步具有团队向心力，一直到最后团结得像永远延伸向前方的铁轨一样，虽然之间依然有矛盾，依然有口角，依然有争论，但是谁也离不开谁，越来越紧密团结。这一个过程是最象征现实主义的，这个过程的表现，也具有精彩的故事情节性，是人物性格塑造、心理变化的依据，因此，导演组要把这些东西理解、分析得清清楚楚。我们越明白，表达得就越清晰，我们的《西游记》也会更有魅力，观众也一定会因此而喜爱。

人在江湖

经历十多年的拍摄合作，我们培养积累了众多演艺人脉资源。《西游记》是我们积这么多年创作经历、经验之最奔放的再度创作高峰，我希望能够因为我们的创作理念，因为《西游记》本身的魅力，因为我们彼此多年合作的相互信任和友情，把与我们合作过的演员、艺术家都邀请来，分担不同的角色，以他们各自的表演才华，为这部戏增加光彩。这是我，制片主任，导演组的共同努力目标之一。导演组在寻找、邀请、沟通、确定演员的时候，应该借鉴美国的casting选角的导演，要向他们学习。这些导演的艺术感受力，他们选择演员的准确性、专业性，是源于他们对创作的热情与广泛的专业知识，他们拥有很强的与不同人打交道的能力，拥有说服人尤其是说服艺术家的能力。年度的奥斯卡奖，专门有为这样的导演设立的奖项，即选角导演奖。我希望我们的导演组也能够做到这么专业与准确，首先把每一个角色与这个角色对位的演员分析，能够尽早做出来，那么演员的选择、人物扮演的确定，能够较快展开。捋顺每一个人物和人物关系的思路，使大家在创作过程中不迷失。

如果你们都是艺术家，你们才有可能与艺术家沟通，才有可能把握我们创作最具有表现魅力的人的因素——演员的确定。

第二部分　美术部门的工作

美术部门在《西游记》的整个筹备、拍摄过程中，都要承担非常繁重的任务。这部剧需要极大地发挥美术部门的聪明才智，以审美的高度，从各个方面体现《西游记》不同于众的审美需求，无论是外景、内景、服饰、道具，各个方面，为导演、为拍摄提供充满激情的想象。

美术部门已经做了将近一年的电脑图案的种种准备工作。我与美术总设计项海明老师也已经就景致、人物外型服饰、道具等等方面，进行了将近一年的探讨。

首先是外景。如何选择外景，改造外景，创建外景，使之与我们的原始设想靠近。不可能靠近的，最终由电脑制作达到创意要求。

虽然说这次《西游记》制作的费用比以往剧目的拍摄有所提高，但是，我们几乎每个景点都需要创新，要改造，即便费用增加也依然捉襟见肘。如果我们都去搭建外景的话，无论从经济角度，还是从时间上，对我们都是巨大挑战，我们赢的可能性很小。所以即便增加了拍摄费用，也没有办法满足我们的一切外景需求。我建议尽量依托外景解决内景，通过外景地的选择，搭建一部分内景，其余创作的设想，用CGI完成。可能这样是我们这次《西游记》外景处理的一个方向。

对于美术的要求，除了以往视点的准确审美的高标准，在体现一切创作、创造时，一定要贴切、准确，视觉的独创性具备有神奇感、神奇性。美术的创作和创造，除了已有的电脑创意，也要体现在实地真正创作内景和布置外景的时候。

我们虽然会利用相当多的自然景观，但是所有被我们选择为外景的自然景观，一定有被我们"填入"的主观创作元素，使它有一种本质上的贴近。比如魔界里的那条河，因为在河的两边增添了雕塑，一下子就改变了河的属性，完全是一种魔幻的感觉了，能表现出这条河无比的神秘感、与现实无关的虚幻感。借助这个例子，我们强调类似的创作，从实景中提升真正需要拍摄的外景价值。

内景的搭建，我建议力求与故事保持一致的真实性。真实的另一层含义，是指接近彼时生活状况的真实性，如果我们在内景拍摄棚里仍然不选择、不表现彼时生活的真实感，整部戏的定位会发生奇怪的偏移，不再是《西游记》的神奇，而是整体风格的怪诞了。要以真实的内景，加上CGI的元素，使之在正常范围内变得神奇。

因此，美术要及早极辛苦地先行进入这两项工作，一个是外景与内景的计划、范畴规划，一个是如何实施的具体图纸。

以目前美术部门的现状来说，创作力量应该不算薄弱，有创作的前期准备作铺垫，有项海明老师为主导的创作智慧、创作激情。需要防备的是心力的松散，还有创作计划是不是能够按预设周期完成。这是创作的灵动与激情之外的一项硬活，需要制片部门或者美术部门有专门的监督安排，来监督计划与完成之间的协调及匹配，以保证整体创作的效率。

另外，美术部门还有一个重要的工作：模型制作。凡《西游记》重要场景，先制作模型，因此制作的量不小。模型要求逼真、精致，质量能够完全保障，用镜头拍摄之后几可乱真。模型被需求的局部部分，放大成为搭建的实景拍摄。这对美术部门来说是很庞大、很重要的工作，要列出工作量、工作需求。希望重点对待，派出专人负责。

第三部分　造型部门的工作

造型部门的工作也要先行。好在这个部门与美术设计一样，也已经在此之前做了一年多的准备工作，目前面临实施的过程。如何把实施计划安排得当？整个剧究竟需要搭多少景最为合理……我们需要根据剧本，把计划一一做仔细，供导演作为工作参考，并按照计划来进行拍摄。

第四部分　关于摄影

我们这次创作的《西游记》，从视觉和画面的感受来说，我希望色彩的表达比较绚烂。考虑到《西游记》是魔幻类题材，在很多情节，很多过程的色彩表达上，有能够接受的夸张，或者说可以几近不真实。比如说，天空就可以或应该是我们平时经验里没有见到过的那种颜色的天空，不仅仅是蓝，而是不同场合，不同地点，不同情境之下的天空颜色。我强调神话的色彩，这需要我们来讨论，来定位一个基调：我们的神话的色彩是什么？

当然，就像我前面讲到的对美术的内景部分的要求一样，我们的神话色彩感觉并不是从开场到结束，遍布整部片子的任何一个视觉所在，那是非正常经验的神话色彩——会很累，我们做得很累，观众看得很累。《西游记》在民间、民情的表达，如同美术的内景基调把握一样，要尽力真实表现，顺应习惯上的心理要求、视觉要求。当画面、故事转场到与妖魔，与神仙有关的场合，周围景的设计，摄像机画面的色彩表现，光的变换，都应该完全不同于平时场合的写实，我们追求神话和神奇。在这种追求的总体观照之下，亦需要有更为细致、合理、风格化的细分，而不是所有的魔出现都是同一种氛围，所有的仙都似在同一种基调、光色与范围的仙境里面，看似神仙共有一个环境。因此，美术的处理、场景的处理是一种区别，更重要的是摄影和光的处理。我希望摄影能够从色彩与光的把握上，让画面产生震撼力。

另外，从现在开始，对未来相当长时间的拍摄工作，要有充分的准备，除了熟知剧本，包括对剧本提供的画面镜头体现之外，还要有拍摄的再创作准备，以及为拍摄所做的摄前准备。比如我们预计怎么拍摄蜘蛛？拍摄的方式方案是什么样的？怎么体现画面？这些都是我们要提早做心理、案头的准备的。不能够像以往，准备不足又是迫于无奈，临时拍，临时抓，弄得其他创作部门措手不及。那就不是灵感的创作，而是抓瞎。摄影部门在心理和案头上的工作同样要提早进入，认真思索究竟采用什么样的运动模式、运动方式，来达到什么样的拍摄效果。

我们的主创应该比我更有实践的经验与对艺术的追求，我期望看到你们更为得体，更为震撼的拍摄方案。

第五部分　摄影设备

此次设备选用国际精华公司制造的松下新机器，用硬盘记录，后期可以直接进行剪接，为后期节约输入时间。但是，导演与摄影要考察图像的画面质感和色彩还原状况。如果合适，尽早安排人与新设备接洽，尽早培训，寻找有可能在拍摄过程中出现的问题。

这次《西游记》的摄像机，依旧是高清摄像机。因为我们一直与国际精华公司有合作，这次新制造的松下结构的硬盘记录的高清摄像机为我们拍摄的需求提供了方便，而且费用合理。我只是强调，一定要提前和他们交流，提前去学习他们这些技术。

另外，一些特种设备的准备与设想，它们应该包括：飞机的设备，特殊拍摄的设备，特殊的"大炮"设备，拍摄需要的其他伸缩设备等等。都需要提早做好设想，提早有方案，有准备。

第六部分　照明

历来我们创作的电视作品，灯光营造是我们的优势表现。但是在《西游记》中，灯光的要求发生了方向性的变化。

首先是现实问题。拍摄的大场地较以往多，无论是在摄影棚内，还是天然的山洞，还是其他自然外景……大，是灯光首先要解决的实战问题。

其次是灯光的创作方向问题。如何与美术、与摄影配合，营造出神奇效果。我希望在前期的筹备期间，灯光的设计工作就应该开始，建议参考一些魔幻类的影片，看那些优异的创作做到了什么，怎么做到的。

第七部分　服装

这次《西游记》的服装首先也是色彩的创意与定位。《西游记》中人、神、妖的区分非常明显，他们各自生活地域的广阔，不同特征的表现，都是巨大工作量的缘由。除了地狱、海里、山里、民间、皇宫，包括取经沿途的各个国家，还有女儿国……这么多的地方，除了主要人物，有名有姓有"知名度"的包括像蜘蛛精、老鼠精等等有个性的妖怪，仅仅从服装的造型创造方面，就完全是一个可以独立的"大部"。对每一类人物，对每一个人物进行分析，究竟他、他们应该是什么样的服饰，用怎样的色彩、怎样质感的用料来表现，都需要花费大量时间，精心设想、设计。

比如仙女类，蟠桃园的七仙女，蟠桃宫的仙女，还有大殿上的仙女，她们的服装表现有哪些共性？又相互区别有哪些个性？

还有白骨精、蜘蛛精这样的女人，她们服装的差别在哪里？紧身还是不紧身？闪亮的还是灰暗的？以往的影视形象，在服装上面，对这样的人物都没有一个精彩、精确的定位。服装要表达穿此服装的人有什么样的性格特征。热情的、冷漠的、残酷的、善良的等等，像我们身边的人们，什么样的人会选择穿什么样颜色、面料的衣服。服装能够传递特征。

还有以类划分的，水族类的衣服、天神类的衣服、龙王的龙袍、天神的神衣……比如说天神身上衣服的"天衣无缝"，怎么体现天衣无缝？据说"天衣无缝"的来历是这样的：曾经有个仙女到一户人家里，她跟人家说她是仙女。人听了不相信，问她怎么证明自己是仙女呢？仙女让人看自己的衣服，她的衣服是没有缝隙的，结果这个人一看，真是天衣无缝呀。我们的服装怎么来表现这种神奇？用什么样的办法，能够做到天衣无缝的感觉传递？

可能这已经超越了服装设计的范畴，但是如果我们做到了，我们就有创作的突破。还有那些小妖魔鬼怪的衣服，随便联想，可能树叶、树皮、毛皮等等这些都可以成为一种朴素的"就地取材"式的表达。但是，太多的"人物"与类型，需要我们归类与区分，太多的服装需要我们从样式、质感、色彩等等方面依靠我们的经验和创意来划分不同。有很多角色需要我们有科研精神，出科研成果，而不是像以往那样，顺手捞件衣衫就来了，不管是什么人，大衣袖、飘飘然的神仙也可以，妖怪也可以，村姑也可以，一件衣服什么人都可以穿。《西游记》的服装要力争成为大师级的主创作品，需要创作出既符合神话的想象，又体现独特类型的审美。

这么多人物的服装都需要分析与思考，其实服装的正确对位与表达，是对于人物分析的准确与到位。

如果我们能够把握好，对整部戏人物的把握与表现，会起到非常重要的烘托作用。

第八部分　化妆

在《西游记》这样一部作品里面,每一个部门的工作任务、创作挑战,都不小。化妆在这部戏里起到的作用,不用我多强调,是众望所归的重要与巨大,是我们以往所有剧的化妆造型创作的难度累加起来,都不能够相提并论的。以往我们只是"人"的难度,如今这部剧里,最少量的"人物"才是人,大多都是特型,仅师徒四人,只有唐僧一人是人形。所以化妆除了"人物"的造型以外,还有"人物"的塑形,有很大一部分工作是塑形工作。

脸部的塑形我们需要,皮肤质感的塑形我们需要,肌肉感、强壮的塑形我们需要,诸如此类。这些工作对我们化妆部分的技能、想象力,都是巨大而现实的挑战、考验。

因此化妆部门同样需要及早进入工作、创作的准备状况。对于各种塑形,应及早做准备,及早和有关方面、相关人员研究,安排专人盯住这项工作,每一步工作都要卓有成效,要有最终漂亮完成设计、有效完成工作量的超前计划。

另外,提醒之一:天界的,水里的,地狱的,人间的,所有这些"人物",要和服装一起完成塑形方面的研究,而不是单独作战。因为塑形的效果离不开服装的配合,如果塑形是穿在身上的,可能需要有皮肤质感,更要有服装的遮挡,扬长避短,彰显设计的效果。因此需要化妆、服装两个部门一起共同配合设计,才能完成。

提醒之二:如何通过化妆表现人、仙、妖、鬼、魔的种类和气质上的差别?人要有人之气,妖要有妖气,仙要有仙气,鬼要有鬼气,要"各气十足",万不可偷工减料,像其他类似剧的拍摄制作,凑合过数,无所差别。区别"各气",从化妆上体现,我认为首先是皮肤,从皮肤的质感、色泽入手设计塑造,造型之美丑,与丑中之美、美中之丑,各有区别。比如说,白骨精即便是人形的时候,也应该从化妆、从皮肤的质感上体现森然的感觉、气质，当她们有不同行为与动机的时候，比如欺骗的时候、动杀心的时候，肤色和气色随之而变……

第九部分　武打

《西游记》的武打，与我们以往拍摄的战争片、武侠片，有天壤之别。

首先是人物不同。《西游记》里面能够对打起来的，都不是人，因此设计的动作、代表的种类等等，都是以往我们没有经历过的。所以在创作的经验上，这次的武打设计，我们的创作经验是零。一切从零开始起步，然后每一步的设想都要到达制高点。

其次，《西游记》里我们设计动作、描述的人物的本质变了，"他"的质感变了，我们动作描述的人物即使是一个将军，也属于天上的将军。过去我们为武侠片设计武打动作都因循着某某门派，顺着门派的提示去设想动作。而这次动作设计是没有门派的，要么是天神，要么是妖魔鬼怪，各有各的不同和奇招。动作设计在力度、速度、空间上，都与以往完全不同。不是变化，是完全不同的创作方向。比如以往我们设计在平地上双方对打，可以有跟头，多翻几个或少翻几个，而现在，动作的设计需要立体化了，飞行化的，速度化的，神奇化的，威力猛烈，诡异变换，难以预测。比如哪吒，他的著名"物件"，也是他武功的一部分，是他的风火轮，风火轮的威力表现在风火轮所过之处一片焦土。这就是动作设计的方向性变化，哪吒的风火轮能够在视觉上表现出这样的力量，那就可以算是一种成功的设想。还有孙悟空，他的很多动作表现都在速度上，对于孙悟空的设计，应该有不同角度，消失程度快、慢的各种速度，孙悟空的速度如果按照原作的描述，一个跟头十万八千里，那他的速度应该是每秒钟超越了7.8公里，属于第二宇宙速度。怎么表现这个第二宇宙速度？甚至我们怎么表达能够达到第三宇宙速度？

人在江湖

人格铸就艺术品格。做制片人，首先要懂得如何做人。

插一句关于速度表现的话题。我个人觉得，表现速度的时候，可以将背景模糊，意在表现速度之外浪漫的意境。浪漫在《西游记》里面有着特殊的地位，它不是一种表象，也绝非我们拍摄的《神雕侠侣》，是一种风格的体现。浪漫在《西游记》里是一种意境，它并不常见，有仙人的浪漫，天神的浪漫，还有非常触目惊心的妖怪之间的浪漫，有时浪漫的表现是类似雷霆万钧一样的东西。所以，浪漫在《西游记》是一种境界的泛指，而非我们常规对于浪漫的风花雪月的理解。

第三，由浪漫、速度联系到武打的速度。动作的速度是力量的体现，这是非常重要的特点，绝对不再是人们熟悉的动作的套路表现。

比如说猪八戒的大耙子。大耙子的动作怎么设计、怎么表现？我希望除有猪八戒的蛮力以外，还有一些幽默的动作设计。

沙和尚的动作应该有他独特的威力，但在对战的时候他的威力不如妖怪大，因为他使的是动作，而妖怪用的是法术。沙和尚的动作设计可能就更加光明正大一点，是非常憨厚的，憨厚中透着威力。这憨厚与猪八戒不同，猪八戒动作显得既笨拙又可爱。

孙悟空就不一样了。刚才说到孙悟空的各种速度，要展示孙悟空的灵活以及金箍棒的力量感，几个方面都是最厉害的。

还有蝎子精，他们软软的枪怎么去蜇人，他们的"枪"可以弯曲，可以从后面扎到前面，可以从下面扎到上面，也可以从缝隙过去，可以躲藏到后面等等，蝎子精的这些特点和细节都需要我们通过武打动作设计来体现。

铁扇公主的剑，这把剑的外形是怎样？与我们以往拍戏对剑的理解完全不一样。孙悟空的金箍棒怎么设计？大小如何？怎么配合表现他的动作？金箍棒的神奇怎么从动作中体现出来？

喷火是红孩儿的动作，火是他的武器，这个动作的表现既是人们熟悉的、期待的，又超出人们了估计、预料的惊奇与气势。

狮驼国的三个魔王，一个是雕，它的爪子体现力气，是它的动作；还有狮子的大口、大象的鼻子等等。这些"动作"也是"人物"本身的特性，完全没有套路可遵循，最可靠的办法是在它们的神奇性上做大文章。与以往相比较，这些"人物"的武打没有器具，动作导演要从不同人物的不同特性上面多做考虑，为他们设定打的依据，分析这些人物会产生什么样的动作效果。这些动作要提前构思，设定出大致特性。

第十部分　道具

　　《西游记》道具的制作量比以往的道具制作量要增加几倍。《西游记》陈设道具可以划分为两极，一种是极简，一种是极繁。

　　繁的包括天宫、皇宫、外国的皇宫，西天取经过程中所要经历的各国宫殿，里面陈设的道具都很复杂，不但需要有某地、某国的特征，更要求这种不同特征的精致化。

　　极简的，比如说妖魔鬼怪的洞林，内设道具都应该极简，因为那里不是人生存的环境，大多就地取材、因地制宜，设计讲究，体现却简单。

　　手带道具的量也非常大。任何一个妖魔鬼怪都有手带道具。好在这项工作我们在之前已经做了大量准备，关键看手带道具的制作能力，在依照原图设计制作的时候，是不是能够体现出原设计的精确、讲究，哪怕是一件粗鲁的笨重道具，这种粗鲁与笨重也属于设计的讲究，在制作的时候不能敷衍了事。因此无论是制片部门，还是道具部门，在监督制作的时候，首先要监督选对材料，对的材料才能够把相应道具的精致性体现出来。

　　道具量超大，道具制作的工作应该最迟在4月20号就开始。有很多特殊道具，前面说的金箍棒，从长到短各种各样；还有猪八戒的钉耙，沙和尚的禅杖，扮演白龙马的马，道具部门都要全面考虑全剧的需求，花费时间认真去做，去找。内景道具，民间的问题不大；天宫和皇家部分的，表现就难，除了设计出来的，还有大量细节是需要道具部门去填补、去发现、去寻找的，与人物行为配合，表现出气派、气度、气质。

第十一部分　置景

这次《西游记》的外景搭建，我建议是否可以变换一些方式，比如说制造大树的时候，不再用沙网的办法，因为沙网、水泥、红布贴和糊那种方法都是过去的方式，我们是否可以参照比较先进的方式，更加逼真的来表现我们的营造？是什么样的新方式，需要置景人员具体考察、商议、解决，需要有新的视点、新的技术来参与完成设计。另外，在完成大量置景工作"更加逼真"的效果的同时，一定要考虑到完成的速度，速度已然成为全组各个部门共同担当职责、面临挑战的创作生命界限，如果拖延了速度，尽管完成得很好，也是大打折扣了，创作的成绩呈零倾向。

第十二部分　制片部门的工作

制片部门的任务更加繁重，因为所有部门面临到的、将要面临到的一切麻烦、困难、进度，都将成为制片部门的具体工作。因此，制片部门的工作需要更加有条理性、计划性、前瞻性以及专业性，以非常专业的视角，非常艺术的要求，来看待并调整所有拍摄。

什么是制片部门应该支持的，什么是制片部门应该压制的，什么可以商量，什么不可以商量，要心中有数。制片部门对每个场景，每个地点，每一场戏的拍摄进度，局部的、整体的计划，都要认真分析，认真依据统筹学，来编排一切。依据不同地区的的气候、交通、地理地貌，合理安排剧组所有的生产。制片部门的工作不仅仅是后勤保障，而是需要智慧的，最需要的智慧就是能够想得全面、细致、周到。只要制片部门能够顾及全，我们的拍摄就能按时完成，所以从这个角度而言，制片部门是全组后勤的保障。

生产的安排，要注重条理性、计划性、还有权威性。没有权威性，安排了也是乱套的，而这个权威性的产生，就是靠制片部门，思考得周到，计划得完美，落实得漂亮。还有对于生产的组织、指挥，指挥拍摄的速度与质量要如同指挥作战般认真严肃，不可儿戏。我想制片部门要学会十个指头弹钢琴，千万不可顾此失彼；要有全局观念，站得高才能够看得全面。我们十几年来多部戏的合作，经验的积累，应该能够靠近这个要求，能够成为驾驭全局的高手了。

与此同时，制片部门需要反复思考，反复假设，并进行假设的模拟的判断。要增强力量，能够在具体实施拍摄计划的时候，做到胸有成竹。

第十三部分　特殊拍摄

除正常摄影，《西游记》里面还有大量特殊拍摄。导演、摄影要有现行的设计与方案。摄影师要了解特别拍摄的飞行器。飞行的速度，飞行中画面表现的神奇要求，特殊拍摄所表现的神奇视角等等。我们的设想是什么，终极表现又是什么，我们的特殊摄影器材、飞行器能够表现到什么程度。导演，摄影以及后期CGI的制作，心里都要有底数，要明白才有控制。

另一方面，要熟悉我们的飞行器，熟悉我们的工作程序、工作流程。进入拍摄阶段前，就应该多试飞，飞多了就有经验，眼里、手里、心里都有感觉，就容易把握，与我们的要求与期望就越接近。所以我再强调：如果拍摄能够达到好的效果与画面了，一定是不停地飞、不停地去积累经验实现的。

安全是不能够忽略的重要问题。安全最直接的保障，是不要把设备都摔了。以往我们面临过类似的尴尬。我们与提供设备者及早联系，多方位接触，才能尽快掌握操作。

自我方面，要及早做出飞行拍摄的计划。怎么样从特殊拍摄的角度来体现《西游记》视觉的"魂魄"与魅力、体现各种境（景），通过特殊拍摄的角度，以景体现仙境、魔境。

具体的工作，除了具体的计划、方案之外，我建议由导演牵头负责，制片部门组织，参与CGI、特殊拍摄、飞行的重要人员，以及美术、动作导演，所有相关动作的各个部门，都协调到一起，讨论各种合理方案。比如镜头的体现角度，与地面的配合，怎么样飞，飞行的路线，视角，视觉等等能够考虑到的因素，都能够现行讨论，规定出来。让每个参与的人心里都清楚，我们将来是要怎么拍，为将来节约时间，让所有参与部门能够尽早做准备，并对我们实际拍摄的效果有所期待。

拍摄非常重要，方案与准备也尤为重要。

第十四部分　CGI相关的问题

我们这次《西游记》中CGI的数量非常大，要求非常多。CGI是这部戏成功与否的重要元素。除了CGI的单独设计，后期制作，同时还有很多场戏是需要用外景拍摄的镜头来合成的，这部分设想尤其重要。CGI与需要拍摄镜头的合作设想，这一项工作我希望在7月就能够开始，比9月的开机提前两个月。案头工作准备得越充分，拍摄时心里就越有谱，越能够把握时间。

我们的特殊拍摄能够做到一些表现神奇的特殊角度与镜头描绘，但是这部戏能否在视角上有让观众耳目一震的大的改观，从根本上，只能由CGI来决定。

同样，对于组织CGI工作的人来说，应该及早与导演沟通，安排召开CGI效果的会议。我也希望在最快时间内，起码在一周之内，就能够召开第一次这样的会议，把所有CGI涉及的问题、我们的寄望问题，进行一次较为全面的却又只能好似粗略的讨论。对CGI的分工、如何沟通、要求的梳理，做尽量详尽的分工与组织工作。

《西游记》的CGI，大致可以归类为"角色动画""三维合成"（更换天，蓝棚的拍摄）、"营造特殊环境"（这里有对于模型的拍摄）等等几种类型的制作要求。最终CGI的制作要求是什么？请相关导演做出计划与需求文案。

人在江湖

巨多的CGI制作中，难题比比皆是。

以往我们三维搭建的建筑，在远处抹掉一些现代化的车、楼什么的，或者改变一些建筑的特点，对我们来说是轻车熟路，属于"小菜"。这次很重要的是角色动画的制作。比如说开场，石猴与花果山的群猴在一起，这个场景如何表现？这是摆在我们面前的难度非常大的一项CGI工作。为此我们要做大量的动作捕捉。捕捉什么样的动作？需要花费多长时间？完成的素材量才能够使我们得心应手地应用？都需要思量。CGI最大的困难，是龙宫营造以及各式角色的变化，比如一个英俊少年一下子变成一个很丑陋的妖怪，眼睁睁地让他变化，这在我们以往的工作经历之中都没有涉及过。以往若有，也是借助烟来变，但是现在不能再这样做。所以CGI要做的工作非常多。

以往《西游记》似乎都没有走出过汉人之地，而实际上，取经自途经高昌国开始，有20多个风格各异的国家，每一个国家的外景、城池，都需要描绘制作，这也算是我们难题之中的难题。

这次《西游记》CGI的工作量接近以往工作量的30倍，或许还要更多。《射雕英雄传》CGI的制作总共只花了160万，这次《西游记》需要拿1500万来做。开会、讨论，不断开会、不断讨论，直到从确定工作的量、创作目标的方向，到最终漂亮完成。我将寻觅一位视效总监与导演配合，来主持这项工作，控制全部CGI的整体视觉效果。

以上所述，只是我作为《西游记》总制片人，对于这次拍摄各个方面一个总体、大致的建议与要求。迫于篇幅，我说的已经非常简约了，我们各个部门需要做的工作，都是海量。希望大家慎重，仔细，周到，保持创作的热情。

我希望我们这次制作的《西游记》，能够达到魔幻类电影的奇异效果，即使迫于投资的限制，难以达到，也要接近这种水平。如何接近，依靠我们的智慧。把钱用到关键的地方，在某些重点的场面、人物、故事的进展表现上，我们要不惜工本。尤其导演部门与制片部门的沟通，在整体创作的把握上，要有重点概念。突出重点，也要保证非重点。这是我们这次一定要做好《西游记》的非常重要的战略。今天我们工作的开始，也就意味着走向完成，我们已经开始走向出类拔萃的成功。我希望在两年之后，我们的作品不会让观众失望，不会让我们自己失望，而是让我们无比骄傲！

正当我完成为电视剧《西游记》的制片人阐述之际，得知1982年版《西游记》沙僧扮演者闫怀礼先生与世长辞。我内心沉痛，怀念先辈闫怀礼先生。希望我们2009版《西游记》创作组的全体成员，珍惜生命，珍惜光阴，珍惜创作，为我们的现在，为我们的创作，留下珍贵的心灵痕迹。

2009年2月

人在江湖

《笑傲江湖》
——第一部武侠剧的诞生

> 金庸先生让我们相信，英雄不是非得在特定的场合、恶劣的自然环境中才能涌现，英雄也不是杀戮，不是占领，不是征服，英雄是和我们一样的平民百姓，英雄是一种情怀。

《笑傲江湖》是我的第一部武侠剧，也是大陆第一部武侠剧。

这部武侠剧意义重大，既奠定了我们武侠剧创作的基本方法，确定了大陆武侠的基调，也磨砺了我的团队，进一步锻炼了我统筹指挥、调节工作、决定临时换角、应对高温酷暑和突发情况，甚至应对记者围追堵截的能力。

最终，《笑傲江湖》——这部上千人参与拍摄的大戏，在2000年9月25日，按照原定180天的拍摄计划封镜。而后，《笑傲江湖》取得了19%的收视成绩，在全国掀起了热潮。这部剧是不同于以往香港武侠的第一部大陆武侠，当时也有争议。如今再审视这部作品，相信大多数人还是能够承认这部剧的艺术性和感染力的。

《笑傲江湖》的诞生有太多的艰难险阻和幕后传奇。如今回忆起来，作为该剧的总制片人，在这些环节中奔忙、分身乏术和万箭穿心的感受还记忆犹新。

1990年代，侠还只是我的情结

如同所有的侠迷，我可以说侠情深种，从小就爱看武侠小说。

能够识字的时候，我就开始阅读武侠小说，最初读的是连环画，像《儿女英雄传》《七侠五义》《三侠五义》，还有《小八义》这些小人

第一章　为理想而战

在一个艺术家的魅力与品格之中占首位的，是待人的真诚，不欺不诈，没有高人一等，没有自以为是。

075

书，一分钱可买一两本。小学二三年级时，每天放学后，我都会找一个小人书摊，坐在那儿埋头一直看到天黑。行侠仗义的大侠们来无踪去无影，蹿房越脊，"高来高去"，修理坏人，手法过瘾，出其不意。那些大侠距离我们生活遥远，但他们越是在我们的现实中不可能，越是引发我们产生无边无际的遐想，令我们迷恋。小学五六年级的时候，对我来讲，连环画太简单，太省略，已经不够过瘾。那时看的武侠小说，同样还是《七侠五义》《三侠五义》《儿女英雄传》这些旧武侠小说。新武侠还未诞生，但旧武侠已经让我如痴如醉。

后来有了新武侠小说，我也看了很多。首先看的是古龙，只看过一部《多情剑客无情剑》；梁羽生的只是翻看过，但我都不是很喜欢，他们的小说不是那么吸引我。《笑傲江湖》是我看的第一部金庸先生的小说，书一打开，就合不上了！

我看到的《笑傲江湖》是一本盗版书，跟正版书相比，印制十分粗糙，可就是这样一本盗版小说，让我欲罢不能。书中描绘的五岳剑派的争斗、正邪之间的吊诡，写得丝丝入扣。而令狐冲与任盈盈的爱情，更是打动和震撼了我！

我由此一发不可收，金庸先生的十四部小说全部看了下来，深受震撼，赞叹不已！

金庸小说激发了塑造心中英雄的渴望

金庸先生的武侠小说真正打动我的，不仅是对于侠的塑造，更是弥散在一部部小说中的侠情，是英雄情长。

那一个侠的"情"字，不仅仅是人对人的情，还有更深更厚"大义"的情。深明大义在金庸先生的小说里面升华成为常人不及、又毫不做作的英雄壮举，舒畅了多少捧读"侠作"的读者情怀！

金庸先生的小说贯穿隐藏了对于英雄的讨论。他塑造的平民英雄应和了我们内心对英雄的向往，激发了我在电视屏幕上塑造心中英雄的渴望。

第一章　为理想而战

人在江湖

金庸先生的小说与旧武侠最大的不同，体现在主角都是"布衣英雄""平民英雄"，既不是旧武侠效忠于皇帝、官府的朝廷鹰犬，也不是高大全、不食人间烟火、与普通人生活距离甚远的"样板英雄"。

金庸小说中的主要人物，无论是令狐冲，还是郭靖、杨过、张无忌、乔峰，都是布衣。虽然身为一介平民，却忧国忧民，在大是大非上毫不含糊，经过必要的成长和磨砺，最终从平常百姓成长为大英雄。他们都有着丰满的人性，从不回避儿女情长，有着鲜明的个性和荡气回肠的人之常情。

在英雄的塑造和表现上，金庸先生往往选择在真实的历史背景之下，展开对人物命运的书写，每一个故事都有着丰厚的历史底蕴。此外，金庸先生对于中国古代文化、古代生活方方面面均有精彩的表现与书写。因而，金庸先生的小说不仅呈现出文化历史的厚重丰满，更衬托出宏大历史之下个人生命的壮烈浪漫。这种厚重丰富之美、浪漫传奇之美，成就了金庸小说的灿烂夺目。

种种要素，促成了金庸小说的艺术表现力和感染力。在金庸先生的小说之前，任何一种文字体裁描述的英雄，都让人有相隔遥远的感觉，他们的言行、处世，都是豪言壮举，是与我们不一样的"两套人生"。金庸小说中的武侠英雄，虽然是杜撰的人物，在时间上又与我们相隔几百年，但是，他们拨动了我们的心弦。让我们相信，英雄不是非得在特定的场合、恶劣的自然环境中才能涌现，英雄也不是杀戮，不是占领，不是征服，英雄是和我们一样的平民百姓，英雄是一种情怀。

1998年下半年，我刚刚完成了耗时长达三年零八个月的大型电视剧《水浒传》的制作工作，身心疲惫。闲了下来，就有时间会会朋友，喝喝茶，聊聊天了。几个长久不见的朋友坐在一起，聊到了一个共同的话题：自小对于英雄的渴慕。

这是很多男人深藏心底的一个情结。我们渴望身边出现英雄，或者说我们渴望自己就是英雄。但是这是一个缺乏英雄的时代，一个缺乏英雄的时代总归是一个乏味的时代，一个少了阳刚之气、少了精气神的时代。

我们没有本事去找到英雄，也没有机会成为英雄。但是，以我所干的这一行，我有可能在家家户户的电视屏幕上塑造一个英雄，引发崇尚英雄的潮流，这样也许可以有这么一个人出现，他推崇道义，真挚待人，疾恶如仇，他会为了心中的理想赴汤蹈火，不惜生命！

一股热情在胸中涌动，打小埋在心里的那根"侠"筋又被拨动，加上那时已经有《三国演义》《水浒传》的电视经验，胆子也大了些，就动了拍金庸武侠剧的念头。

后来，金庸先生以一元钱转让改编权，他以侠义情怀与我们达成合作，此事在回忆金庸先生的文章中已详尽叙说，在此不做赘述。

越过港片的"大山"

当我们要拍摄武侠剧之时，不得不面对已经存在的"大山"——中国香港的武侠电影、电视剧。

1999年我们决定拍摄武侠片之时，香港制作武侠片已经有了50多年的历史。50年意味着什么呢？

这意味着，在我们拍摄武侠电视剧之前，香港的武侠电影、武侠电视剧制作已经走向成熟，饱和了当地、内地以及东南亚一些地区的市场。

这意味着，从1982年的《霍元甲》《陈真》在内地的播放到后来一系列的金庸武侠剧的播映，香港武侠片在十几亿观众心中奠定了港式功夫片、武侠片的模式。这一模式也得到了无数观众的肯定。

这意味着，我们作为后来者（不同者）较难颠覆观众早已被港片培养成熟的观影趣味。

然而仔细分析，在香港武侠的成功、成熟之外，存在的问题也很明显。

以金庸先生的武侠小说为例，先生的小说对历史人文、生活、习俗种种景观，都有非常丰富的描述，对人物性格与成长的表现和对社会百态的书写映射，都是其魅力所在。金庸先生的小说绝不是一个简单——或者复

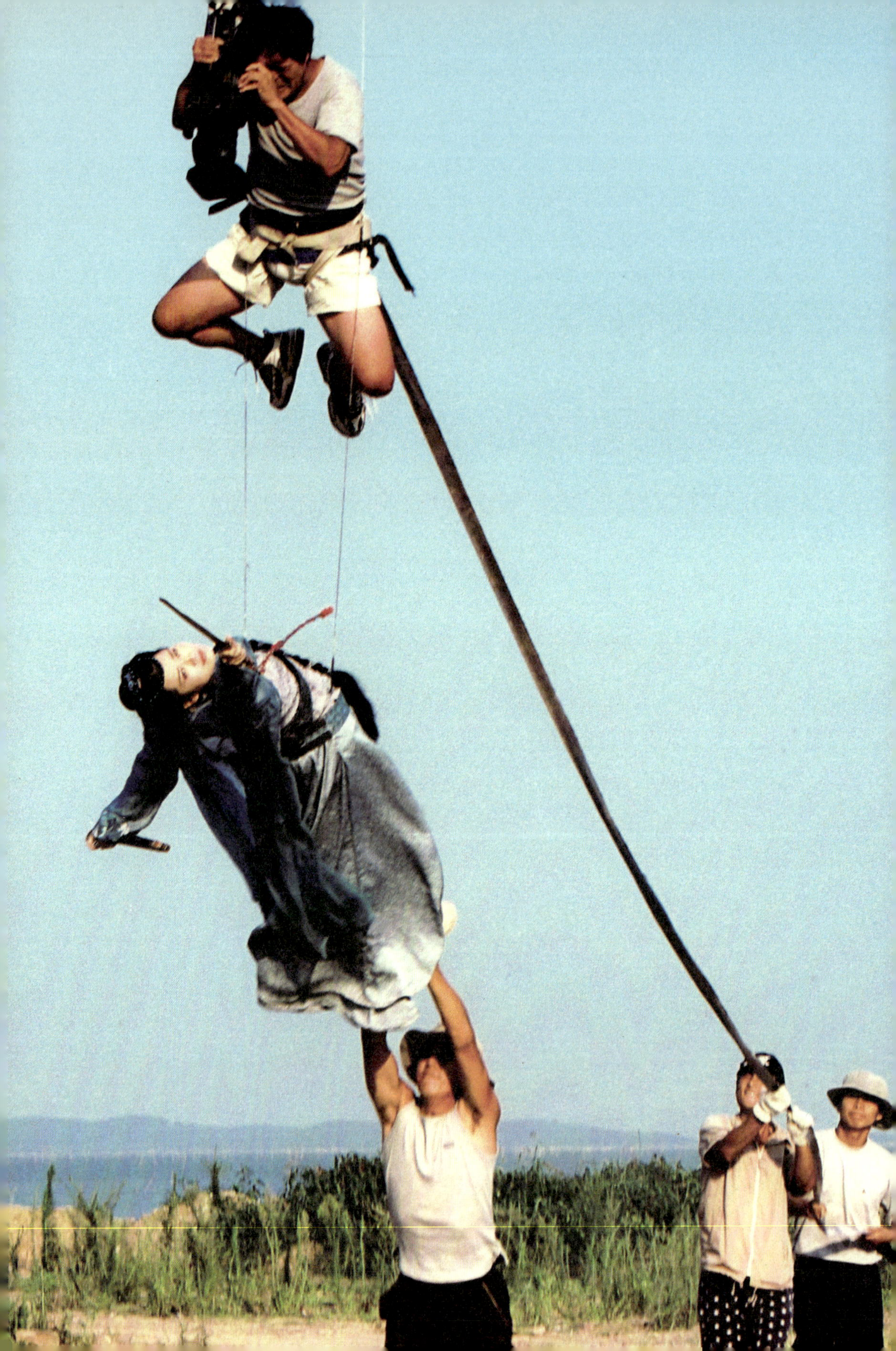

杂的男女多重恋爱故事，但是在港式武侠剧中，原作中的情感线被放大，着力表现男女经历的感情故事，而其他宏博的气韵则或多或少地散失，甚至根本不曾表现。

说得尖锐一点，原先拍摄的金庸武侠剧只是利用了小说中人物的故事线索，而不是以电视这一特殊的视听手段展现原作风雨飘摇的奇异武侠世界。我想这也是金庸先生对原先香港那些金庸武侠剧不甚满意的原因之一。

另外，显而易见的是，香港对于金庸作品的气势和气质认知显得局促。对于武侠世界的想象，也难以达到"成人的童话"的广阔纯美。金庸笔下的江湖世界无论空间还是时间上，都宏阔激荡，气势磅礴，更能够衬托出人物内心的宽广壮阔，这样的审美境界需要宽广的视野和眼光。但香港无论在拍摄场地等条件方面，还是在制作方和观众的审美追求、视野宽广程度方面，都难以表现金庸小说江湖世界中雄浑广阔的审美艺术。

这种气质把握和表现上的力不从心或者难以为继，使得港台的武侠剧在故事外景、内景、化妆、服饰、道具等方面表现得比较局促。

高度商业化的制作模式也给香港武侠作品带来了负面影响。商业需求催化了不良迹象，原本应该是以艺术创作为主要品质的电视剧，却更多包含了商业痕迹；当然这也与地域狭小、外景表现有限有关。

而我们的拍摄条件就优厚得多了，尤其是外景的选择，仅仅以风光表现故事人物地域的差异，就可以衬托出金庸武侠小说人物博大的生活场景跨度以及复杂历史背景的气魄。我们可以站在江河之畔，绝顶高峰，俯瞰祖国的大好河山，感叹世事的沉浮变幻。

一方水土养一方人。外景的选择和表现与故事的主题展述息息相关。地域上的优势，外景选择的优势，从我们的《笑傲江湖》里面已经充分体现出来。而且那样的美景并不是只有几处，可以说我们要拍多少剧，就能够找到多少相宜的景，只要我们的腿愿意跑。

人在江湖

有史可据——历史感中挥洒的江湖

原作中金庸先生架构故事的用意可能更多为"喻今",而没有强调特别的历史阶段。我们拍摄电视剧,要给观众看的是具象的人物服饰,生活用具,故事发生地的街道,是具体得不容含糊的"一段时光",而这段时光的诸多方面又要和谐,有内在的统一性,使剧集的呈现浑然一体、真实可信。这些具体的展现依据又如何寻求?

可能是金庸先生当初的那句话"如果能够和《三国演义》《水浒传》拍摄得一样好"给了我们依据的暗示,因此在武侠风格背景下,我们各路艺术创作准备,都尽量寻求真实历史同期的特征。

我们从原作中关于西湖"梅庄四友"的情节描述里找到了一点年代的依据:他们谈论的画的年代。那是宋代的绘画。对于宋代的刻画,从街道、房屋、店铺,到人物服饰、生活用具,种种方面对我们来说都是轻车熟路,因为我们刚刚拍完《水浒传》。于是我们找到一个基调:我们拍摄武侠片,不放弃强调历史感,要放弃的是历史正剧的严肃和庄重。大局不失历史背景的严谨,小处可以自由个性发挥。

所以我们的第一部武侠剧,在置景、服装、化妆、道具等等方面都有严格的要求,都是有史可据,而不是随心所欲、让人无法信服的武侠发挥。

剧本改编——尊重原著精神而非遵照原著

对金庸先生的小说进行改编,最初我们就怀着敬畏之心。对其小说尤其是《笑傲江湖》的热爱,更使得我们不可能随意改编原著。对原著的尊重,早已成为我们心中不言自明且不可动摇的基本准则。

影视是视听艺术,小说是语言艺术,在漫长岁月的积累中,不同的艺术门类已经形成了各自领域的表达手段、表现形式和欣赏模式。以小说的展开方式架构电视剧,难以实现,即便实现了也无法达到最佳效果。以影

第一章　为理想而战

拔刀，是因见及危难，无以事缓，故直接出剑。侠者，正须有此即时出剑之本事。

人在江湖

江湖可以险恶，但做人一定要真实，待人一定要真诚。

视手段来表达小说内容，难免因这两种艺术形式之间的转换而产生误差。

但影视作品毕竟是一个独立门类，是有着自己独特表现力、表现形式的艺术领域。如果依然按照文学的方式"显像"，电影电视就是文学的"画面版"了。

名著改编要面临的压力更大，尤其是金庸先生的作品。人人都看过，也似乎对如何改编都有发言权。改编《笑傲江湖》，一个重要的改动就是男女主角的出场顺序。

小说中男女两大主角，都是先有其传闻，渲染人物的神秘感和吸引力，再徐徐出场，所以男主角令狐冲在小说的第五回出现。任盈盈出场更晚，江湖上充满了她神秘而威严的传闻，而这个神秘人物直到小说的第二本第十三回才出现。这样的故事布局方式，给剧本的改编带来很大的困惑：我们究竟应该如何尊重小说？

最终，我们确定了"尊重原著精神"的原则，尊重原著并非遵照原著，我们必须同时遵循影视语言的讲述方式和表达方式。

但是，那第一次改编的方式确实值得反思。

我们设计男主角令狐冲在第一集出现，但其实还是希望"结构如书"，所以设计了以令狐冲替代小说中二师哥劳德诺的出场，故事情节依然不变。这就削弱了劳德诺的人性表达的深度和隐秘性，究其根由，其实是忽略了劳德诺这个人物背后的更大背景——岳不群的深谋远虑。这的确是非常简单化的一种改变，却暴露了我们经验的缺乏和"病急乱投医"的慌乱。如果现在拍《笑傲江湖》，同样还是会安排令狐冲、任盈盈在第一、第二集出场，但是与人物出场相关的故事情景会重新设计，依照原作小说中人物的特性重新编织。

果断换角——不能因为一个人毁掉整个剧组的艺术追求

我入行是从做演员开始，因而对演员更为了解。演员是一部戏中直接代表作者、导演与观众直面交流的，是一部戏最全面的魅力体现者。如

人在江湖

唯有壮阔的胸襟与格局，才能真正赋予一个艺术家吞吐日月的豪情！

果演员不刻苦、不投入，神情涣散，三心二意，再好的剧本也会因此走向失败。

我们原定的令狐冲扮演者是邵兵。我第一次见到邵兵，是在拍摄《水浒传》的时期。当时已经成名的邵兵来试戏，试的角色是武松。而我们当初的设想与后来的拍摄者不同，按照原著的描绘，武松是个山东大汉，性格中带着一股憨直，所以我希望武松的长相是浓眉大眼，是憨实的汉子。显然，无论是身形还是相貌，邵兵对于武松这个角色来讲太帅太酷了。所以我们拒绝了他，最终选择了一个还未从艺校毕业，但憨直中透着灵动，与我们要寻找的气质相符合的学生——丁海峰，最终丁海峰也贡献了精彩的表现。

后来在黄健中导演提议下，考虑到邵兵确实有潇洒飘逸的气质，我们选定了邵兵扮演令狐冲。令狐冲是这部戏绝对的男主角，为了能让邵兵尽快地进入到角色中，我还特地到邵兵在广州拍戏的剧组探班，我跟邵兵聊了对角色的理解和要求，并提出希望他提前两个星期进入剧组，没想到被邵兵一口回绝了。这次会面中，邵兵表现出对角色的这种态度，其实已经为此后发生的事情埋下了伏笔。

邵兵进组那天，我特地到机场去接他，希望在路上能够跟他多讨论一下角色。在车上，邵兵提出了一个让我至今都深感匪夷所思的要求：他要四个助理。听完我十分愠怒，直接回答他："你学点好好不好？！"后半句我没有说出口——你来这里干什么来了？

4月份，《笑傲江湖》已经开拍了10天之时，我遽然意识到：邵兵扮演令狐冲可能真的不合适。

从全剧开拍开始，黄导和武戏的导演在他身上下了不少功夫，令狐冲是全剧的核心人物，可以说邵兵是顶梁柱。然而，即便现在回想起来我依然感到痛心，邵兵是不是还不够成熟？开拍10天了，他仍然不知道令狐冲这个人物的精魂所存，不知道从何处着手把握这个人物。

如果这些欠缺是他努力了之后可以弥补的，那么剧组中的各路艺术家们都会集思广益，帮助他解决这些问题。但如果一个演员不肯钻研、不肯

人在江湖

吃苦，甚至连剧本自己都不看，这样的演员是好演员吗？是可能挑起一场大戏的演员吗？

我们怎么能够拿中央电视台几千万投资当儿戏？怎么能够拿金庸先生的诚恳、观众的期盼当儿戏？我们能够因为这样一个演员放弃我们对整部剧的艺术追求吗？

在我意识到邵兵扮演令狐冲似乎不合适之时，我真正感受到了压力。

从制作的角度来讲，剧组已经开拍了10天，完成了60场，整整两集戏的内容，换主演不仅面临几百万的损失，还将面临可能无法替补、替补也未必更好的风险。

下决心是痛苦的，于是我和黄导轮番找邵兵谈话，我们毫不隐瞒地讲出了我们的担忧，希望他可以认真对待创作，尽心尽力。不要因为自己的某个私人电话让所有的工作人员一而再、再而三地等他，有些时候甚至他的替身演员还在钢丝上悬吊着。后来我还请来了邵兵的老师，也是我们的领导来跟他谈话，但他却一直不能以严肃认真的态度对待创作。

眼看着挑大梁的男一号与我们的设想越来越远，我们心急如焚。

压垮骆驼的最后一根稻草，发生在4月10日，开拍的第15天。那天要拍一场油菜花田的戏，当时还没有如今这样成熟的特效技术，拍这种戏必须到真正的油菜花田中实景拍摄。爱干净的邵兵不愿直接躺在油菜花上，工作人员无奈，情急之下只好拿来反光板，垫在邵兵身子底下。邵兵每躺一次，剧组的反光板就折断一块，拍了一会儿，反光板已然不够用了。从业这么多年，我对演员的心态颇为了解：如果一个演员迟迟进入不了状态，就会心烦意乱，挑拣种种的不是。

当天晚上，我与三位导演来到一个小饭店连夜召开会议，紧急磋商。替换邵兵势在必行，虽然几天后确定的演员可能会不及邵兵，但我还是顶着巨大的压力果决地做出了这个决定。我问三位导演邵兵今天表现如何，三人都唉声叹气。于是我说："大家不用叹气了，今天我们就做这个决定，替换掉邵兵！"我接着说："做这个决定简单，但做完决定之后的工作并不简单！也许我们找的人还不如邵兵，但我们要的是一个创作态

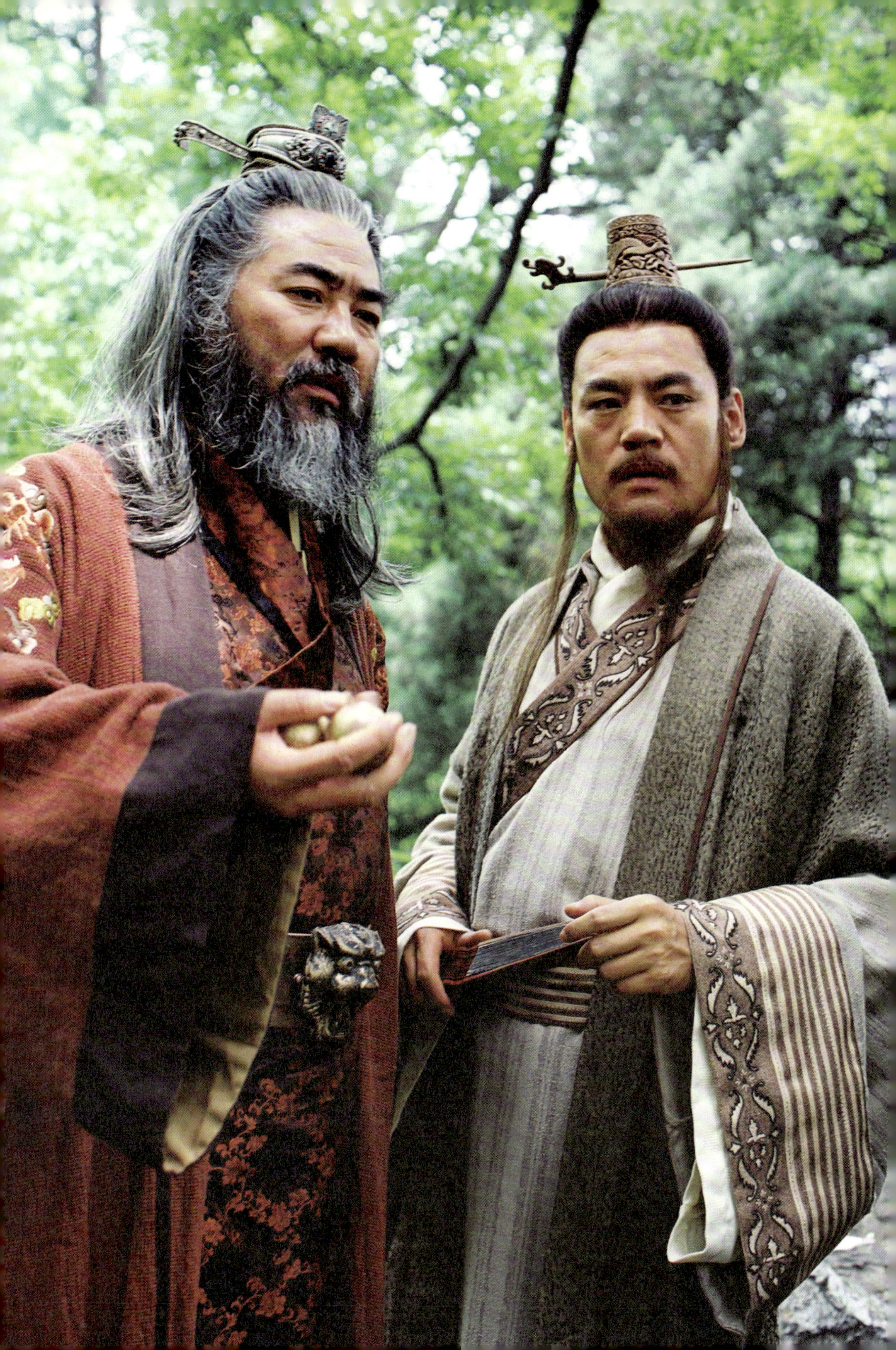

度！这是忍痛割肉的决定，现在剧组到了最危险的时候了，无论冒多大的风险，都要换人，我们不能将来自己抽自己的嘴巴！"

在我看来，辜负中央电视台的千万投资、辜负金庸先生的信任、辜负观众的期待，就是自己抽自己的嘴巴！

一个人做一件好事不难，难就难在一辈子做好事而不做坏事。这句话鞭策着我：拍几部好戏不难，难的是一直拍大家都知道的戏，而不拍大家不知道的戏。

君子有所为有所不为，我的字典里没有"退缩"这两个字，我得让"张纪中"这三个字在江湖上代表一种质量！

在会上，我要求导演做两件事：第一，梳理之前拍过的所有镜头，厘清哪些镜头可以用；第二，副导演马上发出通知，通知一些演员来试戏。

第二天，剧组在无锡拍摄，我火速赶往北京，在完成原定任务的同时，物色新的人选，在众多的推荐和我们的主动发现中，我们首选了李亚鹏。一个星期之后，李亚鹏到达无锡外景基地，进入角色创造。

与邵兵形成鲜明对比的，是后来光彩熠熠的许晴等人，他们以极其认真的态度下了苦功夫。许晴当时拍一个拔刀的动作，看似简单的动作拍了四十多遍，没有一丁点儿不耐烦，反复请教动作指导应该怎么做这个动作。

我是总制片人，作为一个剧组行政上和艺术上的领导，我有责任保证剧组积极向上的创作氛围，遏制不正之风，掌握整个剧组的方向。诚然，整个剧组几百上千人几年的努力，都要通过演员体现出来，但一部影视作品的成功，需要剧组的每个成员都付出自己的努力，全力以赴、通力合作以达到最高的艺术水平。如果不严肃、不认真，对待创作轻率随意的工作态度在剧组大行其道，整个剧组人心涣散，怨怒滋生，又如何齐心协力、全力创作，如何保证作品的质量和水平？

整个剧组是一个队伍，所有主创人员的设想都需要通过剧组所有工作人员的具体工作来实现，如果每一个负责具体工作的工作人员尽可能多地发挥创造性，拍摄工作将会事半功倍。统领好一个队伍对于保证艺术作品的质量至关重要，而关键就在于树立良好的风气。

剧组人员混杂，素质参差不齐，在《笑傲江湖》这样的大戏中，大家长时间相处，要面对漫长辛苦的拍摄时光。对待赌博、打牌、喝酒打架，甚至"特殊娱乐"这些活动，都必须制定严格的纪律，严令禁止此类行为。我们配合公安局严格监督、严厉打击，用一切手段整肃剧组的风气，确保整个剧组的干净。包括后来拍摄《天龙八部》时，我组织了剧组自己的纠察队，监督剧组工作人员，禁止到大街上喝酒打架。

换角的事情震动了所有演员，也振作了大家的士气，使大家全力投入到拍摄中。新来的令狐冲到达之后马不停蹄地拍摄，身边还跟着一个武师，几分钟的间歇也要练习拿剑耍剑的动作——台上一分钟，台下十年功。

演员提前进组练习武功后来也成了我的习惯。对待艺术是绝对不能纵容姑息不良习惯和行为的。

造就令狐冲

客观地来讲，李亚鹏也并不是令狐冲的理想人选，但是在当时的条件下，李亚鹏是令狐冲的最佳人选。

李亚鹏刚入剧组时表现比较稚嫩，他能够胜任令狐冲吗？大家也对此十分担忧，甚至有人说，李亚鹏看上去不像令狐冲。

我和导演已经从李亚鹏的表现中看到了他的潜力，他肯动脑、肯学习，我们相信他能够完成这个角色，而且对于我们来讲一旦换了李亚鹏，也就意味着不能再更换其他演员。

演员是需要造就的。如果我们都不相信他是令狐冲，他能够进入这个角色中吗？观众会相信他是令狐冲吗？有人说他看着不像令狐冲，我就把他的照片打印出来贴在剧组，告诉大家，看着不顺眼就一直看，他就是令狐冲。

好在李亚鹏果然是个有潜力的演员，我们最终以这样一种方式，不很精致地造就了一个令狐冲。

人在江湖

赴汤蹈火，历经水火却坚定稳健

在剧组失去"令狐冲"的日子里，我们仍旧在精打细造地拍摄。然而邵兵被炒的消息不胫而走，各种传闻铺天盖地，甚至有"剧组以炒掉男一号制造新闻故事"的谣言。这些都是可能影响剧组心态的因素。

驾驭这样一部大制作，管理几百甚至几千人马，协调各种关系，我深知肩上的重任，我必须冷静解决剧组遇到的各种问题，调动人员的积极性，阻止一切有碍于正常拍摄的不利因素，为各个部门全身心地创造与投入铺平道路。

在有条不紊的安排之下，全剧组人员不仅没有慌乱，反而更冷静、更振奋、更一丝不苟地完成工作。

我们终于挨过没有"令狐冲"的日子，李亚鹏经过努力渐入佳境，剧组的拍摄进度快马加鞭，换角色的风波日渐停息，拍摄基本走向顺畅。但是新的事端又出现了，5月4日一场大火烧穿了我们十几米高的2号摄影棚棚顶，再次把我们逼入危境。

摄影棚内的"思过崖"，是2000年1月开始搭建的，费时60天，耗费木材40多立方。摄影棚从外观看像房子，里面则有形形色色的人造景观，亭台、假山全部由泡沫塑料制成。5月4日下午，摄影棚内正在拍摄小师妹到思过崖的山洞探望大师哥令狐冲的一组文戏，洞内的一盏油灯在众目睽睽之下倾倒。摄影棚中多为易燃材料，待在场的工作人员伸手要扶，倾倒的油灯已经顷刻间燃烧起来，火势异常迅猛，几秒钟内火光冲天。在这样用易燃材料搭成的环境里面排戏，我们一直是有所防范的，消防设施触手可及。然而等到大家奋力抢救，灭火，及时报警，火势已经窜出摄影棚顶。尽管没有造成人员伤亡和更大的经济损失，但是这件事情对于我们依然是当头一棒。

剧组逃出火海后又遭水灾。6月的江南雨水连绵，一场大雨将搭建在水浒城里面，已经做旧的"药王庙"冲刷得焕然一新。这一火一水，大大挫伤剧组的创作热情。美工和道具一寸一厘从头忙起，投入了更加紧张的

人在江湖

工作。我们没有停机，没有停止拍摄。这是让我非常骄傲的事情，我有一帮志同道合的好兄弟，好同仁，在挫折面前，大家会叹息，会沮丧，但是工作仍然在继续。这儿的戏不能拍了，立刻调整，换场景拍。最让我敬佩、最值得称赞的是年近六旬的黄导。导演是艺术创造中的灵魂人物，他的坚定不移，他的从容稳定，影响了大家的创作态度。

于是乎，《笑傲江湖》新闻多多，高潮的时候各路记者几乎打爆了我的手机，一刻也不让我停息。

对于今天的剧组来讲，热度、关注度是求之不得的，甚至主动策划、邀请记者报道。但十几年前，大批记者不请自来，对我这样一个将艺术质量紧紧握在手心的人来讲，还真是一件麻烦事：络绎不绝的采访既打扰了剧组的拍摄，又造成剧组人心浮动。为了保证工作效果，我最终禁采了。

有一段时期，我真是有点怕新闻界的记者朋友了。他们大多年轻，两个加起来才是我现在的年龄，精力旺盛，对什么都好奇，对什么都想发表自己的见解，什么都想独占鳌头。那一段时间我真是怵他们，这是我作为一个堂堂男子汉从来没有过的事。他们太厉害，可以从你不设防的随便一句话里发挥出若干的想象，加上揣摩和看法，还要求采访每一个他们希望采访的演员。

毕竟我们是在用中央电视台投资的上千万资金拍摄一部作品，我们是在工作，不是在炒作！

我认为严谨的工作态度，就是集中精力，调动一切创作因素，做好每一个人该做的事。外界的关注和采访会使人心浮动，尤其在演员还没有完全把握住人物，武打动作也没有过关的情况下，因此我反对记者的采访和对我们工作的干扰。

于是，本来就加班加点，忍受着酷暑、熬夜的倦意坚持拍戏的演员，在擅自闯入的记者面前沉默了。沉默也是记者看到的新闻点，很快，在一家报纸上出现了《许晴你别太任性啦！》这样的标题。我认为，这些记者除了敬业之外，他们的年轻、莽撞，也表现出了他们对人的不理解、不体贴。对于我们来讲，新闻不是最重要的，我们工作的目标是最重要的。

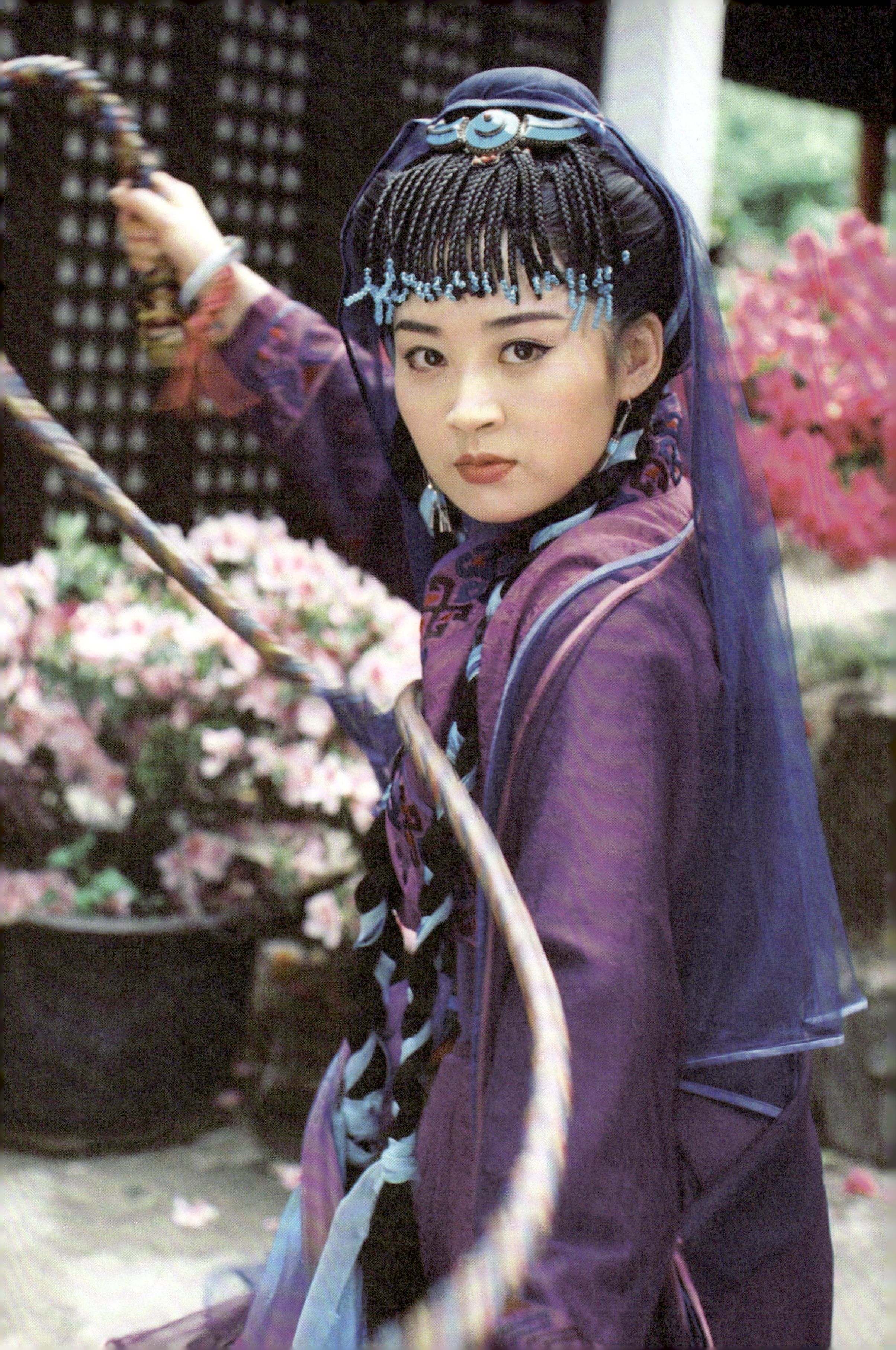

人在江湖

于是我明确告诉记者，不是演员任性、傲慢，是我作为该剧的制片人，为了保证拍戏的质量，规定过：演员一律不准接受采访。于是，又有报道：《笑》患了"恐记症"，张纪中患了"恐记症"。

说真的，这一点这些记者倒是说对了，我在剧组最艰难的时刻，的确患上了"恐记症"。

当《笑傲江湖》展现在观众面前时，也许带给大家的是江湖恩怨，快意恩仇，但让我想起的，却是创作拍摄过程中经历的一幕幕艰难困苦，巨大的压力、恶劣的气候，千头万绪、五味杂陈……

《笑傲江湖》的拍摄汇聚了我的一班兄弟，也为日后拍摄金庸武侠剧奠定了基础。我们探索表现的大陆武侠风格得到了越来越多的认可。

正义不倒，武侠还在路上……

《天龙八部》的男主角是乔峰还是段誉？

> 我一直觉得金庸先生的小说如此受欢迎、几十年势头不退的原因，绝不是轻巧的"男男女女、欢欢爱爱"，更多的读者也不会这么认为。

故事的定位

《天龙八部》是金庸先生第三部在大陆拍摄的武侠小说。相比前两部《笑傲江湖》《射雕英雄传》来讲，《天龙八部》的小说线索丰富到了复杂的地步，涉及的人物更为繁多，结构为故事情节开展而"随心所欲"，因此对于电视剧的拍摄来讲，是一次更大的挑战。但这又是金庸作品中最受读者欢迎、最具英雄气概的小说，如何将这样一部小说以电视剧的形式同样让读者——观众喜欢，既吻合电视剧的表现特点，又不失原作的风貌和气概，关键在于电视剧故事表现的定位：我们如何讲述一个真实历史背景下的充满异域风貌、传奇色彩、人情人性的故事？我们的主题定位在哪里？

首先电视剧不可能像原作小说一样，各色人等依次出场，小说中的重要人物乔峰却在七八集之后——小说的第二本中才出现。如何重造结构？重造结构的依据是什么？这就关系到第二个重要的问题：谁是《天龙八部》的男主角？是段誉，还是乔峰？确定不同的男主角，也将意味着不同的女主角——是与段誉有关的五个"妹妹"，还是阿朱阿紫？

在剧本的讨论阶段，众说纷纭。段誉的戏好看，可能更符合当今年轻观众喜欢的"男男女女、欢欢爱爱"的视点，也就是说可能更具备卖点。但是我不这么认为。我一直觉得金庸先生的小说如此受欢迎、几十年势头

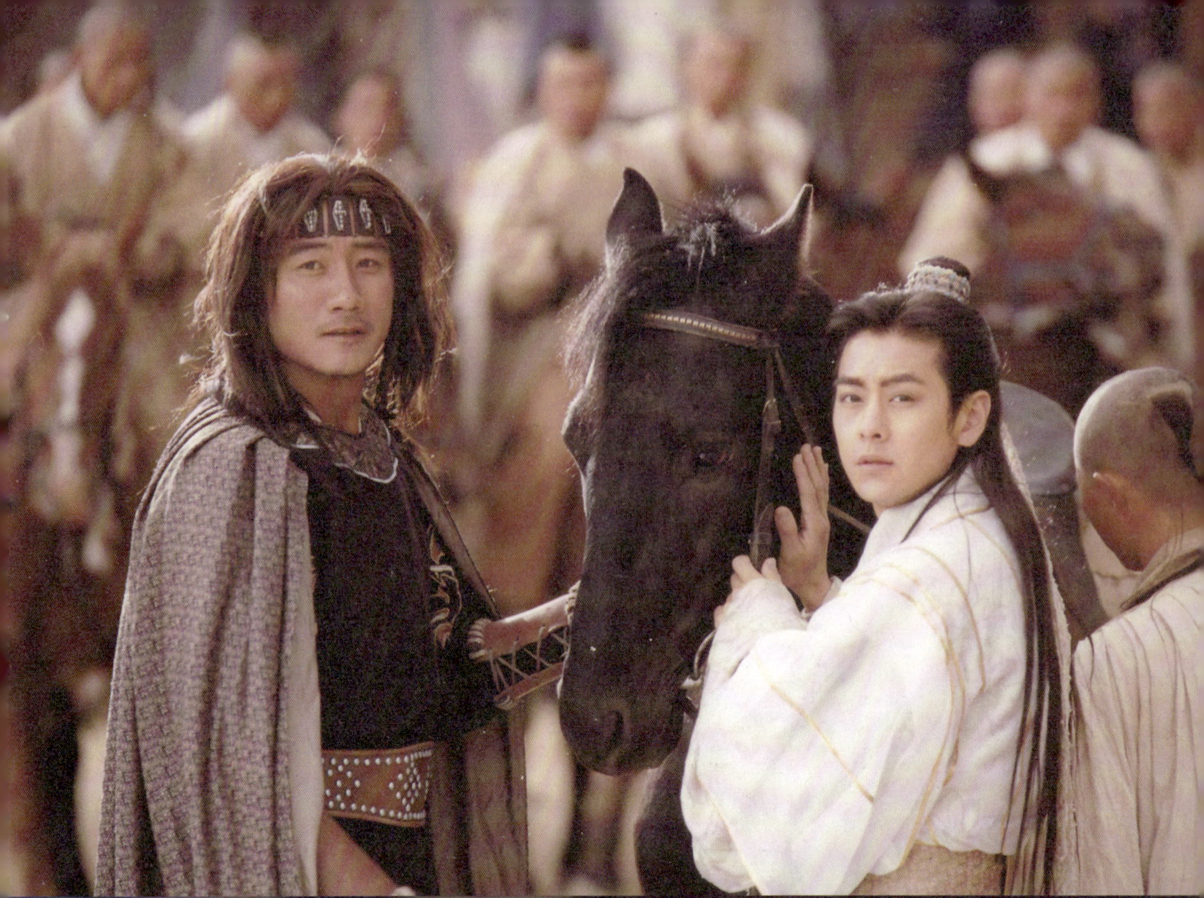
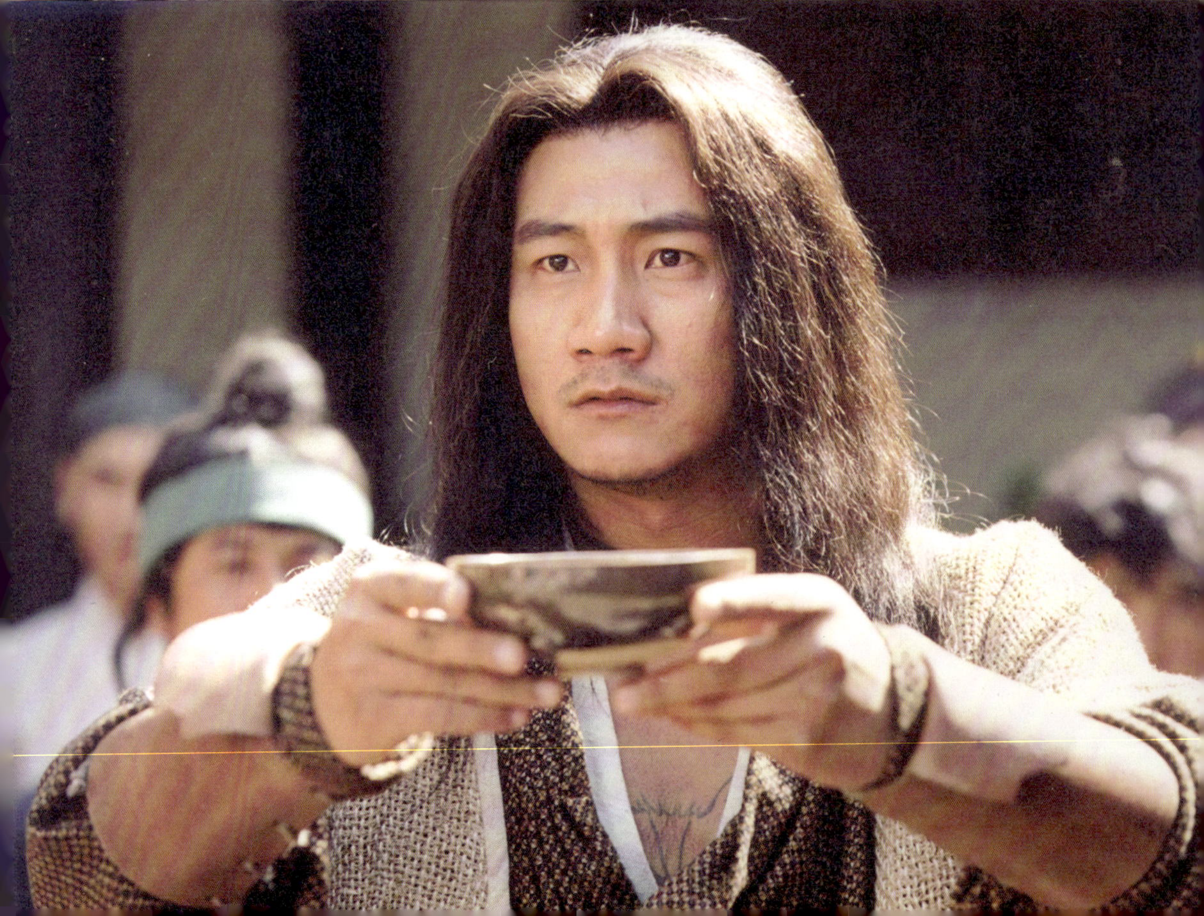

不退的原因，绝不是轻巧的"男男女女、欢欢爱爱"，更多的读者也不会这么认为。金庸的小说里面一直借助历史真实的事件作背景，散发着一股强劲的、震撼人心的力量。这是我们拍摄金庸的武侠故事所不能忽略的。在《天龙八部》里面这股强劲的力量是什么？

我觉得来自乔峰。

因此故事的展开应该围绕乔峰。乔峰复杂又扑朔迷离的身世本身也是贯穿小说的重要线索。他身世的揭秘过程又是连贯小说、转换情节的重要细节：他从汉人乔峰变为契丹人萧峰，并带来一系列重要人物的出场，事态的变异，铺垫下萧峰最终结局的因果。而萧峰的结局，承载了金庸先生对于民族祥和的忧重呼唤，对民族团结的希冀。这是这部看似充满男女欢情、离奇情节、异域风光的好看小说的真正主题。否则就不会有乔峰如此悲壮的结局。

这是我对《天龙八部》的理解，是我要拍摄《天龙八部》的真心用意，也是四十集电视剧《天龙八部》的主题定向。

情节的改编

我们拍的《笑傲江湖》，因为对金庸小说原作情节的改编遭到观众批评。这是不可避免的，电视剧的表现手段不允许以小说的样式和情节进展来展开。既然我们已经将《天龙八部》的故事定位在乔峰的身上——乔峰是《天龙八部》的男主角，所有故事都应该从乔峰开始。原著中乔峰婴儿时候发生的故事是在小说进行到一半时回溯到的，我们决定将这一回溯提前到电视剧的第一集第一场——将原作中的那场杀戮作为乔峰的开场与伏笔，而不是以观看者的伏笔来展开。借一个例子，让观众是可以预先看到屏幕上的谈判桌下埋有炸弹，而屏幕上的人是无知的，这是悬念的一种。我们借悬念的方式展开《天龙八部》的故事。

人在江湖

侠的定义

侠在中国人的心中是一个传统到根深蒂固的印象——而不是形象。难就难在印象：它是生根在每个人心里的想象，因每个人对于现实的理解而异。在从古至今的武侠小说里面，侠是在中国封建社会压抑、不公平、不强调法制的现实环境中诞生出来的，寄托了人们无限希望的非常人形式。侠的出现都是缥缈不定的，来无踪、去无影，危难时候出手相助，关键时刻救困解难。侠是中国人的一个梦啊，连中国古代历史上像孔子、孟子这样的大儒家，也因了这个广阔的梦把自己称为侠。现在许多孔子塑像上我们都可以看到，身为学者文人的孔子是佩着剑的，尽管并没有历史记录孔子擅长剑术，但是这样的形式——佩剑多少代表了侠的一个外形特质，剑暗示着拔刀相助，视拯救他人于水深火热之中为己任。因此任何一个中国人心里的侠，都有在现实生活中难以寻觅的一种寄想、奇想，说到底都是不现实的，实质上对我们正在做的事情是巨大的挑战：一旦我们把人人各自想象的侠的形象具体化，就意味着要遭非议——现实中有什么东西是可以和上亿人的想象画等号的？

所以在我理解，侠这个字更多是一种不那么现实的精神气质描述。这样的理解成为小说就很确切，小说的成功与否大多与现实的距离成正比，距离现实越远，越接近读者的期待，越是引导大家的想象，越为读者接受。电视剧是要把所有的想象都变成人们眼前、客厅电视机屏幕上的事实，侠就不仅仅是用"精神气质"来代替了，而是要把梦境变成真实。因此我们设想在电视的视觉表达上，大侠不仅仅是外形衣袂飘飘、玉树临风，也不仅仅是演员眼神、表情的刻画，更多的应该是一种电视的、不仅仅是镜头所赋予的气质塑造，它在意境上相当于小说中描写的"大智若愚""临危不惧"。以乔峰为例，除却他的服饰造型，他的武打动作设计，他出场前的镜头、动效造势，都是气质塑造的因素之一。侠在电视表现上要有既是出其不意、又是意料之中的创意。其分寸的把握，既是我们的艺术追求，也是我们的能力体现。

第一章　为理想而战

尊重历史，尊重中国文化，一直是我所提倡的。我想要通过影视真实地展现我们中国的历史文化，这是对历史的负责，也是我们的职责和良心。

101

人在江湖

人物的武打设计

　　看过金庸武侠小说的人都知道"独孤九剑""降龙十八掌""凌波微步"等等武功，但是没有一个人能够说明白那是些什么样的动作，几乎也是一个人一种想象。我的要求：排除一切花哨和神话。武打是人面对面的行为，有惊险，有出奇制胜，也有神奇，但是不应该有摆脱了人正常行为的、神话般的动作效果。武打的设计要为人物的性格服务，似什么人穿什么衣服说什么话。所以，乔峰：茁实，力量，威力；段誉：凌波微步的灵巧像他心思的灵异，是心灵气质的外在化，等等。不同人物要依照他们各自不同性格进行动作设计。

　　此外，电脑动画的介入与要求、摄影除去叙事之外的质感要求、音乐作为听觉叙事的要求、音响音乐化与音乐音响化的二者互渗关系、演员的人物塑造、外景的选择与表现等方面都需要更详尽的研究。

《神雕侠侣》创作阐述

> 我每次拍武侠剧都会谈到对侠的认识，具体到每部戏，"侠"都有各自的气质和与之相匹配的表现创造；而每次拍，对"侠"的认识也不断深化。

拍摄《神雕侠侣》之前，我们已经拍摄了《笑傲江湖》《射雕英雄传》《天龙八部》三部金庸先生的武侠小说。在我们之前，大陆几乎没有涉足过武侠剧。在拍摄武侠剧这条道路上，我们最初毫无经验，对金庸先生作品的热爱和对武侠文化的热爱支撑着我们在陌生的领域逐步尝试，工作过程中我们逐渐找到感觉，不断进行新的创造，积累了经验，增强了再创作的信心。检视五年以来三部武侠剧的拍摄，我们清醒地看到创作中有得有失，对利弊得失认识清楚，可以提醒我们更好地统筹工作，丰富我们创作的想象空间，规避潜在的问题。

侠的认识

首先，我要谈的问题，是对于侠的认识。

对于金庸武侠剧的深入理解，是我们创作的起点。金庸先生笔下的人物，呈现出外在的风神气质、武打动作与内在性格强烈的统一性。因而从对原著深入的理解出发，从对人物内心世界的理解出发进行创造和设计，是我们应该遵循的原则。

经过前三部戏的摸索与体验，我们得出了重要的结论：侠表现的出发点，应当从外在的飘逸、潇洒的表现，进入到侠的内心。侠不仅仅是外在被赋予的动作创意、服饰设计，更为重要的是侠义之心。这是一个非常抽象的理解，但必须落实到具体工作中。侠义之心怎么表现？心之侠气如何能够看到？

这个问题是我们拍摄武侠片必须要逾越的挑战。迎接这个挑战，意味着我们将已经有经验的人物外在塑造和演绎过渡到人物内心的寻找。需要我们继续寻找、丰富人物动作与行为的内心依据——这就像真理的寻找：真理无处不在，真理又难以说明。

主题与风格

一、关于《神雕侠侣》的主题

对于主题，金庸作品的研究专家陈墨先生已经有了非常系统、专业的归纳：

1. 这是一部爱情宝典。剧中涉及的人物不仅仅有演绎惊世骇俗生死之恋的小龙女与杨过，还有郭芙与武氏兄弟（懵懂迷离之爱）、郭芙与耶律齐，武敦儒与耶律燕，武修文与完颜萍，王重阳与林朝英，李莫愁与陆展元，武三通与何沅君，公孙止与柔儿，裘千尺与公孙止等等人物之间的不同形式的爱情故事。

2. 人性化的英雄成长。《神雕侠侣》依然是一个英雄成长的故事，只不过杨过不是神圣英雄，而是人性化的英雄。

3. 人道价值的确立。《神雕侠侣》以人道的价值体系取代、超越了传统的忠孝节义价值，在人性、情感、个性与传统的风俗、道德、伦理的冲突中，《神雕侠侣》肯定了人性至上、个性至上、情感至上的人道原则。

以上陈墨老师对于主题的归纳与确立，我都赞同。此外，我要补充一点：人与人之间是可以相处的，即使是敌对的，对立与统一的和谐也依然存在。这也是《神雕侠侣》的主题之一。洪七公与欧阳峰相斗了一辈子，生命终结时才大彻大悟，对对手保持人格上的敬重。这种敌对走向和谐的英雄结局，可以启发我们进行面向现实的、积极意义的主题补充。我们绝不是仅仅在讲述一个遥远年代的、与当下社会丝毫不相干的武侠故事，通过挖掘原著表达的主题，对现实问题有所回应、有所启发，也是我们创作的使命。

二、基于以上主题，确立表现风格

1. 这是一部带有悲喜剧色彩的正剧。

剧中涉及的"喜剧"色彩，并不是我们惯常以为的类似游戏取乐方式的喜剧，而是一种幽默的处理。幽默不是低劣的"找噱头"，幽默是智慧与性格。因此导演组要注意：千万不能为了想象中的"好看"，为了臆想中对观众的吸引，而将《神雕侠侣》渲染成一部玩闹之剧。

2.《神雕侠侣》所有主题表现的风格基调，就是浪漫。

《神雕侠侣》中的浪漫是多方位、多维度的，我们怎么理解这部戏的浪漫？又如何塑造、如何多维度地体现浪漫，这是我们要解决的主要问题。

浪漫首先体现在《神雕侠侣》中有诸多人物的爱情故事，这也是最惯常的对浪漫的理解。其中有爱情的常规浪漫，也有李莫愁那般的凄美浪漫。

除了爱情的浪漫之外，《神雕侠侣》中的浪漫无处不在，比如剧中具有神话色彩的大雕、情花、绝情谷这些超现实的想象，比如宏阔历史背景下的个人传奇。因此，我们在表现上，绝不能单薄地表现男欢女爱的浪漫。极端地看，一旦陷入男欢女爱的浪漫中，表现出的浪漫极可能成为无视故事逻辑、无视情感的情绪，这种表现容易表面化为过于追求镜头表现形式的浪漫，那就容易呈现出为浪漫而浪漫的"无理式浪漫"。镜头与场景选择是我目前对于拍摄的最大担忧。

我们将要塑造的浪漫，不能仅仅是简单常规的儿女情长的表现，也不仅仅是一种单纯恋爱状态下常规处理的样式，比如镜头的旋转、飘飘忽忽的表现形式等。

我们的浪漫主题有着更加深沉的内涵，是从情感的细微处进入到大格局的凝练与提升，是与史诗的历史情节相结合的浪漫，是深沉的历史的宏大格调与个人感情命运相互辉映的协奏，要求表现浪漫背后更深厚、更丰

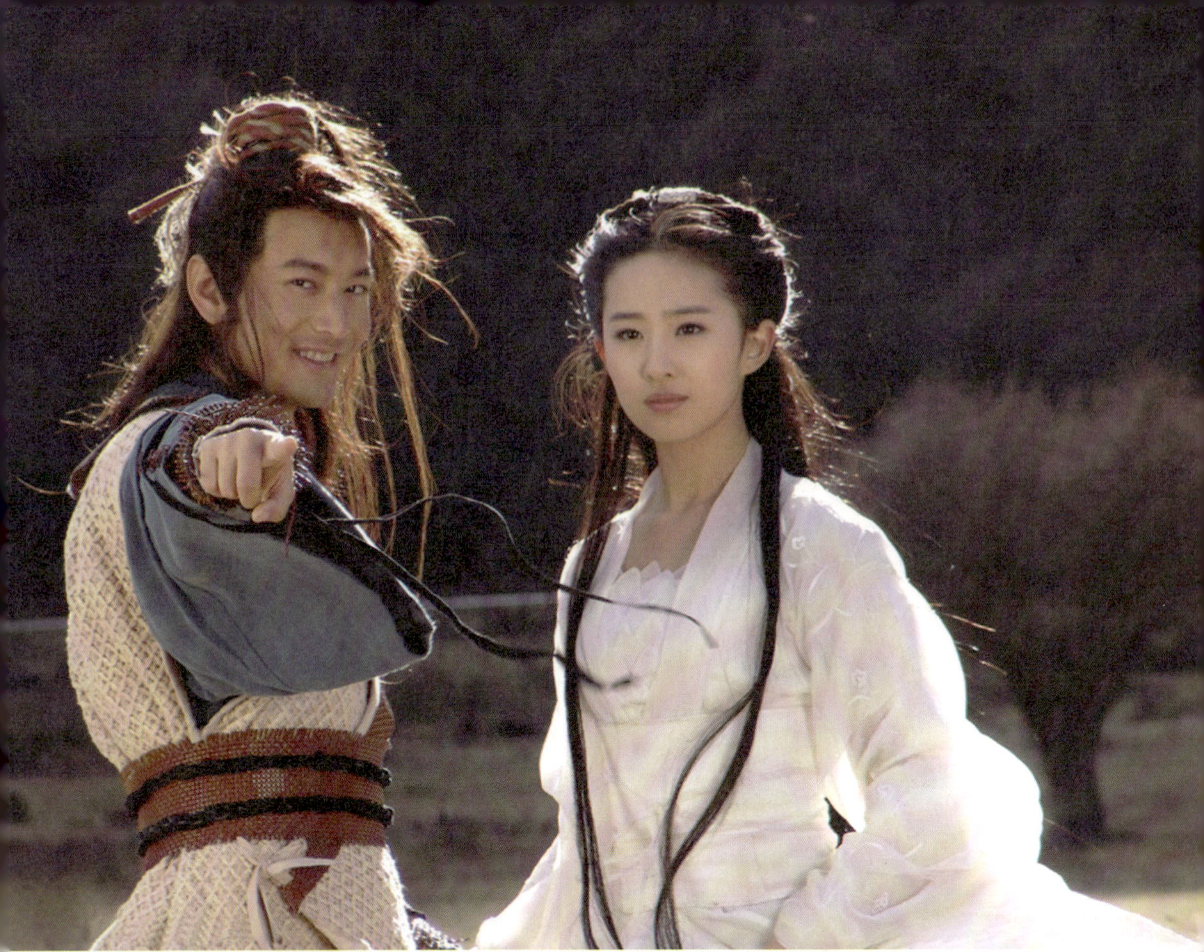
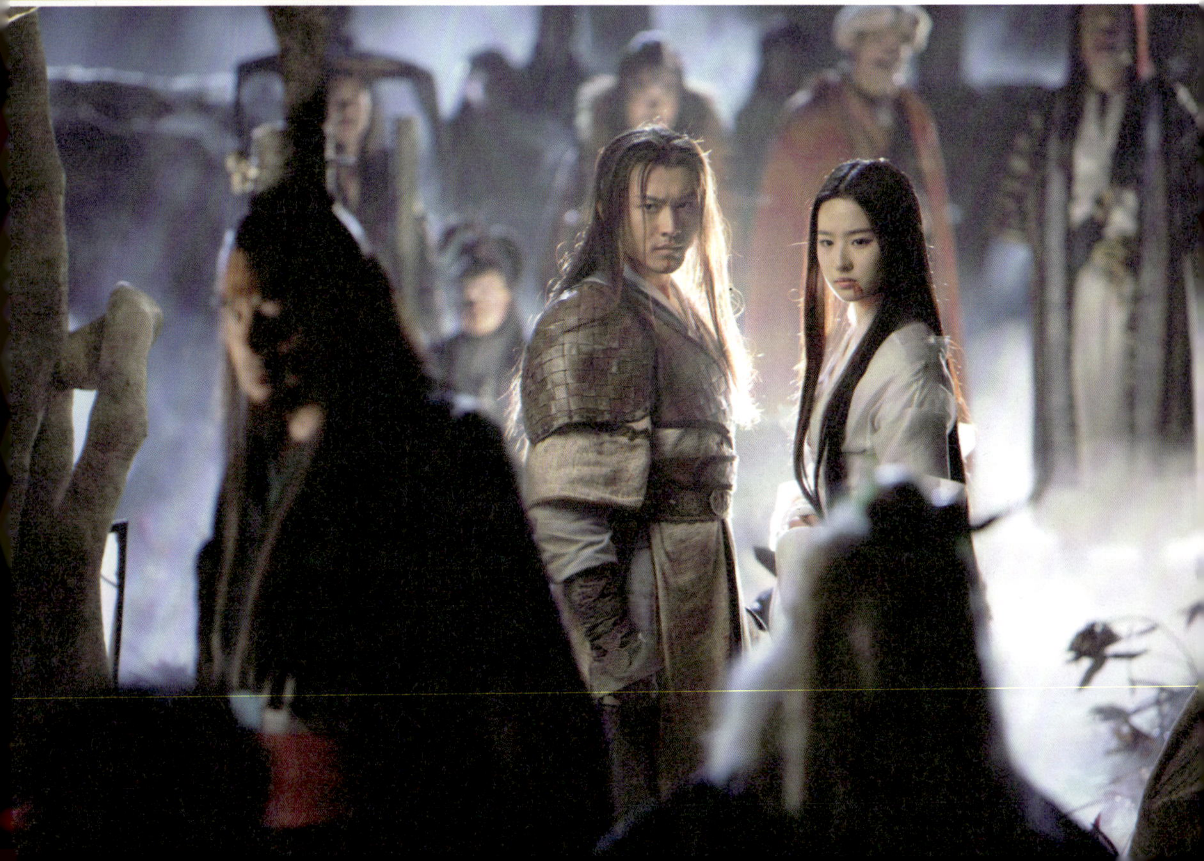

富的历史情节，体现的是人物命运经历的浪漫与史诗的结合。我们要触及和表现出的浪漫，是大的历史变故、宏大气势中故事人物命运、情怀、人性之相综合的浪漫，比如蒙古人攻打襄阳，襄阳人用了二十几年的时间与之鏖战——是郭靖二十多岁到五十多岁的主要人生经历，这种短暂人生和漫长历史的激情、浪漫荡气回肠。我们将如何创作情节来体现？如何用镜头体现它的层次感、它的厚重性？

总之，我们创作的浪漫绝不能单薄化为男女之间的浪漫，也不能表面化地为浪漫而浪漫。因此，所有的主创都应该围绕于此，考虑如何多方位、多程度的体现《神雕侠侣》的浪漫主题。

《神雕侠侣》涉及的武打：避免现场式的创作方式

回顾前三部武侠电视剧，思虑其中的成功与不足，如果说《射雕英雄传》中武打设计的突破在于梅超风，《天龙八部》中武打的突破在于乔峰，那么这次《神雕侠侣》的武打突破，应该体现在众多人物武打设计的创新上。

因经验缺乏和时间仓促，我们以往的拍摄有很大的遗憾。在过往的三部武侠剧中，我们几乎没有时间研究如何用武打来烘托人物的个性。诸多人物的武打设计都是在现场进行，虽然生动灵活，借助了现场的一些有利因素，但是由于缺乏严谨的推敲，没有能够从人物的形象塑造和性格表达出发进行差异化的动作设计，部分动作设计存在同质化的问题。这种武打表达丧失了独特的、个人背景的个性，也减弱了人物塑造的一条重要线索和一种重要方式。

现场式的武打设计创作方式，在《神雕侠侣》拍摄过程中，应该尽量避免。

我有一些对相关人物武打设计的初步设想，在此与大家讨论：

一、杨过与小龙女练玉女剑与玉女心经的练功场面

这两场戏实际要表现的，是杨过与小龙女在练功的过程中两人情感由

人在江湖

生涩到和谐的过程，因此相关的武打设计应该与人物内心的节奏、感受一致，要直接表现人物内心。如果忽略了这个真正至关重要的核心，这两场戏动作设计再独特，都是背道而驰。在理解并揭示人物内心的目的之下表现两人练武的配合，再加上独特的动作设计和尽量完美的自然景观，就无疑是锦上添花了。

在动作形式上，小说原作让我想到了冰上芭蕾的那种优美与和谐，几年来时常萦绕在内心。动作导演是否可参照我如此执着的"认为"，在冰上芭蕾中寻找杨过与小龙女练功过程中由生涩到和谐的美与力度。

二、挖掘和设计小龙女可以发挥的、独特的武打表现场合

比如在武林大会上小龙女用白绸带做武器，它所表现的柔软中的力量，类似现代的体操却又绝不是体操，我们可以从当代体育的动作中去借鉴美感，寻找灵感。小龙女在很多武打场面中都戴着一双白手套，这双手套具有冷艳与洁净的特点，也同样值得我们花心思下功夫去设计。

小龙女的武打设计不是一般女侠的设计，应该带有独特的人物性格、心理特点。我们塑造武打动作，也是在塑造小龙女奇特的美：一种具有杀伤力的美，一种对心灵产生震撼的美。

三、谨记《射雕英雄传》的经验教训

《射雕英雄传》是我们拍摄的第二部武侠片，其中的人物塑造存在相当多的偏差与不足。

比如老顽童，原著将他描写成一个绝世武功高手，但在《射雕英雄传》中，他的双手互搏却成了一个"欺骗自己与观众"的口头表达，这对于老顽童的人物塑造是非常大的损失。在金庸先生的小说中，武林高手们的形象就是通过不同于他人的性格和独特的武功来实现的，性格的表现在于情节，而用独特的武功来塑造人物，就是我们创作与想象的课题。因此在《神雕侠侣》中，老顽童双手互搏的表现上一定要有充满我们想象力的奇特表现，在这方面不能草率，不能在创作的机会上开除自己。

比如洪七公与他的打狗棒。在《射雕英雄传》中，相关的动作完全未经前期设计，毫无表现力，甚至包括《天龙八部》当中提到的打狗棒，同

第一章　为理想而战

表演是一项伟大的事业，唯有真听真看真体验，才能传神地塑造人物！

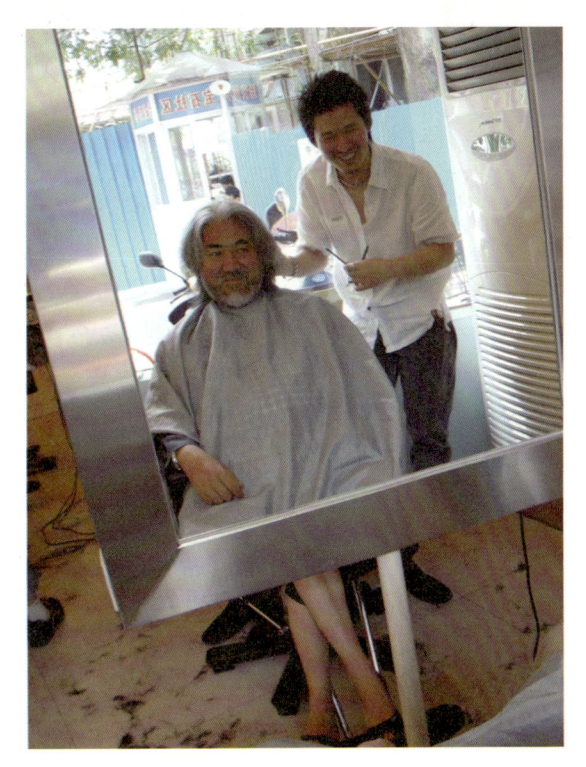

样毫无新意，都是未经严密思忖的一种表现浪费。因此这次《神雕侠侣》中再设计七公的打狗棒一定要周密考虑，创造性地进行前期设计。打狗棒的动作设计应该表现洪七公性格上的诙谐特点，洪七公创造的打狗棒的劈、扫、戳、挑等动作实际表达的是巧、准、狠、快的特点。从人物的背景看，洪七公以乞讨谋生，我们可以合理地设想打狗棒的使用场景，当洪七公遭遇十来条专咬叫花子的狗时，打狗动作必须快、准、狠，这方面的功夫也由此而日益加深。我们也可以将与洪七公对打的人物进行合理的视觉表现，在洪七公让人眼花缭乱又准确无误的打狗棒威力下，对手在他眼中幻化为曾经遭遇的恶狗——同样的设计可以应用在黄蓉身上，因为棒法就是这样传授下来的。这里的想象力通过现场的动作设计以及后期的电脑加工，能够呈现出有依据的诙谐与幽默效果。

四、关于杨过武打设计的循序渐进

武功境界与思想境界合一是金庸先生的重要思想，杨过成为天下武功第一强的大吉之日，也是他性格磨炼成熟为"侠之大者"之时。了解了这一点，就能够把握"所有的武打设计都不能够离开塑造人物的性格转变"这一本质，所有武打都有了因循的依据。比如杨过练剑的过程，他的剑法从初级到超一流，从一剑一式按部就班到草木皆是兵器，这个过程实质也是杨过性格转变的过程，重要的是依循杨过内心的改变。因此我们绝不能为表面剑法的改变、变换而迷惑，只着力于表面的动作设计。

五、反派的武打

《神雕侠侣》中有三股很重要的反派势力：金轮法王一伙、公孙止和李莫愁。总的来说，这些人的动作都有阴、狠的特点，但是他们之间的差别也要非常明显。

1. 金轮法王。金轮法王是西域来客，他的武功在阴狠的手段中还应该有不为汉人熟识的怪异。书中描写他们手中的兵器是"金、银、铜、铁、铅"这五个狠毒的法轮，法轮在他没有出手的时候怎么携带？我想不是手上提着，或者不是说来就来。法轮的武功在打斗的时候怎么表现？我觉得金庸先生塑造金轮法王及他的兵器时，应该参照了中国传统的"金、木、水、火、土"五行的思维。那么我们在设计金轮法王的五个法轮的运转时，是不是可以将"金、木、水、火、土"五行作为画面想象的参照。我的想法是抛砖引玉，希望能够开拓大家的合理想象。

2. 公孙止。他有家传武功也有妻子教他的武功，是一个道貌岸然的反派。他的狠毒是在道貌岸然笼罩包装之下的狠毒，所以这个人物的姿态设计，必须符合他的身份特点。比如他表面文雅、得体，但这只是掩人耳目，深藏背后的是阴狠。要通过正与反的强烈反差，来表现这个人物的伪善。

3. 李莫愁。她与小龙女师出同门，是小龙女的师姐。她与小龙女的共同点是武功上的轻盈、性格上的冷，而巨大的不同是小龙女"冷"后面隐藏的是爱情的热量，李莫愁的"冷"隐藏的是被爱伤害后的残忍无情。找到了这样心理的不同点，对于师出同门、武艺同样轻盈同样美貌的师姐妹，在武打的设计上就要把握到关键的差异。

六、关于剧中的暗器

暗器的使用同样要体现人物的性格特点，比如李莫愁的暗器银针。我想要强调的是暗器发送的动作设计，不要再重复老一套：一挥手就算是发暗器，对方就倒下去。我们要着力寻找突破暗器的细节表现，比如暗器运行的轨迹、路线、速度，不同的暗器划破空气的感觉——这些细节将会极大提升表现力和感染力。比如说裘千尺嘴里面发射的暗器枣核，就可以让观众看到类似于子弹出了枪膛的感觉。人中了暗器后的反应也要有所突破，这在后文有关电脑动画的章节还会探讨。如果我们能够实现不同暗器动作设计的创新，也能够为后期动效制作提供创作余地和空间。

美国电影《黑客帝国》带给我一些启发：我们拍摄武打场面时使用的拍摄器材要有改动。比如悬吊人物的威亚，应该改造一下吊人的方式，我想做一个机械臂，改掉以往使用的钢丝，这样演员本人就可以少用替身，自己表演，增强画面与人物塑造的可信度。演员在空中飞行的时候，全面杜绝呈挣扎状的"蹬服"动作，我们要的是不同侠客的利落、飘逸，可以用景别以及画面持续的不同长度来表现。

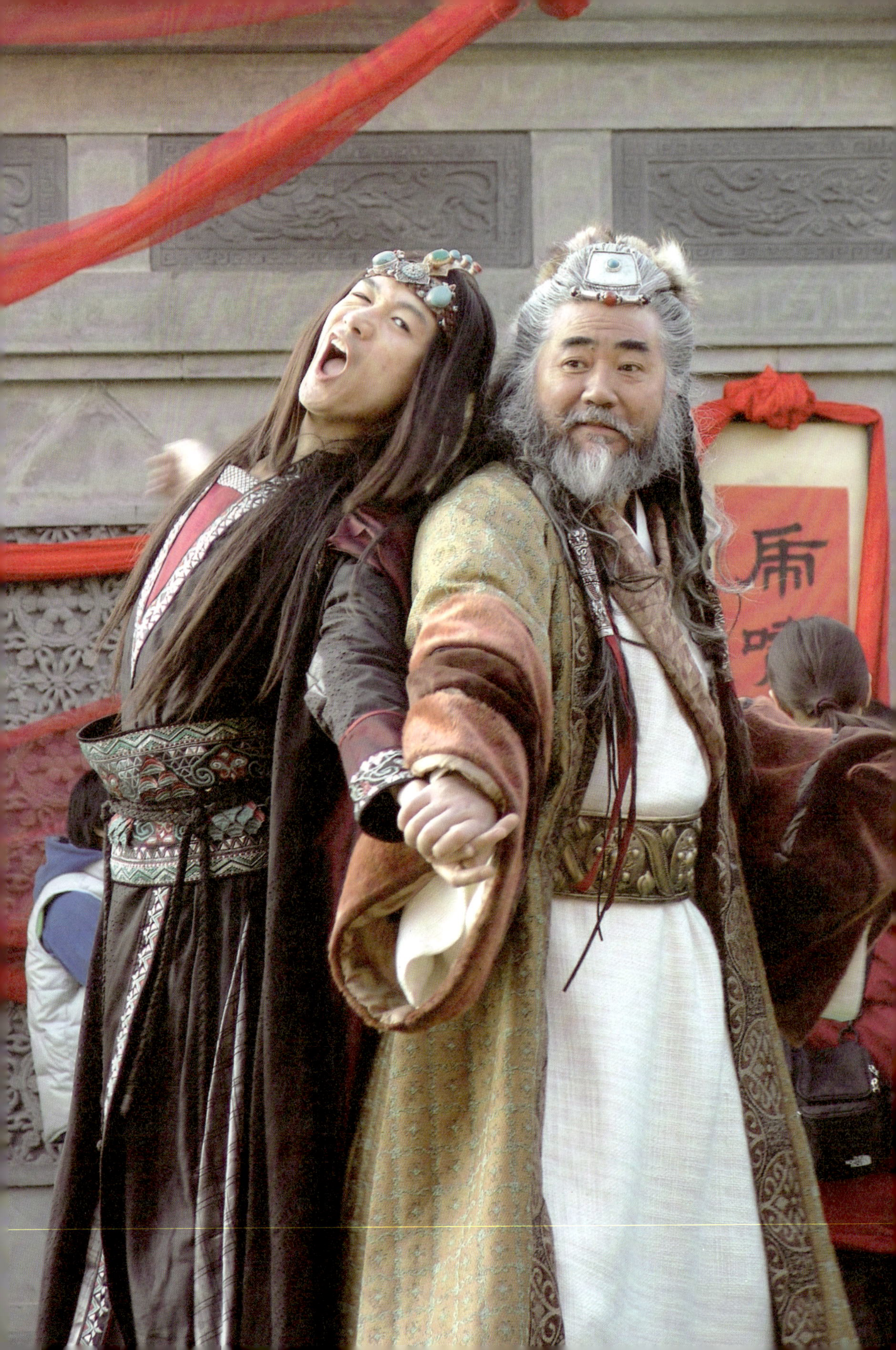

以上是我对于格外要注意的、决不能再忽略的一些人物武打设计的想法。其他人物的武打动作设计也必须寻找创作的缘由，遵循人物的性格、经历特点进行设计。比如程英、陆无双、郭芙、大小武、耶律英、完颜萍、耶律齐等人物的动作设计。设计过程中要考虑动作的表现怎么与人物的性格经历相吻合，同时做到所有的腾、跃、飞都具有物理的依据，在武打的设计上充分展开合理而神奇的想象，并且要杜绝不着边际的神话。这些设计和思考需要做出文字方案，供主创们讨论。

《神雕侠侣》电脑动画

这次拍摄《神雕侠侣》所需要的电脑动画，需要攻克的难关——无论是数量上还是质量上都达到了前三部武侠片的电脑动画总和。难度特别大的有神雕、万兽山庄成群的动物的电脑动画制作，还有鲜鱼、蜜蜂、麻雀这些动物——既要有三维，又有动画的合成，还要具有造型。从来没见过的动物，像神雕、九尾灵狐，完全需要我们自主的创造与想象。我们怎样制作才能最深入，最接近人们心中的想象和期望？我觉得应当抓住这样几点。

一、神雕的形象要神奇

我们也许应该从古希腊的神话中寻找神雕形象设计的原形。在我的想象当中，神雕应该更像一个怪兽，而不要接近现实世界真正的雕，可以说神雕应当似雕非雕，有着原始的力量感。我们在设计时应当强调神雕粗壮的腿部、爪部，其身体也不应该覆盖满羽毛，而应有坚硬的鳞甲。这需要我们有超凡的、不同以往的、非传统的想象力。创作就要出新，不要仅仅简单地照猫画虎。

二、其他的动物要有各自特点

其他的动物也要有各自的独特之处，要丰富原作的文字描述，扩展想象力，将《神雕侠侣》对于动物的浪漫想象表现出来。

三、植物要贴切又超乎一般

《神雕侠侣》中描绘了很多神奇的植物，比如情花、断肠草，这些也是电脑特技的创作对象。世界上没有这样的花草，所以也不能够简单找一种花草的样本描述和形象来代替。究竟应该怎样既贴切、符合想象力，又超乎一般的认识？这对电脑特技的创作者是挑战，我们在思考创作时，也需要有相应的阐述，要对想象的方向进行讨论。

四、《神雕侠侣》补充实景外景的电脑制作模型

这次的电脑制景，在某些方面应该参照美国电影《魔戒》的一些制作方式，比如里面的刚都城、甘道夫掉下深渊的独木石梁等等，有一些场景与我们所需要的非常相似，他们制作方面的创作思路值得我们参考。比如我们剧中出现的独木桥、重阳宫、万兽山庄等等，都需要多次合成景与景、景与人。我们因此有必要专门成立这样一个电脑制作小组：在小组设计人员的具体指导下使用独特的拍摄方法，由设计到实施到具体拍摄，全部在小组的把控下进行。

五、动物演员至关重要

这次涉及很多动物演员，大部分都需要电脑特技帮忙，因此我们要把每一种动物的电脑制作方案提前形成文字，以便在实际拍摄中能够具体地指导，与后期工作合拍。这些动物演员包括鳄鱼、蜜蜂、麻雀、杨过的瘦马、郭靖的小红马等等，电脑特技工作人员要根据剧本，有一个明确而无一疏漏的罗列。

《神雕侠侣》内外景的重点

总体来说，《神雕侠侣》的景要有别于其他版本。因为我们所要表达的浪漫、神奇，必须要通过这些虚、实景的表达才能实现，而这类想象的表达，还没有过先例。所有外景的选择，要尽量与小说原作的描述对位，所有想象追求的超凡脱俗，只能是在与原作吻合的基础之上发挥，而不能与原著背道，甚至安插自以为是的观念，发挥自己认为的想象。在这一点上，美术与导演都要时刻清醒：我们热爱金庸的作品，是在表现表达金庸的作品，而不是借此表现自己的所爱。

对于美术的要求分为外景、内景两方面。

对于每一处景的设计都要清楚准确，设计意图要准确传达，合理实施。重要的场景要画图，并注明需要叠加电脑完成的部分，要通过图表的方式将美术的意图与要求明确告知各个部门。比如绝情谷中的山岩、两面的峭壁，应当是什么形态？虽然我们已经找到了非常中意的实景，但是依然不能成全我们的想象，难以表达出"绝情"二字。如何在电脑上添加水流？要改变哪些形状？这些问题都需要有明确的文字描述，要有实景与最终效果的对照图。

其他的外景，比如活死人墓的水道出口、活死人墓的进口、裘千尺生活的阴森地坑、高处绝地充满神秘感的独孤剑冢、白雪皑皑的华山之顶、一望无际的万顷情花、杨过与小龙女两人练剑与生情的花海，还有开场的陆家庄，都是剧中非常重要的场景。我们要借助这些外景煽动起全剧先声夺人的气势，所以如何寻找恰当的实景，如何达到想象中的效果，都要有详细的文字描述以及实景与最终效果的对照图。

虽然我们专门在浙江象山搭建了"襄阳城"，但是这仅仅是一个外部的建筑而已，内景还缺乏大量的陈设道具来体现氛围，比如活死人墓，它的内部结构有上下两层，上层的生活区要求有生活的感觉，是一个既简洁又有生活气息的地方，里面有生命生活的痕迹，而不是冷冰冰的一个石洞。还有公孙止的丹房、书房、剑房、芝房，都要有独到的陈设，要依照小说的描述来进行设计和创造。

《神雕侠侣》的服装、化妆、道具

在整体上，这三方面都要符合浪漫的表现手法，在外观上让我们看到飘逸和潇洒。

人在江湖

一、服装

选料的质地是一个重点，剧中人物服饰需要飘逸，要排除尼龙制品。服装的设计依然要符合人物的个性，这是常理，又是实施中的困难。我的要求是服装能够帮助人物的定位，就是说人物一旦出场，"三分衣着"就要非常有说服力。比如说小龙女，书中描写的"冰清玉洁""不食人间烟火"，我们所做的服装样式、色彩，应该怎样与描述相对应、相烘托？李莫愁的美丽、冷酷、残忍、偏执，又应该有怎样的服装描述？怎样的色泽表达？李莫愁是一个道姑，因此她的服饰难度就加强了，如何既符合人物身份，又有新的细节表现？还有金轮法王，他的服装设计要考虑到他的兵器——五个轮子怎样收放？都要有预先的设计。其他人物（参照以下化妆中提及的人物）也是以此类推。人人都要有"道理"，以保证创作方向的合理、明确。

二、化妆

1. 难度最大的问题在于头饰设计。从我们已经拍摄的戏来看，人物头饰变化的招数似乎不多了。我觉得依然还是应该依据人物的特点来创作和设计，小龙女的发型必定是简单的，而且她有洁癖的倾向——她打人都用白手套，所以简单之上还有干净，不可能头饰上有东一个饰物、西一个装点什么的。

2. 小龙女较为统一的装束在公孙止要与她结婚的时候有一个变化，那是有别于小龙女自己风格的艳丽。

3. 杨过的外形变化更应该依据内心变化，他的外形因此就分为少年时期邪气的装束，与小龙女在一起之后外形上明显带有小龙女干净简洁的风格，与小龙女分手之后经历的沧桑感，以及最后成为一个足以表现内心侠之大者的定型。

4. 其他一些女性人物化妆的差别，也是因由了性格特征的各自差异，比如郭芙的华丽、郭襄的天真、公孙绿萼的清纯、陆无双的野蛮、程英的小家碧玉、完颜萍男性化的英俊，她们之间的差别（服装的色泽、款式细节等也是一样）一定要有距离，而切忌类似、雷同。

神
雕
俠
侶

5. 相比之下，反派人物的造型差别余地很大，像金轮法王、尼摩星、尹克西、西山一窟鬼等等，在我的设想里面都有卡通形象的涉及，是明显有别于正面人物的。我这样的想法基于这些人物是类型化的人物，性格的表达单一，而卡通化的设想与设计，可以增添人物性格色彩，增添喜剧效果。

6. 还要提及一个重要的人物：公孙止。他的外形设计我希望是高冠，宽袍大袖，服饰与化妆上没有明显的朝代特征限制，但是有着前朝圣贤人物的威仪，以暗示他的道貌岸然。

三、道具

在制作上要求精良细致，尤其是兵器，做出来的兵器在视觉的感受上要有价值感，符合人物的身份。重点有：君子淑女剑，独孤求败留下的重剑，木剑，金轮法王的法轮，打狗棒，各种暗器，李莫愁的拂尘。其他请道具师自行整理关注。

《神雕侠侣》的摄影与照明

本剧的拍摄依然使用高清晰度摄像机，画面质感要求细腻、透亮，期望能够改观以往为强调"气氛"而造成画面的烟雾弥漫，要攻克依靠烟雾制造氛围这种简单泛滥的创作方式，氛围的营造应该综合各个方面的创作因素。诸多场景的拍摄，例如绝情谷，要依靠镜头描绘出非现实场景的神话性，就是说在一切有理可据的前提之下，营造"非现实"的幻想，迎合大主题的浪漫。创作的方式是：利用光的层次感，依靠镜头塑造描绘真实的视觉难以体会到的绚丽、色彩的饱和，而又不是平铺直叙的光线和五颜六色的混乱。我这样说是防止出现"蓝调""灰调"一类常见又莫名其妙的创作方式。要以营造气氛为第一目的，而不要刻意地玩弄技巧。我们要追求色彩的饱和，又不能是五颜六色的一团混乱，这是对于光感的严格要求，既是摄影师对于光的把握，也是灯光设计、照明对于布光的追求与把握。

《神雕侠侣》依然会采取航拍与水下摄影的特殊摄影方式。这两项特殊摄影在十年前的《水浒传》与两年前的《射雕英雄传》中把握得都比较恰当,这次也依然要注重掌握分寸。特殊摄影要用得恰到好处,应该是非正常情况下的非正常表现手段。在正常拍摄的情况下不应该摆脱平常视觉的角度。所有的特殊拍摄,摄影与导演都要有预先的计划与方案,让拍摄按部就班进行,不能够因为指挥混乱带来调度的困难与经费的不必要损失。

《神雕侠侣》的音乐

《神雕侠侣》音乐的主题表达,总体来说旋律要简单,追求让人过耳不忘的效果。简单不是单一,表现层次要丰富,不同人物要有不同的音乐表达。比如杨过与小龙女的主题、李莫愁的主题以及其他个性人物的个性主题。老顽童个性诙谐、东邪黄药师箫的神秘以及公孙止的威严(以正面衬托反面),还有战争的主题音乐、英雄的主题音乐等等。

在我们以往的制作中,因为种种原因,音乐的创作总是滞后于其他创作。滞后自有其方便与好处,但是也有缺憾。这次《神雕侠侣》的部分音乐制作要提前,作曲作为重要主创要提前介入,而不要被动成为"配乐"。原作小说中有元好问的《迈陂塘》:"问世间情为何物",这是对于《神雕侠侣》主题的直接表露与阐述,因此我的想法是这首词应该有先行的音乐创作,歌曲提前录制,拍摄李莫愁的出场与死亡相关的戏时,可以配上李莫愁合适的口型与情绪。

在《天龙八部》中我有过音乐音响化这样的设想,但是因为音乐创作的滞后而失去了实践的时机,希望这次能有全面实践的机会。神雕带杨过练功的场面,就可以设计音响化的音乐与动效穿插在一起等等。

希望我的一些想法与建议,对于音乐创作有抛砖引玉的作用。

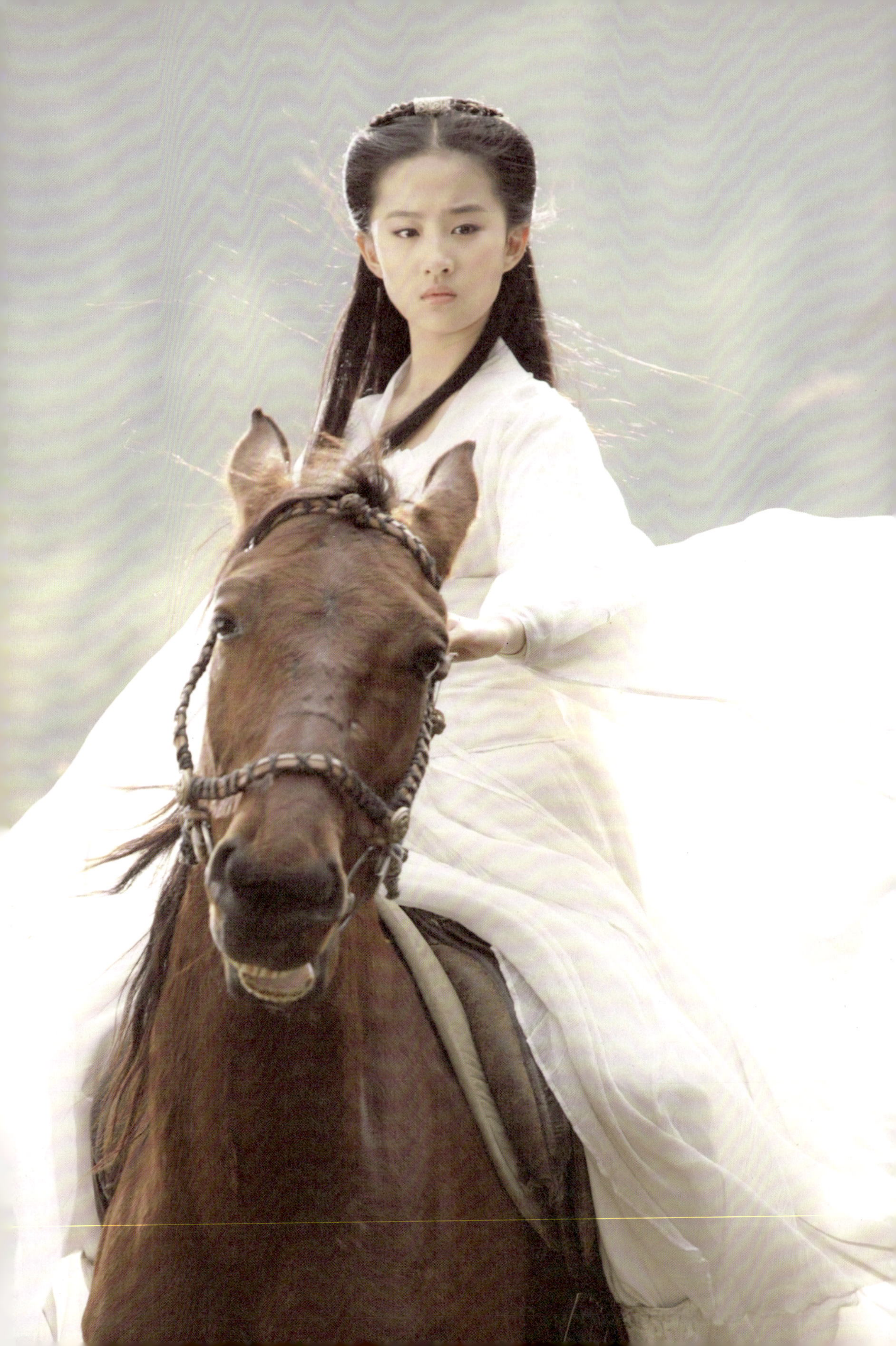

对其他部门的要求

导演组是整个创作的中枢神经,要准确地向各个部门发布指令和各种有利于创作的要求,一切都要有预案,排除以往经常出现的即兴创作,偶尔的即兴创作如果值得,可以斟酌而为,但是我们不鼓励这样的"常规"创作方式。因为我们要特别明确,如此庞大复杂的一部古装电视剧,各路创作人员云集,计划与步骤本身已经是首要的事情,在一切步调有序、按部就班的情况下,才有可能讲究创作的质量,否则很可能相互干扰与打架。对于我们《神雕侠侣》,创作已经不是一件单一的、可以随心所欲的事情,一定要强调集体性,鼓励大家主动参与创作,这样才有可能保证全剧组的创作热情、保证剧组贯穿始终的旺盛战斗力。

日本著名的导演大岛渚曾经说过:"没有差劲的摄制组,只有差劲的导演。"因此,一个优秀的摄制组首先要有一位非凡、杰出、计划有序、襟怀开阔的导演,要让所有的人能够围绕导演工作,犹如众星捧月,这是导演的艺术魅力所在,也就是我们所说的向心力、亲和力。

导演组的每一项工作都要有丰富详尽的案头准备,并且要有将案头工作准确传递给剧组每一个主创人员的能力,计划与指令都要明确,对于每一场戏、每一个人物都有充分的认识与如何表现的提议。怎么拍?为什么这么拍?还能够怎么拍?

重点场次的拍摄,都要提前召开创作讨论会。

特别强调的是导演组的副导演,根据每天的拍摄要求要及时对服、化、道进行提前检查、监督、落实工作,群众演员的使用要精打细算,反复研读剧本,主动配合导演的工作。

对制片部门也有几点要求:

我提倡的原则是现场第一,一切工作都以现场的需要为中心,不可以借任何理由妨碍、耽误现场的拍摄。制片组的工作就是排除一切困难保证拍摄依照计划顺利进行。

我认为制片也应该是剧组的主创,制片部门要根据拍摄进展的情况及

人在江湖

时调整、解决各种常规的、随时出现的困难和问题，所以制片部门也同样需要熟读剧本，而不能允许自己成为一个远离创作的打杂部门。只有熟知剧本的制片，才能够恰当地了解现场需要什么，才能够及时给导演好的建议，才能够参与全方位的创作。我们需要的是懂得艺术的制片，而不仅仅是一个游离于创作之外的采买人员。

2004年4月

第一章 为理想而战

投入生命的作品终将获得认可
——关于《鹿鼎记》创作

> 《鹿鼎记》是一部历史文化小说,不仅传递出创作者对历史文化的看法,映射了现实生活中的问题,同时向我们展现了中国文化的两面性。

《鹿鼎记》是我拍摄金庸武侠剧系列计划中的一部,在拍摄完《神雕侠侣》之后就开始着手准备拍摄《鹿鼎记》了。其时我已经有了充足的拍摄武侠剧的经验,然而《鹿鼎记》却是一部风格迥异的作品,更是一部思想层面超拔卓著的作品,我们希望通过我们的创造,尽可能地呈现出原著中的思考与蕴含在字里行间的哲理。

关于《鹿鼎记》

《鹿鼎记》是金庸先生篇幅最长的小说,也是艺术水平上登峰造极的作品。《鹿鼎记》以荒诞的手法来揭露和表现中国人的人性,尤其将中国文化中的厚黑学、劣根性、政治历史中的荒诞虚伪刻画得入木三分。

从类型上来讲,《鹿鼎记》与金庸先生其他的武侠小说不同,这是一部反武侠、反英雄的小说,韦小宝不是一个大侠,《鹿鼎记》也不可理解为传统的武侠小说。

如果仅仅看到了讽刺,那么我认为还没有完全触及这部小说的精髓。《鹿鼎记》是一部历史文化小说,不仅表达了对于历史文化的看法,映射了现实生活的问题,同时向我们展现了中国文化的两面性。这两面性的代表当然是小说的主角——韦小宝。当然,我认为康熙也是主角之一。

韦小宝造谣撒谎、溜须拍马、贪财好色、不讲规则,但他同时孝顺忠

人在江湖

诚、真心义气、珍视亲情友情。拉关系，厚黑学，贪财好色，即便在当今社会，仍然有深刻的现实性。但是韦小宝对自己的母亲极其孝顺，对陈近南、康熙有情有义，这都是他正向的一面。这种两面性，也映照了在中国传统文化浸润下、受传统文化人格影响成长起来的每个人。

另外，作为一部历史小说，书中众多元素体现了金庸先生对中国历史的认知，陈近南、天地会、神龙教，包括索额图这些官员都不例外。小说中处处渗透着金庸先生对中国历史文化的看法和对社会现实的洞察，也许他希望人们有所觉察、有所醒悟、有所受益。

《鹿鼎记》的气质与风格

金庸先生在《鹿鼎记》中表达或隐喻的现实含义，既给我们的创作理解造成无法回避的压力，也是对我们能否在创作和理解上更上一层楼的考验。《鹿鼎记》是一部什么样的小说？为什么像韦小宝这样一个如同无赖的市井之人，误打误撞攀登到了一个公爵的社会地位，且又成了大家不讨厌的人？我觉得应该对《鹿鼎记》通过韦小宝这个人物所渗透出来的人性秉性、社会特性有一个基本的认识。我们应该拍摄它。

我们对韦小宝主要是批判。一个这样的人在社会上平步青云，原因何在？虽然和皇上有关系，但和他吃得开也有很大关系，现在社会上很多这种人。我们每个人看到韦小宝身上可笑的毛病、秉性，都有似曾相识之感，因为韦小宝身上的这个经历和毛病，也在我们的潜意识当中，也是许多中国人的秉性：我们都爱吹吹牛，都贪生怕死，在不可预料的境遇面前往往会不由自主口是心非，也大都贪财好色，也有仗义和哥们儿义气。这些平常散落在不同人身上和意识中的习性与毛病，在《鹿鼎记》中集中地体现在了韦小宝这个人物的身上，所以大家难免觉得他可笑之中有亲切。我想表现一种对中国人性的温柔的批判，在一些玩笑和嬉笑当中，让人看到中国人原来是这样。

每个人看到韦小宝，都能够感受到自身的优点和缺点，这也正是《鹿

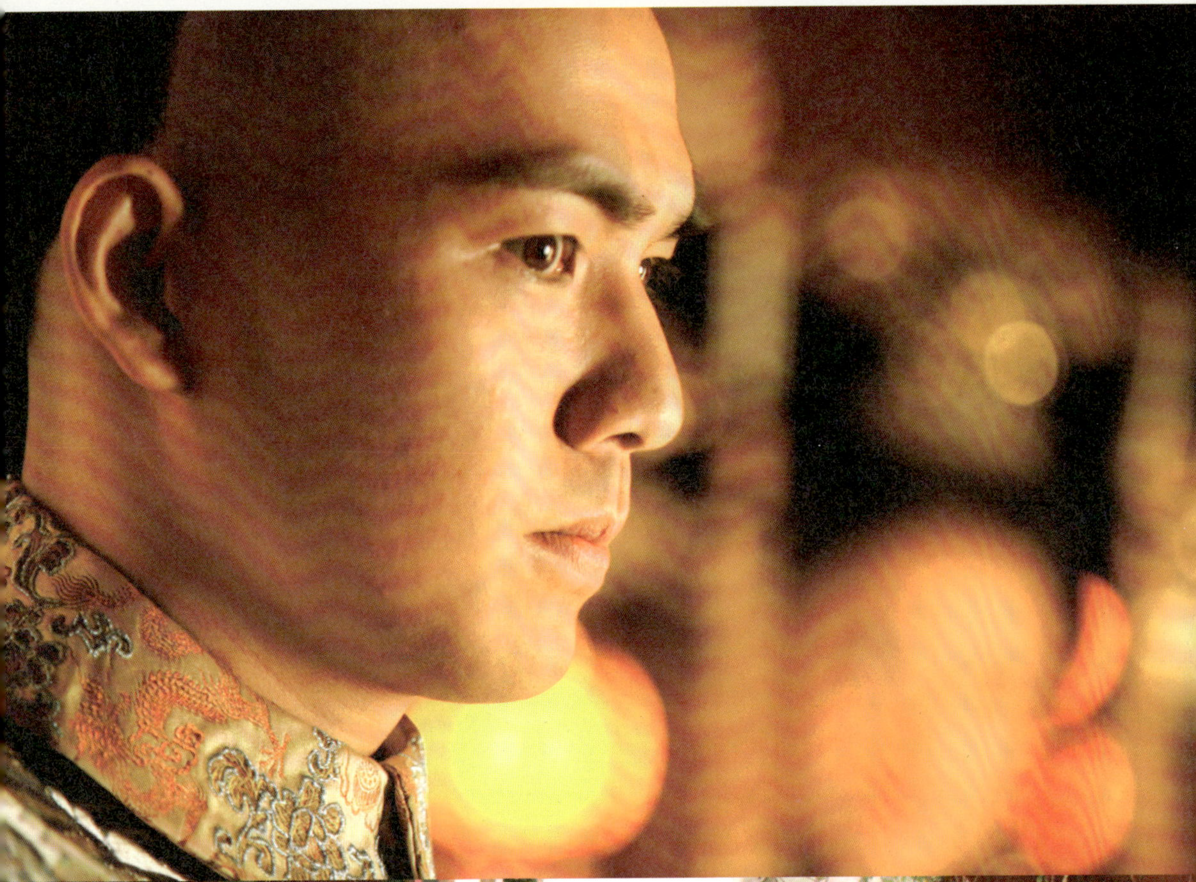

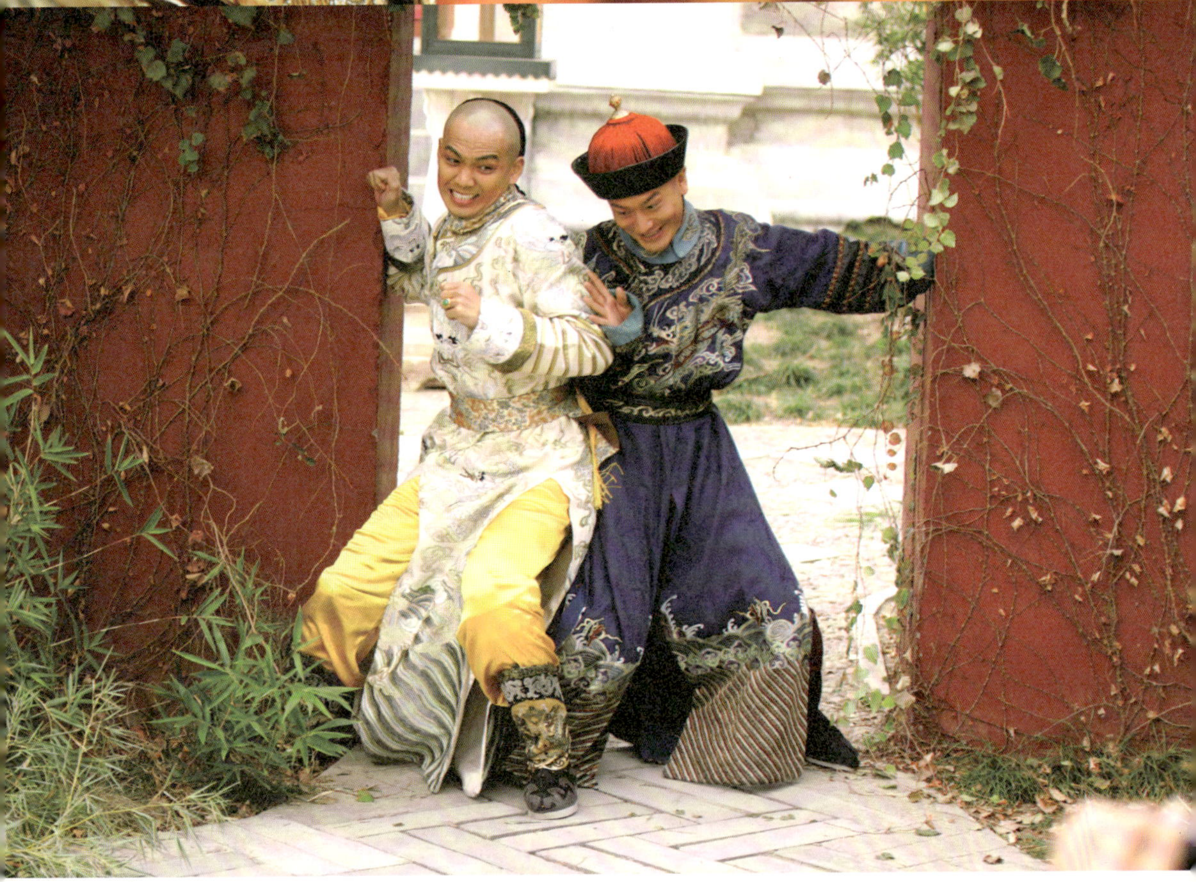

鼎记》的意义所在。大家都说它是深刻的小说，深刻在哪？我们必须找到答案。以前很多影视作品为什么不深刻或者说没有造成这种深刻的效果？我们能不能表达出金庸先生所要表达的对于中国人的人性的批判？这些就是我们要考虑的问题。韦小宝身上充满真诚的无耻，我们如何表达？他很无耻，可是他太真诚了，太有趣了，所以你并不讨厌他。他自然的流露总能感染你，要不然一个油头滑脑、油嘴滑舌的人，人们是会很讨厌的。

带有幽默感的正剧

读原著会发现金庸先生用笔老道，荒诞辛辣，充满了讽刺喜剧的色彩。但是我们在创作时却要在心中廓清：我们是不是要做成一部喜剧？

我想我们不能做成一部喜剧。

首先，因为我们没有能力做成一部喜剧。在《小小得月楼》的那个年代，我们还曾经有过非常自信、有才华的喜剧演员，能够胜任讽刺喜剧。如今却无法找到那样自信的演员。像周星驰这样自信的演员、导演，凤毛麟角，我们难以做成一部成功的喜剧。

其次，我希望绝不能与任何一部港台风格的剧集雷同，依照港台的路子，会以非常喜剧的方式来表现。

我们首先就要抑制"闹"，在不闹的情景下营造更多的幽默情景。也可以用对比的手法，像索额图这种老辣的官僚，年纪比韦小宝要大将近一倍，却真诚地和他结拜兄弟这样的幽默因素；还有不协调的视觉感受所造成的效果，比如说韦小宝的老婆们与韦小宝，她们几乎个个都比他高大……我们想通过这方面的探索和创作，来更替掉几十年来在诸多观众心里根深蒂固的表现手段，创立我们的艺术表现风格——做一部有幽默感的正剧。它不是完全的喜剧，更不是闹剧，而是一部深深隐藏的、关于中国人性忧伤的文化内涵films。这有一些重要的分界线：戏剧不是闹剧，闹剧不是幽默，幽默不是好笑，好笑不是可笑，可笑不是风流，风流不是下流。

《鹿鼎记》的人物

金庸在《鹿鼎记》中塑造了生活中常见的七种女人形象，这是男人的七种愿望，也是七种不同的美。为了能够塑造这七种美，我们也大费脑筋，在创作时从性格特点、外形和服饰方面对每个人物进行了解读和创作。

苏荃，她是韦小宝七个老婆中年纪最大的一个，年近三十。平常状态就是妖艳无比，曾经是神龙教教主洪安通的老婆。她的披风内红外黑，长裙拖地，显示出她在神龙教的高贵地位。

方怡，她属于性感型女子，是韦小宝第一个接触的成熟女子，很大程度上是韦小宝的情感启蒙者。在这个女子身上有关不住的青春活力，一种健康的青春活力，因此这个人物的外形与内在气质是一样重要的。

曾柔，名字就赋予她所带有的特性，不多说话，不多提意见，有女子的含蓄、柔顺、秀丽之美。她没有特别突出的个性，与韦小宝之间也没有超出嫁夫从君的关系。这个人物在剧中被削弱了，她是一种类型，在表现上则退为一个符号。

小郡主沐剑屏，她出生于云南一个少数民族的贵族之家，是一个非常乖巧伶俐、不失天真和高雅之气的女子。她的年龄和双儿差不多，十六七岁，但她有大家闺秀的风范。她的皮靴和裙裾镶纹可显示她出身在王爷府的小贵族气质。

建宁公主，她是皇帝宠爱的妹妹。她的风格是蛮横泼辣型，与韦小宝的关系仿佛是主子和奴才，稍不如意就是揾大嘴巴，令韦小宝十分害怕。她在韦小宝的七个老婆中，由于性格的蛮横而在外表上有鹤立鸡群的特别感。

双儿，她是庄家的丫鬟，是庄家因为感谢韦小宝而送给他的礼物。她对韦小宝百依百顺，还喜欢韦小宝。这也是女子中的一种类型，传统、恭谦。她是韦小宝的四宝之一，外形小巧玲珑，气质百依百顺。

阿珂，她美丽典雅，是七个老婆中最美丽的一个，但是为人处世没有

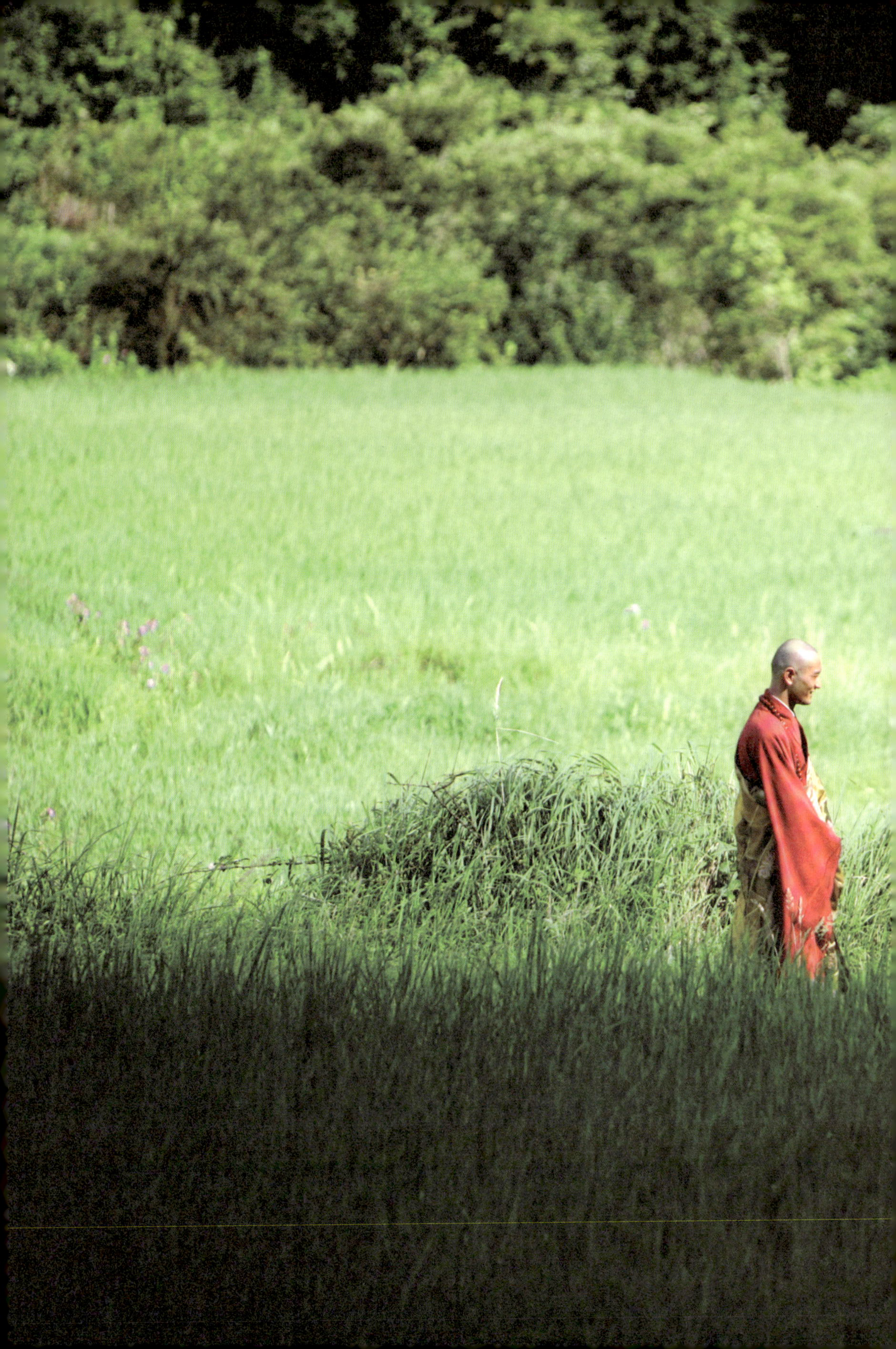

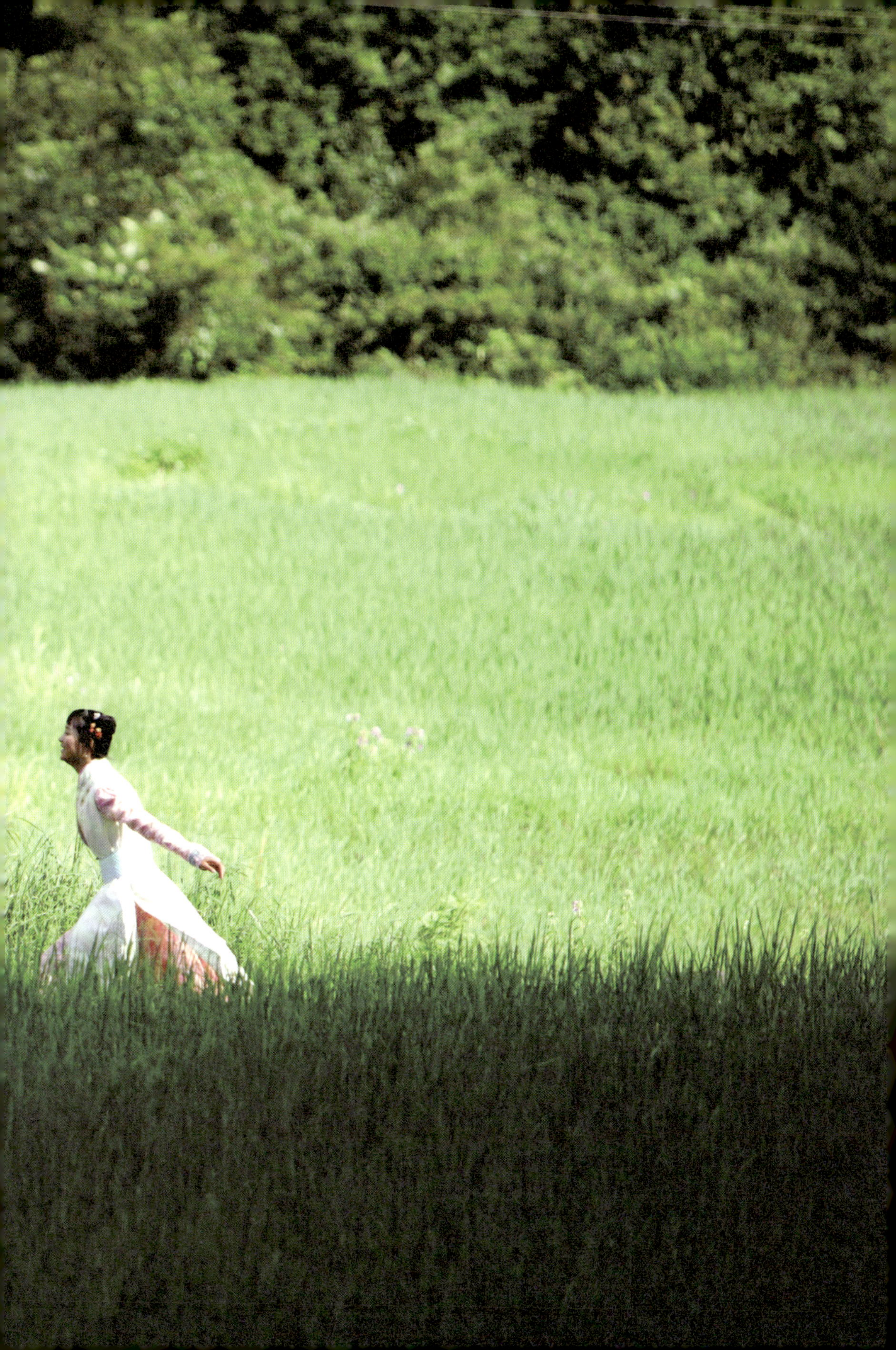

任何主意，简直是一个标准的绣花枕头。她是李自成和陈圆圆的女儿，是英雄和美女的骨血。服装以绿色为基调，刺杀吴三桂以后则完全是女刺客的装束。

七个老婆的选角也是个大问题，要找到七个气质不同的美女才可以。建宁公主，她是一个刁蛮、有点变态的人物，舒畅跟我合作过天山童姥，而且完成得非常好，所以我觉得她能够完成这个任务。应采儿当时感觉个性与阿珂有些差距，但我到香港去见她，跟她聊了一下感觉还是有很符合角色的一面，阿珂是非常干净的一个女孩儿……其他的演员也是很费心地去挑选，才呈现出大家后来看到的样貌。

武打设计：8种武功——依据人物个性来打

《鹿鼎记》的主人公不是以往金庸小说里面的武侠人物，这个戏也不是一般意义的武侠片，它没有打狗棒法、蛤蟆功、九阴真经等神奇的功夫，但是也有一些武戏。剧中的武戏都是依据人物个性来打，将个性归纳为一个概念，比如说正派、邪恶，并将这些概念用来指导人物的武打行为。

韦小宝，他并不会武功。他采用的是一个不会武功的人的动作——其实就是思维方式，像他做人那样投机取巧。比如抛洒石灰、砸人的脚，他的动作就是他的为人个性，有着他自身的可笑和幽默性。

康熙，他在剧中的打斗场面大多是他年少时遇到韦小宝，与小宝比武功。他的路数是毛东珠所教，比起小宝，他的武功算正经武功，还有一些满族摔跤术。

陈近南，他是一个反面人物，但是剧中是按照正面人物来表现的。他是一个很周正的人，所以他的动作设计就是有力度、有速度，舒展、漂亮，没有任何邪招。

海大富，他是一个阴沉的、深不见底的人。他的动作就像他的为人——阴森诡秘、速度极快、手法绝妙，在阴险之中有绝招，这绝招不是暗器，而是阴暗奇特的招数。

　　吴三桂和李自成可以放在一起考虑。吴三桂城府极深，心机极重，喜暗算别人，武功偏高。他与李自成的对决中，李自成手拿禅杖，威武八面，而吴三桂却拿枪，短小精悍，这样一对比，技巧型与力量型的抗衡会碰撞出意想不到的火花。

　　独臂神尼，她是一个尼姑，铁剑门掌门人，也是前朝长平公主阿九，是韦小宝的师父之一。她是技巧型的打法，她的剑法里带有轻功的感觉，她在剧中是一个侠客的形象，侠客与民间武功是有区别的，民间的打法比较拙，而侠客的打法有着侠的轻盈。

　　洪安通，神龙教教主，洪安通的动作可以概括为"疯"，像个疯子一样地打，没有规范，反倒有疯狂的威力。他的动作依据就是他为人的疯狂。神龙教里面的青龙使、黄龙使的动作怪异，姿态邪恶。

　　鳌拜，号称是满洲第一武士。他是一个力量型的人，是战场上的强手，徒手搏斗善于摔跤，几个人都近不了他的身。在《鹿鼎记》中他只有一场武打，而这一场武打对于揭示他是一个什么样性格的人极其重要：其凶猛、残暴、力量，都在这一场动作中体现出来。

从武夷山到江西万安，到金庸先生故乡取景

　　如同其他的作品，《鹿鼎记》的取景也跨越了几个省市，当时的拍摄路线是这样的：在武夷山拍几乎所有的外景，比如树林、路边、寺庙，建宁公主去云南的路上，最后韦小宝带着七个老婆逃跑的场景……拍四十天左右。接下来在桃花岛拍一个月。然后再到浙江海宁拍半个月，那里是金庸先生的故乡。那里新开发了一条古街，中间有一条河，很适合拍韦小宝在扬州的那一段。在横店的时间最长，大概三个月，拍北京城各王府的戏，最后半个月去江西万安，那里有座俄罗斯堡，可以拍出俄罗斯那种冰天雪地的感觉。一共拍摄了六个月。

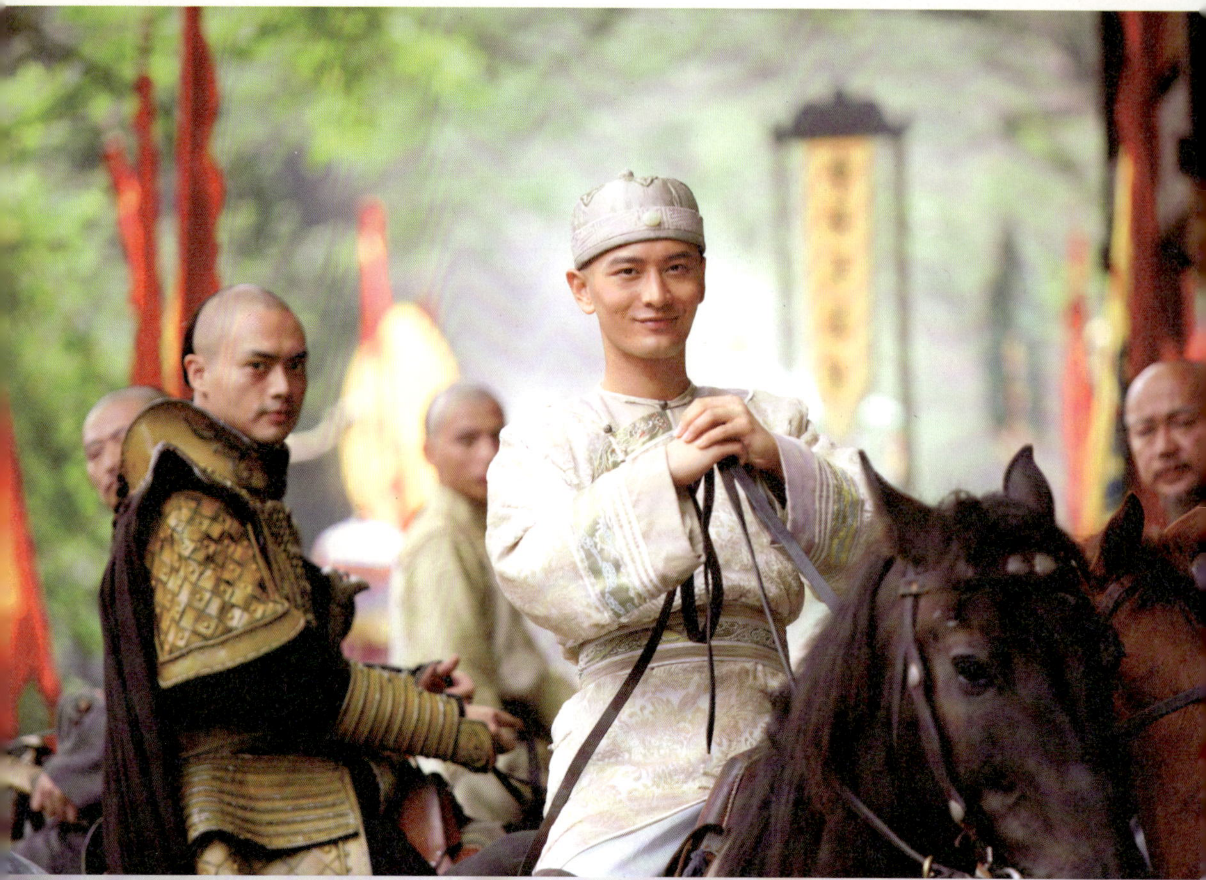

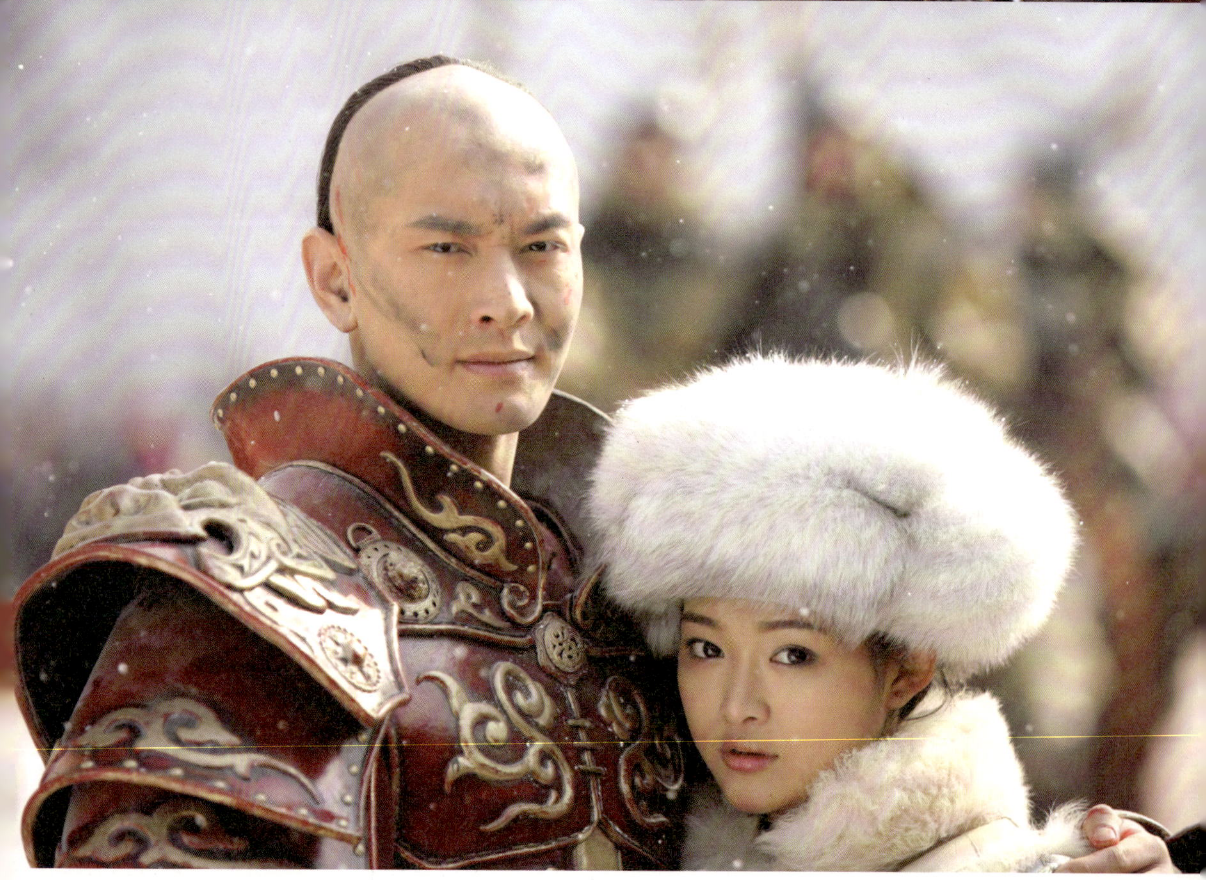

中国社会、历史风情画卷

在美术设计上，我们强调《鹿鼎记》是一幅中国社会、历史风情画卷，是一部历史上、情感上的中国往事。要全面丰富地展现当时的社会生活、民俗风情、世间百态。妓院、皇宫、王府、市井……这些场景都要做足功夫，按照当时的历史情况进行适度创作，最关键的是丰富全面。

我们同样为这个戏制作了数量众多的道具，现在横店明清宫里的大多数兵器道具，都是我们当时拍摄留下的。

《鹿鼎记》拍摄完成之后遇到的最大麻烦是审查，很多没有认真读过原著的人会对这部小说存在误解，负责审查的工作人员甚至直接问我："张老师，您一直拍的都是英雄主义的作品，怎么会拍这种戏？"这种误解一定程度上增加了审查的难度，最终我们修改了五百多处"可能引起不正当联想"的戏。

一部戏能与大家见面实属不易，不仅凝聚着所有工作人员的心血，有时还要背负着观众的不解。然而面对观众的不解，也只有在制作质量和艺术水平上求出路，将过硬的作品呈献给大家。

我坚信人们对于我们的脊骨，那无数次的探索、迷途、失败和成功，一定会给予热情、客观、公正的评定，我相信，用心、投入生命创作的作品最终一定会获得观众的认可。

人在江湖

纯心真侠客，本色走江湖：感于《侠客行》

人应当在什么样的环境中成长？
所谓优渥的条件就真的能够培养出合格的人吗？
我们应当如何看待生活中的磨难？

纯心无旁骛，一啸动江湖。

武林纷扰终是梦，正道直行真侠客。

我的第八部作品选择了《侠客行》这一寓言性的小说，这是一部很有深意，有很高的文学价值，值得咀嚼和思考的作品，讲述了人应该如何成长这样一个浅显又深刻的道理。

这部作品因为个人变故，未能留存创作拍摄时的原状和品质，对此我深感遗憾。而《侠客行》中的寓言哲理和正道直行的精神，却激励我前行！

石破天和石中玉两兄弟外貌极其相似，却在完全不同的环境中成长，最终成为完全不同的人。石破天丢失之后，石中玉的母亲怀着一种近乎赎罪补偿的心理溺爱石中玉，给石中玉最优渥的成长条件，为他拜名师，让他到处学习，后来当了长乐帮帮主。但石中玉却成长为一个满是缺点的人，他贪恋虚荣，耍小聪明撒谎，不负责任，犯下很多恶行。

石破天的成长环境与石中玉相比可谓判若云泥。石破天从小跟一只狗一起长大，被人叫作"狗杂种"。跟石破天接触的高手，包括教他武功的高手们，都各怀心思，企图利用石破天去实现自己的私心。但是石破天并没有被这些诱惑和纷扰影响，一直保持着纯净的心，坚持本性的真诚善良，正道直行！因为自己心地纯净、不抱私心而最终参透绝世武功，成为一代英雄。

母亲闵柔对石中玉的娇惯溺爱，以及这两兄弟的成长，令人深思。人应当在什么样的环境中成长？所谓优渥的条件就真的能够培养出合格的人吗？我们应当如何看待生活中的磨难？面对磨难，我们如何坚持最初的纯正的心？做人应当做一个什么样的人？是像石中玉那样自作聪明、偷奸耍滑，还是像石破天一样做一个正道直行的老实人？这些看上去非常浅显的道理，却又非常深刻现实，值得我们深思。

由石破天这个例子，与其他自称侠客而满怀私心的武林人士对比，才能更清楚地看到何谓大侠！

践行侠义精神，坚持正义之途、心无旁骛的人，才能称为大侠！

现实生活又何尝不是如此？！

不为外界纷扰影响，坚持纯净简单的中正之心，心无旁骛的人，才能匡扶正义，为国为民，成为侠之大者，取得人生的成功。

除此之外，《侠客行》还有更多更深的寓意。比如，世人都对侠客岛怀着偏见，甚至那些自诩为大侠的人物，得知自己要去侠客岛之后也大惊失色，风度全无。实际上，侠客岛这一未知之地，并不是龙潭虎穴，之所以没有人肯再回来，是因为侠客岛激发了人的好胜心和欲望，而把人们锁在侠客岛的，正是自身的欲望。世人无不在尘世受尽烦恼，一切名缰利锁，都是心中欲望的映射罢了。"侠客"们看不清侠客岛，我们又何尝能看清自己的内心？何尝能看清这光怪陆离的世界？人们对于事情的认知，或多或少有着偏见，而偏见可能妨碍我们接近真相，一切真谛只有跳脱偏见后方能显现，跳脱我执才见真我；另一方面，能困住自己的，从来不是外面的江湖险恶，而是内心的滚滚红尘。于是，侠客岛成了一种象征，它的存在和毁灭，都具有更深的意味。当侠客岛轰然倒塌，众多江湖人士的天下第一梦也尽付东流。曲终人散之际，石破天仰天长叹："我是谁？"这惊天一问又何尝不是人类千百年终极追问的回响呢？

在《侠客行》开播之际回味年轻时阅读后的震动，回想当年创作改

人在江湖

编、取景拍摄，以及发行背后的酸甜苦辣，内心感慨万千。这部剧能与大家见面，走了很长一段路，同样有诸多纷扰，所幸我们一片真心走过，相信我们的心血和汗水，会释放出应有的光彩。

所谓侠客：

纯心行正道，千里不留行。

事了拂衣去，深藏功与名。

纵死侠骨香，不惭世上英。

史诗大剧《英雄时代》创作阐述

> 这是一部具有强大戏剧力量、深刻思想内涵、极高艺术品质的电视剧,完成它,是我们的历史使命。

主　旨

"大愿通天,天地唱合。道通天之河,华夏唯先。"

世界四大文明古国之一的中国,历经五千余年的发展、演变,如今依然傲立于东方。作为十数亿龙的传人之一,我们每一位中华子孙都有必要寻根问祖,只有知道了"我从哪里来",才会知道"我该向哪里去"。

个体如此,国家亦然。而对于数千年前的中国断代史的传播,往往只能够抵达极少数史学家和高级知识分子的层面,难以触及大众。

在这个时代,要想使更多的华人真实、生动地感受我们共同先祖的音容笑貌、悲欢离合,乃至先人们气吞山河的原始血性、悲悯情怀,恐怕只有通过影视艺术作品来表达。于是,英雄史诗电视剧《英雄时代》诞生了。

《英雄时代》这部剧的主旨是讲述我们的人文始祖是如何创立了中华民族的文明史,怎样创立了中国最初的社会模式。

中华文明的起源某种程度上跟道家文化紧密相连,人与自然和谐的关系是道家文化的核心内容,道意味着宇宙的规律。

无论炎帝也罢,蚩尤也罢,黄帝也罢,他们都从不同角度发现了道的规律,宇宙的规律,这是当时人类重要的精神财富。最难的是要将黄老哲学的开端以和谐的方式融入这部戏里。

人在江湖

　　《英雄时代》剧中的主人公炎帝、黄帝、蚩尤以他们的行动，帮助我们找到了答案。坚持旧制、捍卫祖训、"替天行道"的炎帝，体现了老一代天下共主"天义独尊"的核心理念；嫉恶如仇、崇尚武力的叛逆者蚩尤，体现了"不尊天义，唯我独尊"的理念；而悲悯天下、挑战旧制、敢于变革的黄帝，则表现了"天义即人义"的先进观念，这一点恰恰形成了"天人合一，道法自然"的雏形。黄帝也因此最终赢得了民心，赢得了天下。故事终点——黄帝釜山合符、废弃各部落的图腾而合并为统一的龙图腾——集中且形象地体现了中国传统文化当中最为重要的一个字：和。这也是电视剧《英雄时代》主旨所在。

　　除了表达以上的中华民族精神层面的文明发展以外，《英雄时代》还有责任在故事表达顺畅的前提下，适当表现我们祖先对当时社会，乃至对全世界所贡献的伟大物质文明创造。例如制盐文明、医药文明（黄帝内经、神农尝百草等等）、农业文明、冶金文明（冶炼青铜）、建筑文明等等。我们要力争将这些内容有机而生动地融入故事中，让观众在不知不觉中获得更多营养和有趣的信息。

故　事

　　作为导演，我简单阐述一下对《英雄时代》大故事的认识。

　　故事基调为"大仁大义，大起大落"。

　　"大仁大义"是说通过气势磅礴的叙事，展现出那个时代单纯、朴素、直接、浓烈的大情感、大情怀。

　　"大起大落"是指通过有血有肉的人物刻画，表达先祖在中华文明艰难的伊始时期，为了生存、为了发展、为了信念而团结甚至牺牲的忘我胸襟；表现他们在无常命运面前的起落沉浮和与天斗、与地斗、与人斗的精神，同时还要张开我们想象的翅膀，利用现代技术手段，勾勒出他们生活过的异常美好的梦想家园，他们在五千年前就懂得了人与自然和谐相处的道理，在没有战争的情况下，他们的生命是简单而快乐的。

第一章 为理想而战

《英雄时代》的时间背景为距今五千年以前，叙事时空跨度大约三十年。故事发生地点大致位于今天的陕西省、山西省以及河北省，黄河中下游地区。主要人物及其部落：作为故事开篇天下共主的炎帝及其神农部落；执掌兵权、附属于神农的烈及其武力强大的突枭部落；年轻的首领黄帝及其东迁至中原的有熊部落；武力超人的蚩尤及其栖水而居、打鱼而生的九黎部落；美丽善良的嫘及其栖树而居的西陵部落；善于射箭的应龙及其创造炼铜术的彤部落，还有一个特别的群落就是云梦泽栖息的，由奴隶、罪犯组成的谋反部队（由烈暗中组织）。

由以上因素构成的庞大复杂的时空、人物关系结构，形成了电视剧《英雄时代》开先河的史诗感基础，希望各部门除了研究剧本外，还要阅读相关历史背景资料，以免在时代感、基本历史常识、生活常识等问题上出现错误。

我们的剧本凝结着所有编剧以及主创人员两年多来的心血，希望大家珍惜这部难得的作品，认真研读，集思广益，使我们的电视剧能够更上一层楼。中央电视台希望我们创造出一部电视剧里面的"黄钟大吕"，这需要我们剧组每一位成员全力以赴，才有实现的可能。

人　物

本剧的核心人物有三个：黄帝、炎帝和蚩尤。

我们从炎帝谈起，他作为起初的天下共主，具有以下性格特征：他既有贤德（以天下为己任，发展农耕、尝百草）、律己（自己女儿精卫被选祭天的牺牲）的一面；又有遵循旧制、一言九鼎这样威严的一面。他是祖训的坚强捍卫者，也是"天义独尊"之保守观念的卫道士。当时社会生产力低下，人类被迫"靠天吃饭"，依靠祈祷上苍获取生存与进步是合理的观念，炎帝既是共主，又是一个无奈的个体，当女儿被选择祭天的时刻，他也同样痛苦地顺从"天义"。

同时，炎帝也是一个老道的"政治家"，他懂得利用仁慈、武力、计

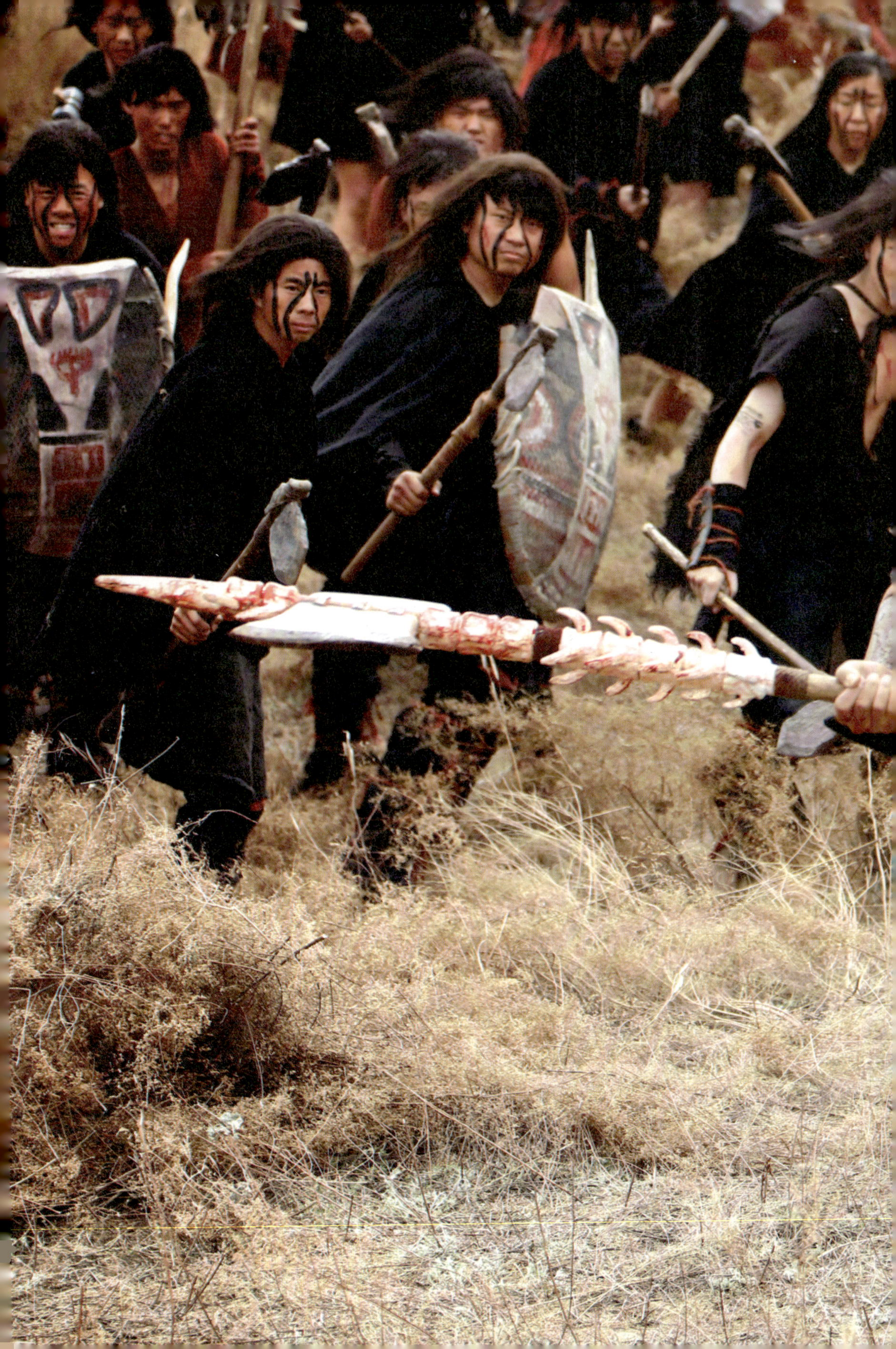

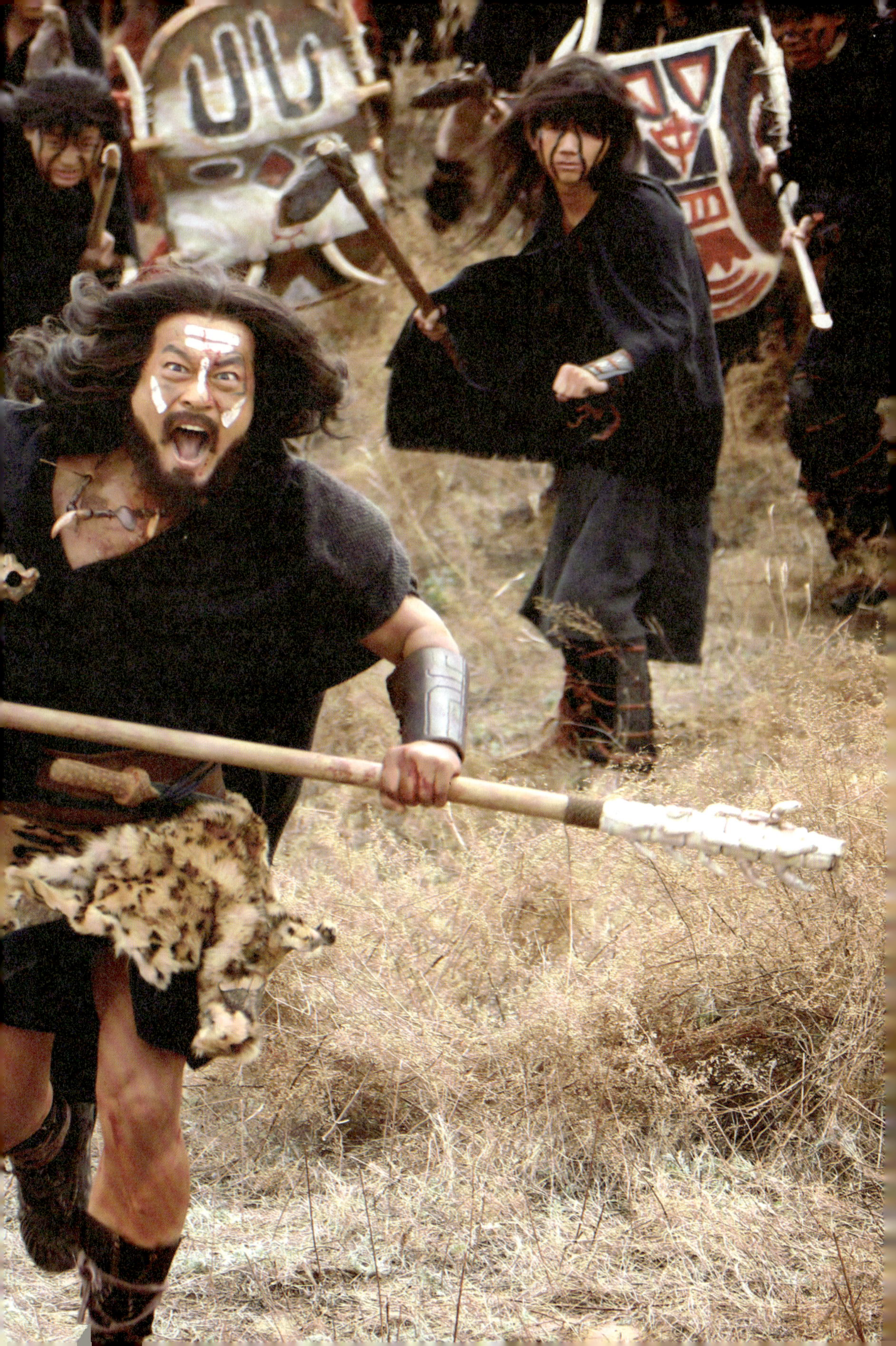

人在江湖

谋甚至占卜的力量，维护自己对其他部落至高无上的统治，哪怕新生力量对他步步紧逼，他的权利欲望依然促使他不断搏斗、挣扎。由于政治理念的根本落后，先进势力的日益强大，炎帝心里已经明了：自己与共主的王位已经不可逆转地渐行渐远了，他是那个旧时代的代表，也是一个旧时代的终结。炎帝的性格特质是不怒自威、老谋深算。

黄帝轩辕是后来居上的新生力量的代表，他作为有熊部落年轻的首领，经历了杀父夺母、血洗部族的浩劫之后，从沉沦而清醒，逐渐走向成熟，带领部落从弱小走向强大，从奴隶走向自由。黄帝从个人的仇恨、报复中解脱出来，担起了部落的责任，最终担起了全天下的责任。他天资聪慧、善良仁爱，在不断的命运洗礼中，懂得了人与自然和谐相处的关系，也就是我们所说的"天人合一"的道家理念，也是这样的精神，支撑他完成了新旧两个时代的更替。

他的性格特点是：勇于质疑、敢于开拓。他运用智慧，倔强地向一切已有制度提出疑问、发起挑战（哪怕有时是错误的，这同时是轩辕的性格弱点），在一次次血的教训和胜利的辉煌中，黄帝终于成就了一个崭新的时代，他是变革的先锋，是旧制度的掘墓人。

蚩尤在故事开端与轩辕同样是弱小部落的首领，也同样遭受了血洗部落、亲人被杀戮的灭顶之灾，不过崇尚武力、视死如归的他始终没有从仇恨里走出来。他把自己的痛苦当作复仇的动力，以更加残酷的杀戮来回击敌人，最后发展到"不尊天义，唯我独尊"，以武力征服天下的极端状态，也因此导致自己走向最后的灭亡。

他的性格基调是：武力超人，秉性豪爽，正直仗义（与轩辕同病相怜，结为兄弟共同发展壮大，后由于理念的分野而分道扬镳），但格局所限，心胸不如轩辕宽广，为仇恨所左右，成了一位令人扼腕的悲剧英雄。其他人物由于篇幅所限，就不在此一一罗列了，请参照剧本的人物小传。

为了还原那个时代的人文风貌，我们在演员选择上，除了从符合人物性格、气质以及演员本身的表演功力以外，还要特别注意选择外形，男演员尽量选择身材魁梧、肌肉强健的，女性要体型优美、原始感强的演员。

形　式

总体风格：大山大水，大开大合的东方审美风格。

大家应该都看到了，在我们卓越的美术指导的带领下，美术组兢兢业业地奋斗了一年多，已经为电视剧《英雄时代》设计构建了一个个恢宏的场景，使我们具象地了解到未来影像的美好蓝图。中华民族的先祖们就是在这片纯净、质朴的大山大水中生息繁衍。我们的故事要求强大的张力，因而需要各个造型部门充分利用手中的工具和技巧，在这个想象中的世界里面挥毫泼墨，肆意驰骋，一起渲染这部大开大合的史诗画卷。

从造型上看，最大的困难之一是没有任何的形象参考，一切都要凭我们的想象来完成。因此，无论从环境造型到人物造型的塑造，我希望各个部门在大量中国历史、世界历史资料参考、论证准确的前提下，大胆创新，锐意进取，全力追求那个想象中的真实世界。

1. 摄影造型

"大山大水，大开大合"的环境背景，"疏可走马，密不透风"画面构成，"浓妆淡抹总相宜"的色彩，"云雾缭绕"中的一缕阳光，自然而然地形成了电视剧《英雄时代》的极具东方神韵的唯美形式感。它是一幅泼墨写意的东方史诗长卷，它是一幅灿烂辉煌的中国山水！

我不想把一部远古年代的片子拍得陈旧、灰暗而没有新意，也不想把这些人物外在拍得单调、臃肿而素净。而是要突出童话般优美的造型感，环境光效要求在技术指标以内，尽量把历史的凝重感、质感表现出来，尽量多使用强烈的逆光和侧光，表现远古丛林山脉之间的光束感；人物光效追求强大逆光勾勒轮廓，面部光以强烈的柔光为基础，不追求大光比。在大景别镜头中（全景、大全景、远景），寻找机会多放置淡淡的烟雾，以追求东方造型的神秘主义色彩与画面美感。

16∶9的画幅能够出现更新颖的构图吗？根据我们的故事情节，给出3点提示：1. 景别。为了形成巨大的戏剧张力，希望尽可能地少用中景镜头，而采用大全景和大近景的两极镜头。2. 角度。可以较多采取大俯大仰的角度拍摄，以拉大镜头张力；不要拘泥于人物正脸的取景，抓住契机、尽量多地展现人物侧影、背影，以及人物肢体、道具、服装、化妆饰品甚至空镜头（当然都是具有情节意义的局部）。3. 留白。尽量打破黄金分割率的传统形式，给画面内更大的留白空间，给画面外更多的想象空间，给故事更强的伸展空间。

摄像机的运动大部分时间是跟随核心人物在呼吸的，因而大量的移动拍摄或许会成为《英雄时代》独特的镜头语言。在动与静的对比上，希望做到静若处子，动如狡兔，以加大镜头节奏的速度比。

2. **美术造型**

（1）人物造型

在服装、化妆造型上，我们要求以写意唯美的风格形式，根据剧中人物，同时考虑演员自身特点进行设计，力求达到特点鲜明、层次丰富，人物发展脉络完整、清晰，而且力争走到极致，形成视觉上的强烈个性化。我们要依据当时的社会物质形态，运用比较简单的样式、材料及制造工艺，设计、制作出具有时代质感，同时具备古典抽象美的人物服饰和装饰品，这是对我们设计人员最艰难的考验，相信我们优秀的造型设计师能够不负众望地圆满完成。演员化妆要注重自然，注重皮肤的天然色彩和质感。当然，要有一些色彩画在脸上，作为一种图腾。在那个年代，部落图腾有的画在脸上，有的画在身上；发式设计方面，男女的差别主要体现在头饰上。服装设计方面，希望能够保持男女演员身材上的优势，女性的曲线美，男性的健壮感，都应该表达出来。

（2）环境造型

在此强调要依据主要人物及其部落的个性来营造环境。例如，嗜血成性的突枭部落，在阴森黑暗的洞穴之中居住，要充分体现人物内心和群落个性。

在外景处理中，希望能够营造出一种非常纯净的环境。五千年前，古树参天，潺潺溪水，鸟语花香，大地铺金，山河不断的景象，整个世界是呈现出一种原始的自然状态之中，人们和谐地生活在阳光普照之下，美不胜收。当然，在故事不和谐的段落里面（战争、掠夺、杀戮等等），又要真实再现甚至夸张渲染戏剧冲突里的无穷张力，凸现人物身体里面的原始血性和悲剧情感。美术部门和制片部门要尽量充分为大型祭祀、礼仪、婚葬、刑场、战争等等形式感强的场面做好准备，力争创造出一个个远古气息浓郁、具有东方形式美感的、气势如虹的氛围，为拍摄提供完美的基础。

选取道具的原则是在历史大真实的基础上大胆创新、夸张，以配合全剧大写意的造型风格。尤其是涉及与祭祀、礼仪、战争等有关的道具，要突出造型的时代感、质感。要增加大道具的数量，适当放大尺寸进行夸张处理，以强烈的形式感，形象地表现出代表故事核心意义的"天人合一"的原始感、大气感、悲壮感。

（3）音乐

每一个艺术家在创作作品时，都会选择一个独特的角度，确立一个全新的理念，呈现一个深刻的主题，音乐创作更是如此。音乐形式是体现本剧整体风格的重要环节。

在电视剧每集的片头，我们都会出现该剧新创作的主题歌。这首歌的内容是叙述"龙之魂"的，感觉是深沉大气的，旋律是古典而唯美的，风格是热情豪迈的。贯穿全剧的段落音乐应多次出现主题歌的主题旋律或主题动机，而部分段落却可以选择采用一些耳熟能详的功能音乐中的经典旋律，给人一种既亲切又有新意的、既陌生又熟悉，有时使人全情投入，有时又出现某种回忆的感觉，创造出包含参与感、新鲜感和认同感的音乐，贯穿全剧。

（4）数字特技

在现实中我们已经无法找到电视剧所需的完整的原始场景，因此必须依靠电脑特技来辅助完成想象中的环境呈现，这也是这部戏的又一个重点。希望我们出色的特技团队在开拍前，依照美术部门提供的设计图，在电脑中预先搭建出虚拟的主要场景，以方便拍摄现场的导演及演员。同时，动物角色的动作场面是电视剧《英雄时代》在特技方面难度最大的环

人在江湖

节所在，希望在拍摄前的实验阶段能够掌握基本的手段，为后期制作出完美效果做好铺垫。

总之，《英雄时代》是一部具有强大戏剧力量、深刻思想内涵、极高艺术品位的电视剧巨作，其中大开大阖的情感，是我们共同祖先大喜大悲的人生际遇所必然产生的真实情愫。希望电视剧的最终效果可以实现人们常说的深入浅出，雅俗共赏。当然，想要真正达到这种境界是一条艰难的旅途，但竭力追求，无限接近这种最高境界，是我们的历史使命，我们将不枉此行，昂首阔步地前进。

各主创部门和制作人员都务必明确地、清楚地、完全地了解和把握住该剧制定的整体定位、风格式样、创作理念等，在最短的时间里达到合作创作上的默契。

电视连续剧《英雄时代》给各主创部门和制作人员提供了非常大的创作空间，大家都有施展才能的机会，希望同仁不要草率地对待该作品的创作，在每一个细小的环节上都尽可能地做到最大程度的认真和努力。

我已经极力地在阐述的字里行间中表达出了对该剧创作所提出的种种想法和要求，希望我们能够营造出强烈的创作氛围，制造出愉快的合作气氛，创造出精湛优秀的作品。我们每次在拍摄之前都要例行阐述一番，好让大家实现步调一致、认识统一、风雨同舟、共享荣辱。希望将来，史诗电视剧《英雄时代》播出之后，我们每一个人会以温暖的心情回味这段合作的美好时光，更会为我们这部作品的辉煌而感到自豪！

第一章 为理想而战

激情打造出的《激情燃烧的岁月》

> 一部艺术作品能够动人心弦的，都是里面所内涵的人的情感，普通的夫妻之情、父子之情、母子之情。实际上，正是这种情感，铺就了一个国家的成长，一个民族的强大，一些生命的过程。

《激情燃烧的岁月》最初的名字叫《父亲进城》，是石钟山的一部中篇小说。看见小说的时候，我正在拍摄《笑傲江湖》。当时虽然已经忙得不亦乐乎，但我还是被这部中篇一下子吸引住了。我们参与制作的电视剧中，无论是当时正在拍摄的《笑傲江湖》，还是7年前的《水浒传》，以及10年前的《三国演义》，在一定的意义上，都是英雄主义的宣扬。但那是距离我们现在的生活和记忆有一定距离的相对遥远的英雄主义，在扮演和表达了之后，还有意犹未尽的遗憾，这种遗憾是由历史年代的隔阂造成的。我一直有个愿望，想在抗日战争等题材中表现自己心里孕育已久的英雄主义，因为这才是我们这个时代人的英雄主义。《父亲进城》立刻吸引到我正在于此。

《激情燃烧的岁月》这部戏的年代跨度有36年，从1948年解放东北，一直到改革开放之后的1984年。剧中男主角石光荣(孙海英扮演)在第一集出现时是36岁，女主角褚琴（吕丽萍扮演）是19岁。他们的相遇、组织安排的结婚、婚后战争背景下真正的恋爱、每一个孩子的出生，浓缩了36年间一个国家的各个不同时期。

这是一个浪漫的英雄主义题材。还没有一部影片像《激情燃烧的岁月》那样，从非常人性的、情感的角度，来展现一个军人和他的家庭与国家发展之间的关系，以及个人对国家的热爱。

长期以来，人们对于主旋律影片的收看，已经养成固定的认知方式、

人在江湖

心理模式，认为主旋律影片往往是生硬的、教化的、缺乏生动的。《激情燃烧的岁月》在这方面打破了以往的表述方式。向来一部艺术作品能够动人心弦的，都是里面所蕴含的人的情感，普通的夫妻之情、父子之情、母子之情。这些情感是我们日常生活中最不具象的一种表露，看似平淡平常，往往被人们忽略。实际上，正是这种情感，铺就了一个国家的成长，一个民族的强大，一些生命的过程。正像是水从我们的皮肤上滑过，非常轻，却那么敏感地触动了我们的记忆和情感：人人都有家庭，有父母，有对国家的热爱和记忆。这也是这部戏打动我们的另一个重要原因。

这是一部革命浪漫主义的史诗般的影片。它通过一家人的情感生活，折射中国历史发展进程。这是这部戏编剧的高明之处。如果说原小说为这部戏提供了一个极好的框架和基础的话，编剧则极大地丰满了这个框架的血肉，使它生动、感人。剧本的字里行间，流露着编剧对于这段生活的理解，以及用剧情进行阐述时自身燃烧的激情，最终使一部剧作充满了艺术的感染力。

这部剧的编剧是陈枰，我们有过多次合作，她是我制作拍摄的电视剧《沟里人》的台词润色者，是《周拉奴》的编剧，是《水浒传》的宣传统筹。这一次的合作是最为出色的，因为她从编剧的角度重新塑造了一个容易被我们普通的生活融化掉的英雄形象。编剧的过程是一个发现的过程，这种发现是对于生活细致梳理的过程，在梳理中达到感性的体验，再由此上升到精神层面的英雄主义阐述。正是这样一个过程，使得那些最不引人注目的生活细节，成为真正打动人的关键。我们对于大家熟悉的这段历史，对于一个经历了战争的解放军英雄的理解是一致的：没有豪言壮语，没有不同于任何一个普通人的行为，不背叛情感和家庭，而是注重细节，在细微处入手。这部戏是同期录音完成的，在拍摄现场，无论是工作人员，还是临时围观我们拍戏的群众，常常被正在拍摄的内容感动得泪流满面。这坚定了我们从这部戏，从这样一个角度表现并塑造我们时代英雄的信心。我们相信，能感动我们全体创作人员的，也同样会感动电视机前的观众。

这部戏的导演康洪雷是首次独立执导。他也是我合作多年的一个伙伴。在这部戏之前,康洪雷一直是以副导演、执行导演的身份工作的。剧组生活是不分昼夜的长期一起工作,这种特殊的工作节奏使我有足够的时间观察到康洪雷身上具备的一种对于生活的热情和积极的态度。原作小说就是康洪雷提供给我看的,在我看完了小说,听完了他创作欲望的阐述之后,我当天就买断了拍摄权。决定之迅速,仿佛从一开始就认定:由康洪雷执导。这个力排众议的决定,对于康洪雷,对于我,对于投资者,都是一个挑战。事实证明我们在工作中建立起来的相互了解是极有借鉴价值的,康洪雷品格中具有的乐观和幽默,和剧中表现的人物性格、情节,达到了和谐的一致。

《激情燃烧的岁月》中两位主演,孙海英和吕丽萍,在这次合作中,体现了表演艺术家的风采。这是观众所熟悉的两位演员,他们是那么诚恳、认真地体验剧中人物的境遇和心态,完全消化了剧本提供的语言和情节,将其变成仿佛是他们自己正在经历着的现实的感受,将人物的感情和国家命运行云流水地结合在一起。观众将看见他们从年轻进入中年,一直到老年。他们在我们国家每一个历史阶段中的经历,都将引起观众切身的情感记忆和共鸣。

我们共同合作的这个创作集体,十几年来以团结一致的工作态度,不变的尽心尽力,饱满的工作热情,给了我更加坚定的信念和信心。我感激这样一个集体的存在。我希望通过我们电视形式再创作的每一部作品,都能带给电视机前的观众心灵的愉悦、情感的慰藉。

人在江湖

碧血丹心，民族脊梁
——《吕梁英雄传》

> 十几年弹指一挥间。乐观地看，有些事情因为种种原因而没有"及时"做成，并不是一件坏事，可能"及时"不应该单指当时，更合适的应该是现在。

《吕梁英雄传》是"山药蛋"派著名作家西戎、马烽的代表作，2005年抗日战争胜利60周年之际，我们拍摄的《吕梁英雄传》在中央电视台上映，这部别具特色的红色题材的现实主义电视剧，获得了观众的好评和专业人士的关注，新浪网还专门开会研讨过这个电视剧的改编。

《吕梁英雄传》的诞生经过了十几年的酝酿，改编过程几经周折，然而所有的曲折和努力都没有白费，即便是过了13年回头再看《吕梁英雄传》，仍然不得不承认这是一部充满了真实质感和英雄热血的影片。时隔多年，我们仍然能够为其艺术魅力所感动。

吕梁英雄：作为"山西人"的情结

我虽然是一个北京人，北京生北京长，但是在1978年进入山西话剧院之时，已经在山西农村插队及煤矿教书10年了。那是从17岁到27岁成长、成熟的十年，其间的种种积累远远超过我先前在北京的17年。在进入山西话剧院的时候，我已经"彻底被改造"，我不自主地从心里面认为，我就是一个山西人，至今我在不假思索的时候，在心里还是这么觉得的。也因此，我了解了山西的民风民情、山西的历史、民间的种种文化。

作为重要的抗日根据地，山西吕梁地区流传着很多抗日英雄的故事。在山西农村生活时，我从老乡口中听到过很多抗日故事，质朴而生动的故事深深地打动了我,在我心中种下拍摄相关题材影片的种子。

"俺们村有个老娘娘(老太太),日本人进村,她爬在墙头上看,日本拉枪瞄准,一枪打死了!"

"小时候,我背着柴火正走着,日本人就来了,日本兵拿着刺刀,插进去把人挑起来,吓死我了!"

……

老乡们的只言片语和零零碎碎的故事落在我心里,激发出了我表现血性豪情的创作激情。

在山西期间,对农民的感情和对社会生活的思考,也成为我创作激情的来源。现在城里的人已经很少有机会去了解农民,进城打工的农民子弟,为了生存与发展,也有了很大的改变。而真正的农民,一辈子与土地厮守,他们对土地的热爱和感情,无须表达,像是一个人与空气的关系。农民情感质朴,他们的豁达、智慧,全部来自土地与庄稼给予他们的启示。农民的生活理想就是"三十亩地一头牛,老婆孩子热炕头",农民爆发的所有战争都与土地有关,所以当外族侵略,当他们赖以生息的土地面临被掠夺,家园的平静被枪炮声搅乱,老婆孩子不再平安时,他们打日本人是豁出了命一根筋地去打。

日本人有机枪大炮,红了眼的山西农民举的是长矛大刀、铁镐锄头这样传统而原始的用具,血性燃烧之下取得了战争的胜利。因而看到小说《吕梁英雄传》,我无法不热血沸腾,无法抑制将其拍摄成影视作品的激情。

山西话剧院时期的初次结缘

20世纪80年代末,我得以与《吕梁英雄传》第一次结缘。

当时我还在山西话剧院,除了参加山西电视台的一些电视剧拍摄,还参与山西话剧院的话剧演出。我拍摄《吕梁英雄传》的想法与山西话剧院领导的想法不谋而合,而山西话剧院也确实最适合承担拍摄《吕梁英雄

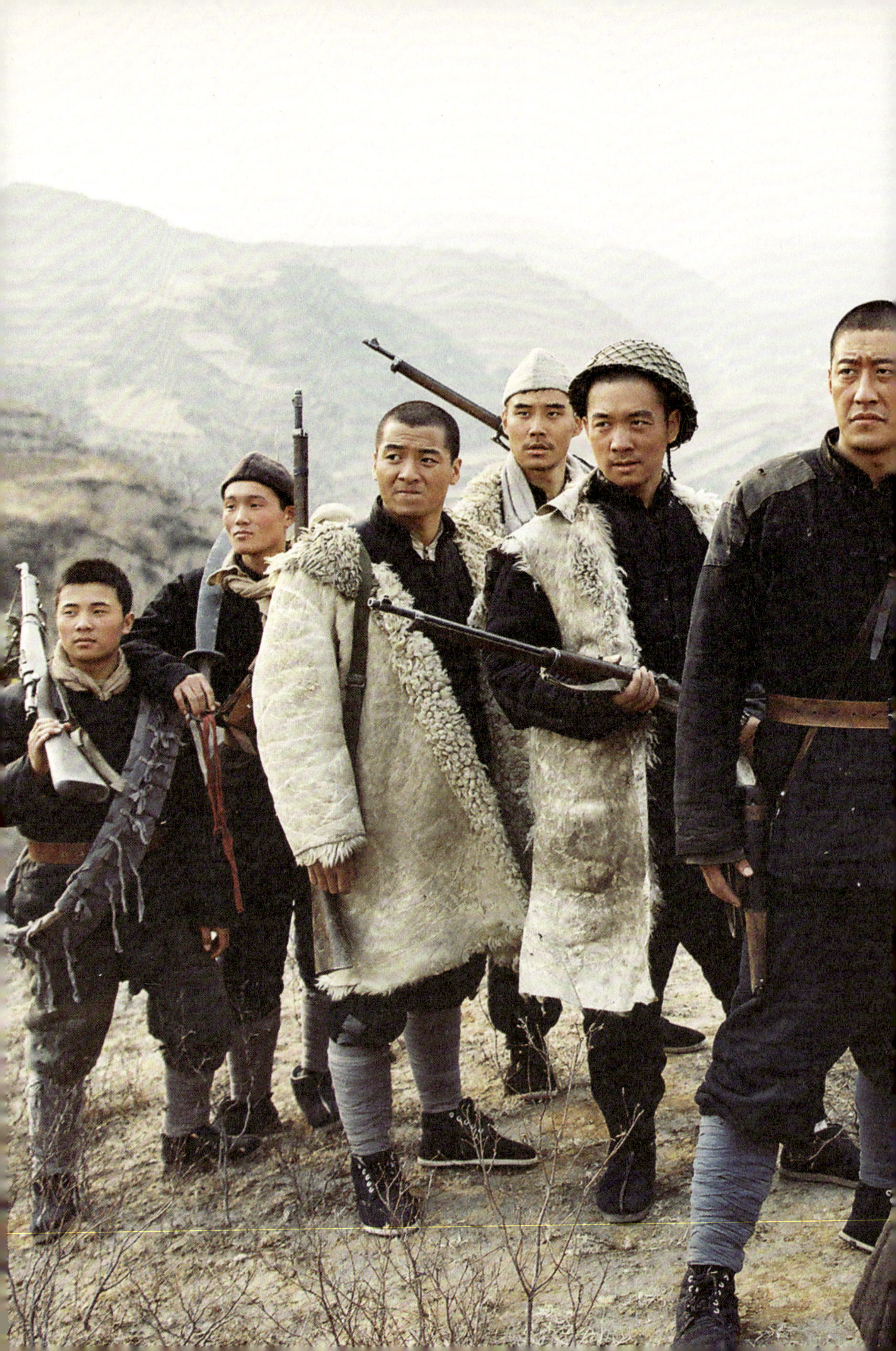

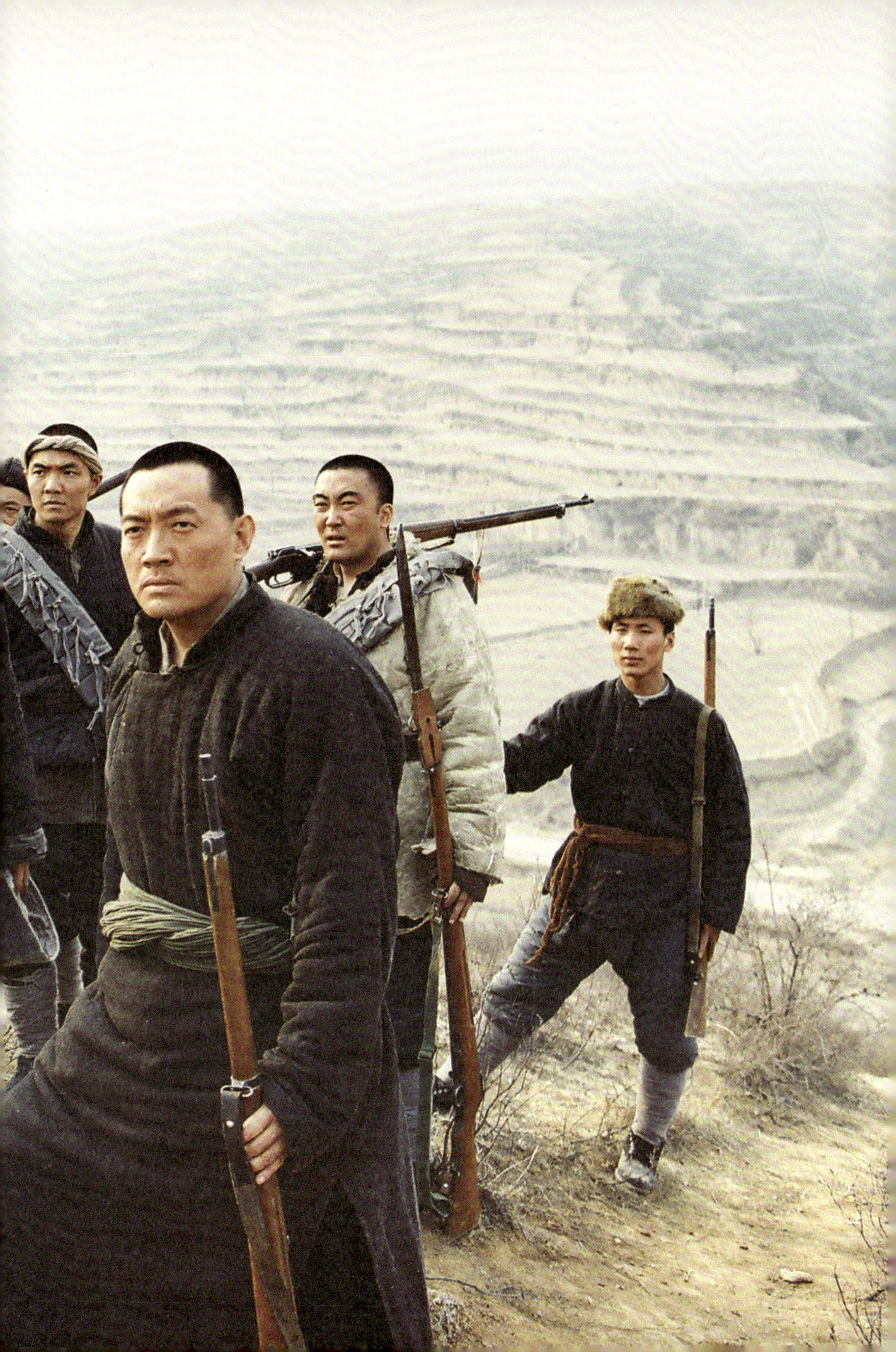

人在江湖

传》的任务。

山西话剧院与吕梁有着不一般的关系，话剧院的基础力量都来自吕梁剧社，那还是在抗日战争期间。1949年后，山西话剧团成立，整个吕梁剧社都调入山西话剧团成为其基本的骨干力量。"文革"期间，山西话剧团全团下放，又都全部重新回到吕梁地区，一待就是将近10年。可以这么说，吕梁的历史和民间风俗，老百姓是什么样的，怎么说话、怎么处世、怎么过日子，当地的风土地貌，山西话剧团的老成员们闭着眼睛都能够说出来。话剧院也因此有讲述吕梁地区抗战故事的话剧，如《汾水长流》《山城围困》。

当时山西话剧院的老院长彭毅，在汾阳出生、汾阳长大，自己就是吕梁人，12岁参军。用过去的话说，他是一个老革命，用现在的话讲，他是那段历史的参与者、见证人。每一个经历了抗战的人，无论是军人还是百姓，无论是被侵略的受害者还是打击侵略者的军人、民兵，都不会遗忘那段历史。让山西话剧院拍摄《吕梁英雄传》，让山西人自己演绎吕梁英雄的故事，获得了彭毅老院长的支持。

在彭毅老院长的推动下，山西话剧院开始筹拍《吕梁英雄传》。彭院长亲自与作者联系，我也计划着回一趟北京，找领导为我们的《吕梁英雄传》题写片名，积极推动《吕梁英雄传》的拍摄。

作为一个山西作家，作者马烽完全了解山西话剧院的背景，了解话剧院与吕梁地区的关系，因而非常支持我们的意愿。在我们的努力下，《吕梁英雄传》很快进入到剧本创作阶段。但是剧本写了好几遍，将近3年过去了，无论是马烽还是话剧院，都不满意，尤其是故事的结构，在情节设置上还是依照抗战题材的老套路。于是老院长彭毅又开始忙碌、奔波于话剧院其他事宜；我则开始渐渐全面转入电视剧的拍摄、制作，这件事情渐渐搁下来。

很多艺术作品的创作都要经过几次捡起放下的反复。但是我脑中中总有一根弦在思考，要拍一部历史上山西农民打日本侵略者的故事——《吕梁英雄传》，那股英雄热情始终在我心中涌动。

等待十几年，不"及时"未必是坏事

　　《吕梁英雄传》版权经历了多次波折变动：山西电视台也曾有过参与《吕梁英雄传》拍摄的想法，种种原因同样没有实现；北京电影制片厂买了《吕梁英雄传》的拍摄版权，也是经历若干年，直到2003年版权到期，也没有登上银幕，主要问题还是剧本不精彩。编剧在人物的深入创作中又增添了1990年代的特征：女性角色。只是这种增加有些别扭，就像《林海雪原》给杨子荣加了一个情意切切的妻子。这样在忙碌和等待中度过了十几年，在不断的变动、商洽中，拍摄《吕梁英雄传》的契机终于到来了。

　　十几年弹指一挥间。乐观地看，有些事情因为种种原因而没有"及时"做成，并不是一件坏事，可能"及时"不应该单指当时，更合适的应该是现在。比如2003年"非典"时期因闲而发现了雁荡山外景。站在雁荡山的时候心里有一瞬间冲动的遗憾：如果我们早三年发现这里该有多好。但是早三年未必是好事，就《神雕侠侣》来说未必是合适的拍摄时机。《吕梁英雄传》也是一样，如果十几年前就被我们拍成了电视剧，我们对许多问题的认知、表达，都会留下比十几年要漫长得多的遗憾。而现在对于这个故事，我们起码在对人性、良知和历史真实的理解上，有了新的积累。

　　我们终于要拍摄《吕梁英雄传》了。这十几年最大的变化，就是我具备了更充分的电视制作的经验和能力。再次面对这部小说的改编，我有了足够的能力支持自己进行剧本创作。同时，对这一历史题材，我也有了更多更深入的了解。

　　2003年，我看了大量抗战时期的历史资料，也为《吕梁英雄传》填补了必要的知识。当时日本的各方面装备都是远胜于中国的，他们士兵的最低文化程度是小学毕业。文化是沟通与理解、认知的能力，这对于一支作战部队来说非常重要。而中国的士兵，大多是农民的孩子，对战时基本上凭勇敢和民族情绪。抗战初期，在武器装备上，八路军只有三分之一的

人在江湖

人有步枪,还是那种低质量武器,像"汉阳造""老套统",或者土造的火枪,还有用的是大刀、梭镖(红缨枪);而日本兵呢,每个人都有一杆射程远、命中目标精度高的"三八大盖儿",每一个班就有一挺机关枪,每个排都有小炮、掷弹筒(作用雷同于迫击炮,却比迫击炮方便,拿在手里就能使用),连以上的有重机枪,团里有山炮,山炮就是我们在抗战电影里面看到过的,用马、骡子能够拉着满山遍野跑的炮,还有充足的手榴弹、弹药配备等等。十三年,证实的也是抗战——打击日本侵略者之艰难。就是在这样悬殊的军备条件下,中国人全民皆兵,艰难地、悲壮地、义无反顾地、前赴后继地赶走了侵略者。

2003年3月31日,距离马烽与北京电影制片厂《吕梁英雄传》拍摄版权到期还有10天,我回到山西,准备接手这个项目。在很多作品非常追求商业价值的当下,《吕梁英雄传》几乎不具备商业性,但是,我想做成这件"不很娱乐"的事情的初衷,就是要告诉如今在电脑上熟练玩着战争游戏的孩子们一段真实、残忍、永远不应该忘记的战争历史。

用生命写作

由山西省委从中协调,依然是由山西话剧院老院长——已经离休了的彭毅带领我们找到了作家马烽的家。

这时,马烽已经84岁。但是他思维清晰,虽然长期患有心脏病、哮喘病,他依然像一个中年的作家,谈起他的《吕梁英雄传》滔滔不绝。马烽有自己的想法,他既不想与北京电影制片厂续签拍摄的合同,也不是很愿意重新找人合作,他还是想自己重新编写剧本。我不赞同他这样的想法:编剧是很繁重的一项工作,绝不是将原有的文字、故事的情节重新编排一下。一个84岁的老人了,虽然他心有余,但是力能足吗?

马烽老先生很执着,我们就没有太坚持。我们考虑也可以依照马烽先生的意愿尝试一下。岁月无情地给人生带来遗憾,30多年前那段特殊的历史,让千万人在人生最珍贵的年华失去了创作的机会。我理解一个

第一章　为理想而战

艺术无法回避金钱，但你心里应该有一种责任感、一种分寸感！

老人的心情。

马烽老先生对于创作认真严谨，实实在在地将生命投入其中。一旦进入创作状态，动辄通宵——这对于84岁高龄的老先生，无疑是巨大的负担。几个月之后，老先生就病了。2004年1月底，从山西传来马烽因病去世的消息。去世之前，马烽告诉他的女儿，答应将《吕梁英雄传》完全交付给我们来做。

由我们来做好《吕梁英雄传》，是马烽老先生的临终嘱托。《吕梁英雄传》不仅承载了我们这些工作人员的愿望，更承载了马烽老先生生命的力量：他用生命创作的热情激励着我们所有的参与者和工作人员，唤醒着我们的热血豪情。

对历史负责

这之后，我们继续面对剧本创作。《吕梁英雄传》所遭受的波折，几乎都是因为剧本问题。山西的生活经验，老乡讲述的故事、历史资料，都让我确定了对历史负责的创作初衷。这部片子应当是一部对历史负责的片子，首先应当体现在剧本上。

2003年，在马烽老先生的嘱托下，由山西作家张石山和马烽的女儿梦妮合作编剧完成的第三稿，我还是觉得不理想。故事编织不流畅，形势的展开描述也不严酷，对于侵略的描绘还不够真实。剧本的第一集竟然创作出了一种"怀柔"感觉。我看过之后深感缺憾：历史的记载不是这样，老乡们讲述的故事不是这样，农民的性格也不是这样。

在那样的历史条件下，农民抗日的出发点不在于多么宏大的概念，例如爱国主义精神，而在于实际的生活：他们被逼迫得没法活，活不下去了。日本兵还没到，种种可怕的传闻就已经有了，全部是关于杀光、抢光、烧光的，因此日本鬼子第一次进"上院村"的时候虽然才三个人，全村人都躲了起来，那三个兵将三支步枪架在场院上，然后大摇大摆如入无人之境——事实上也是无人之境，走家串户肆无忌惮地见好东西就拿，抢鸡抢粮。这是真实的"场景"，真实的恐怖心理，是什么将躲藏的恐怖逼成打日本鬼子的勇敢？只有可能是更为残酷、更为恐怖的现实。怕和躲在现实面前不仅无济于事，而且成了可耻——中国人的血性被激发了，人要捍卫自己家园与尊严的血性被激发了。这场战争是不得不打，即便是用种田的农具也要上阵的义无反顾。

剧本改编的另一大难题在于原著小说的结构。原著类似报告文学，结构比较松散，虽然有主人公康石头贯穿始终，但事件之间的关联、矛盾冲突的逐步升级，对于电视剧这种表现形式来说，都需要进一步提炼和改编。

这一稿剧本仍旧不过关，我只好另起炉灶，找到了编剧张挺——我与他合作过很多项目，工作上的默契和信任已经建立起来。我想要拍摄的是中国国土曾经被无辜侵略、中国人被残酷杀害这样大背景之下的抗战故事，编剧仅仅依照小说原文，坐在电脑前编写是不行的，必须到吕梁地区去走访经历了抗战、至今还能将那段亲身经历描述出来的老人，来补充、丰富我们要拍摄的《吕梁英雄传》。这是对历史负责，也是文化工作者的职责和良心。

我常开玩笑说，自己命不好，每次剧本创作都是一波三折，每次都要亲自上阵。那一年也是最困难的一年，我一边跟张挺创作剧本，一边兼顾《神雕侠侣》的拍摄，制片人要保证制作质量，必须要现场提要求和把关，为了推进两个项目，两边飞成了我工作的常态。

真实才有生命力

我找到了何群来担任这部片子的导演，我们有一个同感：缺乏真实感的东西没有生命力，没有生命力的东西，自然没有感染力。所以我跟何群谈的时候，我们力求做到真实，一定要达到那个年代的真实，高度还原山西的样貌。

服装上，我们派人收了一些，做了比较好的前期准备；看景是我们一

人在江湖

起看的，其他工作人员先去看，然后我和何群去，我们很紧张地看了一处景，在那儿搭了戏台子，那个村子已经没有人了。

何群是做美术出身的，这也是我找他担任导演的一个很重要的原因，如此我才相信这方面不会出差错，一定会表现得很真实。为了表现真实的生活质感，我们大部分的衣服都是从老乡手里收的：拿新衣服跟老乡换。实在找不到就照着做，做完之后拿碳酸钠溶液洗出褪色的感觉，用砖头磨出毛边——做旧还原出那时候生活的质感，表达出那个年代应有的岁月感。拍摄前，演员都要抓把土，搓一搓——每天在地里劳作的农民指甲里都是有土的。为了表达强烈的地方性，我们也对语言进行了再度创作，最终决定采用带有山西特色的普通话。当时确实从各个方面去表现吕梁英雄——山西农村面朝黄土背朝天的农民形象，展现坚毅的民族气节与血性。

在演员方面，成名的演员都很忙，片酬也高，这是一个很现实的问题：缺乏时间难以保证拍摄质量。何群提出建议：找一些能胜任的、能够完成这些角色的人来演。我也愿意这样做，忙的大牌演员不大可能很长时间扎在这里，这个戏确实需要很认真、很踏实，吃很多苦。

在那个民族危亡的年代，最质朴的农民奋起反抗，撑起了民族的脊梁。十几年的周折之后，我们终于在抗日战争胜利60周年之际，交出了一份不错的答卷，真实而典型地还原了这段历史。

第二章

侠骨禅心——纪中说

人在江湖

创作是一种态度，需要严肃而认真

电影和电视是伟大的大众文化工作，是能够切实走入人民群众生活、走近人民群众精神世界的文艺作品。大众文化作品在日复一日的生活中，给予观众陪伴慰藉、鼓励支持、启迪激励，塑造人们的精神世界，感动人们的灵魂——大众文化事业产生的巨大作用不可估量，是一项伟大的事业。

有观念认为影视作品尤其是电视剧是一种没有文化营养的快餐，属于"吃完了就扔"的快销产品，我绝不这样认为。大众文化工作者所追求的，是要让观众和时代过目不忘，念念不忘，不可能忘！我们做的作品，要有艺术的本质，要有流通和保存的价值。最有价值的艺术是人人都应该拥有的情感艺术。

对这个行业的误解，对我们所从事的艺术事业的误解，大半是因为明星文化。明星文化甚嚣尘上，在这个互联网流量时代，成为博人眼球的娱乐圈之眼。但是对于从事表演行业的人来讲，表演艺术家和明星是完全不同的两个概念。

艺术家通过自己的艺术创作塑造人物形象、性格和命运感，以此留在观众脑海中的记忆，要比一个明星长久得多，隽永得多。艺术家是不会依靠年轻、貌美、机遇来迅速走红的。他们是真正经过锤炼的，像一块烧红了的铁，可以保持长久的高温。

而明星则是完全不同的境况。我比喻他们像干柴和烈火遇到了一起，会燃烧得猛烈，放射出耀眼的光芒，但是很快就会熄灭，从一种状态中消失。

我常常对一起合作的演员说："你们要珍惜每一次塑造人物的机会，只有所塑造的角色成功，才能带来一个演员真正艺术上的春天。从事表演行业的人，职业目标应该是成为一个艺术家，表演艺术家，而不仅仅是一个明星。"

明星之所以广受吹捧，背后商业价值和艺术价值相互博弈的逻辑不能忽视。

所有艺术创作最终都摆脱不了商业流通带来的价值评定；往往越具有艺术创作特质的，它带来的商业价值越高，像毕加索的画、贝多芬的音乐。对于大众文化作品而言更是如此，以商业价值来评价艺术价值，是几乎惟一的评定方式。但商业价值来衡量艺术价值的阶段发生在发行阶段，也就是创作之后。创作是艺术价值积累的过程，是艺术行为，即便是大众文化作品的创作，也不能是完全的商业行为。商业和艺术的差别，前者是带有精神气质传递的内容，后者是物的直接传递。

不是出于剧情、人物的需要邀请明星，而是只要"你"来，价钱好说。如此滥用明星，反而会把一个可能有艺术家倾向的明星毁了，戏也毁了。受当前某些社会观念的驱使，挣钱的速度要求快，实现商业价值的过程要求迅速，如此凑合的事情就多了，精益求精的专业精神反而少了。社会对人的影响，某些观念对自己的影响，会使人在很多时候糊涂掉。

当一个人没有机会，没有金钱诱惑的时候，这个人很可能是坚定的、纯粹的，但是偏偏机会来了，有施展的可能了，这个人反而会忘了他一直以来孜孜以求的目标，容易不由自主地放弃追求，将注意力滞留在金钱的得失上面。这是很矛盾的一种现象。

"度"的把握往往影响了成与败。"度"是一个分水岭，每个人，既不能抗拒地在商业社会里进行商业化的运作，又不能完全陷入在金钱之中。一路走下去，要与之对抗，也与自己对抗。

在商业社会对抗价值标准的飘移。在依靠金钱来证明自己的价值之

人在江湖

外，不要忘记自己最初艺术追求的愿望。有的时候金钱需要向艺术追求让步、需要向艺术的追求妥协。

也许做了一些有影响的片子，就觉得与众不同了，要开价了……也许真的忘了自己是谁，要干什么了。

人要诚实，起码应该对自己诚实，可以挣钱，但是如果只是以金钱为目的，那应该从事直接的商业活动，一种以挣钱为目的的工作。

大道至简，纯粹是艺术家应有的生命品格

兵荒马乱中气定神闲

我的生活，似乎每天都是那么繁忙。制片工作事无巨细，千头万绪，多年的工作生涯中，我养成了一旦发现问题立即处理的习惯，而进入新的工作阶段也意味着数不清的待办事项；时光就在无尽的琐碎当中奔忙。

所幸，在兵荒马乱的时光中，还能时常闲庭信步；在急锣密鼓的安排下，还能保持气定神闲。

这样一种能力并非年纪渐长之后自然的收获，而是我在年轻时期就培养出的心理品格——对于复杂庞大事务和纷繁琐碎生活的承载能力。这种承载能力，是深谙简单坚定之道而自然呈现的生命状态。

无法沉静的内心
产生不了真正的创造力

曾有人跟我描述过这样的体验：面对堆满案几的工作，接踵而至的最后期限，甚至是身边同仁的接连成功，猛然与一股强大的力量相遇，身心被占据，接连升腾起没来由的焦虑，无所依归的惶惑，一颗悬吊的心在空中飘来扯去——总是落不到地面上，于是东奔西忙，看似紧张热

闹，最终毫无进展，只是瞎忙。

无法沉静内心，对创造力的扼杀是致命的。

无法沉静的内心，如无根之木，随着外在的风飘来摇去，因焦灼而坐立不安，因虚浮而心慌意乱；既不能保持纯粹的创作初衷，容易在众多诱惑面前无所适从，又无法专注沉潜。颠簸的心境无法沉积深厚的心灵土壤，生命的灵感和创意无从生长。

始终有根弦沉寂着

人坐在一个房间里，光照射进来，看到了飘浮在空气中的灰尘，因为静静地坐在那里，所以能看到这奇特的光尘。如果四处走动，心浮气躁，即便空气中有光晕，也是留意不到的。

创作的过程也是如此。创作者的自我检视，是来自生命深处对自我的凝望，最重要的，是沉下心来看清自我。创作需要沉静心灵，这种沉静并非长时间沉寂不动，而是在往来的繁忙中，在琐碎的日常里，脑中始终有一根弦是沉寂着的，永远在思考如何去创作出想要的艺术作品。

知止而后有定

真正的武林高手，不仅知道何时进击，而且知道何时蛰伏沉默，以退为进。

释放人生的活力是生命的本能，而能静得下心，则需要坚定的心志，透辟的眼光，取舍的智慧。

古人说，知止而后有定。

能够知其所至是智力，而能够知其所止则是智慧。

"知止者，知至善只在吾心，元不在外也，而后志定。"

"知止"，是说要知道自己最终的目标，即"知止"正是明了"至善"不在外，而在自己的内心，深信这一点，才能有坚定的心志。

孔子说："不在其位，不谋其政。"我觉得更重要的是知其位，谋其政。懂得克己自制，才能守住自己的初心。

做老师，则"传道授业解惑"；做医者，则救死扶伤，关怀生命；做工匠，则心怀匠心，精雕细琢，精益求精；做文艺行业，则坚守艺德，以灵魂触动灵魂。

知止当懂舍得，大道至简，纯粹才是艺术家应当有的生命品格。

君子爱财，取之有道。只知求取只会激发人性的贪欲，懂得适可而止才能坚守本心。

从业四十年来，我们拍摄作品的同时也助益了拍摄地文化产业的发展。有些地方政府因为我们给当地带去了积极的社会经济影响，也带去了良好的文化影响，要给我一些回馈，我从未接受。

原因有二。第一，我确实不需要——我对生活的要求并不高，尤其对物质生活没有过多欲望，在必须和有用之外，过多的欲望和占有只能是心灵的负累。第二，这些名利其实都是一种负累，有了资产就得花时间精力经营，不知不觉间会卷入其中，无形中耗费大量时间精力，对于艺术创作——我们的本业来讲，是一种伤害。

就我这么多年的工作和人生阅历来看，名利计较多了自然就不纯粹了，艺术家最好还是纯粹点。纯粹点才能更清楚透彻地看到内心，纯粹点才能更心无旁骛地创作。

无论是艺术工作还是其他行业的工作，真正的创造力在沉静的内心中，在跳脱名利计较的纯粹之中。

人在江湖

敢为天下先：做开创性的艺术工作者

茫茫江湖，世事艰辛，与其籍籍无名，随波浮沉，不如开宗立派，亮出锋芒！

所谓格局决定结局，能够创作出何种作品，抵达何种高度，很大程度上取决于是否有开创性的意识。创新是文艺工作者终生的追求，也是评价作品水平的重要标准。所谓好的艺术作品，一定是有独创性的。怀着开创性的意识，去探索艺术的高峰，开辟出前人没有走过的路，应当是每个文艺工作者对自身的要求。

一部作品的意义，不仅在于口碑、收视率、经济效益，也不仅在于其产生的社会意义、文化意义，还在于对其他作品创作的影响，对同类作品创作的借鉴意义。我们沿着前人的脚步攀援而上，同样希望能给后来的人提供借鉴；我们不断探索影视艺术的表达边界，在琳琅满目、种类繁多的市场，创造另一种审美风格和模式，带给观众耳目一新的享受，其意义是不言而喻的。模仿和因袭固然相对容易，但影视艺术工作要不断前行，获得更高水平的发展，就要求更多创新和开创性的创作，这种意识越强烈，影视艺术就会越多元越繁荣。

我个人经历了中国影视剧从无到有、成长成熟的几十年历程，参与了中国影视发展重要的阶段，更加深刻地明白开创性事业的重大意义。更大的舞台，更高格调的作品，反映民族精神的创作，宏大壮阔的时代之作，前所未有的类型，都是开创性工作的讯息。对于每个有

第二章　侠骨禅心——纪中说

追求的艺术工作者来讲，了解到这些讯息，都应当是极为兴奋的。

当年参与《三国演义》的拍摄，我的艺术生涯由此发生了巨大变化，虽然当时我还有其他拍摄任务，去中央电视台主动请缨也是一件不容易的事，但《三国演义》这样的名著和中央电视台这样的舞台，都在预示着开创性工作的讯息：这件事做成，每个人都会得到极大的提升。这个消息好似生命中的灵光一点，而我懂得这一点灵光必须抓住。后来众所周知，虽然我接拍了其中难度最大的"南征北战"部分，在中国电视剧处于起步阶段的时期探索战争场面的拍摄，在那个没有特技的年代，为此经受了极大的艰辛，但这部文化名著顺理成章地获得了举国关注，我也因此获得了拍摄《水浒传》的机会。

在拍摄《三国演义》之前，虽然我也拍了很多电视剧，但大多都是现实主义题材，像这样的战争戏、动作戏，于我完全是另一个领域，尤其是在几乎没有经验可借鉴的时期。但是勇于接受挑战，敢于去做没有人做、没有人做好的工作，这种信念能支撑人去做成想都不敢想的事，行业面貌也会因这些事情的实现而逐步改善。

后来拍金庸剧，也是在大陆没有自己的武侠剧情况之下，做出的开创性的探索。从《笑傲江湖》到《射雕英雄传》一直到《天龙八部》，我逐渐探索出了拍摄武侠剧的套路和模式。虽然现在我们有很多武侠题材的电视剧，风格各异，花样百出，但是当年我们做出的开创性的努力，无疑为后来人奠定了基础。

敢为天下先的勇气并不是每个人都会有，但是一旦做过天下先的事情，就会深刻体会到其中的快乐。其实，完成一部平庸的作品，也不容易，不如去做开创性的工作更有意义。每个时期都会有一股潮流，比如刚刚过去的"大女主热"，难得的是不被潮流裹挟，在潮流之外另做开拓。《激情燃烧的岁月》算是一部开创之作，在主旋律故事停留在"高大全"阶段的时期，《激情燃烧的岁月》显然提供了另外一种讲述主旋律故事的方式，对同类电视剧的影响也是显而易见的。

每个在文艺行业工作的从业者，都会或多或少地感受到对现状的不

人在江湖

满和对改善的要求。尤其是在互联网时代，观众不需要付出什么成本就能看到各个国家的优秀文艺作品，好莱坞几乎独霸电影领域，美剧、日剧、韩剧也占据了电视剧的半壁江山。靠IP，靠演员带流量，败迹已现。我们应该如何拿出对日益挑剔的观众来讲富有吸引力的作品呢？借鉴国外优秀作品，鞭策自己去探索更多开创性的工作，应当成为我们的意识，没有什么创作模式天然就是成熟的，开创性的工作应该成为我们乐于去做的工作。

拍摄《西游记》的时候，就面临着重重困境。造型技术、特效技术高度成熟，我们满怀信心地要借助这些舶来的先进技术实现对经典名著的还原，拍摄一部充满想象力、无愧于时代的魔幻大片，为中国魔幻电视剧开创一条道路。但现实很骨感。拍摄过程要面对资金匮乏、特效公司参差不齐，以及因此带来的种种困难和尴尬。这部戏终究是做成了，虽然远远无法到达国外电影品质，但对于国内电视剧尤其是魔幻电视剧来讲，仍然是意义非凡的开创性作品。

开创性的工作，必然要面临极大的艰难，承担更大的可能失败的风险，如今仍不成熟的行业生态可能只会让情况更加糟糕。现在的电视剧创作，已经在一些方面有了成熟的模式，同时这种成熟的模式，也一定程度上阻碍了更多开创性的探索和尝试。资本在电视剧创作中的话语权越来越大，尊重市场与庸俗谄媚暧昧不分，兼顾商业利益与艺术价值意味着对能力更高的要求，对于疲于奔波的从业者们来讲，追求艺术性的开创似乎成了吃力不讨好的事情。但即便如此，无视创作规律的运作也只能铩羽而归，而且，只有开创性的艺术工作，才能给创作者更多锻炼与成就机遇。

于我个人而言，我不允许自己失败，这种决心和意志支撑着我迎战困难，至今也没有失败过。而对于年轻人来讲，坚定的意志与高迈的追求互为表里，都要在创作和生活中不断磨砺。高迈的追求又是尤其重要的，不忘初心，方得始终。

精神食粮更要注重食品安全，影视从业者要担起重任

我们不得不承认，看着宫斗、玄幻、"玛丽苏"的作品长大，跟听着英雄故事长大，是不一样的。

我们不会意识不到，我们的精神世界，尤其是下一代的精神世界，已经被各种文化影视产品占据。

我们不会意识不到，文艺作品对于人生观的塑造、对于内心世界的构建，有多么重要。

负能量作品正在摧毁人生观

令人担忧的是，如今的网络世界充斥着直播平台诲淫诲盗的内容、价值观歪曲的电视剧、各种白日梦小说、骇人听闻的真假消息、宣扬消费攀比等歪曲价值观的广告……这些内容都会渗透到缺乏分辨能力的青少年的精神世界。

缺乏现实精神和文化精神的作品大行其道，如果孩子们都是看着这些作品长大，难道其中错误的导向不会影响到他们的人生观吗？

影视作品要滋养人心，而非毒害人心

如果孩子们的人生观价值观中，只有睚眦必报、钩心斗角，崇尚奢

侈消费、不劳而获，崇尚金钱物质，底线模糊，心浮气躁，妄想一夜暴富，毫无理想希望，毫无信念斗志，这将是一件多么可怕的事！

文艺作品对人的影响潜移默化，又极其深远。负能量的作品已经产生了严重的消极影响，多少违法犯罪是受了错误导向蛊惑，多少人的人生观价值观正在被侵蚀，一点点变得消极阴暗……

真善美的故事，英雄的传说，世界的阳光，在混乱污秽的负能量面前显得势单力薄，如果无法获得有效传播，理想、信念、责任、家国情怀，真的只会成为故事和传说。

难道文化商品的生产者就没有责任吗？文化产品是精神食粮，保证食品安全是生产者的底线，基本的食品安全保证了吗？每一个文艺从业者都应该看到自己的责任，要反躬自问，自己的产品是在滋养观众的内心，还是在毒害人的心灵？

回归制作不仅是外在精致

最近，影视作品逐渐回归制作，这是件好事。

但是回归制作不能仅仅体现在服化道的精美考究上，更要实现内在价值观的提升；商业化不意味着文化灵魂的丢失，真善美，爱情亲情友情，永远是文艺作品应当表达的主题。人类共同的人性光辉和美德，无论何时何地都可以打动人、引起人共鸣，也只有传播正能量的作品才能产生深远持久的正面影响，更好地实现文化艺术价值。

作为文化工作者，我们必须要有使命感和责任感，不能制造垃圾产品去侵蚀观众，更不能为了商业利益迎合甚至吹捧错误价值观，因为侵蚀心灵比侵蚀健康更严重。我们不能不考虑作品会给观众带来什么影响，给社会带来什么影响。

我们或许没有那么大的力量，但是我们至少可以要求自己，选择做传递正能量、积极向上、滋养人心的作品，不做负能量的作品。

英雄主义情怀和浪漫主义精神，血性和信念，是我作品的主题，我每拍一部剧，都希望在人们的心上刻下一道浅浅的划痕，种下一点点光明信念的种子，一部部戏拍下去，让越来越多的人能从中获得感动和力量，这是我最想做的事情，是我一直以来的追求。

也希望大家不要被负能量作品影响，希望每一个人，都选择更加光明正向地看待生活，向身边的人传递温暖与善意，用一点一滴的正向言行，促进世界向着更美好的方向发生改变。

人在江湖

敬畏经典，尊重原著精神：
由小说改编影视作品的原则

拍有小说基础的作品，已经是现在的大势。小说家的体验和创造提供了一个非常好的可供改编的框架。优秀的小说比较结实，不像沙地里的建筑，容易垮塌。另外，编剧鱼龙混杂，有些编剧的水平和思想高度远不及小说家。有些编剧在认识上也有问题，悄然把商业化等同于庸俗化，为了博人眼球编排很多低俗桥段，让作品的格调大受影响。我们现有的机制，也不允许编剧如小说家一样花几年、十几年思考打磨一部作品。而有了一部内涵丰富、人物生动、逻辑严谨的小说作支撑，编剧的改编工作也容易得多。作为文艺工作者，我们应该利用影视传媒这样的手段，把我们想要表达的思想情感更广泛地、更巧妙地告诉大众，改编小说就成为最佳的选择。

改编小说最重要的一个原则就是尊重原著。

尊重原著分为两方面，一方面是拍经典作品，要始终怀着敬畏之心，尊重原著自身的思想内涵。首先要充分学习和领悟原著的精神价值，用独到的艺术感受力去表现和诠释原著的气质精神，在这个过程中要虚心请教专家，并且与原作者密切沟通，很多时候原作者的意见对于影视作品创作来说甚至有着拨云见日的作用。

在拍《神雕侠侣》的时候，我就向金庸先生求教，我说："浪漫的定义是什么，您能给我讲一讲吗？"他在西湖的船上，告诉我："不大常见的，就是浪漫"。

之后我反复思量金庸先生这句话，这句话其实给我们很大的启发，因为我们在表达小龙女和杨过的浪漫的时候，可以去找一些不大常见的手段。金庸先生说，两个人可以坐在家里看月亮，也可以站在水里看，那肯定站在水里就比家里边看的浪漫一点，我觉得这些都是启发。而这些思考拍出来之后，确实能够达到金庸先生所说的不常见的浪漫。

其实作为小说的原作者，都不愿看到小说被改得面目全非，正如金庸先生形容不尊重原著的创作团队，"如果你们写得好，你们可以自己写一个武侠故事"。

我在拍摄金庸剧的过程当中，最重要的环节之一就是跟金庸先生讨论。实践也用铁一般的事实告诉了我们，经典就是经典，未经深思熟虑的改动是要不得的。

拍摄《射雕英雄传》之时，我们起初想改编故事讲述的节奏，重新梳理故事线索。原作开始是杨铁心、郭啸天两家人的情谊，故事刚刚展开，一场腥风血雨就使得故事单线发展，按照这样来拍，杨家后代杨康要消失三四集。我们考虑到多线并进更好看，所以就加了很多杨康和穆念慈的戏，与郭靖这个人物并行发展。但是后期剪辑却让我们深感懊恼，我们增添的杨康的戏都显得那么画蛇添足，金庸先生在故事讲述上显然更老到，所以最后的《射雕英雄传》剧情仍然按照原作的安排。

另一方面，尊重原著并非遵照原著。小说和影视毕竟是不同的门类，是不同的艺术形式，影视有其自身的规律，我们之所以要去拍摄经典作品，起码是优秀作品，也是因为这些作品给了我们充足的创作空间。原作者的意见必须慎重考虑，但也要拿捏好度，毕竟不是原作者在主导影视作品的创作。

我们拍摄《笑傲江湖》时，金庸先生就曾经表达过对很多创作团队不询问他意见的不满。《笑傲江湖》是大陆第一部武侠剧，我们的态度慎之又慎。按照原著，两个主角的出场都比较晚，这是小说极力渲染二人的工夫。但是就电视剧来讲，两个主角迟迟不出场，仍然不够好看。金庸先生不赞成李亚鹏演的令狐冲先出场，但是我们在改编的时候就觉得男女主角

人在江湖

出场太晚了，尤其是圣姑（按照小说的节奏）要十集之后才出来。查先生跟我说了一句话，诸葛亮出场还晚呢。但是诸葛亮也不是绝对主角，还有曹操呢。后来《笑傲江湖》还是让男女主角都在第一集出场，这也符合电视剧的接受规律。

但《倚天屠龙记》的处理就不同，各位英雄按照原著顺序出场。按照通常结构，主人公应该迅速出场，以最快的速度交代背景。但这部剧体现的是英雄群像，每个人物都是非常生动的，就像他自己所说不希望有绝对的主角。《倚天屠龙记》和很多金庸剧一样，男主角张无忌有一段深刻的历史背景，而这段背景是对他的性格形成起到关键作用的，金庸笔下的男主人公都有着鲜明的性格特点，而这种性格恰恰是所有故事的根源。他们的性格又是由一段段特殊的经历和背景造成的，所以前面的内容交代完整对于后面人物性格和故事会是完整的铺垫。其实，对于《倚天屠龙记》这样一部英雄群像来说，主角不主角并没有那么突出，它是一大群生动的武侠人物。

同样是开场顺序问题，在不同的作品当中进行完全不同的处理，不仅是随着时间变化对金庸剧的理解更加深入，更是立足于作品的理解至上，符合作品表达精神的选择。

在拍金庸武侠剧的过程中，还有一些互相的交流，我们的改编有时候也能够得到金庸先生的肯定，作为拍摄金庸剧的人，我感到十分荣幸。

我们的《神雕侠侣》里，杨过带着小龙女走了，查先生很生气地说他不赞成。我说剧本写到这儿要往这个方向走，你得给我们一些创作空间啊。当时是开玩笑说的，但是最后他也通过了。

金庸先生说《天龙八部》这个结尾改得不错，还开玩笑说以后是不是把小说也改回来。当然小说和电视剧毕竟不同，小说是回味式的结尾，慕容复已经疯了，大梦没有实现；电视剧不行，让人觉得没劲，所以我们安排阿紫抱着乔峰跳下悬崖结束。一个是把乔峰的形象提升得更高，因为他是主角。另外在情字上也做到极致。金庸先生说不错，我也很开心。

另外还有开场，我以乔峰为主角布线，以萧远山开场，几十年以后乔

第二章　侠骨禅心——纪中说

峰长大了，雁门关具有一个承接的作用，所以有一种宿命的感觉，他觉得也不错。小说里，一开始是段誉，四五回之后才有乔峰出现，作为电视剧就出现得就有点儿晚。

尊重原著，需要我们怀着一颗敬畏之心，尊重原作者的文学创作和思想价值，敬畏人类精神文化财富，表达正向的思考和感受，杜绝庸俗化低俗化的思想倾向。而把握好改编的度，则需要我们更深厚的艺术功底和艺术眼光，需要我们积极创造和思考。

创作是用灵魂去唤醒灵魂。

人在江湖

片酬乱象背后的文化危机

最近几年行业内对于一些演员天价片酬的议论甚嚣尘上。

有说出道几年的"小鲜肉"片酬与好莱坞一线巨星相当的，有说拿了天文数字还不背台词滥用替身的，还有的拿《人民的名义》四十多位老戏骨的总片酬和小鲜肉的片酬比较的……

身价飞涨的背后

无论演员或是编剧还是其他创作人员，只要做出了一两部不错的作品，总是能够身价飞涨，迅速成为众团队争抢的稀缺资源，仿佛有了这样一位人物，就能够保证作品的最终成功。其中的逻辑是这样的：对于大多数制作团队来讲，拥有一两位"自带流量"的主创人员，意味着更容易拉到投资，也意味着作品的收视或者票房似乎有保证。

当然这种保证很快就受到了现实的质疑：市场雄辩地证明，没有谁真的能够成为票房或者收视的保证，只有制作质量才真正是保证。能够成为市场保证的人，一定是能够保证制作质量的人。

向钱看的后果

在制片团队的争抢之下，创作人员对于创作的筛选则形成了双重标准：一种创作是以作品成功为目标，以冲刺事业的高峰为目的，是为艺术进行的创作；一种创作则是以赚钱为指向，以最短时间赚到最多的钱为目的，一切向钱看的作品。前者提供名望和社会影响，后者将前者积累的资本进行变现，有经验的从业者可以在这种商业逻辑中游刃有余，名利双收。

当然，这种一切向钱看的逻辑带来了严重的后果。旨在捞金、急功近利的作品大量涌现，大量烂片进入观众视野，影响观众审美趣味，破坏市场生态，使制作质量为重的行业规则受到破坏。行业生态链也由此进入了一种恶性循环。

规则一旦破坏，重建就极其困难。当走邪道的人越来越多，走质量正道，追求艺术品质的人减少，整个行业的从业者就容易被一种侥幸求成、只求短期效应的氛围影响。

一旦只图钱，就没前途

对于影视行业的艺术工作者来说，价值观念和艺术追求的畸变，直接促成了如今的影视怪象。

很多才华横溢的年轻人，原本大有前途，中途却因为抵挡不住金钱的诱惑而误入歧途，在艺术道路上再无建树。

说到这里，我想起了那些视经典和表演如生命的演员们，如今的投资和制作已经不可同日而语，可是我们对于影视艺术为何丧失敬畏和虔诚，甚至连最基本的职业素养都谈不上了呢？

今天的影视行业盛产专门吸引粉丝眼球的明星，却越来越缺少把表演当艺术当追求的真正的演员。

过去跟我合作过的很多演员即便再苦再难也很少用替身，漫威电影的主角即使戴着面具也坚持实战，而我们的一些年轻演员呢，片酬开价千万甚至上亿，武打要用替身，擦掉几块皮要在微博上求安慰，这让那些为危险戏码出生入死的演员情何以堪。文戏也是尽量缩短拍摄时间，

人在江湖

还要肆意改动剧本增加戏份，甚至发明了人皮面具让替身应付中景和远景，真是荒唐。

如今我很少在年轻演员身上看到对于表演的热情，我只看得到美丽脸庞下对于利益的疯狂追逐。我开始想念那些琢磨每一个表情每一句台词的老艺术家，我担心真正的演员将在这个时代消失，只剩下敛财的明星和偶像。

我们不能让下一代以为艺术的高度就是这样的，否则，这将是这个时代最大的悲剧。对于演员而言，敬业和热爱应该是勿忘的初心。即便在资本的裹挟中也不能身不由己甚至忘乎所以，我们要做这个业界的良心。

三十多年来我一直坚持创作能够引领和影响人的作品，很多人见到我都会说："张导，我是看着您的戏长大的……"，听到这样的话让我觉得生命没有白白投入。虽然一己努力似乎是渺小的，但我们需要更多的人投入这样渺小的一己之力来共同努力。

从行业发展的角度来看，当个别演员的片酬占到所有成本的八成甚至九成以上的时候，势必严重影响剧作的其他方面。

经过精心打磨的剧本和精良的拍摄制作才是收视率和票房的根本，而国内一些一味追求大咖的剧作往往无暇顾及作品本身，制作极为粗糙。

另一方面，把明星出演当作投资回报的保障行业恐怕陷入了一场本末倒置、价值混乱的闹剧，甚至已经引发了恶性循环。

试问，这样的泡沫何时消停，何时能够走向或者说回归良心好剧的正道呢？

我最担心的实际上是这样的天价片酬背后的社会文化危机。

有这样的片酬自然是有相对应的需求，而当我们的年轻消费者们仅以年轻俊美的脸庞作为观剧的唯一标准时，我为中国的影视行业悲哀，更为中国社会的未来悲哀。

中国有着源远流长的艺术传统，允许雅俗共赏，但也追求阳春白雪。尤其是这几十年，执着的艺术家们精耕细作，同样创作出了璀璨的艺术作品，不乏聚焦日常情感折射时代精神的佳作。

放眼当下，我们的娱乐和精神生活被粗制滥造的作品和肤浅甚至可笑的思想充斥，我们的下一代是否会彻底忘却何谓高贵、何谓真正的人性之美了呢？

建立合理规则至关重要

对于我们而言，端正艺术工作者的追求和建立合理的规则至关重要。

规则受到破坏，就会出现行业乱象，而面对这种行业问题，也只有重建规则，才能实现有效治理。

在有关部门的监管下，近年来文化界各方面的情况都出现了显著好转，影视文化行业的问题也得到了有效解决，这让我们感到非常欣慰。

相关规定的制定实施，对于建立合理的行业规则，督促影视行业健康发展，至关重要。

人在江湖

做照亮人生的火炬：
文艺行业不是娱乐圈，入行要有使命感

文艺行业不是娱乐圈

不知什么时候起，娱乐圈、娱乐业的说法悄然代替了文艺行业。

因少数人急功近利、底线模糊，甚至走上邪路，加上媒体过度渲染、无良媒体大肆消费和猜测，影视文化行业被认定为"贵圈"——一个充斥着灯红酒绿的名利场。一时间，在某些中伤的言论中，从事文化影视工作的人员被打上了生活作风混乱、无原则无底线的标签。媒体的夸张和大众对行业的好奇与消费无可厚非，但令人担忧的是，很多从业者受其影响自暴自弃，甚至在入行时就抱着一夜暴富的侥幸心态。

但文艺行业不是娱乐圈，至少在我的认定中，这绝对是两个概念。我相信，在多数有良知和信念的从业者看来，这也一定是两个概念。对这个行业的偏见从"娱乐圈"三个字就可见一斑，然而做好自己才能改变外界的偏见，这才是文艺行业从业者的当务之急。

文艺行业自古是有良心、有使命感的行业。古时的文艺工作者们一直秉承着"文以载道"的传统上下求索，无论是"临安一个字，捻断数茎须"的苦吟推敲，还是精益求精、臻于化境的匠心精神，无论是风雅闲逸的上层文人，还是普通艺人，都凭借着对文艺的热爱和对社会的使命感，为后人留下了宝贵的文艺财富。

鲁迅先生弃医从文以笔为刀，以医治灵魂为理想，以唤醒沉睡的社

会为己任,点亮了一盏启蒙的灯火。每每想起,都令人肃然起敬,感佩万分。如今民族屹立,社会清明,但鲁迅先生的精神不灭,文艺工作者负担起社会责任,应当成为每个从业者的精神楷模。

人类进入工业时代,文艺作品也有了更加丰富的形式。电视电影诞生以来,给人们提供了丰富多彩的文化产品,丰富了人们的精神生活,成为主要的大众文化食粮。这精神食粮的"食品安全"关系到千千万万人的心灵健康,是一件不可忽视的大事。

文艺作品不仅仅能带来视觉欢愉,更重要的功能是拨动人的心弦,感染人的灵魂,所谓的主旋律,是能够唤起人们良知的艺术情感力量。

每个行业都有其社会使命和要求,每个从业者也都应有其理想和信念。点亮自己才能照亮他人,感动自己才能感动观众。作为文艺行业的工作者,更要深刻认知到自己肩上的社会使命和价值,这对于个人职业发展和社会,都有着重大的意义。

追求社会意义,不会过时

谈理想和信念,过时了吗?

如今,我们再谈起理想和信念,不知有多少人会叹息着摇摇头,因为会觉得荒谬和不可相信。理想与信念,社会意义与唤醒灵魂,这些说法被认定为老生常谈,是落伍,是跟不上潮流。这是一个年轻人主导的时代,尤其是在互联网时代,网络舆论的方向,网络文化趣味的导向,更主要由掌握话语的年轻人掌舵。被部分年轻人抛弃的理想、信念等语汇,连同在千百年来历史长河和无数生命个体验证过的智慧,被抛在了视野之外,离弃在社会生活边缘。

然而真理不会过时,年纪渐长不代表脱离了社会,脱离了时代。理智一点讲,每个时代都有其波澜壮阔的一面,中年人也曾是意气风发的青年。无论是否有能力在互联网上发表言论,是否屑于与年轻人争长论短,每个人生活在当下,全身心地参与和感受着时代的变化,所以更清楚

人在江湖

这个行业的演变和社会的变迁，比年轻人有更多的生活生命经验。

以美国电影为例，我们从中能看到真善美和奋斗的精神，当然也有"美国梦"的意识形态色彩，但其中积极向上的部分，也是美国很多电影风行世界的原因，我觉得这个是很重要的。我很高兴能看到中国的文化影视产业，越来越专业化，越来越商业化，这是好事。专业化程度越高，业务水平就越高，呈现的影视艺术就越精致。但是商业化不意味着文化灵魂的丢失，不意味着价值观的崩塌，真善美，爱情亲情友情，永远是文艺作品应当表达的主题。我经常说，文艺作品的艺术价值和商业价值之间，艺术价值一定是首要的，人类共同的人性光辉和美德，无论在哪个国家都是可以打动人、引起人共鸣的，都是应该弘扬的，也只有这样的作品才能产生更大的影响，发挥更大的商业价值。

大众文化工作是伟大的工作。文艺作品可以塑造人的品格，陶冶人的情操。大众传媒尤其影视这些文艺形式，能够传播到最广大的人群。丢掉文化的灵魂，即使赚了很多钱，沉浸在赚钱的快乐当中，却污染了很多人。

演员也是如此。演员全身心投入去塑造一个人物、再现一个灵魂，是给人以启迪的工作，如果仅仅怀着赚钱的目的把很多负面的东西带进工作，是对工作的亵渎。一个伟大的演员是创作了伟大的形象，才得到一生的满足，至少大家认识你是因为你有鼓舞人心的能量。所有跟我合作的演员当年都可以说是小鲜肉，黄晓明、刘亦菲、刘涛都是，但他们对于事业的尊重，对这份职业的态度，是值得尊敬的。

如果让缺乏现实精神和文化精神的作品大行其道，大量的文化作品只瞄准大众低层次的需求，在意淫和窥探中获得自我满足，会让文化行业深陷泥淖。

也有人说观众的品位不高，喜欢一些庸俗的东西。因为没有好的电影，只能看烂的，就好像说，我没有面包只有窝头，你吃不吃？你说难吃也得吃，因为没有更好吃的东西，怎么能说你的口味就是这样的呢？给了观众低级的东西，塑造出的只能是低级的欣赏习惯。

所以，我觉得这些乱象只是暂时的。咱们现在讲的中国梦不是虚的。我们与其叹息不如从现在做起。

作为文化工作者，我们更应当认清自己的定位，看到肩上背负的责任，不能随便拿东西给观众，这和食品安全是一个道理，侵蚀心灵比侵蚀健康更可怕。艺术是对社会的鞭策，艺术工作者要有责任感，坚持不媚俗、不倒退。文艺作品于一个人的影响越大，文化工作者的担子就越重。文化工作者不仅要追求更高的艺术水准，更要追求更强的社会意义。

有记者问过我，为什么总要去挑战有难度的武侠、历史、魔幻题材？而不拍点轻松的家庭题材，时髦的宫斗题材？我不喜欢这些题材，不是说这些题材没意义，只是难以激发我灵魂上的共鸣，不是我追求的那种意义。有时候做事情不是仅仅为了赚钱，没必要把一些很艳俗的东西放到作品里。现在很多错误倾向我觉得就是因为钱，比如以电影票房为标准，投入几百万赚了几千万就认为是最大的成绩，这种评价标准是初期阶段的，以后一定是向着高品质、高格调的方向进展。

我这几十年拍的戏比如《激情燃烧的岁月》这样的现代戏也好，《吕梁英雄传》也好，都要宣扬一种精神，这是我一直所坚持的。从拍《三国演义》开始，我们确立了就是走这样一条道路，去把中国的传统文化，比方说侠义的精神，忠、孝、仁、义，贯穿到电视剧当中，能够给人启迪，能够留下一些积淀，这就是我一直想做在做的。包括拍金庸剧，都是寻找人生的亮色，这是文艺工作者义不容辞的。

我们要追求的，一方面是文化意义，一方面是社会意义。文化意义就是要传承民族文化，提升民族文化影响力，去做开创性的事情，而社会意义就是要做让社会变得更好的事情。

能够找到人们的真善美，揭露丑陋，这样督促、鞭笞社会前进的人，我们称其为艺术家。作为我来说，我管不了别人，只能管管自己，所以我们自己拍什么自己决定。很多庸俗的作品，宣扬不劳而获、畸形的爱情观、贪图享受、年轻人一夜暴富等等。投机拍这些东西不可取，人们怎么样重拾道德观我觉得是艺术家应该想的，所以几十年都是拍这种片子，体现英雄主义、体现仁义理智信、体现人文精神。我还有能力，还有精力，就会一直做下去。

传承经典，是在改良人们的心灵土壤

我拍的作品基本分为两类，一类是反映现实生活的，一类是文化经典。最引人关注的就是金庸武侠经典了。也有人问我为什么要这么执着地拍金庸武侠经典？因为经典总是要有人拍，要有人把经典的魅力通过各种方式展现出来，这是对经典的传承。经典代表了人类思想巅峰的艺术水平和思想价值，对人有非常强的鼓舞、激励力量，重温经典能够教会我们如何面对生活的困境，如何获得生活和追求理想的力量。经典代表人类文明和人类思想的真善美，所以有价值。在时代变化的时候，用经典来影响一代人。金庸作品的英雄主义情怀和浪漫主义气质引发了我深刻的精神情感共鸣，故而我以拍影视剧的方式去传承和表现。

我传承武侠文化，拍武侠剧，是希望能有越来越多的人，真正能受到武侠文化的影响。司马迁对武侠有很好的定义，唐宋元明清关于武侠的创作从没间断，因为人们呼唤路见不平拔刀相助，侠文化流淌在中国人血液中，带来的是血性和豪情。我们无法在现实生活中每个人佩一把剑，但是我们每个人心里要有一把剑，这把剑就是正义之剑。"路见不平一声吼，该出手时就出手"，传唱的是一种精神，就是正义感。我拍武侠剧就是让人们有血性和情怀，可以成为英雄。我们拍金庸剧，就是希望在人的心灵上不断画这条痕，大家接受了，生活中会不自觉地流露出侠情，虽然不可能天天遇到意外，但真正遇到的时候能不能挺身而出？看到让人气愤的事情，有些人十分冷漠，事不关己，可能绕着走，甚至还有一些人耍无赖，我们又怎么去对待？其实我们生活当中处处彰显着英雄情怀。英雄不见得都是壮烈的，有人抚养孤儿、小孩，那难道不是英雄？默默帮助人，就是英雄的行为。

我们拍武侠剧，是要让人们有纯净的心田。一片被污染的土壤，如果需要改良，需要多大的功夫？心灵受污染呢？又怎样去改良？我们做的工作就是去修复心田，对于我来说就是要去拍武侠片。我每拍一部就是一道浅浅的刻痕，这样一部部拍下来，最终的结果就是会有一些人对我说，"张导，我是看着您的武侠剧长大的。"

所以我深刻地感受到文艺工作者能起到的作用，你可以成为照亮人生的火炬。

我曾经一无所有

现在的很多年轻人流行说"丧"，有的很自艾自怜，陷入一种矫情的漩涡中，甚至会觉得我们之所以会如此强调文化意义、社会意义，是因为不懂现在的生活，不懂这些年轻人的巨大压力。

每个人年轻时都貌似一无所有，我也曾经一无所有。并不是现在年轻人认为的物质上的一无所有，是连一个做人的自尊都没有，想去保卫祖国都不行的一无所有。1966年，因为我父亲的政治问题，家里被抄了。我就希望自己还是一个革命的，上进的青年。我很浪漫地想，就算我什么也不是了，我还可以去保卫祖国，保卫边疆。1968年，我割破手指，写下血书："坚持扎根边疆"，我要去边疆保卫我们的祖国。然而学校公布的支边学生名单上面根本没有我的名字。我记得看名单的时候我的眼泪就流下来了，整个人处在噗声了的状态，什么都听不见，不知过了多久才回过神。后来我自己去了内蒙古，但只待了一个月，就被轰了回来。那时我觉得屈辱极了，我连一个要求进步的机会都没有，连做人起码的尊严都没有。那种心情和打击无比深刻，但它也像一剂预防针，使得从那时以后的一切打击，都变得轻浅、麻木了。

后来我考了三次艺校，都因为政审不过关而没被录取。但是已经没有什么失望可言，更像是在证明一件事：看，就是这个原因。

作为知青下乡，去的地方是山西原平。我们在那里没有离开的可能性，除非翻山越岭去跳黄河。当时很穷，条件很差，我和弟弟手里只拎着

人在江湖

一个包，里面只有几件衣服。我们到的第一天，六个男生睡在同一张床上，前胸贴后背。后来我和弟弟分到一个老乡家里，睡一张炕。再后来被子还因为火灾烧掉过一次，老乡们帮我们挑出还好的棉花，重新做了棉被。我们在农村什么活都干过，也挑过粪，然而并不曾磨灭心中的希望，不曾磨灭心中的光。

那个时候没有希望，没有出路，夜半叩问，一片死寂。

但农村的经历同样教会了我至关重要的东西。没考上回到农村，没有任何讽刺嘲笑，大家都很高兴再见到我。在农民看来，种地、吃饭是天经地义的正经事，活着、快活活地活着，是正经事。是农民教会了我，快快乐乐种地，日子就过去了，或者说机会也会再来。人可以消极处世，也不可能没有逆境，再终极一点的理解，人的生命都是有限的，奋斗有什么意义？也可以积极处世，失败和逆境不是什么大不了的事情，人往前走是重要的，往前走了风景自然会有变化，即使是失败着前进，前进了就有希望。积极还是消极？这一念之间，一个人的世界就会为此而改变。

但是当时经历，并不能很好地领会，只是到后来，才更清楚命运的安排，自有其深意。

所以事到如今回过头看曾经发生的一切，都无比清晰地说明：人生卑微如粪土，也一定要发光。

改革开放以后，商业发展的浪潮也同样诱惑过我，我也想过是不是应该"曲线救国"：先从经济收入改变自身的生存状态，挣了钱再回过头来重拾艺术创作。而我终于没有去做那样的尝试。抵挡诱惑，抵挡另一种生存、发展的可能性，不是一件容易的事情。你看见往日的朋友都发达了，有车有房，挥金如土，而自己还是待在山西的话剧舞台上，拿着100多元的收入，住着不到15平方米的房子，这个时候的坚持就不是两个简单的字了，它所带来的压力还有"没有改变自身命运的能力""抓不住时机"等等的嫌疑。坚持是抽象的，显得被动而无奈，而且坚持的那个东西说实话希望渺茫。但是今天我可以这样说了，命运的转折，前景的柳暗花明，最终还是眷顾执着而坚持的人。现在我庆幸当时没有放弃坚持，有几个当初放弃理想跃入商海期望曲线救国的人，返过头来做到了重拾理想？最近流行一句话，有些事，一转身就是一辈子。理想和初心也是这样，一旦背道而驰，就是一辈子也难以回归。经历就是命运，不同的经历往往无形地就确立了另一种命运，确立了生命的另一个方向。

而我之所以可以坚持这么多年，跟当时孙道临的鼓励分不开。1977年，山西话剧院的老师正劝我重新报考，我见到了来太原拍摄电影《大寨》的孙道临。那时我只是一个来自煤矿的教书的小伙子，热爱文艺，看不见前途。而孙道临是早就出名了的大艺术家。他非常认真地接待了我，让我坐到沙发上，他自己搬了一把椅子坐在我对面，非常诚恳地听我讲述我的愿望和经历。我对自己的叙述是一个有点结巴的过程，当时的我无法在如此的大艺术家面前侃侃而谈。孙道临听我说完之后，告诉我说，"一切对于艺术的追求都是从爱好开始的，既然是爱好，并没有人在强迫你，就要持之以恒地坚持。无论是业余，还是专业，都要坚持。"孙道临接待我的态度，以及当时对我所说的那几句话，一直影响我到现在。我感悟到一个艺术家的魅力和品格，在这种魅力与品格之中占首位的，是待人真诚，不欺不诈，没有高人一等，没有自以为是。

当年我受益于别人，如今我把这些年的思考也都写下来，希望年轻人也能受益于我，明白真诚的重要性，明白坚持的力量，那就是我最开心的事了。

人在江湖

"侠文化",让世界聆听中国的声音
——张纪中哥伦比亚大学讲话实录

侠文化是我们中华文化中独具性格特点的重要组成部分,同时也是最容易借助影视作品等大众传播媒介加以广泛传播的一种独特文化。

"哥伦比亚大学中国展望论坛"的口号是"让世界聆听中国的声音",而侠文化正好可以作为一种独具特色的介质和载体,向世界传达中国人的道义和血性,让世界看到中华文化中那些最深刻动人的性格特质。

文化走出去,必须要怀着敬畏之心对传统资源深入再开发,并结合世界时代潮流,使其焕发新的生机。

《功夫熊猫》《花木兰》等好莱坞作品提供了一个模范蓝本,希望今后有更多中国人以如此成功的模式继承和弘扬中国文化。中国影视作品走向世界,首先要立足于自己的文化根基与民族特质,结合可以触及全人类情感、引发全球观众共鸣的主题,借鉴好莱坞电影工业的成功经验,学习好莱坞的制片模式、叙事结构与特效技术等。

我一直都在提要让文化插上娱乐的翅膀,并不是指把文化彻底娱乐化,更不是说不去关注它的精神内涵,而是希望以一种娱乐化的形式,让更多的人能够接受的方式来进行我们的影视叙事和传播。

影视是最佳的传播途径,它可以用一种共通的艺术形式来表现,大众的娱乐媒体是一个非常快捷有效的传播文化的载体,也可以很好地跟当下最流行的、国际上人们更加感兴趣的元素来结合,把我们的文化精髓在无形之中传播出去。好莱坞在这方面有着非常成熟的经验和制作模式,这些

第二章 侠骨禅心——纪中说

都是我们可以借鉴和学习的地方。

但这种借鉴是一种传播方式和表达方式上的借鉴，我们自身文化的独特魅力，还是应该作为影视叙事的中心点和精髓来加以传播和弘扬。

自古以来，侠文化就是我们中国文化中一道独特的风景线，也是一个大题目。作为武侠影视剧的制作人，多年来，我一直在思考侠和侠文化的问题。但我不是学者，只能就我所知和所想，做一点简单的分享。

要讨论武侠文化，首先就要说侠的概念。

侠字是由人和夹组成，按照汉字的组合原则，我们不难猜测这个字的意思。侠就是"夹人者"。什么意思呢？就是从两旁将人限制住，实际上就是用武力限制人的人，也就是用武力干预自己或他人生活的人。

在中国历史上，确实存在过侠或游侠。也就是说，侠是一种实际的社会存在。侠的产生，大约有这么几个源头，一是远古战士的历史遗存；二是当时社会动荡和战乱社会的产物，为了保护自己和他人，有需要就有产生；三是当时社会的部分流民。

司马迁说侠是："救人于厄，振人不赡，仁者有乎；不既信，不倍言，义者有取焉。"又说："今游侠，其行虽不轨于正义，然其言必信，其行必果，已诺必诚，不爱其躯，赴士之厄困。既已存亡死生矣，而不矜其能，羞伐其德，盖亦有足多者焉。"

这两段话的意思是：你有厄难，他能帮助你；你陷入贫困，他能帮助你；不失信，不说谎，不怕死，而且不吹牛、不夸张他的本领，也不夸张他的品德。这就很了不起了。是吧？

在司马迁的《史记》中，有《游侠列传》和《刺客列传》两篇，专门记载了荆轲、豫让、朱家、郭解等一大批古代侠士。

司马迁还根据这些侠士的社会身份和社会影响，对其进行了简单分类，如"布衣之侠""乡曲之侠""闾巷之侠"和"卿相之侠"，说明在汉代以前，侠士不仅活跃在民间乡野或闾巷之中，同时也活跃在王室宫廷政治舞台上。

因此，侠不仅是一种真实的社会存在，也是一种纯粹的精神存在。侠

人在江湖

的精神存在，已变成了我们民族的一种精神传统，变成了形塑民族精神的一股不可忽视的精神力量。

侠的精神包含：锄强扶弱、劫富济贫、匡扶正义、保家卫国、路见不平拔刀相助、勇敢无畏、诚信守诺、公而忘私、奋斗牺牲、替天行道……这些植根在中华文化的血脉之中，流淌了几千年。

在武侠文学中，最著名的经典是《水浒传》，《水浒传》的形成也是有意思的：从历史上的宋江——被记录的宋江信息——被演绎的宋江故事——《水浒传》，是我们谈论中国侠文化的一个很好的标本。

《水浒传》中所体现的侠义精神，是一种复杂的价值体系。人物的形象和本领，都不是一两句话能够简单概括的，"及时雨"宋江代表着一种精神，打虎英雄武松代表着一种精神，"豹子头"林冲代表着一种精神等等。

武侠影视作品要避免有武无侠，避免娱乐性高而精神性少，避免只有武功打斗而不见得有侠义精神的作品。

往往许多武侠小说的作家或武侠电影的编导，为了把故事讲得精彩好看，有时候也难免不顾及侠的精神。

真正的大侠，其实都带有风雅、儒雅的气质。侠客不是不食人间烟火的神仙，他们是入世的，吃五谷杂粮，有自己的爱恨情仇，但是在入世之余，他们又有一种超脱尘世的隐逸和风雅，这种风雅不是许多末流文人墨客般的附庸风雅，而是对世事沧桑有所经历有所历练之后的从容淡然。

这种风雅的过人之处，在于看透了物质追求和精神追求的本质并有所选择，在于选择了自己所要坚持的"道"就不会轻易改变。

同样地，我们要坚守对侠义精神的诠释，将其看作中华民族的精神图腾，是中华文化的根基和精髓，更是中国人血脉中一直奔涌沸腾的热血。

在我的《三国演义》《水浒传》和近几年拍好还未播出的《英雄时代》中都是要表现这样一种民族精神。

除此之外，大家都知道我喜欢拍金庸剧，因为我喜欢金庸武侠小说里常常表现的布衣侠客，出身平民，有着一腔热血，也富有反抗精神。这样的侠客也是从这里开始,带上了这种"为国为民"的精神底色。

"我辈练功学武,所为何事?行侠仗义、济人困厄固然是本份,但这只是侠之小者。江湖上所以尊称我一声'郭大侠',实因敬我为国为民、奋不顾身地助守襄阳。"

为国为民,侠之大者,侠文化在金庸笔下得以升华,金庸武侠小说拓展了武侠文学的视野,将武侠人物的活动舞台扩张到民族国家的层面。金庸小说讲述武侠人物的成长、成才和成功的故事,把文化历史和武侠故事结合起来,使得武侠小说的戏剧性、思想性大大提升。

金庸小说是中国武侠文化史上的一座高峰。从古到今,无论是《水浒传》里的梁山好汉,还是流行的金庸武侠小说中的人物,中华民族的文化图谱中始终流淌着侠与义的血液。

几乎文学与历史中所有广为人知的英雄人物身上都有一种共同的侠义精神。强虏压境,大宋王朝危如累卵之时,郭靖甘愿冒着牺牲自己的危险去行侠仗义,哪怕势单力薄,也一定要尽自己所能,救国救民于水火之中,这种精神恰恰就是"不为自己,为国为民"的生动体现,更不用说水泊梁山、替天行道的一百零八好汉,和无数在史册上彪炳千秋的民族英雄了。

中国的"侠文化"和西方的"英雄主义"可以做个对比。

中国的侠更具有一种洒脱和情怀、一种精神和气脉、一种道义上的担当。中国的武侠精神就是侠者的信念和血性。正义是侠义精神的核心;血性是侠义精神的保证。真正的侠者,是真正的大写的人,具有高贵的人格,这种大写的高贵,将是人类的精神榜样。

美国的超级英雄电影Batman(蝙蝠侠)、Spider-Man(蜘蛛侠),不同于中国的侠。超级英雄具有强烈的个人主义色彩,从自我意识出发最终实现个人价值;中国的侠文化则是有一种为国为民的精神追求,更注重道义上的担当,是一种不惜牺牲自己,也要坚守道义的情怀。

金庸塑造的人物也把中国的侠义精神和西方的价值观做了一定的融合,比如《神雕侠侣》中的杨过,是把个人主义精神和侠义精神相结合;

人在江湖

《笑傲江湖》中的令狐冲，把自由主义精神和侠义精神结合；《天龙八部》中，塑造了段誉、萧峰、虚竹这三位敢于挑战和改变自己命运的武侠人物，这样的人物成了人类精神的代表，也成了人类自我拯救、光明和希望的伟大象征；《飞狐外传》中的胡斐表达了一种"富贵不能淫、威武不能屈、贫贱不能移"的坚定信念；《鹿鼎记》中的韦小宝彻底颠覆武侠文化世界，更加真实。

一定意义上说，武侠片对中国电影发展史的意义，不亚于西部片对于经典好莱坞的意义。

武侠片是深受西方观众欢迎的中国影视题材，也是可以代表中国民族特色的影视类型。

武侠梦，是每一个中国人都无法舍弃的英雄梦想，它暗藏在整个中华民族的文化基因当中。

侠文化，不仅仅是中华民族的精神财富，也应当成为全世界的文化宝藏，被更多的人所了解，践行。

我可以说把自己的一生都献给了武侠文化，我也期待自己一生为之奋斗的文化，能够真正得到传承发展，让中国的年轻人、让世界的年轻人都看到这种充满活力也充满正义的文化，让中国的超级英雄走上世界大银幕。

中国影视走向世界，需要我们对文化传承与创新，需要我们的影视素养，更需要我们的专业和专注，唯有这样，我们才能创造出具有普世价值、充满正能量、打动灵魂并反映民族精神的作品。

张纪中导演沃顿中美峰会答记者问现场实录

【媒体问题一】

在中美文化艺术产业交流互动的过程中，"水土不服"是一个常见的问题，比如艺术作品中，西方对于"中国风"的诠释，对中国元素的解读。您认为该如何跨越中西方价值观不同带来的文化壁垒？

【张纪中导演答】

文化差异自古以来就一直存在。由于历史、文化、社会形态的种种不同，西方电影在表现中国文化时总是抓不住精髓，犹如盲人摸象，有时候甚至产生曲解和误读。

在中国文化中，有一种"和"的精神，这是能让不同人群、不同宗教信念、不同文化互相尊重、和谐共处的文化力量，也是人与自然和谐相处实现天人合一的力量。这种"和"的理念，也能够使艺术之美发挥到更深刻的境界，这是中华文化给世界的礼物。

我认为我们的文化本身就具备普世性，是全世界人民都可以体会、感同身受的人类共同精神财富。而如何将这种精髓传达给西方观众，则要通过西方观众熟悉的电影语言来表达。我们有了精彩绝伦的内容，更要有与之相匹配的精彩的叙述方式。

【媒体问题二】

伴随着资本的流动，中美文化艺术产业分别会面临哪些机遇与挑战？会形成怎样的新格局？中国在世界文化艺术产业的话语权是否会随着资本

人在江湖

显著提升？

【张纪中导演答】

我认为资本对中美文化艺术产业来说既是机遇又是挑战，需要我们很好地协调资本的导向跟艺术价值标准之间的关系。

中国在世界文化艺术产业的话语权不是单单靠资本的提升就能水涨船高的，而是来自中国文化自身的魅力，这种魅力和价值可以借助资本的力量得以推进发展。

诚然，随着热钱的涌入，国际化电影市场会越来越习惯中国角色与中国故事的出现。但是，打铁还需自身硬，不论是阳春白雪的艺术产业还是老少咸宜的文化产业，都需要肯坐冷板凳认真创作的人，需要能够坚持创作好作品的人，更需要每一位从业者用肩膀扛起一份沉甸甸的道义，那就是对民族文化的一份责任。中国观众只有提高自己的文化素养、开阔自己的眼界、深刻理解自己所处的历史定位，才能激发我们共同创造出值得各国人民尊重的文艺作品。简而言之，钱买不来尊重。

【媒体问题三】

除了同一产业不同地域的互动，不同产业的跨界合作也是一大趋势。比如文化与地产，影视和游戏的结合。您对这种跨产业合作有什么展望？该如何协调不同产业之间的关系？

【张纪中导演答】

所谓跨界合作并非当代产物。早在好莱坞资本垄断时期，影视与地产的捆绑式运作模式就已不算稀奇。迪士尼就是最好的一例。更近一点，"星球大战"系列开创的产业化电影运作模式也早已被各大电影公司效仿。

跨产业合作对文化而言，是一种充满生机和活力的尝试，我们期待在这种交流和碰撞中去发现更多的新鲜血液和更有趣的发展模式，不同产业之间的关系应该是合作共赢的。跨界发展能够扩大行业格局和境界，引发新的商业模式和机会，尤其是"文化+"的渗透与融合，使得各个行业都能有质的深度提升。

但我希望，在大力推广跨产业合作的同时，我们不要忘记内容品质为王的第一准则。

【媒体问题四】

本次峰会主题为"全球化战略整合"，您如何看待"全球化"，中国提出的"一带一路"给"全球化"注入了怎样的活力？

【张纪中导演答】

全球化其实是大势所趋，正可谓"时代潮流，浩浩汤汤，顺之者昌，逆之者亡"。

随着科技和通信技术的不断发展，世界各国的命运也越来越连成了一个休戚相关的共同体，全球化给我们的沟通合作带来了很多机遇和挑战，这是需要我们放平心态，积极面对的。而"一带一路"倡议之所以得到越来越多的关注和支持，是因为这一倡议坚持共商、共建、共享的基本原则，真正能够为各国带来实实在在的利益。

"一带一路"源于中国而属于世界。多领域的沟通和合作互助，一定可以推动一个更大范围内、更高水平也更加深入的开放和交流，在这种交流中能够实现更多的融合与碰撞，这是世界全球化十分重要的活力所在，也是"一带一路"的重要意义所在。

然而"全球化"更是经济学术语，主要指的是"世界经济一体化"，我不是经济学专家，所以面对"全球化战略整合"这个主题，我想简单谈谈近年来逐渐流行的"文化全球化"这个说法。首先，文化全球化是一个美好的希望，各个国家的文化可以相互交流，相互学习。但是，全球化的目标是创造出一个完整的世界文化整体吗？如果完全引用经济全球化的模式，我认为是不妥当的。文化的精髓，在于民族性的传承。如果全球化导致文化的同质，大众媒体与流行文化将难辞其咎，这不是进步而是退步。

因此，我认为文化全球化的根本不在于文化一体化，而在于在全世界范围内，推动全球性的、超国界的文化进程。目的不是彼此融合，而是交流，是共同携手将各民族的优秀文化向前推进。

【媒体问题五】

您对中国经济发展有何展望？您如何看待中国文化产业的发展？这种发展给中美的文化、人文等领域的交流合作带来了怎样的契机？

【张纪中导演答】

我认为中国经济发展步入了一个有着更多机遇的时代，在这个新的时代里，我们的经济发展有了更广阔的空间和更高的平台，也有了更加多元化的可能性。

中国的文化产业迎来了一个厚积薄发的时代，我们是一个有着几千年历史的文明古国，这些历史文明都是我们的文化财富，不仅仅在文化层面上应该充分得到传承，也应该走向世界，在经济层面上为我们带来更大的效益，为经济发展注入新鲜血液，也为经济发展模式的转型提供一个新的指向。

中国文化产业的发展能够在很大程度上推动中美两国在文化和人文领域的交流合作，而且也能够使这种交流合作更加深化。

随着中国经济的不断发展，人民物质生活极大富足的同时，对精神生活的需求、对优秀文化作品的需求也在与日俱增。这就为我们电视、电影人带来了前所未有的创作机遇及挑战，我们要心怀观众，展望未来，秉持一贯的专业精神，为当代观众奉献出一道道精神盛宴。

中美文化人文交流是增进两国友好关系和经济合作的最佳方式。

【峰会问题一】

除了在艺术市场，中国在娱乐市场的发展也非常引人注目。2016年全国新增影院1612家，新增银幕9552块。目前中国银幕总数已达41179块，成为世界上电影银幕最多的国家。2016年，我国共生产电影900余部，备案电视剧近千部。

在如此蓬勃的发展势头和全球并购浪潮的影响下，中国资本也对娱乐产业也有很多"大动作"，这其中包括万达、乐视、阿里等对美国影视公司的收购和战略合作。

您认为资本对中美两国的影视产业会有什么影响？中美电影市场的创作团队会产生怎样的变化？

【张纪中导演答】

资本对中美两国而言都是市场发展过程中不可或缺的元素，我们的文化产业应该借助资本的力量来扩大发展，但也不能成为资本的傀儡。

资本应该是一种动力，而不应该成为主宰力量，文化产业真正的主宰力量还应该是文化本身，因为文化才是文化产业的灵魂，这也就是现在我们常说的"内容为王"的主旨要义所在。

从良性的方面讲，资本的扩大势必会导致商业模式不断翻陈出新，这也将影响娱乐产业中电影、电视剧的制作模式。网剧登上历史舞台就是一个非常典型的例子，现在有很多网剧的制作成本非常高，有些甚至达到单集百万的制作费。在如此巨大的资本冲击下，网剧数量如雨后春笋，但是，这样繁荣的市场也注定会出现优胜劣汰的局面，因此，对创作团队而言，如何利用资本来创作出高人一等的作品才是关键。

未来的电视剧市场，很有可能是网络与电视台分庭抗礼的形势，二者的区别不再是网剧成本低、粗制滥造、题材低俗等问题，而仅仅是制作模式、放映平台的不同而已，这些都是资本注入影视产业后带来的冲击，创作团队归根结底还是要从制作上下功夫、从故事本身下功夫，而不是把影视作品当成资本运作的工具。

从恶性的方面讲，资本让这个行业蓬勃发展的同时，也引发了重重危机。以明星片酬为例，仅2016年，明星片酬就增长了近250%，占整个制作成本的75%。同时，很多引人注目的收视率及票房数据其实都在暗流涌动。因此，资本的大量注入容易让很多影视工作者迷失本心，变得更加关注自我的价值而非作品的价值，这就有些本末倒置了。

资本仅把市场与票房作为投资回报的唯一标准，这样一种利益至上的价值观，催生着一种"非理性资本注入导致水涨船高进而不断发酵行业泡沫"的恶性循环，影视圈由此也成了资本的新"殖民地"。

我们只有坚守从影视文化内容本身出发，才能在这样一种乱象中永葆

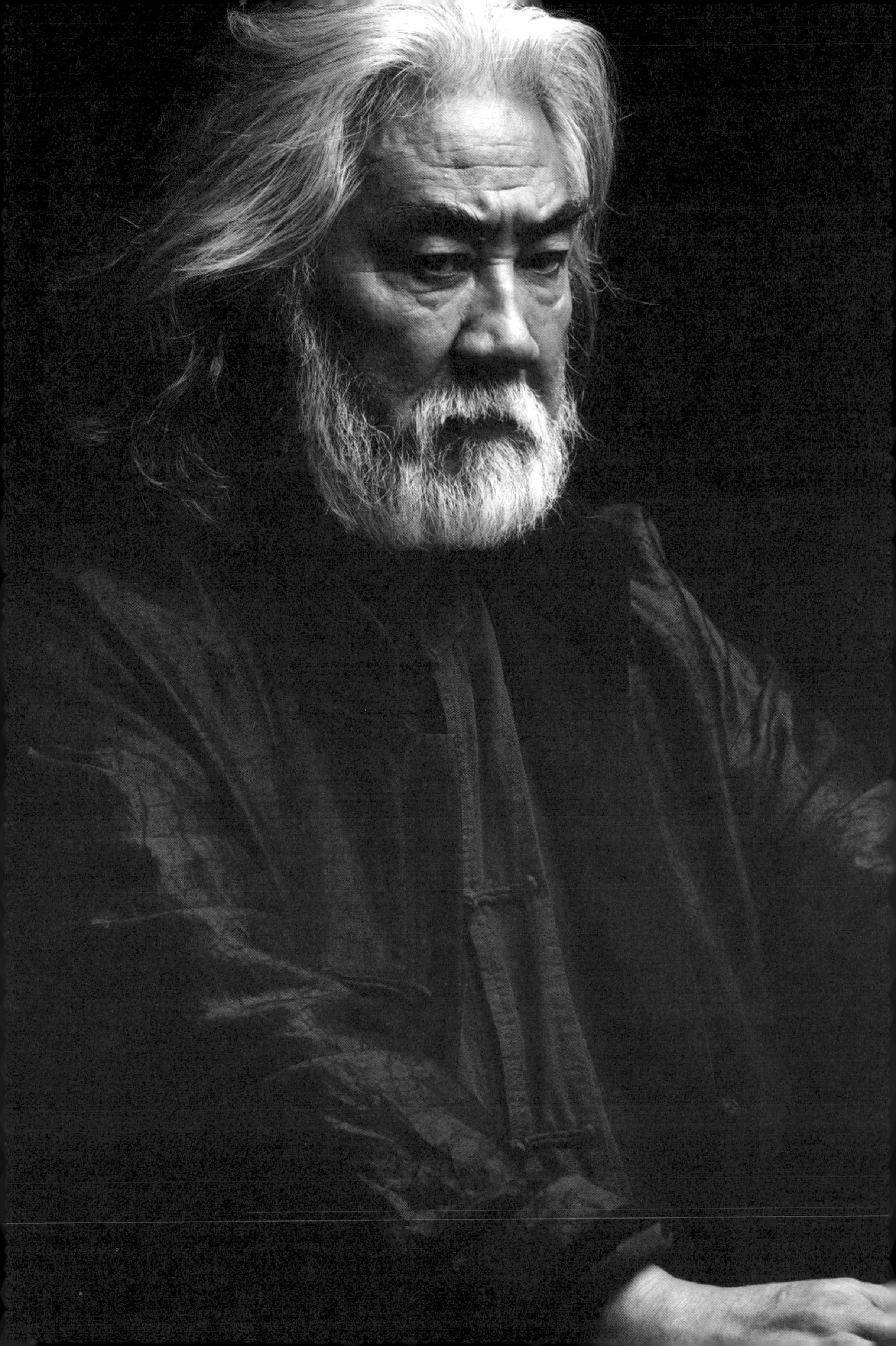

初心，中国影视怪圈的泡沫也才能被彻底打破，影视产业才能借助资本为艺术服务，脚踏实地地良性发展。

【峰会问题二】

随着中国元素在好莱坞本土电影中扮演越来越重要的角色，我们也看到中美合拍片的主流化，比如2016年话题度非常高的《长城》，近期要上映的《空袭》，还有引起大家高度关注的中美合拍的3D版西游记《敢问路在何方》。中美合拍片在把中国文化推向世界的同时，表现出的"水土不服"与票房的不稳定，引起很多人的忧虑。您认为中外合拍片应该如何定位？中国风骨又该如何传承？

【张纪中导演答】

首先我想说的是，中外合拍并不是最近几年才有的电影制作形式，1980年代的《末代皇帝》也是中外合拍的，只不过在过去几十年，所谓合拍更多像是协拍，制片主要依赖外国，中国就提供场景、器材、演员以及有限的费用罢了。

从2012年左右，中美WTO电影新政开启，好莱坞也逐渐青睐于东方元素，中美合拍才逐渐成为一种稳定的商业电影制片方式。

根据国内政策，合拍片的定义应该满足三个条件：第一、双方共同投资；第二、影片中有中国元素；第三、中国演员占一定比例(1/3以上)。下面我从这三个角度简单谈一下我认为的中外合拍片的定位问题。

从投资角度而言，和谁一起投资、投资什么样的电影、投资的总额与比例是多少，这些都是核心的问题。

现在有政策是中国与美国合拍电影不需要签订协议，因此美国是一个很好的合作对象，但是投资的电影应该是国际化的，这就要求电影故事应该是浅显易懂、不脱离文化内核，就像我一直主张的让文化插上娱乐的翅膀。

至于投资回报比，实话说亏损的合拍片更多，《长城》成本是10亿人民币，国内票房是11.75亿人民币，一样是亏。《摇滚藏獒》也是中美合拍的，4亿多人民币成本，票房只有3900万。所以说，合拍虽是一个互利共赢的方式，但是真正想要成功还需要很多方面都做到极致。

中国元素中"元素"是一个很好的措辞，纯粹的中国故事是很难国际化的，很多古典文学都是前人经过数百年时间千锤百炼口口相传形成的，拍成电影都难，更何况拍成国际化的电影。

所以，中国文化在合拍片中的体现，应该是立足于主题的，立足于精神内核上，而非表现形式上。

好莱坞的戏剧结构是一个成功的普世化的电影创作模式，这是可以被借鉴的。但是，在故事主旨上、视觉风格上，我们要尽可能地展现东方的艺术价值，这才是合拍片的意义所在。

至于演员的占比，其实不只是合拍片，很多纯好莱坞的电影也希望加入一些东方的面孔，但是，这些面孔难道只作为一种"奇观"展示给全世界观众吗？我希望合拍片中的中国演员，可以得到更多的戏份，并且拿出真正的演技与国际演员飙戏，共同创造展示出一部好电影。演员是直接与观众交流对话、让观众产生认同的载体，而不是一个道具。

最后，中国风骨的传承应该建立在双方充分交流和高效合作的基础之上，首要的一点是：一定要尊重作品的主旨。中国电影人在与外国团队合作时，应该积极交流，积极地用有共鸣的观念与方式打破文化壁垒。

中国风骨无论在什么样的时代都应该坚持和传承。中外合作的关键在于技术和内容达到最优化的配置，打造出无愧于民族文化与时代的作品，一切都应该以作品的质量和艺术的标准为指向。

【峰会问题三】

除了传统的电影电视，IP剧、网络剧这些新兴的娱乐产业也在蓬勃发展。去年我们峰会请到了南派三叔，他的代表作《盗墓笔记》就被改编成了电视剧和电影，都获得了很强烈的反响。最近热度极高的《人民的名义》也是改编自小说。经历了2015年的起步，2016年的井喷，IP改编的大热趋势能否持续？它的发展方向是什么？漫威可以说是美国的一大IP，中国的IP产业是否有可能形成漫威这样的格局？

第二章 侠骨禅心——纪中说

【张纪中导演答】

何谓IP？IP的意思是intellectual property，知识产权。但我想，其实你指的是某些已经在观众群或读者群中产生了一定影响力的文艺素材，一些所谓的热门IP。因此所谓的IP剧也指的仅是有一定粉丝数量的国产原创网络小说、游戏、动漫等基础上创作改编而成的影视剧。

国内的现状是，这种IP剧的开发成了电影、电视剧、网剧、游戏等一系列的产业链，换句话说，成了一种资本运作的模式。IP制片公司大量地买入网络文学、动漫作品等，以投资的视角催生商品泡沫，因此导致了大批IP作品粗制滥造、跟风趋同。

我认为这样的商业模式肯定不能持续。随着产业的扩张，更多的IP会在孵化阶段就被影视公司收购，观众在看到影视作品前甚至可能从未听过这个IP，而这种商业运作模式，其实就是好莱坞对前期待开发的创意资源的整合手段之一。

首先在于内容。并不是说IP作品都是糟粕，但国产IP确实后劲不足，原因在于跟风盛行，没有原创力，产业内部也没有健康的创作氛围，导致IP只会日趋疲软。IP的改编问题说到底还是内容问题，一个好的IP能够提供好的内容，从而为影视作品打下好的基础，但是真正经得住时间考验的精品又有多少呢？

其次在于观众。现阶段IP作品的开发是以粉丝为导向的，以迎合粉丝为主，然而，真正好的文艺作品应是引领观众而不是靠观众引领。

因此，IP改编的发展方向还是应该指向优质的内容，更具体的说，决定IP是否被改编的核心，不是它取悦了多少粉丝为其付费，而是它的故事本身足够动人、故事内涵足够深刻。只有这样的IP作品，才能走在时代前端，才能够起到一定引领和指导作用，才能真正受到观众群体的欢迎。

最后，我不认为现阶段中国能产生类似漫威一样的IP格局。所谓IP格局，在这里指的是宇宙构建。宇宙构建关乎多个知名角色历经多个阶段，人物性格不断发展，故事主线与人物成长互为表里的极复杂的IP运营。

且不说数十年来，漫威英雄形象在漫画、动画以及银幕上的不断丰满，光是营造出一个共享宇宙就是现今国产IP难以做到的。

中国的IP产业现在正处在一种蓬勃发展的态势之中，要形成漫威这样的格局，中国的影视产业和IP产业都还有很长的路要走。

国内IP开发还没有形成健全的体系，离成型的模式或标准还远。一次成功的改编不等于完成了对IP内涵价值的变现。只有多次完美跨越宣传媒介的界限，IP的商业潜力才不会僵死。再者，我们没有必要打造世界上的第二个漫威，而是应该充分借鉴这些成功的经验，结合中国的文化特质，形成一种富有中国性格和中国特点的产业格局。

做事先做人

——文艺工作者的修养

总有人感慨：还是你们那一代人有理想有情怀。

经历数十年的大浪淘沙，能够在公众面前显露的人，一定是坚持理想和情怀的人。

当然，对于物质的欲望和需求前所未有地凸显了出来，社会情况更加复杂：个体的选择更加多元，同样多元的还有价值观。相对于在简单的社会中保持纯粹，在复杂中保持纯粹，更加困难。

社会的迷雾很容易迷乱那些缺乏坚定正向信念的内心，尤其在从学校走向职业生涯的过程中，人更容易迷失。越是在复杂的社会生态当中，越要存正念，走正路，越是纷乱的现状，越是要思考清楚，自己要成为什么样的人。

立世先立身，做事先做人。长远来看，一个人能走多远飞多高，不在于他多有才华多聪明，甚至多狡诈，而在于如何做人，做什么样的人。

我们要做什么样的人？首先是有道德、有底线的人。

君子进德修业，成长之路先进德后修业。德才兼备，德在才先。一个有道德的人，才可能成为一个德艺双馨的文艺工作者。得道者多助。有良好品质的人，才会得到更多帮助，更多的机会。一个没有德行的人，再有才华，也走不远，甚至会被名利的贪欲和漩涡吞噬。急功近利，偷奸耍诈，丢弃原则和底线的人，一定会得到别人的同等对待，无法到达成功的彼岸。

人在江湖

在坚守道德的同时，我应该追求怎样的艺术生命？踏入这个行业，一定对自己有所期待和期盼，一定希望自己在这行业中能够有所作为，有所成就。这是一个复杂的江湖，在其中行走不迷失方向，需要不断扪心自问，希望自己终其一生成为什么样的人？是一个为名利所役，终生追逐劳碌的人，还是真正在行业中留下业绩，让后来者尊重的人？孔子说"取乎其上，得乎其中；取乎其中，得乎其下；取乎其下，则无所得矣。"这道理平易深刻：志当存高远，即应当确定一个高远的目标。就我而言，这个目标很清晰：那就是成为一名艺术家。在心里有了这样一种目标和信念，就能在遇到挑战时有所忖度，在遇到诱惑时有所思量，认清我们在这个行业中遭遇的一切何为砒霜，何为良药。一夜成名、投机取巧，看上去光彩无限，实则昙花一现。况且名利非欲望，绝不是一个艺术家该追求的东西。

坚定的正向的信念可以让人明确属于自己的路，而等真正成长成熟之后，会得到更多尊重，这才是实至名归。这么多年，我亲眼见到太多年轻人在浮躁和迷茫中消磨了自己的才华，错过了更有成就的未来。

韩非说立志难也，不在胜人，在自胜。当心中充满了光明坚定的信念，剩下的路，一定就是坚持和不忘初心——这个过程要不断战胜自己。没有所谓的坦途，所谓的坦途都是披荆斩棘开辟出的大道。没有所谓的捷径，所谓的捷径都是焚膏继晷之后的豁然开朗。拍过这么多戏，走过这么多路，其中的每一步艰辛都历历在目。所谓成功不外如是，浅尝辄止只能前功尽弃，锲而不舍才能水到渠成。在工作上，珍惜每次工作的机会，不放过任何看上去无关紧要的细节，这些点滴的努力都在助力能力的提升。持之以恒，终将铸就坚强厚实的专业功底，做出精良的作品。

内心存有对名利的渴望无可厚非，但是我们应当明白，名利不是追逐来的，是磨练出了深厚的功力，用心做出了好的作品之后，社会给予的认可。名利不过是艺术事业的副产品，永远也不能成为生活的主题。至于为此丢弃原则和底线，更是一件非常荒谬的事情。

立世先立身，做事先做人。希望年轻人都能廓清自己的内心，珍惜自己的品质，怀着正向坚定的信心一路走下去。走下去，就是康庄大道。

第二章

江湖浮沉——以梦为马

人在江湖

母爱如斯，春风化雨

年岁越大，越能回忆起母亲对我的影响。

"黎明即起，扫洒庭除。

"静坐多思己过，闲谈莫论人非。

"食不言，寝不语。

"……"

母亲的声音深深烙印在我脑海深处，后来我才知道原来母亲跟我讲的话，来自《朱子治家格言》《增广贤文》《论语》这些典籍。母亲将古人的家教智慧渗透进了我的生活中，也渗透进了我的人生中。

母亲对我的影响如春风化雨，润物无声，流淌在生活当中，在无意之中，在言传身教和潜移默化之中。

少成若天性，习惯成自然。那些对于社会人生和时代生命的智慧，无形地融入了我的骨血里，化在了一言一行中。家庭的教育给我的一生定下了做人的原则，打下了诚实真挚、和善待人、奋力向上的底色。

家，永远是温暖的地方

原生家庭和童年创伤是常被大家讨论的热词，我也曾好奇做过几次催眠，只是任我怎么搜寻，也没有在记忆库里发现童年时代的创伤。想来是家庭的和睦气氛给了幼时的我充足的安全感。

在我的记忆中，父亲和母亲总是相敬如宾，从未在我们面前爆发过战争。即便是父亲总被"运动"的岁月，即便是那三年困难时期，母亲也从未在我们这些孩子面前抱怨过父亲。

"她的丈夫在水里，她就在水里；她的丈夫在火里，她就在火里。"这是金庸先生写胡一刀与胡夫人的句子。而当我第一次读到这个句子时，首先想到的便是我的父母，我对夫妻之间的共同承担的最初认知，来自母亲与父亲的同甘共苦。

战争年代，母亲跟着父亲辗转流离，逃反途中，母亲练就了迅速打包行李的技能，与父亲在战火中相依相携；家道中落，生活困难，母亲辛劳操持家务，与父亲相伴……

在年幼的我的印象中，家总是温暖安全的，是充满爱的港湾。

我的父母都已去世多年，但当我每每想到家中母亲的身影，还是能够感受到家的温暖，无论我身在何处，那份温暖都永远驻扎在我的心头。

母亲在的时候，会在日常生活中给我们讲一些道理，无形中给了我们很多教益。虽然当时年纪很小，难以领悟其中的深意，但是在工作实践和人生经历中，这些话适时地发挥了作用，帮助我克服困难，激励着我前进。

国法如炉

小的时候我很调皮，是个"熊孩子"。

有一回跟小伙伴路过一个卖枣的小摊，同行的伙伴念头一动，拉着我一起趁人不备，偷抓了一把蜜枣。毕竟干了坏事，我母亲作为一个老师，很快就发现我就不对劲，一番审问之下，我支支吾吾说出真相。母亲突然就抱着我开始哭，说："孩子，我告诉你那是犯法，国法如炉，你看那炉子没有？犯了法，就像把你扔在炉子里。你记住了！一辈子不能犯法。"

人的底线和原则，往往是在小时候奠定的，社会的规则和道德的要求，就是在父母如此的教诲中植入内心，有时虽免不了皮肉的疼痛，但更

人在江湖

多的是循循善诱，语重心长。

孝老敬亲

因为吃，我还挨过一次教育。

三年困难期间，祖母从沈阳赶来看望我们一家，临走时，母亲让我给祖母买些点心带回去。那时候几个月也吃不上一点糖，美食的诱惑实在太大了，我忍不住，监守自盗了一回。果不其然，我的小动作又被母亲发现了，母亲并没有生气，只是很严肃地告诉我，不应该偷吃祖母的东西，要孝敬老人。

母亲说："每个人都会老，如果你老了，你愿意你的晚辈这样对待你吗？"

孝敬和善待老人，就深刻地印在了我的脑海中。

家中的很多细节，也都在教育着幼小的我：见长辈要主动问好，吃饭要长辈坐上位，要等长辈动筷子才能开吃，吃饭不能吧唧嘴……

这些点点滴滴都在教诲我孝老敬亲。后来的我也如母亲一般对待长辈，陪伴父母，给长辈更好的生活。

少年莫笑白头翁

除了对待家人长辈的礼节，母亲更是在自己的言谈举止之间教会我对待身边的人，对待陌生人，也同样需要尊重与和善。

有一回，我在路上看到一位年纪很大的老爷爷，他佝偻着腰，步履蹒跚，走起路来一跛一跛的。那时我不懂事，回到家跟母亲模仿老爷爷走路的样子。母亲看我嬉皮笑脸的，却并不高兴："少年莫笑白头翁。孩子，你记住了，在任何时候都不要嘲笑别人，不要在人前说人是非。"

在母亲的教导下，年幼的我逐渐学会了尊重别人。设身处地为他人着想，在带领团队工作时才能获得大家的支持。

母亲是个谦和善良的人，对待身边的街坊邻居，家里的阿姨，也如亲人一般。家里孩子多，陈姨是家里请来做工的阿姨。她家境可怜，丈夫去世，还要自己养育孩子。虽然陈姨名义上是我家的用人，母亲待陈姨却如姐妹一般，从无颐指气使，无半点倨傲神色。母亲经常把家里的衣服送给陈姨，逢年过节也要送吃的给陈姨。

母亲说："无论穷人富人，都首先是人。跟人说话，就要有最起码的尊重。陈姨家境可怜，我们能帮就帮。"

后来我与孙道临相识、与金庸先生相处，在与这些艺术大家相处的过程中更加体会到，在艺术家的品质中，首要的是真诚平等，不可自以为是，没有高人一等。

难得糊涂，吃亏是福

我参加工作后，经常回家跟母亲讲我在工作上遇到的一些人和事，我讲的时候是无意的，但母亲常会说，难得糊涂，吃亏是福。

对于当时的我来讲，听到母亲的话，可能都不会在意。这些话像风一般地从耳边吹过，但也像种子一样落在了我的心里。

在后来的工作实践当中，在我处理一些事情的过程中，耳边不自觉回响起了母亲的话。于是我尝试着按照母亲讲的方式去做，真的收到了很好的效果，也真正明白了其中的智慧。

母亲总是跟我讲难得糊涂，难得糊涂是什么意思呢？我们并不糊涂，真正难得的是，能够在处理某些事情时，让自己糊涂一下，模糊一下。比如面对合作伙伴、员工或朋友时，我们分明是吃亏的，这事情我们心中很清楚，但我们乐于去吃这种亏，我们会在这些事情上"糊涂一下"。

这种吃亏实际上带来了什么呢？带来了很多的人脉，很多人愿意和你合作。糊涂一下带来的正面效应其实都不是钱可以买来的。

难得糊涂，吃亏是福。这两句凝练的话语当中包含的智慧，贯穿我整个为人处世的过程。古人擅长用极其简洁的话来总结人生经验，无数的经

人在江湖

历曾验证过这些格言的智慧。年代久远，古人无法将复杂的人生经历尽数讲述，但这些格言，能让我们在自己的生活实践中逐渐体味。

糊涂，我凭什么？生活当中会有人有这样的计较，凭什么是自己糊涂呢？

凭什么？就凭比起精明和计较己利我们还有更大的梦想需要去实现！

道不同不相为谋，志不同不相为友。如果每个人都盘算着在某个项目上谋私利，与每个人都为共同的目标添砖加瓦，结果将是天壤之别。

如果大家都在同一件事上贡献力量，都抱着做成事情的目标来工作，众人拾柴火焰高，整个队伍就能形成一个为目标而战，出精品出经典的氛围。

"难得糊涂"是包容的智慧。

母亲曾经跟我谈过话，说："小三（我行三），你是聪明，你非常聪明。所以你锋芒太露，特别尖锐，好像什么事情都瞒不过你的眼睛。这样，你就容易很尖锐地对别人。但是太尖锐了就容易折。所以你处理问题的时候，虽然看得清楚，但并不一定非要用尖锐的方式处理。难得糊涂嘛！所谓聪明难，糊涂更难，尤其是从聪明转入糊涂更难！"

在母亲的教导下，我更注意自己的言行，说出去的话和处理方式是不是很尖锐？但是在要特别决断的时候，又确实是要很尖锐——绵里藏针，刚柔并济，包容为大。我渐渐学会不跟人计较，性格上也更包容大和。

在母亲的影响和工作实践的验证中，"难得糊涂"逐渐成了我做事情的一个原则，甚至成了我性格中的特点。

母亲是家的标志，是我最重要的人生老师。幼时对我的言传身教，影响一直持续到今天。

母亲看到了我梦想的实现

在那个混乱的年代，母亲对我说："世道不会永远乱下去，你呢还是要学一门手艺。"母亲出于对时代的认识，让我去思考自己的道路。

第三章 江湖浮沉——以梦为马

我觉得自己这一辈子可能就认定要做关于艺术方面的事。当时在母亲的影响之下,我心里就萌生了梦想的小火苗。后来我也终于踏上了艺术这条路,成了电影的男主角。

终于在1982年,母亲去世前三年,我主演的电影在电影院放映,母亲到电影院看到了我主演的电影,也终于看到了我梦想的实现。母亲说"电影我没看明白,你那双手好熟悉……"

无论出息与否,母亲都在倚门倚闾地爱着你,盼着你。

母亲去世的前一天,我在医院里,推着车带母亲去检查。她跟我说"哎呀我也算是得祭了。我这么大个儿子,带我看病……"

"说这个干吗呀你看看", 我的心里已经留下了泪水……

只有在这样的时刻才能陪陪她。平常我都在山西,不能回来,偶尔回来也只是出差略作停留。

第二天,母亲去世了。

母亲看到了我梦想的实现,我却永远看不到母亲了。

虽然母亲不在了,母亲的话一直在我心里,如同母亲始终陪伴在我身边。

愿全天下的子女都能读懂母亲的爱,也祝福全天下的母亲幸福健康。

人在江湖

不要让没说出口的爱和抱歉，成为一生无法弥补的遗憾

在父亲的九个子女中，我与他长相最为相似，也陪伴他最久。昨夜猛然看到镜中的自己，恍惚以为看到了父亲，那绝望悲哀而痛楚的眼神，半个世纪以来一直留存在我脑海中，隐隐刺痛，挥之不去，成为我一生都不敢触碰的无奈之痛……

父亲的一生，是从巅峰跌落深渊的一生，是被时代的洪流打压的一生。一次次"运动"层层剥去他荣耀的外衣，时代的荒诞残酷地剥夺他的成果和财富，命运的无情将他高高举起又狠狠摔落，在无奈与绝望中，父亲被反复碾压折磨，这个高傲卓越的金融家最终被打压到了灰暗无望的人生绝境。

少年得志，父亲曾年轻有为

父亲的前半生充满了传奇的光辉色彩，完全是寒门贵子、少年得志、年轻有为的典范。

祖父原本是一个铁路工人，因工伤致残后靠扎糊纸活糊口。父亲幼年家境贫寒，但天资聪颖、奋发向上，靠自己一步步的努力考入了大连工学院。大学三年级时父亲跳级参加了当时的研究生考试，在选拔外国留学研究生的考试中获得了第三名的好成绩。十年寒窗，一朝提名，才华和勤奋给父亲带来极大的荣耀，父亲的人生由此踏上了看似繁花似锦的道路。当

第三章 江湖浮沉——以梦为马

我的父亲

我年轻时候

人在江湖

时政府全力资助优秀人才留学，父亲带着母亲求学海外，在优渥的生活条件下，享受着安宁幸福的求学生活。

求学归来，父亲成为尖端的金融人才，成了北京准备银行副总经理，父亲有学识又有胆识，后来与人合开了荣生百货公司，还在北京组建了北京石棉厂。父亲靠自己过人的才能成为一名年轻的企业家，积累起了可观的财富。

那也许是父亲一生最为志得意满的时刻，在三十而立的年纪，获得了事业的成功和家庭的美满。作为一个穷苦出身的孩子，在多年打拼和奋斗中，成就了自己的一番事业，也为国家工业的发展贡献了力量。

那时的父亲意气风发，家中也欢乐不断。父亲很爱我们，他总喜欢把我扛在肩上，到街头给我买糖葫芦吃。和很多小孩子一样，我也犯过错误，被父亲教训过，每次教训都有原因，我心中的惧怕、委屈，也都被父亲的爱抚平，道理也记在了心头。

有一回调皮又被班主任请家长，父亲得知后，大发脾气，踹了我一脚。我吓得拔腿就跑，躲在学校不敢回家。第二天早上，父亲骑着自行车找到了我，不再提前一天的事，也没有任何责备，还带我去吃了早餐。

我心里明白：原来父亲不是真的想那样对我，他还是爱我的。

在众多子女当中，我与父亲最为相似，父亲在幼时常与母亲玩笑，希望我能像他一样，未来有所成就。父亲当时是自信的，自信能够为家人带来荣耀，自信能够以一己之力为我们带来更好的生活条件、带来更好的教育条件、带来更好的未来。

时代裹挟下走向绝望

然而，父亲没有料到，他带来的，竟然是每个子女命运的灾难。

父亲瑰丽灿烂的前半生，很快在各种"运动"中结束了。作为一个金融家，父亲没有做出最"正确"的选择，留日学习的经历成了"历史问题"，父亲变成了被整的对象，猝不及防地走上了命运的下坡路。从1950年到1965年的15年间，父亲从北京石棉厂的厂长，经历公私合营成为车间主任，到股长，最后50多岁的父亲成了推矿石的矿工。

原本事业有成，功成名就的父亲由自豪自信，转入了深深的内疚和遗憾：他不仅未能给子女带来更好的前程，反而成为阻碍子女发展的障碍。

如今回想起来，似乎仍能听到父亲的声声叹息，骄傲优秀的父亲才能卓越、年富力强，原本大有可为。突如其来的一系列变故遮盖了他的荣耀，埋没了他的才能，也踏碎了他的骄傲，完全改写了他的人生。这对于一个天资过人、才能卓著的人来讲，无疑是最残酷的伤害。父亲的意志在反反复复的打击中逐渐被打倒，曾经明亮锐利的眼神逐渐呆滞无光，记忆中他欢快富有激情的语调也变成了无奈而绝望的叹息。

"文化大革命"期间，父亲被划分成"黑五类"。父亲成年的七个子女都无法迈入高等教育的大门。我坎坷的青年经历，三次高考的失败，也源于父亲。只有十几岁的我不理解这一切的根由，更不懂得时代发展的逻辑，政治运动的始末，在当时的氛围下，只知道一切都是因为父亲。年少的我甚至对父亲心存责备，对父亲犯下了一生不可饶恕的错误。

一生不可饶恕的错误

那年，我15岁。

因为声音洪亮，我经常被选中模仿播音员去念"红卫兵"的通告。那天我正站在东单念通告，突然听到一个消息："张纪中，你家出事儿了！"我脑袋"嗡"的一声，深一脚浅一脚地回到了家里。

"红卫兵"们站在院子里，院子里一片狼藉。父亲正跪在地上，看见我回家，他站了起来，指着我说："这是我的儿子。"我脑袋訇然作响，本能般得逃避地说了一句"我不是"，冲出了家门。

这句话，成为我对父亲犯下的一生不可饶恕的错误。

我离开时，瞥见了父亲那失望沮丧痛苦无奈交织的眼神，成为我一生的痛。

时隔多年,我们更能看清那个时代的痛,每个个体都被一股洪流裹挟着向前,对于年幼无知的孩子来讲,根本无力面对如此剧烈的变故。

时隔多年,我依然不能原谅自己。

跟父亲说出爱,趁还来得及

由于"历史问题",子女的前程都被生生割断。曾心怀宏图大志的父亲对我的期望也由有所成就变为"做一个手艺人,比如做一个木匠"——父亲对这个世道感觉到绝望,看不到奋斗和才华的意义,只希望我一生平安,有所依靠。

这次关于我未来道路的讨论却点燃了我追求文艺的梦想之火,我没有听从父亲的建议,而是随心而动向梦而行,一路走来也达成了父亲最初对我"有所成就"的期待:世上少了一个热爱文艺的木匠,多了一个还算不错的制片人。

因为郁郁不欢和繁重的矿工劳动,父亲54岁就患上了半身不遂。在父亲患病的几年间,我每天给他做饭,陪他聊天,在兄弟姐妹中是与父亲交流最多的。然而在我陪伴父亲的日子里,谁都不曾提起过那件事——那是我们父子之间心知肚明、也彼此都不敢触碰的伤痛。

我不知道父亲最终是否原谅了我,或许自知错误深重,我也不敢开口请求他的原谅……也许父子之间,多的是这种不去触碰的默契,甚至对于爱的表达,也最终变成了默契的沉默。

而未能及时说出口的爱,也许会变成永久的遗憾。

我是深爱着父亲的,尤其在父亲卧病在床之时,我能更深切地感受到自己对父亲的深爱。

父亲去世的4年之前,患上了一种多囊肾的疾病,医生采取保守治疗的方式,其中的一个囊积蓄了20斤尿液,高高隆起的腹部挤压了其他器官,父亲在病床上呼吸困难,异常难受,医生通知我准备后事:"熬不过今天了。"

看着父亲的样子，我异常难受。我无法忍受父亲如此痛苦地死去，连夜找来了医生，以我仅有的生理卫生知识与医生确定了冒险的手术方案：对肾囊做穿刺，放出积存的尿液。在我的坚持下医生实施了穿刺手术，父亲的排尿也恢复了正常，一切生理机能重新恢复，父亲多活了四年。

我努力做着力所能及的事情，只想多爱父亲一点。即便如此，那未能说出口的抱歉和爱，也成了无法弥补的遗憾。只希望父亲在天之灵能够听到我的忏悔和对他的爱……

如果我父亲活着

晚年的父亲变得沉默寡言，很多时候我借各种方式想跟他多说话，多交流，却最终收效甚微。

"我这一辈子，算是不成功。"父亲说。

"成功不成功，看你怎么去看待，有一个成功的儿子，也算是成功。"我回答。

父亲又一次陷入沉默……

大多数的交流都类似这般无法深入，我知道父亲的绝望和晦暗已经深入骨髓。这一生受到的折磨，让他的眼神无法再明亮起来。

父亲弥留之际，正是《三国演义》看外景地的时候。我让其他工作人员先行，自己在医院里陪伴了父亲18天，陪伴他走完了人生的最后一程……

1992年，父亲离开了这个曾给他荣耀和屈辱的人间。

我的父亲年轻有为，少年得志，他是一个成功的金融家、企业家，而我，是他的儿子。

我的父亲1916年生人，76岁去世，如果我父亲活着，今年102岁了……

如果我父亲活着，我会告诉他我爱他……

人在江湖

致奔波在路上的年轻人：不怕慢，就怕站

无数年轻人奔波于家乡与他乡之间，奔波于理想与现实之间
生命是如此往复，却又如此波澜起伏
理想通往现实的路，是一步步走出来的
想起了我的一些往事
与奔波在路上的年轻人分享

不怕慢，就怕站

我七八岁的时候，我母亲已经是四十多岁。在当时的我眼里，她已经是个老人了。

那天我与母亲、阿姨一同外出。半路上我有点尿急，便让她们先走，我出来后再去追她们。而等我出来，她们却都走得不见人影了，我一直追了几百米才看到她们！我当时问她们："你们这两个老太太怎么走得这么快？"这时，我母亲说了一句让我一生受益的大实话："不怕慢，就怕站！""不怕慢，就怕站"，当时年纪尚小的我并不太理解。

后来，我被安排到山西轩岗煤矿当老师。对于自小热爱文艺、怀揣文艺梦想的我来讲，心里总是有些遗憾。一天，我不知怎么给学生讲起了这句话，说着说着，我忽然心里一亮：母亲的话太有道理了！人这一辈子，不怕做事慢，不怕落在人后面，就怕你停下来，就怕你不思进取。

从那天起，为了心中的理想，我开始奔跑，就像小时候在山路上追母亲和阿姨一样。我没有后台，没有门路，那时也没有像现在这么多招生和"选秀"。我只有利用业余时间参加当地的文艺宣传队，利用一切机会进行文艺方面的学习和锻炼。后来我考进了山西省话剧院，又进入了山西电视台。

最终功夫不负有心人，拍摄《三国演义》让我迈进了央视的大门。

这一路困难重重，也许换作别人，早就放弃了，可我母亲说的那句"不怕慢，就怕站"，却扎根在了我的心底。

四十一岁开始，我参与《三国演义》的制作，之后便是《水浒传》，这两部戏花了我将近七年的时间。

迈进二十一世纪，我开始制作武侠剧。从《笑傲江湖》到《倚天屠龙记》，我的努力最终有了成绩，终于逐渐形成了大陆早期的武侠剧风格。

幸亏当时没有站，而是慢慢往前走！

事实上，尽管之后的《射雕英雄传》依然有一些争议，但也有更多人赞扬：《射雕英雄传》不愧为出色的电视剧。

一路坚持之下，之后的作品一步步得到了更多的认同。

再后来，《天龙八部》的播出，终于迈入了新的阶段，达到了更高的水准。

当我看到网友说："看到内地的武侠剧终于有了这么大的突破，真有点喜极而泣！"

说实话，我也有点喜极而泣，幸亏当时没有"站"，而是"慢慢"一直往前走！

捧着梦想之火不停地走

"不怕慢，就怕站"，这句话激励我不敢懈怠，在艺术道路上一路奔行。

每每看到身边的年轻人为梦想努力坚持，心中也充满感动。

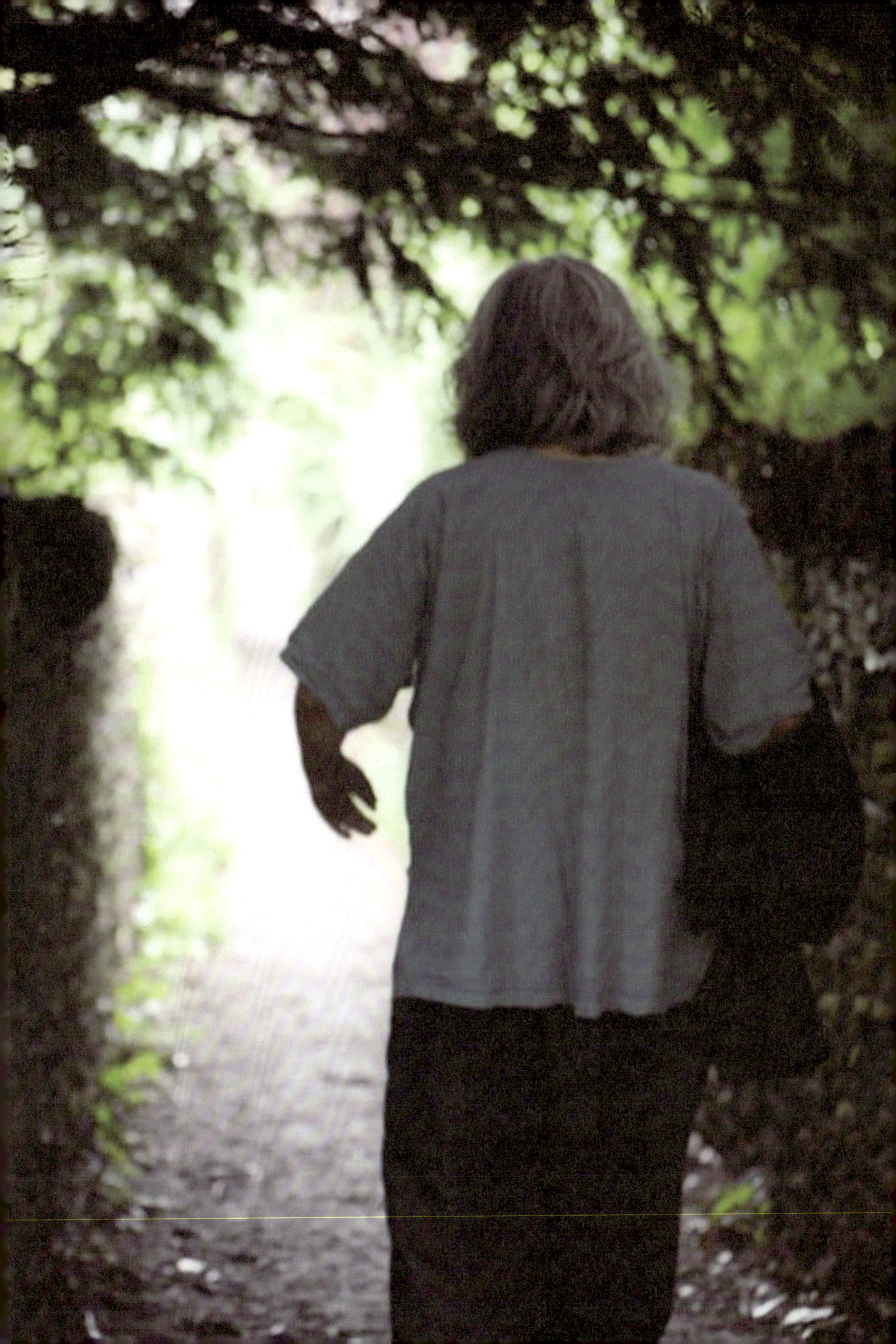

大概三十年前，团队里面有一个出色的灯光师，他曾是做灯光搬运工的，最初加入团队时，只是干些力气活。我常和身边的人说：如果你有智慧，请把智慧贡献出来，如果你自认为缺乏智慧，就请你多流汗水。总之，不要停下来，做事情不怕慢，就怕站……这位工作人员非常努力，经过七八年的锻炼，获得了令人惊讶的提升。他没有站，而是向着心中的目标慢慢前进。直到有一天，他开口向我请求独立担当灯光师。在别人惊诧的眼光中，我给了他一个重大的机会，其实这也是他自己把握的机会。当我看到他在现场有条不紊地指挥时，我似乎看到了另一个自己。

现在，他已经成了业内知名的灯光师。他一步步慢慢走过来，有了这样的结果。就这样一步步慢慢地前行，一路前行，风景无限！

那些在黑暗中挣扎的生命啊，只要始终捧着梦想之火，一步步慢慢地走，不停地走，最终也能走出自己的康庄大道！

我真心希望，有更多的人能懂得这个道理，向着心中的方向，在奔波的人生道路上，一步步地前行。

人在江湖

我的三次高考：
以梦为马，坚持踏出一片坦途

6月是高考月，全国各地的学子迈入考场，迎接人生第一个真正的考验。

十年苦读，一朝应试。高考总是渗透着无数的艰辛，饱含着奋斗的血汗，也聚集了整个社会的关注。

事关命运，高考不免令身处其中的人感受到巨大的压力。其实我也经历过高考带来的焦虑和憧憬。我的人生中，有过三次高考经历。

初战受挫，梦想不灭

第一次高考，报考的是北京的解放军艺术学院舞蹈系。虽然很难想象如今的我能够在舞台上翩翩起舞，轻盈优美，但那时的我又瘦又高，像根豆芽菜，很适合舞蹈——尤其适合芭蕾。

当时专业考试每一项的成绩都很好，老师们流露出赞许的神情，我对自己的表现也非常满意，自信满满、充满期待地等待着录取通知。

然而等来的不是录取的好消息，却是命运的一记耳光！我的第一次高考失败了——不是成绩的问题。

我没有被录取，虽然所有的成绩都过关了，最后的政审却没有通过。

当时是如何无精打采，我已记不得。只记得心里的滋味难以言说，就像有一块黑布突然遮住了原本光明清晰、触手可及的路途。那是我人生中第一次体会到无奈。我第一次知道还有"政审",第一次意识到人在现实中,要受到很多无形的制约。这也是我第一次经历失败,第一次在内心中感受到命运的阴影。

那第一次失败给我带来的打击,至今记忆犹新。

但这次打击没有让我消沉,甚至反而激发了我再次尝试的斗志——用梦想与青春突破命运的无奈,我没有放弃。

为梦坚持,再战高考

于是有了人生的第二次高考。

那是1972年,我已经在山西的原平当了四年的农民。那年春天我到北京报考中央戏剧学院,当时中戏已经改名叫"中央五七艺术大学",我报考的是表演系。

我以为随着时间的推移,局面会有所变化;我以为我的再次尝试能够打破命运无奈的阴影。

然而,结局是一样的,所有的专业考试都通过了,到了最后一关政审,被剔除。

满怀着热血、热情,却又一次被打回原形,不失望是不可能的。第二次高考失败,给我的打击巨大。

命运的灰暗彰显着它的巨大威力,逼迫我知难而退。然而梦想的火苗却在心里灼烧,内心的不甘和对文艺事业的向往点燃了我再度尝试的勇气。

以梦为马:用双脚踏出一片坦途

既然北京的学校那么严格,地方的学校可能会好些吧。大学不接受我,中专是不是会好一点?为了增加成功的概率,第三次我选择了山西省艺术学校。

人在江湖

历史拥有英雄，时代更需要英雄。

第三章　江湖浮沉——以梦为马

专业的考试同样很顺利，面试的老师对我也很满意，甚至都谈到了要求我毕业以后留在学校当老师，因为我当时已经23岁，对于报考艺术学校的学生来讲已经不是很年轻了。

这次也许有希望。相对于前两次的期待、忐忑、大失所望，这次的心境已经平静了很多：并不是因为对艺术的渴求有所减少，而是我已经明了自己所追求的并非学历，而是对文艺事业的坚持。

可是最终我还是被毫不留情地拒绝，依然是因为政审没有通过。

对于梦想的信念让我坚信：即便高考这条路走不通，我还是可以通过其他方式逐渐走近自己的梦想。

只要心中怀着坚定的信念，无论有多少无奈和困难，都可以克服；无论前路多么暗淡，也可以用自己的双脚踏出一片坦途！

当年的无奈如今已经不复存在，高考的学子们拥有着我们那个年代无法实现的公平和自由。

光阴荏苒。转眼"世纪宝宝"也踏入了高考的考场，今天的高考学子是新时代下成长的新青年，拥有着超出我们那个年代的公平和自由。

虽然高考是一场艰苦的修行，但高考连接着人生道路的诸多可能，给勤奋努力的人创造了改变命运的机会。高考同样铭刻着青春与梦想的记忆，能点亮人生与未来的可能。

虽然时代已经不同，但追寻梦想、敢于坚持永远是青春的主题。高考是人生的又一起点，是梦想路上的一个中转站。未来的路很长，舞台很大，对于时代社会的责任感和使命感会给人生的梦想鼓起更多力量，新世纪的学子们也会在新的时代写下新的逐梦篇章。

人在江湖

沉痛悼念金庸先生：
先生不会走远，武侠永存世间！[1]

今天，查良镛先生去世了，一代文豪就这样离我们而去，留下无尽的悲痛和遗憾！

今天，武侠迷们失去了自己热爱和尊敬的大侠，文学界失去了一位杰出的大师，文化界失去了一位值得尊崇的楷模……

今天，我失去了20年相知相交的挚友，失去了一位毕生的良师！

先生，你真的就这样抛下我们这些爱你的人，走了吗？

你逝世的消息传来，我久久无法相信，你就这样走了吗？我还没来得及跟你道别，我还没来得及跟你分享《飞狐外传》的计划，我还没来得及去看望你……

就在几天前，我还通过微信问候过你；就在几个月前，我还为你录过生日的祝福；上次见面，还与你约定创作《飞狐外传》。你怎么能就这样走了呢？

查先生，你可知道，我一直想着你，念着你，惦记着你？

查先生，你可知道，是你激发了我的武侠情怀，改变了我的创作生涯？

查先生，有些话，我不曾当面对你说过，相识二十年，你真心待我，我敬你爱你，你是我的精神榜样，你是我最尊敬的人，你是我的良师

---

[1] 写于2018年10月30日，金庸逝世当日。

益友啊！

查先生，你听得到吗？

查先生走了，走得安详。

先生的魂灵一定皈依到了快意自由的武林境界，离开了世俗红尘，逍遥潇洒去了……

先生用自己的生命为我们创造了新武侠小说中最瑰丽壮阔、丰富厚重的作品，留下了最宝贵的精神财富！

共一生水远山高

杭州秋意渐浓，秋风飒飒，绚丽多姿，又是好风景。

查先生，你还记得吗？我们第一次相见，正是在杭州。

那是1999年，我代表中央电视台向查先生购买《笑傲江湖》的版权。

那时我年富力强，在拍完《三国演义》《水浒传》之后的休息期间，正沉醉于查先生塑造的武侠世界，英雄主义情结被点燃，心中的武侠情怀熊熊燃烧。

这时，我们看到了一个消息：查先生在接受央视的一个采访时说，如果能够将他的武侠小说拍得和《三国演义》《水浒传》一样好，就愿意"一元钱转让"版权。我心中的武侠之火被您的爽朗热诚点燃——我恰巧与这两部片子有着最为密切的关系。

人在江湖

我马上与诸位领导、同事沟通，几天之后，我们以中国电视剧制作中心的名义和查先生取得了第一次联系，那是1999年4月底。

5月8日，我们再次与查先生联络，就是那次，我写了给查先生的第一封信。

查良镛先生大鉴：

您五月五日发来的传真已收到。

您的第一部小说的电视剧专有改编权，仅以象征性的费用（人民币一元）转授给我们，您对我们的信任使我们感到十分荣幸。同时，我们也感到改编您的作品的责任之重大。我们相信，不久的将来，一部让您及广大观众满意的"金庸作品"会隆重面世，并将为我们的长期合作打下坚实的基础。

经过我们慎重研究，我们将您的杰作之一《笑傲江湖》列为第一部改编剧目。如果您同意，我们将通过有关新闻媒介，向广大的"金迷"朋友进行报道。

另外，如何履行有关您的版权的法律手续，请您知会我们，以便我们尽快投入剧本的创作。为此，我们希望：近期能否在香港或深圳与您见面，请您当面赐教或与您的委托人签署有关法律文书。盼尽快得到您的回音。

查先生是真侠客，爽直干脆，果真一元钱出让改编权。我们意气相投，相隔不到两天，查先生就把有关的法律文书从香港传真了过来，利用传真，我们完成了合作的全部文书的签署。

1999年5月下旬，电视剧制作中心的主任率领中心的各路主创人员，前往杭州，依照文字的约定，预备与查先生进行第一次预约的会晤。

为了这值得纪念的第一次见面，为了"一元钱出让了改编权"这意气相投的友情，我们制作了一件有意思的纪念品——一元水晶杯：用了一块大小如同A4纸面的有机玻璃，制作成一块小匾，匾右侧刻"查先生《笑傲江湖》电视剧版权转让纪念"，左侧落款"中央电视台中国电视剧制作中

第三章 江湖浮沉——以梦为马

心"，中间部分镶嵌上象征性的一元钱纸币，纸币上部写上了"CCTV"字样，下部刻写着年月日。

见面签署合作合约的地点是杭州的"东方龙"。查先生做事爽快而严谨，一派大侠风范，而我一贯的真诚实在也打动了查先生，我们相谈甚欢，兴致盎然。几乎没有任何多余的语言和任何多余的礼节，查先生便开始如老朋友一般对待我。我们的相识，可以称得上相见恨晚、一见如故。

此后的20年，我与查先生经常在杭州相见，龙井村，梅家坞，农家小院，多少个秋天我们曾相见相伴……留下了多少温暖的回忆。

人在江湖

今日翻出当时写给查先生的信，当年相见的场景依然历历在目，杭州的秋依旧绚丽，只是斯人已逝……

总是当时携手处，游遍芳丛。

可惜明年花更好，知与谁同？

大开大阖大气派
真情真义真侠者

人生交契无老少。

查先生，你曾说"我跟张先生很对脾气"，我也极其敬你爱你尊崇你；你曾说"我很喜欢张先生，他这个人很实在"，我也同样感佩你的真性情；你曾说"希望你把我的作品拍成一个系列"，我也一直记在心里，从《笑傲江湖》到《射雕英雄传》《天龙八部》《神雕侠侣》……带着你的期许和自我超越的期望前行，一部部拍到了今天。

你我相识已经20年了，20年时光流逝，一页页纸上的武林英雄已成为一幕幕荧屏上的影像，而在这两种艺术形式的转换之间，你我早已建立起毕生的牵绊和连接。

是你改变了我艺术生涯的方向，如果没有你笔下的江湖世界，就不会有我金庸武侠剧的拍摄，也不会有如今为人熟知的张纪中版武侠剧。

挟一腔豪情，聚千古江山。你创造的武侠世界气势恢宏、波澜壮阔，布衣英雄热血肝胆，重情重义，为国为民，震撼人心！你用丰富的学识和深厚的文化修养、宏大的气魄和娴熟的笔法，融历史传奇故事，写华语文化传奇！

查先生是有着强烈家国情怀、为国为民的真侠者。香港回归时，查先生是起草文件的重要参与者，他一直热心于祖国的统一和发展。

正是在一部部作品的创作中，在一次次切磋请教中，我更深切地感受到了查先生的侠心胸、真性情。

说起电视剧创作，我们还因为拍电视剧争执过，想来有趣而温暖。

第三章　江湖浮沉——以梦为马

《笑傲江湖》是我们拍摄的首部武侠剧，也是中央电视台首部自己制作的武侠片。细细想来，文字叙述的魅力是《笑傲江湖》成功的重要原因，比方说男、女两大主角，都是先闻其"传闻"，为小说制造悬念，增加了人物的神秘感，再让他们在人们的期待中徐徐出场。令狐冲在小说的第五回出现。而任盈盈这位神秘的女主角，直到小说的第二本第十三回才出现。在改编成影视剧时，我们从影视剧的欣赏习惯出发，安排男女主角在第一、二集登场。没想到查先生对我们的改编并不满意。

"诸葛亮还出场晚呢。"我只好跟先生解释，诸葛亮并非《三国演义》唯一的主角，而《三国演义》与《笑傲江湖》的叙述结构也不尽相同。先生不作声了，可内心却未必赞同。

后来，我经常把查先生请到剧组里给我们指导、提意见，拍《射雕英雄传》时，我带查先生去了桃花岛——原来查先生写作小说时并未真的去过桃花岛，只是在地图上看过，便想象出了桃花岛的世界。

大家都很欢迎查先生，先生也很开心，高兴地跟我们聊天交谈。就这样一次次交流之下，我与查先生的感情愈加深厚，对于摄制方面的讨论，也更加激烈起来。

杨过与郭靖在襄阳城的那场戏是我颇为自得的一场戏。杨过以为郭靖是自己的杀父仇人，意图趁郭靖不备将其刺杀，而当杨过目睹郭靖坚守襄阳城的义举，又最终放下了杀念。从戏剧角度来讲，这场戏非常紧张，充满了戏剧化的张力，反映了杨过内心的换气与成长，画面也很漂亮。

这场戏拍完之后，我兴致勃勃地带着片子去找查先生，自以为会获得查先生的表扬。没想到查先生看完之后却并不喜欢，先生对我向来实话实说，我充满热情的心受到了打击。

我们两人就这场戏的表现争论了起来：

"你没有理解我要表达的意思。"

"但我这样的表现也并没有违背原著的描述，是符合原著精神的。"

说着说着我们站了起来，嗓门也越来越高——查先生的嗓门比我还高，声音比我还大：

人在江湖

"我就是不觉得你这么做好!"

"你不觉得好,但是观众可能觉得好!"

……

最终还是查太太出面打了圆场:"你不应该这样对待张先生,你应该给张先生道歉。"

查先生脸上带着不情愿,沉默了一会儿,恢复了往日的温和语调,说道:"张先生,我给你道歉。"

君子和而不同,争执过后并无不快,对于艺术的见解不同,不会影响我们的感情,查先生仍然很开心地请我吃饭。查先生对于自己意见的坚持,以及事后的云淡风轻,让我见识了查先生的大侠风范,也感受到查先生骨子里的倔强和坚持。

当然,我们改编的电视剧也有很多让查先生喜欢和赞赏的片段。

《天龙八部》小说的结尾经历过几次修改,我和查先生还有过一则与此有关的故事。

在拍《天龙八部》时,小说结尾在乔峰跳崖之后,交代了慕容复的情

第三章　江湖浮沉——以梦为马

况。而电视剧的拍摄过程中，我们将结尾改编为阿紫抱着乔峰跳下悬崖，一方面把主角乔峰的形象提升得更高，另一方面也在情字上做到极致。这样的表达更符合电视剧的特点。

查先生开玩笑说，这个结尾改得不错，也许要把小说的结尾改过来。后来查先生确实改了小说结尾。

真的怀念当年我们能够一同探讨问题的时光，真的怀念我们可以争执问题的时光。你的人生态度，让我赞叹也让我受益。

只是如今的《飞狐外传》，我该找谁来探讨书中深意？我找谁去诉说我的心中震撼？

"人生抓紧要大闹一场"

"人生抓紧要大闹一场！"你说这话时意兴勃发，完全不像八九十岁的老人。

查先生的"闹"，是对流俗势利的反抗，是对真情真性的守护，是对人生全然的享受，是生命尽情的释放。先生的"闹"，正展现了侠者的生命个性，正演绎出潇洒任情的人生姿态。

2008年，八十多岁的查先生决定到英国攻读文学硕士学位。

"您的学问都可以教他们了，还要去读啊？"

虽然我这样玩笑，但心里很清楚，先生是憋着一股劲儿呢。

当时查先生受邀出任浙江大学人文学院院长，便有人站出来质疑先生，说查先生没有学位。但其实历来大作家未必都有学位，鲁迅先生，沈从文先生……众多文学文化大家，都不是从学校的系统中走出来的。

但是查先生却偏要跟年轻后生较这个真儿，他辞去了人文学院院长的职务，到英国去读文学硕士。

我理解他心中所想，便送给他一支金笔，附赠了八个字"好好学习，天天向上"。查先生很高兴，带着这支笔读书去了。读书期间经常发给我他在英国读书的照片，他斜挎着小书包，挂着拐杖——查太太每天将他送上学，接他放学——非常认真地读完了课程。学业完成时，查先生还邀请我参加他的毕业典礼，可惜当时的签证流程复杂，等签证办好，毕业典礼也早已进行完毕，这成了我的一大遗憾。

人在江湖

说起"闹",我还目睹过查先生和邵逸夫先生的一次有趣会面。

那是在九寨沟,我们拍摄电视剧,遇到了邵逸夫先生,邵先生已经九十多岁,而查先生也八十多岁了,两人相约晚上八点钟在房间见面,查先生如期赴约,在楼下等待邵逸夫先生,但是时间已经到了,邵逸夫先生仍未露面。

一向温和的查先生着急了,"约的是八点钟见面,怎么可以迟到呢?难道他在政府任职,就可以不遵守约定了吗?!"

说着更加气愤,拄着拐杖冲上了邵逸夫先生住的楼上房间。

邵先生房间门口有武警看守。但查先生怒气冲冲,武警也不敢阻拦,查先生径直闯到房间门前,拎起拐杖"乒乒乒"地开始砸门。

"你这是干什么?"查太太追赶上去,但当时的情势,连她也拦不住。

邵夫人来开了门,查先生怒气不减,"是他约的八点见我的。"

邵夫人见状忙请查先生坐下,"我去叫他起床。"

不一会儿,邵先生就起身,过来与查先生见面,而查先生则瞬间转怒为喜:

"邵先生,见到你很高兴……"

"我有一套家传的方法,是长寿的秘诀,等我回香港教你。"

"好,等回香港我去找你。"

"好,咱们香港见。"

查先生满面春风地出了房门,而与邵先生谈话的整个过程不超过五分钟。

这件事让我惊异又感慨,惊异的是查先生对于一次赴约如此认真,感慨的是两位大家的见面,竟是这样的风范。

查先生的"闹",源自骨子里的倔强,哪怕已经八十多岁了,也仍然有一股跟自己较劲的坚硬,有一种不断超越自我的精神。这种自我超越的精神,也激励着我不断反躬自省,超越自我。

第三章　江湖浮沉——以梦为马

伟大的艺术家都是用生命在创作。

人在江湖

相勉于道

　　古人说，君子知人，相勉于道。在与查先生的相处中我受益良多，查先生是我的良师益友。

　　查先生胸含天地、腹藏万卷。不仅学识渊博，观察力记忆力惊人，而且懂得高级的诙谐和幽默。与先生相处，充满快乐又获益匪浅。

　　作为家喻户晓的文化大家，查先生所到之处，经常被人追着要题词，而先生总是略加思索便一挥而就，却总能写出意蕴深刻、耐人寻味的赠语，实在令人暗暗佩服，啧啧称赞。

　　当我们创作遇到难题，我也经常向查先生请教，而查先生的话，也总是能给我们带来启发。

　　每拍一部片子，都要确定片子的气质。拍《神雕侠侣》之时，我们将这部戏的气质定为浪漫，可如何浪漫，我心里却总觉得不够清晰。

　　"浪漫的定义是什么，您能给我讲一讲吗？"我向查先生请教。

　　彼时我们正坐在西湖的游船上，他告诉我："浪漫的定义：不大常见的，就是浪漫。比如说两个人可以坐在家里看月亮，也可以站在水里看，那肯定站在水里就比在家里看更浪漫一点。"

　　之后我反复思量查先生这句话，从中得到启发：我们在表达小龙女和杨过的浪漫的时候，可以去用一些不大常见的手段。这样，才有了表达极致浪漫的《神雕侠侣》。

　　除了在艺术创作上的教益，在很多人生问题上，查先生也影响到了我。查先生讲话幽默，八十多岁的时候仍然思维敏锐，总能用诙谐的方式传达人生的道理。

　　2003年，陕西电视台组织我、查先生和其他几位文化人士在华山进行了一次"华山论剑"。

　　我们要登上华山北峰，在华山最高峰西峰的映衬下，交流武侠文化的看法。

　　要登上山峰，就必须要坐缆车，下了缆车，还要走一段路。

第三章　江湖浮沉——以梦为马

人在江湖

当时查先生已经七十多岁了,我跟查先生开玩笑说:"您小说里写了那么多绝世武功,一下就能飞上山,现在我们也施展不出来呀!"

查先生笑着说:"现在的武功,是让缆车替我们实现。"

那次"华山论剑",我们相谈甚欢。

正畅快淋漓之际,天色忽变,白雨跳珠,风雨潇潇。突如其来的雨让"华山论剑"更增添几分痛快豪气。

查先生谈吐风趣,话语寻常却耐人寻味,仔细琢磨下来,才能体会到其中深意。

我曾经很喜欢房子,总找机会买房,后来逐渐发觉居住空间其实不需要很大,占有过多的居住空间,完全是浪费。于是缺乏投资头脑的我,在房价上涨最迅速的时候,将一栋房子卖了出去,减去之前买入的价格,还赚了一百万。我很高兴,带点得意地跟查先生说,"我卖房子赚了一百万。"

查先生听了,笑眯眯地看着我,"我比你赚得多一点,我赚了一个亿。"

第三章 江湖浮沉——以梦为马

　　查先生比我有商业头脑和投资意识，房子都买在有升值空间的地段，但并不以赚钱为念，也不以买房置业为乐。

　　查先生到杭州万松书院那天，有人要把万松书院送给查先生，先生拒绝了："我也不会经常来住，给我是浪费了，还是留给杭州人民吧。"万松书院如今已经成为杭州的著名景点。

　　先生对我说："买那么多房子，不住都是浪费，还不如住酒店，毛巾随便用。"

　　对哈，毛巾随便用！买房置业似乎是件好事，但接下来就要经营打扫，要计较节省，不知不觉就会投入越来越多的精力，看上去是你拥有了资产，实际上是资产绑架了你。荀子说，役物而不役于物也，不就是这个意思吗！

　　因为人本性的占有欲和贪婪，总是不会拒绝自己资产的增加，甚至有的人以金钱和资产作为人生的终极追求，但这对于艺术工作者而言，是一个致命的陷阱。

　　远离不必要的资产是给心灵减负，纯粹的内心，才能创作出震撼人心的作品，这是先生给我的教益。

人在江湖

与查先生的会面，总是天南海北，无话不谈，从作品艺术到人生经历，从历史掌故到社会百态，而先生也确实是我一生的榜样，一生的良师益友。

相逢意气为君饮

我是个粗枝大叶的人，对吃穿都不讲究，而查先生却非常细心周到，对我的关怀细致入微。但因为都热爱美食，我与查先生成了很好的吃友酒友。

我一旦到香港，就一定会去看望查先生，而查先生也会放下手头的事情相伴。

查先生总把我请到家宴上，像对待亲人一样待我。查先生有糖尿病，

第三章 江湖浮沉——以梦为马

不能喝酒，但每次与我相会还是会跟我喝酒。先生舍健康陪我，让我也大为感动。

先生说，相逢意气为君饮。

一生大笑能几回，斗酒相逢须醉倒！

先生也极爱美食，遇到爱吃的，饭量比我还要大。为了关照我们的美食之好，先生总是带我到香港各大餐厅，遍尝各种美食，我也会在先生到内地的时候陪着带他到各个特色餐馆。查先生是浙江人，我带着他吃地道的浙江菜，吃农村的土菜，先生也很开心。

查先生还带我认识了很多名家大家，过了很久我才逐渐体会到先生安排的深意。查先生很用心地对待每一位朋友，颇有一派大侠慷慨之风。

给饭店里开门的服务生小费，查先生出手便是五百块，十分大方。对待饭店的服务人员，查先生也没有半分架子，待人谦和亲切。

人在江湖

　　每次我从先生处离开，查先生也总是会站起来送我们，目送我们一直到电梯门关上。

　　先生如待亲人一样待我。有一回看我穿的西装已经破旧了，便要送我一身新的西装，带我去量身定制。我对穿衣服一直没有研究，不懂款式，也不懂品牌，但我记得查先生带我定制的，是一个著名的法国品牌，一身西装要几万块。待我穿上了查先生给我定制的西装，查先生满意地点点头。

　　那身西装我还珍藏着，轻易不舍得拿出来穿。

　　今日，我拿出了那身西装，送别你……

第三章　江湖浮沉——以梦为马

作品是我们的生命，这是最重要的。

人在江湖

毕生之痛

　　此刻，我深深体会到了毕生之痛！

　　查先生，你也曾与我说起你的毕生之痛，那是在你的私人房间，在只有我们两个人的安静的下午。

　　查先生说，自己的人生中，有两件事是毕生之痛，一件是父亲被杀，一件是儿子自杀。

　　先生再也没回去过故居——那是父亲被杀的伤心之地。

　　先生说起来沉默良久，眼泪悄然滑落。

　　儿子的自杀，更是不能触碰的伤痛……

　　我知道，任何语言都是多余的，我坐在先生身边，静静陪着先生……

　　查先生92岁生日的时候，我号召很多饰演过他小说人物的演员发微博庆祝，并且制作了相册给先生带去。

　　先生还能认出我，跟我喝酒聊天，很开心。临走的时候，我亲吻了先生。

　　去年查先生过生日，我为他录制了祝福视频，查太太说放在先生耳畔，他听后露出了笑容。

　　我与查先生已相识二十年，先生的谦和博学、幽默智慧、大侠风范时常会浮现在我眼前耳侧，让我一生受益，而先生对我的深情厚谊，让我一生感激，不能相忘。

　　如今的我，也在经受着我的毕生之痛！你的离去，让我痛不能当！

　　查先生，我的毕生之痛，你能知道吗？

武侠永存世间

　　先生天真率性，爽朗热诚，卓朗高彻，精神渊薮，俨然是他笔下的侠客。

　　查先生走了，世间再无金大侠。

第四章　真，是最强大的力量

人就是要有这种血性。当你有了血性和情怀的时候，你就可以做成一个英雄，你就可以成为英雄。

人在江湖

但，那气势宏大、波澜壮阔的武侠传奇，却永远成为汉语文学的经典！

那行侠仗义、为国为民的侠义精神，却永远存留在我们心中！

先生的每一部著作，都在人们心里留下了痕迹，都在人们心中留下了侠义的种子！

我们每一个人，怀着武侠情怀，正言正行，就是延续先生的遗志，就是延续着武侠的精神！

先生不会离去，武侠永存世间！

第四章

真，是最强大的力量

人在江湖

朝向梦想，不遗余力

迪士尼说："我看到的道路太远太模糊，以至于很难描述，但它看起来广大且闪亮！"

正是这广大而闪亮的道路，通向了迪士尼梦幻世界——享誉全球的梦幻王国，每年为上亿游客带来毕生难忘的欢乐体验。给世界带来欢乐，迪士尼做到了。

不畏浮云遮望眼

然而在梦想最初开启的时候，没有人理解迪士尼的梦想，也没有人相信大家会为这个不切实际的梦想买单。

甚至如迪士尼本人所说，梦想广大明亮，可是通向梦想的路，却迷雾缭绕，太远太模糊的路，让前行者望而生畏，也惹来周遭人的不理解甚至嘲笑。

第一个发明飞机的人，第一个放映电影的人，第一个用电的人……所有伟大的梦想都是为着人类的福祉，所有伟大的梦想都是那么独特，独特到普通人无法理解。

不畏浮云遮望眼。多少次，我们的目标模糊不清；多少次，我们的道路困惑重重。可心中梦想的火苗却不断提醒着梦想者：坚定地走下去，心中坚定的光亮最终会照亮世界！

第四章　真，是最强大的力量

为什么我要拍武侠片，完全出于我个人的情怀。

人在江湖

迪士尼并没有因为任何人的意见而放弃并不清晰的梦想，而是一路前行，几十年如一日朝着心之所向，不遗余力地埋头苦干，全身心沉浸和投入其中。

追梦路上，无论遇到多大的阻力，无论遇到怎样的艰难险阻，迪士尼始终坚定不移动。

这份勇敢坚定，在追梦路上熠熠生辉；这份使命感，照亮了通往梦想的路途。

伟大梦想推动着人类的进步

伟大的梦想连通着每个人的人生，在广大而闪亮的道路上，开启通往另一个世界的大门，看到这些追梦者，以一种使命感向着梦想前进。

正是这些伟大的梦想，一次次改变着世界，改变着生活，改变着身处其中的每个人。

而伟大人物的共同点就在于坚定不移地相信自己的梦想，矢志不渝地践行自己的梦想。

有情怀，有远见，才能有伟大的梦想，成就伟大的事业。

人类的每一次进步，正是被伟大的梦想推动着向前。

梦想让一切变得可能。

迪士尼的梦想看上去那么空渺，要给人带来快乐，这看上去那么遥不可及。

可正是一路不遗余力地前进，迪士尼最终做到了，他给世界带来了前所未有的欢乐。

圣人见微知著，睹始知终。选择这项伟大的事业，并且为之沉潜奋战：梦想让一切变得可能，而梦想越是与更多人相关，就越能得到世界的帮助。

信仰梦想，九死不悔

亦余心之所善兮，虽九死其犹未悔。

我们应当信仰梦想。虔诚地相信梦想的价值，百折不挠地向着那光明闪亮的道路前行，无关乎个人得失，无关乎名誉头衔，只关乎内心真正想做的那件事情，关乎心中的那束光。

每个人都有梦想，但并非每个人都能不遗余力、不计成本地向着梦想的方向前进。得失心、计较心、名利心、分别心，所谓的"现实"，都在阻碍着通向梦想的路，困顿重重的追梦之途，也时常搅动着追梦者的心：无论前路如何，只要坚定不移，终会柳暗花明。

人很难决定自己的际遇，但是可以决定在人生中始终坚持梦想。

只有虔诚信仰梦想，相信自己的梦想，竭尽全力追逐梦想，才可能通向最终的成功。

为梦想而战

走在梦想的道路上，为梦想而战，是最美妙的事。

人生原没有意义，但可以为之确立一个意义。无数前辈先贤的追梦之途向我们昭示着最简单的道理：坚信自己的梦想并走下去，通往梦想的路会越来越广，甚至世界也会因之改变！

因为梦想，所有的沉浸和思索都妙趣横生；

因为梦想，所有的细节、每一个想法都要锤炼到极致；

因为梦想，所有的心无旁骛、冥思苦想都充满意义，所有的夜以继日、焚膏继晷都甘之如饴——那是通向光明闪亮世界的路途！

与其生活在名利计较的苟且当中，不如听从自己内心的声音，勇敢地踏上广阔明亮的追梦路途！

人生不是只有世俗的得失纷争，还有光辉灿烂的梦想啊！

年轻人，你的梦想至关重要，你要相信你的心，相信你的梦想，一

人在江湖

步步走下去，坚持下去，终有一日会柳暗花明。你的梦想不仅可以改变人生，而且可以改变世界！

让《西游记》的儒释道文化真正进入到世界文化的视野，让孙悟空成为中国的超级英雄，世界的超级英雄，让中国自主知识产权的文化产业在世界上占有一席之地，是我的梦想。

为了这个梦想，我曾沉潜奋斗了8年，我固执地相信这个梦想的价值，执着地投入时间和精力，虽有坎坷困阻，但我也虔诚地相信，这都是通往梦想的助力。

朝向梦想，不遗余力。

当代更要珍重亲情，人生应心安于理想

因为亲情，家庭才是温暖的依归，有了亲情，才有了真正的家。亲情是世界上最自然天性的爱，是最亲密无私的爱。

然而在不同的历史时期，亲情屡屡受到挑战，难以自如挥洒。

在纲常伦理的禁锢下异化，或者在某些运动中幻灭。如今，却又面临着空间时间的考验，生活观念的差距，思想意识的鸿沟。

在这个日益碎片化，人们远离家乡、散落天涯，以虚拟空间代替真实时空的时代，亲情，更应当被珍重，更值得珍惜。

淡去的亲情

每逢佳节倍思亲。

古人交通闭塞，相见不易，但亲情浓重，即便远隔千山万水无法相见，或诗文相和，或家书往来，总有诉不尽的思乡之愁，道不尽的离别之怨，说不完的相思之情。

然而，如今的生活，让人禁不住问一句：亲人何在，亲情何在？

是啊，人们的脚步越来越快，通讯前所未有的发达，交通前所未有的便利，可是回乡团聚，却也前所未有的艰难。故乡被远远地抛在记忆中，家的影子越来越模糊，亲情越来越淡漠，就连相思也被匆忙的生活节奏踏碎，由心灵深处的依托淡化成浮泛流动的惆怅，无可奈何地浅淡了……

人在江湖

　　每每看到孤独老人、留守儿童、几年都不相见的亲人、甚至未曾谋面的亲戚,我都忍不住在心中叹息:人们的亲情相思乃至整个情感世界,都与生活一同碎片化了。一年中能够有多少次团圆?或者多少次用心地问候亲朋,诉说相思之情呢?

亲情的温暖无可替代

这年中秋，我见到了我的弟弟。

如同众多的家庭，我的兄弟姐妹们散落天涯，各有忙碌和羁绊，相聚并非易事。但每年我都会尽力安排与亲人的相聚。

看到弟弟，我心里不由一惊。弟弟俨然苍老了，头发白而稀疏，脸上刻满了岁月的沧桑，体态不复挺拔，走起路来也步履沉重了，就连说话的语气也多了些无奈和落寞。虽然弟弟年纪比我小，精神状态却已然不复年轻了。

看着弟弟，我想起我们的母亲曾教导我：少年莫笑白头翁。如今面对眼前这位白头翁，我心中只有止不住的心酸和心疼。

逝者如斯。人生就是如此，匆匆一别，再见面已不复当年。人生有多少春秋是在分别中虚度，又有几时能够暂且相聚，把盏言欢？

但弟弟的到来仍旧给了我很多温暖，亲人给予生命的温暖与抚慰是无可替代的。在这苍茫的世间，正因为有了亲情的牵挂，无论年纪大小、身在何处、得意失意，都不会觉得孤独和无所依靠。只因心中明了，这红尘几十年，总会有亲人在惦记着、挂念着。

落叶聚还散，寒鸦栖复惊。

但愿人长久，千里共婵娟。

此心安处是吾乡
人生应安于理想

无端更渡桑干水，却望并州是故乡。

几十年颠簸流转，沈阳、北京、山西，都已是我的故乡。两年前定居杭州，杭州也成了我的家乡。

人在江湖

拍一部好戏不难，难的是一直拍让人记住的戏。

两年前的中秋，我重新回到了杭州——这座曾与我多次结缘的城市。西湖美景，两宋风雅，漫步在西子湖畔，心境安宁沉静，我不由地想到了苏东坡的诗句：此心安处是吾乡！便就此安家在了杭城。

两年的时光就这样不经意地流逝，这个令我心安的家乡也给我许多滋养。

两年间，原本只是概念的几个项目逐渐成形，《飞狐外传》也进入了启动筹拍阶段。也许在未来的时光里会更加忙碌，蓄势待发、厉兵秣马，又将是几场硬仗。

但所幸，我不仅有心安的故乡，更有心安的理想。举头望月，在空间的无垠寂寞中，有了亲情的牵念，就不会孤独无依；在这一个个秋里，在时间的荒野里，行走在自己理想道路上，自然心安，就不会焦躁和彷徨。

如今依然只愿在心安的理想道路上行走，做打动自己、震撼人心的作品，一曲高歌，几度春秋！

人在江湖

保养赤子心,不在朋友圈当"宝宝"

儿童节存在的意义,不仅提醒我们对儿童要关爱,还提醒我们要不失童心,不忘天真,保养赤子之心。

"宝宝"的儿童节狂欢

在儿童节看到网络上充满童真童趣,很高兴。好奇心、想象力是童年留给我们的礼物,孩童般的赤子之心值得我们一生保养。

然而近几年,儿童节也成为一种社交狂欢,早已成年的80后、90后眷恋着"儿童节"这一文化阵地,延续着"人家还是个宝宝"的自我想象,在扮嫩卖萌的背后,透露出对现实的恐惧逃避、对自身压力责任的担忧以及内心的脆弱。面对儿童节的集体退化和面对现实压力的"丧"形成一种有趣而鲜明的对比,却无比真实地折射出当代年轻人的生存状态。

互联网时代,掌握话语权的年轻人惯于并善于以社交狂欢的方式发泄压力,形成一种奇特的文化品位和文化样态,显示出一种倾向:有些年轻人千方百计地用制造狂欢和热闹的方式消解面对现实的意义和勇气,在短暂的发泄中逃避对现实的担当和对问题的深度思考。

每个阶段都是人生风景

适度的宣泄无可厚非,但作为一个长者,仍然希望看到一种更加奋发向上的文化样态,一种充溢着青春热血的生命样貌。在那些充满了怀旧和眷恋情绪的社交状态中,我感受到的是内心的无力与无奈。

这种无力和无奈,是当代年轻人面对自己人生和心灵世界难以自洽的精神困境。这个世界没有变,变的只是人心。逝者如斯夫,不舍昼夜。童年是生命中的一个阶段,正如当下的青年、壮年,也都是人生的阶段——人生的每个阶段,都可以怀着天真烂漫的心境,都可以充满为梦想奋斗的激情。每个阶段都有不同生命的风景,这些风景丰富着人生的经历,拓展着生命的广度和深度,热爱每一分钟的生活世界,竭尽全力地经历种种境遇,是件多么奇妙而精彩的事情啊。

保养赤子心，勇敢成长

人生的每个阶段，都值得全力绽放。人生的每一步路，都是有用的。就我自己而言，哪怕在农村插队时期，在无助困顿、梦想无比渺茫的时候，从老乡身上学到的对于生命彻底而朴素的乐观和对于生死、虚荣的看穿，仍然成为我一生的财富。而最艰辛的时候依然向着本心前行，逐渐离梦想越来越近，最终有所成就的过程，正是给自己生命最好的礼物。

同时，童年也是一种情怀，是一种生命状态，是一种人生态度。童年的纯真在于没有名利得失的干扰，本心赤诚而光明。成人的烦恼在于迷惑于物欲利益，为了得到或者证明什么而疲于应对，因不够清醒、不够智慧而染上违背本心的虚伪世故，因不够真实、不够强大而难以承受责任和压力，因不够坚定、不够通透而无法对抗外在诱惑的干扰——这是人生路上的"妖魔鬼怪"。

但也正是这些障碍督促我们成长，让我们更清楚自己的内心，一步步成为真实强大、内外通达之人。这路上我们需要成长，需要保养赤子之心，战胜自己，斩妖除魔。

用成长负担梦想

成年是人生的长成，怀着一颗赤子之心迎接生命的成熟与发展，才是生命真正的风景。

成年世界，意味着用自己日益增长的智慧与能力担负起自己的理想，用责任与担当写下完美的答卷。

保养赤子之心，让那份天真与纯净常伴生命的每一分钟，让那份热血与激情贯穿生命的整个路途，何必念过去，何必忧未来？

我心依旧，心中踏实，前行无惧。

珍惜生命的真诚与相伴：记我的狗儿子们

谁道群生性命微，一般骨肉一般皮。

人生天地间，踽踽独行，终究是孤寂的，因为工作繁忙，亲人之间常常分离，爱人之间也难以久守，友人之间更是聚散无常。

真正能够一直陪伴在身边的，只有温暖的小生命：我的三个狗儿子。

十几年风霜雨雪，在外征战沙场，拼搏奋战，回到住处之后能有个小生命来迎接和亲近，给予我无边的慰藉和温暖。

正因为有生命之间的相遇相伴，才解除了这旅途的寂寥与荒凉。

每个生命的相遇相伴，都是一段因缘，都是一种恩赐。

每个生灵都是造化的结晶，每个生命，都值得我们用一腔温柔，真心相待。

狗与人类之间的情缘，已经延续了千万年。

过去狗狗看家护院、拉车狩猎，如今更是与人们陪伴相守、心意相通，成为我们最好的朋友。

狗狗干净纯真，忠勇可嘉，他们的世界没有利益算计，没有怀疑背叛，有的只是对主人的倾心相付；狗狗纯粹聪慧，不离不弃，他们聪慧多能，他们的爱纯粹深沉，用尽一切力气守护主人，即便付出生命也决不离开；凝望着他们的眼睛，纯净得让人流下眼泪，那种温暖触动心中最柔软的部分：这样可爱的精灵，怎能叫人不真心相待呢！

狗儿子们对我倾心相付，我对他们也真心相待。

人在江湖

我的狗儿子有两只是雪纳瑞，一只是串串。

有人说雪纳瑞要剪了耳朵支棱起来才好看，像这般耷拉着不精神。我听了大为不满，当即将那人逐客了：自家的儿子怎么能让他人置喙？！更何况这人心怀歹意，竟然要剪我狗儿子的耳朵？！

我抱起我的狗儿子，左看看右看看，我的狗儿子们，实在已经非常好看了。

况且，我养他们，原是希望他们幸福快乐，怎么能让他们遭这种"飞来横罪"？我把狗儿子们抱在怀里，许诺绝不会剪他们的耳朵。他们乖顺地躺在我身旁，也不知听懂了没有，但我对他们的爱，他们应该是懂得的。

他们在我心中，早已不是一只宠物，他们是我的儿子，是我的亲人啊！

我的狗儿子们个性迥异。

第四章　真，是最强大的力量

　　于多多好面子、心气儿高、爱干净，是家里的"小霸王"，他还很喜欢说大话，有时候虚张声势，捅了娄子又怂了，却要别人来给他收拾。他总是要霸占我，后来其他儿子强壮起来，夺取了他的"霸王"地位。

　　Polo是个本分的孩子，旁人不欺负他，他也不欺负旁人。但Polo又是个有侠气的孩子，真遇上危险了，那是比谁都勇敢呢！Polo来得比于多多晚，开始总受于多多的恐吓；后来，Polo强壮了，还成功反抗了于多多的威吓，成了家里新的"老大"。Polo还是个"语言家"，他会冲着我叫"爸爸"，平日里话也最多，每次我回家晚了，他总是嘟嘟囔囔地埋怨我。你看他话说得多，是因为有一颗丰富的内心呢！

　　Toto是个可怜的孩子，小时候经历过主人的暴力体罚，有过心理阴影，被我抱回来后悉心照顾，才逐渐活泼开朗起来，他生性老实，自然不与其他两个哥哥争宠，不过我也一样疼爱他。

人在江湖

不过是三只狗,有这么复杂的内心活动吗?

只要你用心相处,自然能听到他们内心的声音。

就这样,陷入对狗狗的深情

我第一次爱上狗狗,是从于多多开始的。

于多多原本是我们剧组于敏导演的狗,所以才叫于多多嘛!

不过,于多多很快爱上了我这个"张爸爸"。"于爸爸"经常把于多多放在拍摄现场,这可给我们爷俩的缘分制造了机会。

于多多只要看到我,就寸步不离地跟着。我走了,还要依依不舍地送我走,在我走的地方打转儿,找寻着我的踪迹。

剧组的工作人员向我描述于多多看不到我时的失落表情,我心中还疑惑不解:不就是一只狗嘛,真有那么丰富的情感吗?

第四章 真，是最强大的力量

后来我再见了于多多，他对我热情依旧。我心念一动，"看你这么爱跟着我，我就抱你回去吧！"

于多多似乎听懂了，很开心，安静地依偎在我怀里。我的心脏挨着于多多的心脏，我的臂弯护着他幼小的身体，我打量着他，如同凝视着一个婴孩。于多多的心脏在我胸前跃动，扑通，扑通。

就是这心跳征服了我，就是在那一刻，我陷入了对狗狗的深情，他是一只狗，但他有情感，有心跳，他那么鲜活，他不仅是一只狗，他是一个鲜活的小生命啊！

于是于多多顺理成章地进驻到我家，成了我拥有的第一只狗。

因为是第一只狗，于多多独享了我的宠爱，慢慢成了我家的"小霸王"，在我们家里胡作非为、为所欲为，到处淘气。直到另一只狗Polo来了，情况才发生了改变。

人在江湖

与狗狗的邂逅，是缘分

有了于多多之后，我对狗产生了浓厚的喜爱，只要能有接近狗的机会，都不会轻易放过。Polo就是我在狗市上偶遇的狗。

Polo是一只雪纳瑞，是从通州一个狗市上买来的。买他的时候，他只有两个月大。

那日我在狗市上，远远地看到几团小毛球在一块门板上懒洋洋地躺着，走近了，正是六只小狗。为了看清他们的模样，我围着这块门板转来转去。其中一只灰色的小狗总是随着我的脚步跳来跳去，一面朝着我的方向眨眼睛，一面欢快地摇着尾巴，我想他应该选中了我做他的亲人。

卖狗人指着另一只狗推荐给我，说着那狗高大漂亮的好处。

确认过眼神，遇到对的人！我指着这只灰色的小狗说："我看他很好，他跟我有缘分，我就要他。"

于是我将这只跟随我蹦跳的灰色小狗揽入怀里，抱回了家。

小家伙一点也不怕生，在家里时而悠闲踱步，神气十足，时而跳上蹦下，欢脱活泼，俨然是家里的一员。

我给他取名Polo，他摇摇尾巴，表达对我取名的同意和许可。

几个月后，家里又添了Toto。

Toto也是一只雪纳瑞，四个月的时候，还不懂事的他不小心咬了前主人一口，前主人狠心地吊打他，我看见后实在心存不忍："你根本不配养狗！"我出手相救，把Toto抱回家来。Toto依偎在我身下，眼泪哗哗地流了出来：遭遇了这狠心的主人，他是心里委屈得紧呢！我也赶忙抱在怀里安慰他，告诉他以后安全了。

人们的善待或者虐待，狗狗心里其实都感受得到，他们虽然不会说话，但有着像人类一样丰富细腻的内心。

于是家里便有了于多多、Polo和Toto三只狗儿子。我也有了深深的牵挂，每天都盼着快点回家见到他们，一回家他们便在门口迎接我，我也要把他们抱在怀里。

睡觉时，我也要与狗儿子们同床共枕，头上一只，脚下一只，身畔一只，依偎而眠。

有了他们，家中多了一份温暖的依恋，我知道他们也依恋我。

"老大之争"

于多多发现家里来了其他的狗，总是向Polo示威，不许Polo擅自接近我。又过了几个月，家里来了Toto，这三只狗当中，老大地位的确立尤其重要。

最初于多多比Polo大很多，无论是体型还是体力，都占绝对优势，Polo虽然不满于多多的霸道，但是无能为力。Toto比他们都小，又是个老实孩子，自然是没有当老大的竞争力。

后来Polo逐渐成长，个头越来越大，勇气也不断增加。慢慢地，于多多体力上不占优势了，就只能对Polo进行心理上的威慑。

终于有一天，Polo抖了威风，把于多多摁倒在地，确立了自己作为新老大的权威。于多多被迫"让位"，眼睛里流露出哀伤的神情，我赶忙跑

人在江湖

过来安慰于多多，把他抱在怀里，让他知道我依旧是很爱他的。

此后，Polo成了家里的老大。

我看着这几只狗狗相处，觉得很有趣，也很温暖。虽然他们之间有这种"老大之争"，可却也只是口头上神情上的扮凶，他们平日很友爱，并不打架。

不轻言放弃，就能创造生命的奇迹

Polo来的时候比于多多更弱更小，抚养他长大，还经历了性命攸关的惊险考验。在Polo刚到我家几天的时候，他竟然拉肚子了。他身体虚弱，伏在我身上发出低声的哀号，似乎在诉说病痛，又似乎在求救。

我非常焦急，赶忙带他去看病。大夫说Polo得了细小病毒感染，他太小太弱了，基本上没有希望。

可Polo还这样小，怎么能就这么离我而去？

我不放弃，要求医生给我开药。医生拗不过我，给我几支青霉素，嘱咐我隔六个小时打一次针，或者还有希望。当时我正要去到山西去拍摄《民工》，马上就要启程了，家里没有人照顾Polo，这怎么办？我只有带Polo走。路上他发烧了，冷得瑟瑟发抖。我用毛毯把他盖起来，抱在怀里给他取暖，严格遵照医生的嘱咐每隔六小时打一次针。他病得很重，哆哆嗦嗦地根本无法吃饭，我就用注射器喂他豆浆和牛奶，Polo懂得我在对他好，乖乖咽下去。

夜里我也不敢懈怠，隔六个小时就起来给他打针喂食，期盼他不要放弃，能好起来。但Polo一直在发抖，我既心疼又忐忑。

这样一直打了三天针，我一路抱着Polo，从北京抱到了山西的拍摄地。到了第三天，奇迹真的出现了！

第三天早上，Polo睡醒了，晃晃悠悠地站起来跑到院子里去尿尿。太阳地里已经有些热了，Polo也不怕热，如厕之后便趴在地上晒太阳。

我又惊喜又欣慰，Polo病情好转了！

第四章　真，是最强大的力量

我的Polo战胜了病魔！创造了生命的奇迹！

他那么地渴望阳光，渴望享受生命，他那么地热爱这个世界！

一只小狗，尚且有着如此强烈的求生欲望，何况是万物之长的人类呢！

人生在世，总会经历很多挫折打击，有很多伤害遭遇，可是只要有阳光，有对美好生活的渴望，有对未来的希冀，不懦弱逃避，不轻言放弃，就能够创造奇迹！

Polo从此好了起来，只是留下了后遗症——特别怕冷。此后，他一直都跟我一起睡，每天一到睡觉时候，就早早地钻进了我的被窝，冬天总是钻进去露个小脑袋，一直要等着我躺下了才睡，夏天夜里热，他也一味躺在我的旁边。有时候会惬意地躺在我的胳膊上，仰面朝天地睡着了，就像一个小孩儿。

人在江湖

是啊，他就是一个小孩子，是我的小孩子！

经此一事，Polo与我算是性命相托的亲人了。他跟我的感情越来越好，一刻也不愿与我分离。我去拍戏，把他安顿在车里，他在车里很焦急地望着我的方向，看到我的时候会大喊，"爸爸！爸爸！"

剧组的所有人都知道，我有一个跟我一样长着胡子的狗儿子。

狗中侠客

我就这样把Polo带大了，Polo长大了，健壮了，虽然只是一只体型很小的狗，但洋溢着英气和勇敢。

或许是从小就经历过生死，也或许跟随我在剧组染上了几分侠气，一旦遇到其他的狗挑战，Polo毫无畏惧，拼死相搏。即便面对的是那种有几个Polo高的大狼狗，他也根本不惧怕。

有一回狗儿子们路遇几只大狼狗，于多多仗着我们人多，就跑到大狼狗面前挑衅，对着大狼狗嚎叫示威。狼狗急了，就要与我这三只狗儿子宣战。

于多多和Toto见状，脚底抹油一路狂奔，溜了。

Polo这老大还是很有气势，毫不胆怯，直接扑上去跟大狼狗干架，结果被大狼狗咬得遍体鳞伤。幸亏我在附近，闻声过来赶走了大狼狗，抱起Polo到医院救治。

我把他救回来送到医院缝合。当时没有麻药，只能摁着Polo干缝，Polo眼里蓄满泪水，对我眨眨眼睛，他知道我这是在治疗他呢！

那样的疼痛之下，Polo既不哭泣也不反抗，实在是个真"爷们儿"！

我心疼Polo，也暗暗敬佩他的勇气，无论怎样强大的对手，也无法吓退一个真正的侠客。Polo回家见了于多多，张口便吼，责怪他捅了娄子要别人收拾，于多多也自知做了错事，默默地走到一边去。Polo可以说是狗中侠客了。

人们养狗陪伴自己，但很多人还没有Polo忠勇正直呢！

狗狗的爱是那么无私真诚

说Polo是狗中侠客，不仅因为他的勇猛，更因为他重情重义。狗狗对主人的忠诚和保护，是那样的纯粹和尽责。

有一回我到停车场停车，那个停车员对我指手画脚地发号施令，语气很不友善，说话十分粗鲁，Polo发现了这个巨大威胁，从开着的玻璃窗跃出去咬了这个停车员。他是害怕我被这个停车员欺负，用自己的方式保护我呢！

我赶忙给停车员赔礼道歉，赔给他钱去打针，但心里非常感动。

狗狗的世界真的很简单，狗狗的爱那么纯粹浓烈，狗狗的爱是那么无私真诚。

他们的爱是无条件的亲近，无条件的保护，无条件的顺从，他们的爱是将自己的性命托付，他不需要主人给他们美服华裳，也不需要主人给他们美食荣耀，更没有权势地位的观念。只要能够与主人相处，他们便很满足。

所以，千百年来人与狗能够相互依赖、心意相通。

后来我因为离婚而没有能够把Polo带在身边。

前天我得知，Polo已经在上周永远地离我而去了……

Polo，我知道你心里一定在想念我，原谅我没有去看你……

陪伴狗狗走完生命的轮回
愿你们在天国安好

我的三只狗儿子陪伴了我十几年的生命，我也陪伴他们走完了生命的最后一程。

养一只宠物，就是要完成生命之间的互相托付、互相信任、互相依赖。靡不有初，鲜克有终，一个内心有温度、负责任的主人，会与他们相依相伴，也会送他们走完生命的最后一程。

人有生老病死，每个生命都会有生老病死。既然有缘在尘世间相逢相伴，既然得到过爱与信赖，就理应完成陪伴与关怀，陪他们走完这一个生命轮回。

Toto的神经受到了损伤，老了以后得了癫痫，发病时候很痛苦，这种痛苦一直持续了半年多的时间，我给他买最好的药吃，才稍稍减缓一点。后来他还是因此去世了，走得安静祥和，希望来生他不要再遇上苛待他的主人。

Toto，来生你还会记得我，对吗？

于多多更是可怜，年老后患上了心脏病，发作起来很没精神，我发现

第四章 真，是最强大的力量

后送到医院，医生说他得的是心脏病，已经无法医治了。

多多是只爱干净的狗，临死之前，他的腿在保温箱里刨，眼睛请求着我要出来。我把他抱了出来，放到地上。他去上了个厕所，然后回到箱子里，很快就去世了。

多多，感谢你当年选择了我；因为你，我才拥有了这么多只狗儿子，愿你在天国安好！

于多多和Toto这两个儿子相继去世后，都埋在我的院子里，我不愿他们离开，希望他们仍然能够陪伴着我。

我的三个狗儿子都去世了……

狗狗们去世的时候，我真的无比悲伤。看着他们一点点长大，在身边

人在江湖

玩闹耍怪；看着他们无忧无虑，自由自在地追逐打闹；看着他们偶尔闹小矛盾，要我这个爸爸出马调解；看着他们一点点变老，逐渐腿脚不便，行动缓慢……

现在，我已经很难鼓起勇气去养一只狗狗了。经历他们的离去真的太让人心痛！看着他们那么纯真、那么干净的眼睛，那么无奈、那么急需求助的眼睛，却无可奈何，只能看着他们离开，撕心裂肺！

这三只狗儿子陪伴了我十几年的生活。十几年，世事变幻，白云苍狗，物是人非。我们经历了很多悲欢离合、起伏跌宕、人生波折。

但这十几年的生命，对于狗狗来说很简单，他们的世界只有主人，他们用自己的生命和纯粹的爱跟随着我们，陪伴着我们，用自己全部的生命陪我们走过了一段人生。

我的三只狗儿子，除了Polo我没能陪伴他到生命的最后，这一路相伴，没有遗憾。

在与他们相处的日日夜夜，他们用最好的自己陪伴着我，我也已经用尽全力给他们最好的爱和陪伴；陪伴是最长情的告白。

万物皆有灵性

众生平等，万物有灵。

人类和浩瀚众生都是天地造化，每个生命都有灵性，只要心里怀着对他们的爱，就能感受到他们的温暖，他们的温情。

只要心中有温暖，有博爱，他们也会愿意与你亲近交流。

动物的世界没有杂念，他们的眼睛中有着最纯净的世界，有着最纯粹的情感。

很多动物忠勇刚烈，生死相随，比某些人更高贵，更有骨气，更值得

人在江湖

称颂！动物的爱那么纯粹，那么纯净，那么全心全意，不会虚伪，也不会背叛。

　　动物可能不会说话，但是他们会用眼睛，用他们的爪子、舌头，用他们的叫声和拥抱来表达对我们的爱。

　　他们与我们一样带着老天赐予的灵性与慧根，值得我们用心珍惜，真心相待！

路有迷惑重重，你我但问初心

人非生而知之者，孰能无惑？

或是时移势迁的变换，或是知识理性上的不足，或是道德选择的困境，或是人生价值的摇摆，或是哲学层面的"天问"，人生总是伴随着迷惑。迷惑令人惊惧、惶恐、怀疑、痛苦，但从生命的成长来看，有"惑"才有获。正是在一次次廓清迷惑的过程中，生命的智慧不断增长，内心的追求更加明朗，经验更为丰富。一次次拨开迷雾，才更看清自己的内心。圣人说，知者不惑。解惑的过程，也正是坚定信念、丰富生命的过程。

人生的重重迷惑中，又有两大迷惑期，这两大迷惑期，是在不同的问题上求索。

年轻时候的迷茫、彷徨，是因为心性未定，阅历不足，懵懂无知，梦想模糊；行至中途的迷惑、质疑，是因为路途复杂，诱惑重重，智慧不够，意志不坚。

欲循道而平驱兮，又未知其所从。

然中路而迷惑兮，自压桉而学诵。

年少的迷惑，还有着充足的光阴去探索，还有大把的青春去思考；但人生中途的迷惑，却不能不慎重面对，不能不审慎看待！我见过许多大有前途的文艺工作者，在取得一点成绩之后心生迷惑，中途迷惑而误入歧途，最为可惜可叹！

人在江湖

艺术是对社会的鞭策。作为艺术工作者，心要有责任感，坚持不媚俗、不倒退。

中途迷惑
是生命常见的境遇

夫天地者，万物之逆旅也；光阴者，百代之过客。人生是一场取经之旅，每个人都是行者。你我原本都是秉承着初心出发，可路上种种遭遇，重重荆棘，很多人不知不觉被分散了注意力，搅扰了心绪，更有甚者，将沿途种种直接变成了生活的主题。

有多少人就这样随波逐流，在生活的烦琐中，在世事的迷雾里，迷失了自己。更有甚者，误入歧途，把自己变成了另外一个人——丢弃了出发的初衷和生活的信念，全然忘记自己是谁，更不知道想要什么了。凡此种种，不一而足。最令人唏嘘的是，某些人为了某些目的，甚至可以做下违背初心，乃至违背良知的事情。

而当时为之踏上征途的初心，却在日常的琐碎和消磨中，变得越来越淡漠，悄无声息中，行者们与自己心中的理想渐行渐远。

孔子自言"志于道"，正是那坚定的志向和信仰，让这位圣人在几次遭遇被困被围的境遇、遭遇财色权钱的诱惑时，仍然把握着正确的方向，不动摇、不迷惑、不迷失，以坚定的信念和信心等待智慧的增长和经验的积累，终有一日可以不惑于心。

能不惑的人
一定是能看清内心的人

让人失去方向的重重迷雾，不仅可能是路上的障碍，还可能是世俗的成见，可能是旁人看来不错的道路，可能是物质的诱惑，可能是虚妄的表象……然而看上去光明灿烂，和乐美好的前景，却可能阻碍行者抵达内心的理想。

阻碍抵达内心理想的，往往都是迷雾。

看清和明了自己的内心，才能穿透迷雾，看到那条通往理想的路。

人在江湖

人间这场游戏，心才是通关法门

人生如梦，短短数十载，贫贱显荣，热闹一场。

洒脱点来看，人生不过一场游戏，其中的纷争浮沉，最终化为乌有，曾经的波澜澎湃，最终归于平静。对于死亡寂灭的焦虑促使人类不断进行着寻求不朽的努力，而人类所谓的名垂青史，相对于苍茫宇宙也是微不足道的。

对于这场游戏，不可不认真，不认真则百无聊赖；不可太当真，太当真则堕入苦海；更不可较真，一较真便烦恼丛生。

今天，我们来聊聊这场游戏。

首先，这是一场相对公平的游戏，游戏的起点和终点保证了所有玩家的相对公平。

出生，赤条条跌入红尘里；

入死，落了片白茫茫大地真干净。

这中间几十年的红尘滚滚，就是游戏的过程。

老天的骰子

父母由老天随机分配，家庭条件和初始拥有的财富也随机决定。

老天深谙人间游戏的真谛：这场游戏中，财富和身份地位，并非最重要的资本。能不能玩好这场游戏，与此有关，但在根本上又与此无关。

选择自己的角色

父母和初始设定是上帝随机决定的，而成为什么样的人，却是自己决定的。

打好这场人间游戏的方式有无数种，在这件事上老天给予每个人充分的自由：老天不负责定义角色，每个人都可以设定自己人生的意义，选择自己最喜欢的那个角色。

大多数玩家会选择扮演某个角色——学生、老师、工程师、程序员……这部分人在一定程度上是分裂的，他们需要时而戴上面具，时而摘下面具，经受着自身分裂带来的焦虑。认真而才华非凡的那部分玩家，会在自己的角色中获得尊重、地位和快乐。

高级一点的玩家会说服自己成为某个角色，进行着知行合一的努力，因为身心融合的程度更高，他们伪装的时间减少，内心的焦虑也更少。然而他们仍然要按照社会已有的轨道去定义自己，并没有完全释放出自己的天性和潜力。

最高级的玩家，则无视以往玩家创造的角色——他们选择成为自己。对自己真实，不做作，不逃避，追求自己真正的心之所向，赤子之心，纯净天真；对世界真实，不虚荣，不伪装，向世界展现真实的自己，表里如一，真诚洒脱。

那些真正成为自己的人，甚至会得到其他玩家专门为他们发明的称谓——第一位女摔跤手，第一个导演……在人间这场游戏中，为后来的玩家留下一个角色。

如果宇宙存在更高的维度，或者时空本来就是多种维度交织的存在。人作为宇宙的产品之一，蕴含着非凡的能量，完全遵从自己的内心释放性灵的人能带来更多的能量，这部分人甚至能够改变游戏的设定，当他们的能量足以改变宇宙的运行规则，就成了古之圣贤尊崇的"参赞化育"之人。

其实三种游戏方式都无可厚非，毕竟游戏的成功，还在于打好自己的

人在江湖

角色。

打好自己的角色

通关的过程会有无数的考验和障碍，每个难关都面临着风险和困难。
坚持或者放弃，每个选择的关口，都是成就自己的努力。

通关的磨难，在理想与现实之间不断摇摆的鸿沟，在"想"和"能"之间反复调试的平衡，在对于自己角色的怀疑和其他玩家的羡慕甚至嫉妒：比较心生，计较心起，便很容易让人忘记初心，忘记该如何将游戏玩下去。不忘初心和意志力在这个过程中就尤其重要，而最初正确的角色选择，则保证了面对重重困难，玩家可以顺利通关。

登上高峰，看到人生实苦

人年七十古稀，我年七十为奇。
前十年幼小，后十年衰老；
中间只有五十年，一半又在夜里过了。
算来只有二十五年在世，受尽多少奔波烦恼。

——明·唐寅

经历过困难和奋斗，很多玩家都可以登上人生的高峰。权势地位，家庭责任，曾奋力追求的一切都似乎有了结果。然而，登上高峰之后，等待玩家的不是想象中的轻松自在。而是仍然如影随形的波折烦恼。人生这场游戏的真正残酷之处，不是奋力通关，卡在低处；不是全力追逐，一无所获；而是登上高峰，却看到人生实苦，过上梦寐以求的生活，却发现并非人生的真正快乐。

登上高峰，看到的是，只有内心通达，才能真正自在。
因为这场游戏的通关法门，并不在于所谓的高处。

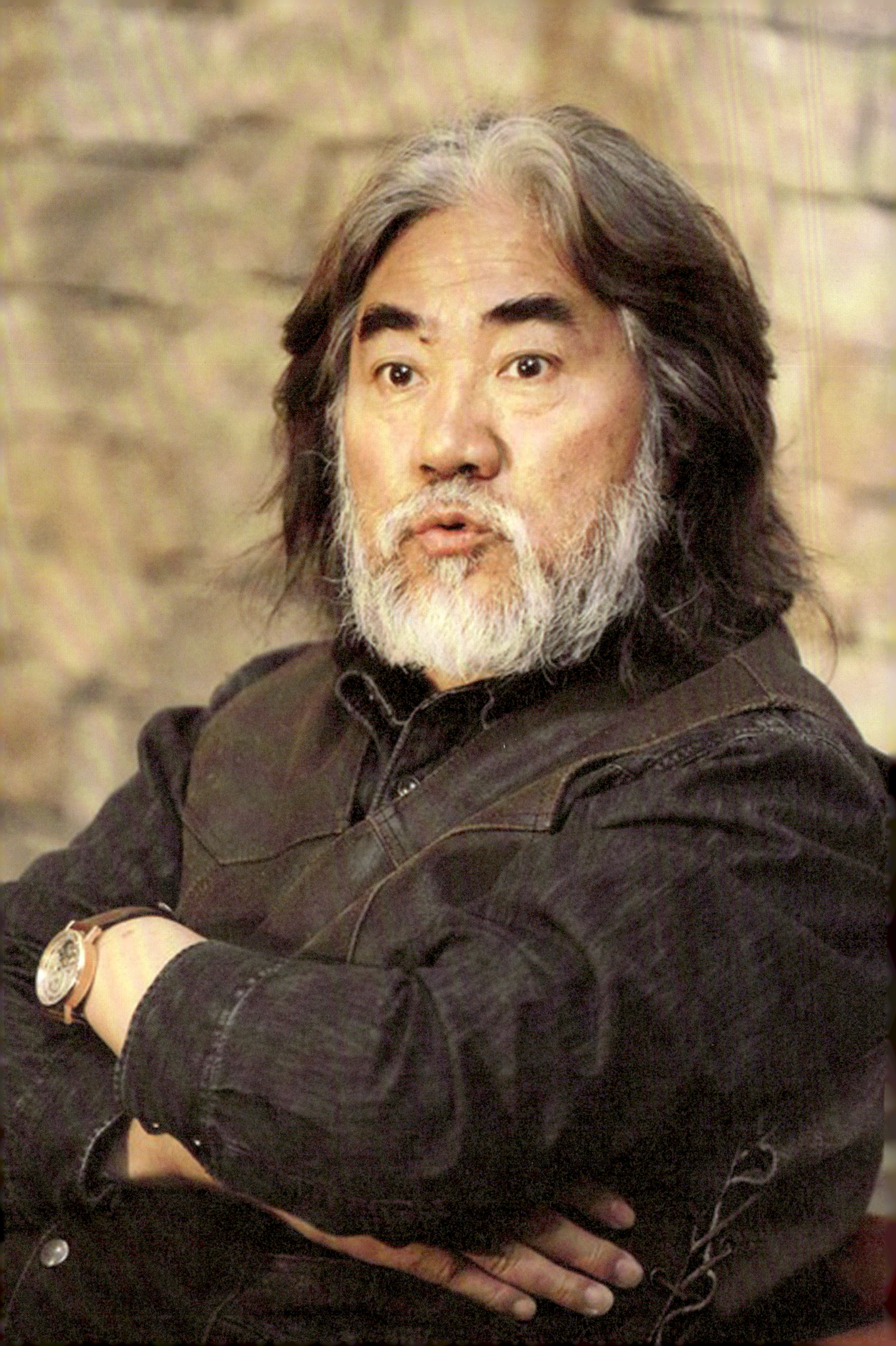

人在江湖

心——通关法门

车尘马足富者趣，酒盏花枝贫者缘。
若将富贵比贫贱，一在平地一在天。
若将花酒比车马，他得驱驰我得闲。

——明·唐寅

人们终于发现，有得必有失。一场闲富贵，狠狠争来，虽得还是失；百岁好光阴，忙忙过了，纵寿亦为夭。

玩家们终于发现，所谓的轻松自在，不在金钱地位的更高处，不在繁华显贵热闹处，而在"斜月三星洞，灵台方寸山"——心上。

悟入无坏境界，一轮之心月独明。迷则乐境成苦海，悟则苦海为乐境，苦乐无二境，迷悟非两心，只在一转念间耳。

这一场人间游戏，若不修心，无心境提升，不过是在不同时空翻腾轮转，起伏煎熬罢了。

只有真正提升心的修行，才不枉在人间游戏一场，心若自在安闲，无论境遇时空，都能向忙里偷闲，遇缺处知足，操纵在我，作息自如。

心念一动幻相生。

得失无常，亦真亦幻，这人间一场，何为则游戏？何为则现实？何为则虚空？

无用之用，是为大用

人皆知有用之用
而莫知无用之用也

在这个社会，人们着急于有用。我们从小受到的教育，是要成为"有用的人"；我们会筛选人际关系，留下"有用的"朋友；我们会整理东西，留下"有用的"。"无用"被我们弃之敝屣，但殊不知，无用之用，是为大用。

世界上所有美好的东西
都是无用的

若用功利的眼光来看，世上只有下名利、欲望，则未免乏味和无聊。江上之清风与山间之明月，青山秀水，谈不上有用；万紫千红总是春，花开万点，谈不上有什么用；饮酒读诗，谈不上有用；知己相逢，意气相投，谈不上有用；一超直入如来地，瞬间妙悟，谈不上有用；文艺经典，震撼心灵，鼓舞精神，也谈不上有用。康德说："美是一种没有目的的快乐。"

所有的美，都谈不上有什么用，但这些无用之物，却给心灵最深刻的滋养，却是人生最本真的美好。

有之以为利，无之以为用。

无用之用，是为大用。

在人生走向深沉广阔的路上，怀着一颗功利心，难免荆棘密布。得失计较，会蒙蔽双眼；起心动念，会搅扰内心。功利计较之心，会遮蔽理想信念之光。

君子不器。

计较只做所谓"分内"的事，好高骛远，看不上点点滴滴的小事，会把路越走越窄，限制了自己的发展。

君子之交，同气相求。

趋炎附势之徒，蝇营狗苟之辈，既非真心，也难得真情。交友无分高低贵贱，只应性情相合，无关"有用"。

无利害，无人无我

对于文艺工作者来讲，作品是我们的生命，过分计较个人得失，而影响到艺术质量，是件得不偿失的事。计较心、得失心，会让人生的路越走越窄，计较几分用心和工夫，可能错过"大用"。从人生的"大用"来讲，没有一步路是无用的，没有任何经历是无用的。这些看似无用的付出，最终成就的是"大用"。

过去我在农村的经历、上山下乡的经历、当老师的经历、拉大提琴的经历、当演员做编剧的经历，都没有白费，这些经历让我对一部戏的各个环节各个方面都了解，在所有的工作人员面前，都不是外行，所以能够去监督和参与各个环节。直到现在我也一直保持着乐于学习的态度、勤于学习的习惯。无论是多么微不足道的小事，在亲力亲为的过程中，都会丰富心灵世界，拓展人生的可能。对社会生活的方方面面都保持浓厚的兴趣，这些点滴的了解和积累，可能会为解决问题提供一条道路，为人生提供另一条可能。

一份付出就有一份历练，一份历练则会多一分希望，多一种人生的

第四章　真，是最强大的力量

武侠，是中国人千百年来追求的气质。

人在江湖

境界。

放下得失心和计较心,去修身养德,去滋养生命,为理想而战,为艺术而活。

接纳方方面面的信息和机会,去追求人生的广度和深度,提升生命格局和生命境界。

艺术创作的理想境界正是:"此时之境界,无希望,无恐怖,无内界之争斗,无利害,无人无我。"

海德格尔说,人对无用者无须担忧。凭其无用性,它具有了不可触犯性和坚固性。因此以有用性的标准来衡量无用者是错误的。此无用者正是通过无物从自身制作而出,而拥有它本己的伟大和规定的力量。以此方式,无用性乃是物的意义。

用美照亮生命的荒芜

席地芭蕉触微凉
把盏疏狂瓜果香
清静暂将琐事放
把盏吟诗乐一晌
心有山林野趣长
禅意悠然浮生畅

——心中有山林，处处是野趣
心中有美感，处处和乐地

我们需要有美感的生活

春日花香，夏日蝉鸣，秋日赏月，冬日赏雪。凝望日出，静观日落，弹琴听茶，捕鱼采莲，躬耕陇亩，月下读书……即便是在生命最困顿的时刻，我们的祖先仍然能够享受与美同在的艺术化生活。

然而，在物质极其丰富的今天，我们却离生活的美感越来越远。

城市的生活并不贫乏，灯红酒绿，推杯换盏，在声光电的刺激下释放压力；或者还有忙不完的应酬，加不完的班，透支身体精力为生存和欲望买单……

浮躁和喧嚣中，钢筋水泥拘禁了人们的身体，金钱和物欲拘禁了人们的心灵。实用主义和利己主义完全占据了头脑的高地，成为横亘在生命诗意和美中间的一道高墙，在对金钱的急功近利和趋之若鹜中消解了生命原本的美。

艺术离我们越来越近
我们却离艺术越来越远

从来没有任何一个时代像今天一样，每个人得以自由地欣赏美，欣赏艺术。无论是阳春白雪还是下里巴人，通过手机和互联网，每个人都能迅速地看到、听到、感受到自己喜欢的艺术类型。

但也从来没有任何一个时代像今天这么功利现实，物质欲望裹挟了生活，名利之心蒙蔽了生命。

最关乎生命本质和存在的艺术和美，被离奇地抛弃和遗忘。

艺术离我们越来越近，我们却离艺术越来越远。

我们的民族文化中
流淌着追求美的传统

青铜彩陶，园林建筑，戏曲小调，水墨书法，诗词歌赋……千百年来，我们的祖先创造了无数的艺术精品，用高雅的、朴素的、性灵的、质实的、素雅的、璀璨的艺术创造装点生命，抒发性情，给我们留下了无穷尽的艺术宝藏。

气韵生动，阴阳和合，虚实相生，冲淡典雅，我们有着形态各异的艺术审美样式；报国豪情，凌云壮志，我们有着边塞的壮烈；田园野趣，自得其乐，我们有着桃花源乌托邦的恬淡；困达穷通，豁达通透，我们有着看淡一切的智慧妙悟；风清骨瘦，狂狷疏朗，我们有着洒脱不羁的情怀；世情人生，生活百态，我们有着丰富实用的生活艺术……

在生存的谋略之外，我们民族还拥有着这样的传统：将生命的力量和热情投入到欣赏美和美的事业中，为着更高的生命和美，为着永恒的诗意和无尽的时空，为着辽旷的宇宙和寂静的深夜，为着生命的苍凉和轮回的哲思……

用美照亮生命的荒芜

面对美而毫无感触，是一个民族的悲哀。

面对美而毫无感触，是生命的无趣与荒芜。

无数艺术珍品、名家名作，只需在网上动动手指就可以领略，但越来越多的人却对此视若无睹，置若罔闻。

因为美没有用。

美不能带来立竿见影的好处或者利益，却能给生命带来最深刻的滋养。

美不能直接照亮道路或指明方向，却能超越有形有限的人生，引领精神进入无限的时空。

美不能马上疗愈心中的创伤，但却能给心灵最全然的释放与滋养。

其实，拂去功利得失的阴翳，美是生命的本能。

正如，凌晨四点钟，看见海棠花未眠。

人在江湖

真实是最强大的力量

母亲对我的影响如春风化雨，浸润了我的心灵和人格。母亲传授的很多智慧如烙铁般印在了我的心里。有一句话至今仍然时常回响在我的耳畔，这句话也是很多母亲教过孩子的道理："做人要诚实，不能撒谎。"

这是一句最寻常的话，却蕴含着最丰富深厚的智慧。

再美丽的谎言，也不如丑陋的真实

也许很多人都有过类似的经历，小时候为了显示自己的与众不同，会撒一些小谎，自以为得逞了，为之沾沾自喜甚至得意洋洋。其实母亲一眼就看穿了这些把戏，教导我说："这句话你一辈子要记住，再美丽的谎言，也不如丑陋的真实。人，要做到不说谎。你可以不说，但是只要说出口的话，就要是真话。"

再美丽的谎言，也不如丑陋的真实。母亲的话醍醐灌顶，一针见血。做一个假人，还是做一个真实的人，虽然只是在一句话、一件事上有不同的选择，却是完全不同的局面。

撒谎的事，别人不会忘掉

总有人如小孩般，为了虚荣，为了面子，为了抬高自己，会撒谎；有

第四章　真，是最强大的力量

任何复杂的表象都归于单一的本质。

的人为了名声，为了利益，也会撒谎，会伪装。

真实也是最脆弱的存在，一丁点虚伪的触碰，都会打碎真实。

母亲曾深入地给我讲过其中的缘由：

"你撒谎的时候不自觉，但你撒了一个谎，要编很多谎来圆这一个谎。"

"撒谎的事，你会忘掉，但别人不会忘掉。"

一旦开始撒谎，一旦开始虚伪，就如同搭上了一辆刹闸失灵的下坡车，除非跳下车来，否则难以停下，若是遇到乱石深壑，还有可能车毁人亡。

真实是最强大的力量

在人生和工作中，我始终保持着热情真挚——我认为这是作为一个制片人最重要的品质，也是我这么多年南征北战的法宝。

活得真实，其实是人生最强大的力量。

所谓真正的内心强大，要义就在于真实。

追求自己真正想要的东西，为了自己的理想前行，真实地做自己，不撒谎，不伪装，不为得到什么而费尽心思，不为计较什么而心神俱疲，内心通透而前路光明，坦坦荡荡而无所畏惧。

追求自己真正热爱的理想，所以这路上的每一个挑战，都是成就自我的宝藏。真诚真挚地待人待己，只为共同的理想而竭尽全力，不因个人私利而患得患失，所有的困难都可以迎刃而解。发自内心真实愿意去做这些事情，人生就是充满光芒和奇幻的旅途，一定不会累。为了得到什么或证明自己什么而不得不做什么，才会累。

做到强势和把控他人，不一定就是强大。内心的强大一定是真实！

一个真实的人是最强大的人！

五月致青春：
头白仍可称少年，岁岁高唱青春歌

"少年听雨歌楼上。红烛昏罗帐。壮年听雨客舟中。江阔云低、断雁叫西风。"

不同的人生阶段，有着不同的风景。不同年代的青春，也有不一样的滋味。

有的人年富力强却早已暮气沉沉，自认看破红尘，整日一副无聊无趣的愁云惨雾；有的人虽年纪渐长却仍青春逼人，兴致勃勃，热情十足，不曾停下探索世界的脚步；真正对于人生的勘破，是哪怕"鬓已星星"，仍然保持青春的心境。

青春，一个充满了浪漫与梦想的词语，一个跳动着激情、希望、热情的音符，青春通向生命的无限可能性，通向人生道路上无尽的风景，通向内心最真诚的感动，通向生命最真挚的期待。青春的笑容光芒万丈，青春的生活妙趣横生，青春的眼泪也热烈滚烫。

少年负壮气，奋烈自有时。那种征服世界的壮烈，那股笑傲天下的豪情，那份行走天涯的雄心，无不是最可贵的侠气自恃，年少轻狂。正因为有这份狂气，才能有气吞山河的气魄和抱负，才能有兼济天下的风采和理想，才能踏遍九州四海，览尽六合八荒，恨不能将千里江山装入胸中，恣意挥洒。那面对宇宙人生跃跃欲试的胆气、面对浩然天地一往无前的勇气，面对险峰"会当凌绝顶"的志气，都是青春和生命奏起的壮歌！

轻云薄雾，总是少年行乐处。青春是浪漫的，青春的琐碎是洒落时间

人在江湖

　　长河的宝石，闪耀着夺目的光彩，永远有无尽的乐趣。春花秋月，夏雨冬雪，疏星朗月，风轻云淡，桃李春风，把酒从容，目之所及，无处不是最美好的景色；意气相投，片言道合，相见恨晚，便引为知己，不离不弃，便是最诚挚的结交；心有灵犀，人约黄昏，那唯美的邂逅和诗意的相遇，共同交织成青春浪漫的清歌……

　　每个人都曾有青春，可不是每个人都能够保有青春。

　　原本充满美好浪漫豪情的青春之气，为何竟越来越稀缺？人们是如何不知不觉成了油腻庸俗的"中年人"？成了"佛系"青年？

　　世俗名利，欲望责任，举步维艰。

　　依旧是那条路，依旧艰难险阻，困难重重，只不过走在路上的人，已不复青春心境，失去了年少时的心气儿。

　　于是，原本充满兴味的冒险成了难以忍受的煎熬，原本攻城略地的征程成了疲惫不堪的忍耐；原本五彩斑斓的生活成了日复一日的单调……

第四章 真，是最强大的力量

失却了青春的心境，生命越来越陷入无力突破的怪圈，逝者如斯却只剩下无尽的苍凉与哀怨。于是，还未拼命年轻过就垂垂老矣，青年佛系，中年危机，怕和怨越来越多，傲和狂越来越少；琐碎和计较越来越多，性情和豁然越来越少……

失去了青春的心境，处处都是生命的困顿。

青春于心，不曾离去。

与其怀念过往不计成本不求回报的勇气，怀念过往勇往直前的自己，不如打开心窗，从内到外，给心灵洗一次彻彻底底的阳光浴，生命从来充满了新鲜的乐趣和奇迹，刹那花开，惊诧不已。

今日你我都是少年，愿年年岁岁，与君高唱青春之歌。

人在江湖

正言正行，做自己的英雄，当代的侠客

　　风雨潇潇，江湖飘摇。

　　仗剑天涯，任我逍遥。

　　骏马嘶鸣，白衣飘飘，提携宝剑英雄锋芒，抚琴按箫狂歌痛饮，潇洒自在，在江湖走一遭。

　　武侠情怀，是飞檐走壁，仗剑天涯，踏遍三山五岳，路见不平拔刀相助，惩奸除恶，行侠仗义；

　　武侠情怀，是铁骨铮铮，历遍人间险恶，戳穿小人阴谋，担起家国责任，击败流匪敌寇，侠之大者，为国为民；

　　武侠情怀，是光明磊落，坦坦荡荡，以光风霁月的内心赢得敬重，以侠义豪情的为人获得亲近；

　　不用权势地位的眼光评判，不以利益交换得失为念，不计较曾经的错误和真诚的付出，有需要一呼即应、绝无二话，无需太多寒暄，只为一份真情；

　　武侠情怀，是重情重义，诚挚天真，恩怨分明，真心相付便性命相托，知己投契便生死相交，重大义轻生死；

　　武侠情怀，是铁骨柔肠，痴心不悔，一生相守，苦苦等待，一念心动，直教生死相许；

　　武侠情怀，是坚定理想，不忘初心，无论江湖纷争，喧嚣误解，还是风雨如晦，重重打击，都坚定向前，为理想而战；

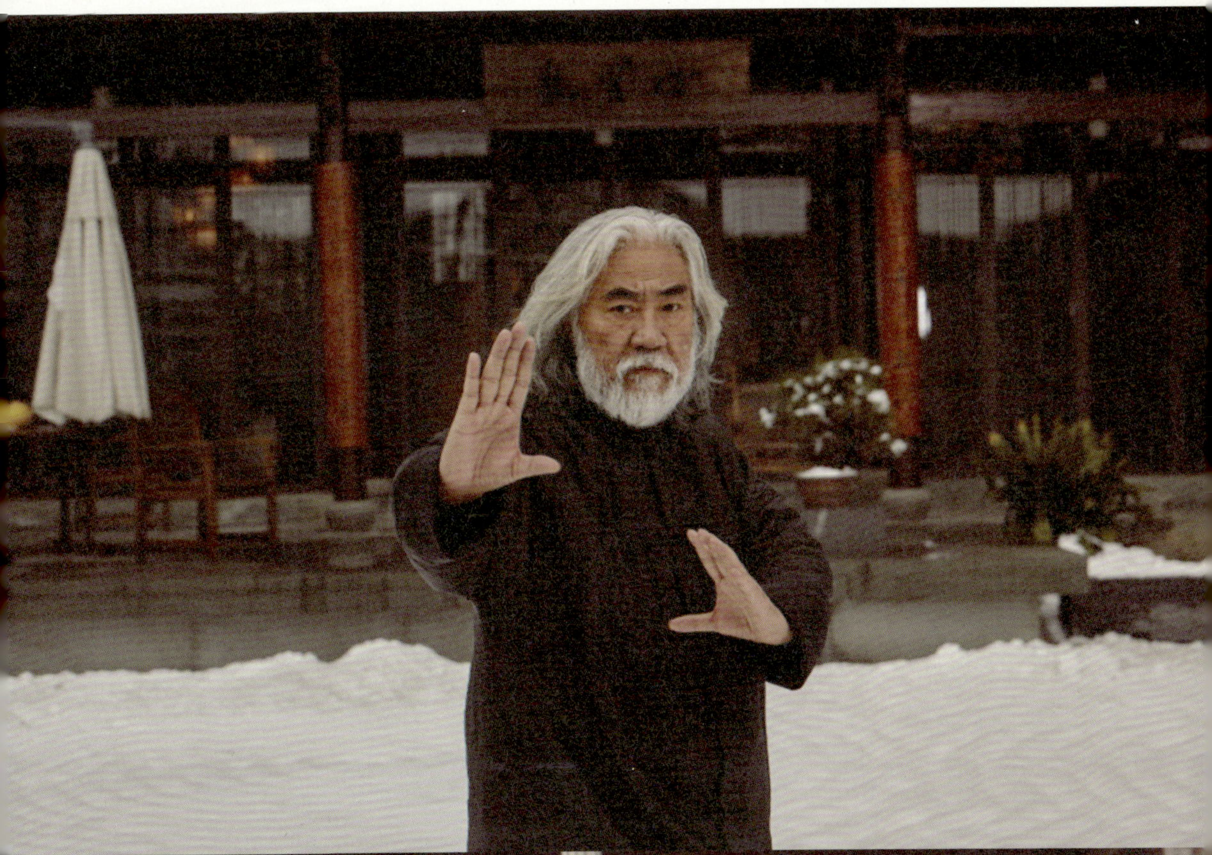

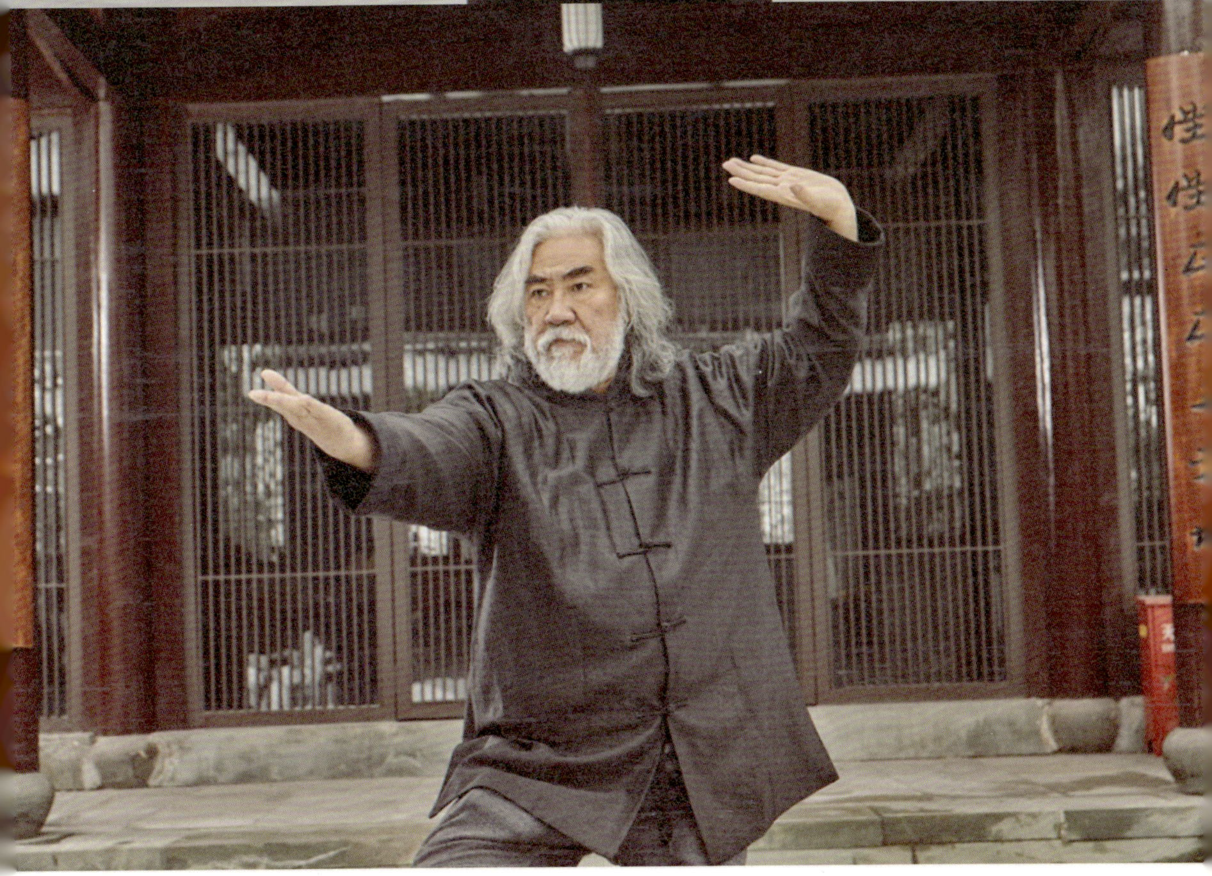

人在江湖

武侠世界，刻写了中国人的血性与豪情，正义与信念，仁爱与不羁，真诚与洒脱，浪漫主义情怀与英雄主义精神，千百年来流传，文化中生长，骨血里传承，激励着一代代热血男儿。

武侠世界，凝结了中国人的英雄情怀。一马奔腾，射雕引弓，天地都在心中。每个人都希望自己是英雄，希望能够伸张正义，惩奸除恶，扶厄济贫，昂然立于天地间。

武侠世界，凝聚了中国文化的意蕴与哲理、哲思与智慧：无招胜有招，爱恨全忘掉，纯心才有秘籍，放下方能制胜……

人人可为侠者

在中国的武侠文化中，侠者从来不必出身名门，也从来不必武功第一，只要有一腔真诚热血，一股侠义情怀，就可以成为一个侠者！

只要心中有侠义情怀，人人皆可成为受人敬重的侠者！

路见不平见义勇为，勇于帮助需要的人，坚守原则和信念，不蝇营狗苟，不同流合污，为国家为社会担起一份自己的责任，就是一个有侠义精神的人，就是当代的侠客！

每一个人，只要心怀正念，有勇气和担当，弘扬和传播正能量，就可以成为当代的侠者。

人人都身在江湖，人人可成为侠客。

传一曲天荒地老，共一曲水远山高。

武侠一梦潇洒红尘，但侠义精神没有边界。

每个男儿，都该有武侠梦，每个男儿，都该有侠义精神。

第五章

制片艺术——用共同理想凝聚人心

人在江湖

制片人的自我认知

制片人就是一块磨刀石

当年在做《笑傲江湖》的时候，写主题曲，易茗写词："一壶酒，一斗笠，一剑飘飘走江湖。"

我当时看了，就想这还用写吗？一个镜头不都有了？我就损他："您这是看图写话呢？这还用你写？"

他写不出来，就跟我急，"啊啊啊，不写了！"我就说："不要急，咱们来看这个怎么写。比如说我们先找一个词核，像'路见不平一声吼，该出手时就出手'。"还有，"像这个武侠啊，能不能也找到一个词核？"

"那，无招胜有招能不能写？"

"能写！"

"好，就写这个！"

然后就有了央视版《笑傲江湖》的主题曲。

计划管理

制片人统筹整个团队进行影片制作，需要使用多种手段去保证工作的井然有序。

制订摄制计划最基础的工作是分析分镜头剧本，然后根据各个具体环节的量化数据进行计划编制和经费预算。拍摄前，制片人根据市场需求计算投入产出，并做出成本预算和策划书，然后制订各类摄制计划。摄制计划一般由前期计划、中期计划、后期计划三部分组成，具体可包括整体计划、月计划、周计划、日计划、机动计划等五类。

整体计划根据人力、物力的情况制订，是用来掌控整个制片周期的前期、中期、后期等各阶段时间长度的重要计划。其作用在于统揽全局，控制摄制周期，保证电视剧在规定周期内顺利拍摄完成。月计划规定了每月任务的顺利完成，周计划则更具体，包括完成的场次、镜头等量化指标。机动计划一般是两至三天的计划，用以之前因各种原因未完成任务的落实，亦可以调整实际拍摄条件下的具体计划。日计划一般在特殊情况下，有内景、外景、日景、夜景两到四种方案作为备选，以此保证摄制组能够严格按计划完成拍摄任务。

由于人员庞杂，临时调整情况多发，拍摄活动可谓牵一发动全身，计划的制订和因各种情况造成的调整，都需要花费巨大的心力；合理制订计划，既要尽可能利用时间，节省开支，又要考虑天气等实际情况，给突发事件一定的处理空间。

团队管理

日程计划之外另一项最重要的管理是团队管理。一个富于创造激情和工作主动性的团队，是拍摄任务保质保量按时完成的保障。制片人是管理者，也是促进者和激励者，团队必须具有明确的目标，要进行有效的分工与合作，还要有不同层次的权利与责任。

拍摄是集体创作，需要团队合作。因拍摄工作而临时组建的团队，往往成员构成复杂，合作时间短，工作强度高，团队之间的差异很大，在管理上也面临着诸多困难。团队管理的要义，就在于带领团队成员将团队目标——创作出优秀的作品，扎根在心中，当团队中的每个人都将作品作为最重要的追求，团队的带领和管理也就事半功倍。其次，团队需要密切协

人在江湖

作，需要分工明确、各司其职，每个人都明确自己的定位，这不仅能提高工作效率，也能够降低因责任不清而造成的矛盾和摩擦。

制片人在团队管理中，需要有很强的领导才能，在问题出现的时候不能慌乱，要做到对事不对人，公平公正，并且维持建设性的建议，使团队成员充满自信，始终对影片的拍摄保持热情和积极性。

团队管理是质量的保证，质量管理是拍摄中最重要的管理工作。

制片统筹八法

> 一切复杂的表象，都要归于单一的本质。
>
> ——张纪中

带领一支队伍完成一部戏的拍摄，是一件艰巨的任务。然而，任何的工作都有规律可循，任何复杂的问题，都有简捷的解决策略。我从几十年的实践中概括出"制片统筹八法"，希望能够对读者、对各位从业人员有所启示。

用共同理想凝聚团队

创作一部作品，是需要严密配合的复杂而庞大的工程。众人拾柴火焰高，如果团队中的人都为共同的事业添砖加瓦，人人各司其职，敬业奉献，大家都能够把自己的工作做好，那么事情的顺畅程度会大大提高；反之，如果工作人员意识不到自己工作的重要意义，难免会偷懒疏忽错漏。千里之堤，溃于蚁穴。当有一部分工作出现错漏，整个团队的工作都会受阻。

每个人参与影视创作的人，都是通过作品实现自己的艺术追求。做一部好戏，是每个人都荣耀的事业。与同仁一道为理想而战，是一件幸运而幸福的事。

人在江湖

换个角度去看，如果参与者能感受到团队中为艺术理想奋战的氛围，自然会将这个项目作为探索艺术发展的作品；而如果团队中的氛围让参与者只感受到拿钱做事的庸俗，那么也自然会将这个项目作为一个赚钱的产品。团队中的氛围根本上影响了每个人对待工作的态度。

古人讲究"天时地利人和"。事情进展得不顺只是表象，深层原因是没有做到"人和"，而要实现"人和"，最好的方式就是树立共同的理想，用理想凝聚人心。

人有超出温饱利益之外自我实现的追求，对于艺术家更是如此。理想主义精神，无论什么年代都能够激发人们的奋斗。

当然，要以理想主义精神凝聚人心，必须要让队伍中每个人都感受到理想主义。理想主义不是空话，是真正看得见、感受得到的。其中的第一步，就是项目的统筹者——制片人，能够真正以身作则，做到一切以作品为中心，一切从艺术理想的实现出发，将个人得失放在作品之后。这句话不是轻飘飘的，是沉甸甸的。

在理想主义的指引下，寻找志同道合的同伴，共同完成一项伟大的艺术事业，若想事半功倍，首先要有这样的精神基础。

指令准确——多思考琢磨

指令尽可能具体准确，对于提高团队的运转效率意义重大。

要保证一个制作团队的高速运转，就要面对纷繁复杂的工作，面对多种专业人士的"指手画脚"。

如果一个乐队的声音达不到要求，应该怎么调整？直接指示"小号抬高两寸"，比任何的探讨沟通都有效。

做到指令准确，要求制片人有很高的专业素养。不仅要知然，而且要知其所以然，知其如何然。

要达到这种境界不容易，尤其在各方面制作高度专业化的今天。不过实践出真知，勤能补拙，多思考多琢磨，善于学习，乐于并善于找到影响效果的因素，才能在遇到问题之时，给出准确指令。

辨证施治——找到症结

我常开玩笑说，制片人有时候就像解决困难的机器，不断解决拍摄过程中的种种难题，保证拍摄的顺畅进行。困难的解决过程就像大夫的诊治过程，需要辨证施治，找到问题症结。

当年拍摄《神雕侠侣》，刘亦菲演小龙女，遇到了很大的困难。我了解过情况之后，要求其他演员帮助刘亦菲，老演员要教新的演员演戏。当时刘亦菲还是新人，面对演艺任务难免紧张，而其他演员的态度则加重了这种紧张。当大家以一种宽容帮助的态度面对这个问题，刘亦菲的状态也渐入佳境。

吴樾演孙悟空时，也面临着迟迟无法进入状态的问题。而越是难以进入状态，吴樾的心情越是焦躁。面对这个难题，我用了一点"制片艺术"：放出风去要开掉他。

当天晚上吴樾给我打电话："我，哎呀，您看怎么办？"

"你看服化道都有问题，其实是你有问题。你不要去模仿别人，要自在。你要想撒尿，掏出来就撒，要让他们找你，不要你去找他们。"

这样一番"处理"之后，吴樾也逐渐进入状态，向我们呈现了一个活灵活现的美猴王。

辨证施治需要了解每个人的目的，情绪状态，问题原因，然后对症下药。而要做到辨证施治，必须先厘清每个人的状态、需求。像家长一般帮助每个人解决自己的问题，清除创作路上的障碍。

把握心理，把控全局

兵马未动，粮草先行。我的剧组有一个传统，尽可能为大家提供最好的伙食。艺术创作不仅要大量消耗身体能量，更要大量消耗心理能量。

人在江湖

一个剧组，尤其是大戏的剧组，是一个情绪的交汇场，日久生情和日久生厌，艰辛工作带来的沮丧、疲倦，不同性格在人际相处中造成的不畅……需要制片人时时把控、适度调试，一方面通过合理的安排尽量降低不必要的消耗，另一方面给出现情绪问题的工作人员进行心理按摩，帮助大家恢复状态。

当然，要解决整个队伍的心理情绪问题，首先要保持自己心情的通畅，感同身受、推己及人。

让所有人都处在一种适度紧张但是和谐的状态中，才能最大程度激发正向心理能量。每个人需要的情绪能量不同，有的人需要尊重，那么相处起来则放低姿态，给到充分的尊重；有的人细腻敏感，说话时要注意场合；有的人需要鼓励，有的人需要鞭策……但无论什么情况，最重要的一点是真诚相待，做事雷厉风行，做人宽和真挚。

做制片人是需要有点心胸和格局的，千万不可在情绪上锱铢必较，不可在与人往来的过程中放大问题，更不可把自己的情绪（如果有的话）过分代入。吃亏是福嘛，在双方交往中，即便真的有些吃亏，让对方觉得占了便宜，只要有益于创作，那就是占了大便宜！

铁面无私，端正风气

公私问题，是所有团队都必须面对的问题，寻找熟悉的合作方，不仅是出于"照顾生意"的考虑，更多时候是出于易于把控质量的需要。在我的剧组，可以找熟人来完成任务，只有一条要求：要做得比市场上其他的合作方好。

举直错诸枉，则民服；举枉错诸直，则民不服。制片人需要坚持原则，这体现在各个方面，最重要的一点：坚持原则，建立起各项制度，在剧组树立规范，树立良好的风气，坚决打击不良风气。

我所指的不良风气，包括不严肃不认真的创作态度，可能影响团结、影响拍摄的业余活动——喝酒打牌赌博，推脱责任的行为，心思不在拍摄上、乱搞感情生活关系……通过定期开会、通报警示等方式建立剧组的记录制度。我还在剧组建立了纠察队，配合当地警方查处剧组中的不合法行为。

保持剧组良好的风气，稳定大家的心态，才能劲儿往一处使，创造多付出、出精品的氛围。

知人善任，至清无鱼

社会是个大熔炉，谁都无法保证团队中的每个角色都是坚强有力的。对于制片人来讲，他的职责是要去用形形色色的人物，激发他们的才华和能量。

在不经意的地方，用一滴水照见整片阳光；在细微之处，观察到一个人的特点，并为之安排合适的岗位。每个人都像是月亮，有光明的一面，也有缺陷的一面，制片人要做的就是帮助参与创作和拍摄的人员充分发挥光明的一面，充分给予机会和创作空间，营造良好的创作环境。至于能否获得最佳的效果？时间是最伟大的作者，会写出最完美的答案。

不是从品德上教育工作人员，所以如果制片人发现某些工作人员在品德上有问题，能做的，一是警告，二就是放弃任用。虽然对于不同的人要有不同的手段和处理方式，但是试图教育和改变工作人员的努力，几乎是无益的。这点忠告，是在历经风霜之后得出的结论。

制片人是整个剧组的领导核心，统筹管理，事无巨细，心中要装下所有的事情，要了解所有人的生理心理特点，在处理起团队问题之时，也必须统筹全局，考虑整体局面。在团队当中，难免有些人不能与剧组同心同德，甚至道德品质败坏，成为害群之马，这些人就要尽快剔除，但是越是素质不高、没有原则的人，处理起来越要不动声色，因为处理不当，就很容易给剧组带来更大的损失，甚至为日后的工作带来困扰。在一次拍戏中，我就遇到过类似情况，原来管理道具采购的人员，偷偷吃了回扣，自认为的小聪明，实际上都暴露在我的眼皮底下，我得知此事之后并未借故发难，而是给此人换了工作，安排此人招呼群演，在太阳底下招呼群演很辛苦，此人便自动反映吃不消，我也顺势让其离开。

这样处理，既避免了正面冲突，又有效止损，还保全了彼此的颜面，而这隐忍的智慧却是作为一个制片人必须要有的素养。

另一方面，对任劳任怨不计较的工作人员，我们也是看在眼里的，他们能够获得的回报，可能是更好的机遇，更好的前程。我常说一句话"难得糊涂""吃亏是福"，其实一个圈子并不是很大，在与人交往过程中的不计较，往往能获得比锱铢必较来得更丰厚的回报。

所以换个视角来讲，无论自认为多么精明，或者耍什么样的小手段，其实在领导眼里，都是无处遁形的。所以面对工作，必须踏踏实实，尤其不能起歪心思，谋不义之财。

当断即断，慎重果决

《水浒传》淘汰编剧，《笑傲江湖》换主演，《射雕英雄传》换导演，《激情燃烧的岁月》换投资人……这些决定都是影响剧组生死存亡的大决定，下这些决定，要承担风险，更要负起责任。

影视行业的每个项目都资金巨大，但这些资金不容浪费，每一分钱都应当花到提升作品的艺术质量上，制片人对投资人负责，更要对观众负责、对自己负责，对剧组中付出生命力和创造力的兄弟姐妹负责，遇到问题当断即断。

制片人是剧组的总管家，这些决定不会有人替制片人做，但是在审慎判断、小心求证的情况下，制片人需要当机立断，尤其是重大的方向性的决定，更要当断即断。

负责任、不推脱、不逃避，在专业素养之上，制片人还要有过硬的心理素质和抗压能力，有果决坚毅的一面，有做出决定的魄力！

分清主次，抓主要矛盾

制片人是管家，任务庞杂，事务烦琐，千头万绪。

除了分工明确、权责到人之外，最重要的是判断方向，抓主要矛盾，在不同的阶段、不同的情况下有不同的工作重点，复杂的情况下，制片人要在千头万绪的问题当中找到最主要的矛盾，集中精力处理主要矛盾。

切忌迷失在众多问题中，没有工作重点，错失处理问题的最佳时机。

制片人是点燃全剧组的一盏灯，为剧组中的每个人照亮方向，在没有办法的时候想办法，在没有方向的时候指明方向，带着剧组人员朝一个方向奋勇攀登，埋头苦干，直到有一天发现自己不知何时已经站到了山峰之上。

制片人就是这样的一个存在，处处都有制片人，处处也都没有制片人。制片人要对拍摄的每个环节都很了解，而且要比团队中所有人都先走一步，先了解情况，这样才能够坚定地知道要什么，才能同大家进行创作讨论，给每个部门的人提出明确的要求。制片人要负责激发团队成员的才华和思考，也要负责统筹整部片子的气质，要把控团队的方向，也要保证团队的团结一致。

人在江湖

制片人必备的素质

每个人都有适合自己的一扇门,打开这扇门就是打开一个新天地,你可以发挥自身的长处,弥补性格的弱项。制片工作,就是一扇适合我的门。

我做过演员、编剧、导演,这些工作都算完成得不错,但却远远没有达到卓越的程度。我做演员不像姜文那样有天赋,做导演不像黄健中那样有悟性,但好在我擅长处理各种事务,统筹各项进展,又了解作品制作的各个环节。事无巨细,任何困难麻烦的处理,都可以胜任。因而,我最合适的位置就是制片,制片人或者制片主任。制片是能够把我所有性格弱项化腐朽为神奇的一项职业,是真正适合我的那扇门。

有媒体评价我是"把制片人中心制引入中国的第一人",制片人中心制当中,制片人要全权负责剧本统筹、前期筹备、组建摄制组(包括演职人员以及摄制器材的合同签订)、摄制成本核算、财务审核;执行拍摄生产、后期制作;协助投资方国内外发行和国内外申报参奖等工作,制片人是剧组的主宰,是摄制组的最高权力者。而在中国的影视界,导演统领一切的情况是常态,真正能做到从头到尾统筹一切的制片人寥寥无几。

因为要统筹一切工作,意味着要对每个环节都要了解,要有全面的专业素质和能力。作为剧组主心骨的综合素质,要懂得剧组各个方面的工作,编剧、音乐、表演、武打、美术……不能说精通,但都得略知一二,不能外行。要做出自己的作品,必须要成为能够把控全局的制片人,成为能做剧组中心的制片人。所以如果有志于做制片人,首先就对这个行业的方方面面都要学习了解,甚至对社会的方方面面都要学习了解。

除了必备的专业素质,制片人还需要吃苦耐劳,要有一定的沟通能力、抗压能力、意志力、凝聚力。

创作的欲望,是一切的根源

作为一个好的制片人,更多的是需要热情和真挚。对工作的热情和对人的真挚,这是一个好制片人的必备条件。与作为制片人的智慧、聪明相比,我更推崇热情和真挚,对创作的热爱。

我在实践的过程中得出一个结论,好的制片人必须是迷恋创作的人,这样才能从感性出发,自然而然地关注、引导全剧的发展。理财也罢,管理也罢,控制拍摄经费也罢,参与角色的定位也罢,一切都是源于对创作的迷恋。而且制片人应当对所有的过程所有的细节都有参与的兴趣,在剧本变成剧作的过程中,每一个步骤都很清楚。

在做制片人之后,一段相当长的时期,我很高产,一部戏接一部戏不停地拍,但即便是在这种高产的背后,每一部戏也都是经过了经年日久的思量和酝酿,经过头脑中反复地想象和创造。就像一个作家可能花几个月写了一部小说,但是花了几十年来酝酿。在拍每部戏之前,我都会形成一个制片阐述和制片方略,在以往拍片子的基础上把握住作品要呈现出的主题、气质和人物。我要比所有人都要先进入创作状态,所以片子拍出来之后,所有人都会感受到这是张纪中的作品。

对每一部作品,我都是花了很多心血的。《西游记》的造型完全是我提出的设想,然后让他们一遍遍地去做。

制片人要在所有人之前做好功课

创造永远是作品形成之源。凡事预则立,不预则废。只有你比所有人

人在江湖

都先去创造，比所有人都先做好功课，你才能跟各个创作人员去谈，能够主导剧本的创作，能够选择出最合适的主创。在创作过程中，我有时候会一遍一遍给各位创作人员讲述我想表达的东西，这一遍遍的表述也是不断地丰富心中理想的作品，也是融汇创作人员意见的过程。

在剧本的创作阶段，也就是跟编剧们共同集体创作的阶段，需要大家潜心创作，保持一定频率的接触和讨论时间。尤其是现在行业中的情况，有名的编剧大多带着自己的一帮"弟子"，辗转腾挪在众多的项目之间，能够聚精会神地创作一个项目，是一件困难的事。我们对于作品的创作，则要求充沛的精力和热情，要以各种方式保证创作人员的投入。

把编剧们聚集在一起，同吃同住同开会，保证创作进度，是我不得不采取的行为限制型创作模式，也是集中主创人员精力，排除外在干扰最有效的方式。在跟创作人员们开会的时候，会遇到很多很有意思的事情，对于创作人员来讲，通常是头脑风暴，天马行空，信马由缰，而作为制片人，就要一方面肯定各位创作人员积极性和价值的同时，因势利导，巧妙地把握讨论的方向，做到既完成讨论任务又充分发挥各位的才华。

当年决定选择杨丽萍来演"梅超风"，最初她不同意，我只好多次做她的工作，最终也是凭着对创作的渴望感染了她和她的爱人，才有了后来剧中充满创意的"梅超风"。

这些创作的过程，无不是在用自己对于创作的渴望感染其他创作人员的过程，这样，创作集体无不是因创作的渴望汇集在一起。当一个集体因为共同的创造集结在一起，才会无往不利。

剧组是个小江湖，也是个大集体，率领这么多人冲锋陷阵的关键，就在于唤起大家的创作热情和创作欲望，让所有人明白我们聚在一起的原因，团结一致，用对作品的热爱和创作的激情去克服阻挠我们的一切障碍。尤其在大家陷入疲乏的特殊时期，制片人就应该成为指挥大家的旗帜，成为团队精疲力竭之时的依靠。我总是打比方说拍戏就像是手里攥着沙子，稍微一松手，后果不堪设想。制片人在这种调整中亦师亦友，而最有效最重要的方式，还是唤起团队的创作热情。

热情真挚：解决人与人之间问题的最佳出发点

其实无论是做大戏还是做小戏，任何一位做制片工作的同行都知道，人心的凝聚是最困难的。有人群的地方就有左中右，更何况像《三国演义》《水浒传》等大戏的剧组，成员来自四面八方，牵涉到的演职人员有上千号人。

以整部戏来说，剧组人员的庞大，拍摄周期的漫长，甚至细到伙食上的众口难调、忌讳的东西、拍戏的疲劳与单调、人与人相处日久生情、日久生厌……这些问题只会一天比一天多地摆在制片人面前。而我解决这些问题的办法五花八门，但是解决问题的原则却极其简单：热情真挚。真挚地对每个人，为大家考虑，许多问题是不能等浮出水面再去解决，而是要在问题还没出现的时候，及早解决。

剧组中相当多的成员是知名度极高的艺术家，艺术家是不能去领导的，他们见多识广，思维敏捷，对任何问题都有自己独到的见解。同时，艺术家也是最感性的人，他们感情丰富，其实也最容易沟通。多年以来，和我结为至交的，大多是那些不能够去领导的人。我敬重他们，对他们，我尽可能为他们提供一切有利于创作的条件，搬走他们前行的绊脚石。

人心的凝聚，除了细心周全、感同身受之外，更需要的是，制片人以身作则，营造良好的风气。上行下效，所有的规则和要求，在上层不遵循的情况下，都无法获得心悦诚服的执行。制片人自己首先要为人正派，金钱不贪，女色不沾，放下私心，一切为作品负责，才能带动整个剧组的风气。制片人是一个集体的主心骨，一个没有主心骨的集体会是一个涣散的集体，随时都有可能崩溃。严重一点说，一个制片人的表现和对于事态承受的能力，会影响到整个事情的进程，影响所有人的心态。

曾有跟我合作过的人戏称我为"周扒皮"，因为本着一切为了作品的原则，要求整个剧组陪着我高负荷运转。剧组的开销极大，耽误一天工夫，十几、几十万开销就出去了，好钢用在刀刃上，我必须保证作品的质量才对得起投资人的信任。但是如果没有以身作则、牺牲自己的利益这些因素在里面，不可能形成团结一心、全力投入的良好风气。我在拍《笑傲江湖》的时候，那天拍许晴有一个拿匕首的动作，导演拍了40多遍，我没看出这第1遍和第40遍有多大的差别，然后我有事走了。我刚走半道就下雨了，我想，他们下雨很可能要收工回家了！这下午才一点半，雨下一会可能就停了，如果收工，那损失很大。我调头开车回来了，路上遇到他们，他们真的在撤退，我下了车，站在那，把那导演叫过来，跟他嚷嚷了有半个小时，他说这不是在下雨嘛，我说下什么雨，太阳出来了，结果太阳真出来了。我说你们就没有这样的一个耐性来等吗？风气非常重要。我经常跟演员说，我说你来干什么来了呢，这又不是度假，我们来，你这个角色塑造不好，你来的价值就是零。

我们有一条不成文的规矩，凡剧组主创人员在戏中客串了角色，不管这个角色是大是小，一律没有报酬，若是有（角色比较重要），也必须是以吃饭的形式，请全剧组人吃光了之。这样，剧组节约了请人的开支，大伙儿也多一个"上镜"的机会，忙乎的人最终也没有"白忙乎"，全体上下都高兴。这也算是节省成本又凝聚人心的"小技巧"。类似于这样的创造，更需要在剧组拍摄的实践中不断去探索。

意志力，绷紧每一根链条

我到今天为止，还没有一部赔钱的戏。所以，我也希望将来我再拍的戏也不要赔钱。因为首先是我们对于制作把握上的要求，还有我们对剧本的要求。其实，这个东西就像一个链条，这个链条中每一个链都要绷得紧，这个车才能骑得快，如果有一个链条脱落了你就掉链子了，所以影视是高风险的行业，它赔钱的概率会比较大。一共十个部门或者十几个部门，有几个部门都不专业的话，就会给你带来致命的打击。所以要把握住每一个环节，就像我们手里攥着一把沙，这个沙就是我们质量的保证，这松一点，那松一点，打开一看，剩的没多少了。所以要把这个东西攥紧，攥得死死的，紧紧的，一点都不漏，这是很难的事情，这在做的过程中，确实是一个意志的考验。你在做的过程中，由于时间的推移，都想省点劲，所以在这样的情况下，谁都可以偷懒，就是你不能。谁都可以有情绪，就是制片人不能。导演可以说我不干了，但是你不能说这个话，你只能说必须干，还得好好干，你还得动员大家一起干。

因而，制片人最重要的素质之一，就是要有坚定的毅力。为了目标不断努力，不放松对自己的要求，不放弃自己的决定，不被人左右。但是这不意味着独断专行，不听取他人意见。投资方的意见、合作者的意见，观众的意见，都要听取。而一旦下了决心，就不能再左摇右摆，听从意见改变了，这时就需要坚持的毅力了，这对我也是一个考验。"失败是成功之母"，我却很不赞同，人一辈子时间有限，我不能拍很多戏，我不能在失败的积累上去换得成功，那样别人为我们的付出就太多了。所以我对自己的要求就是让每一个为我们的戏投资的人，都能为自己的眼光和胆略自豪。这样，投资人上千万的投资才不会付诸流水，而我们艺术创作也因此达到相应的水准，无愧观众的期待。所以，我对每部戏要求都很严格，比如《天龙八部》，已经是巨额投资了，但是因为多场戏的拍摄不合格——我看着不合格，那未来观众肯定不会满意——都进入后期制作了，演员都散了，我还是重新召集重新拍摄，而重拍一次就要花一百多万，而且各方面麻烦多多。如果不这样做，就不是大家看到的《天龙八部》了，这是坚持的一种。

每拍一部戏，了解最多的是我，因为从筹备开始一直到最后的剪接都是我，实际上起到了一个总导演的作用，因为你在把控整个剧的走向、品质还有思想。我看这个段落不可以，我会让导演重拍，或者我让另外的人重拍。前面的那导演拍得不好，我跟他讨论，他还不愿意重拍，那我就换一个人来。我还有别的事情，没有办法事事都自己上阵，但我也要有办法保证事事都在我的掌控之中。因为还有下一部戏的事情，还有很多社会上的事情，跟地方政府（沟通）的事情。每一部戏你付出的心血是看不见的，其实到处都是。

人在江湖

我们行业也像其他行业，的确少有出类拔萃的，一些人拍了几部有名的戏之后就放松了自己，我开玩笑说"有点资本就去蒙钱了"，我绝对不会这样做，哪怕如今仍然如此。前不久刚刚拒绝了一个剧组开价数千万的挂名，我预见到这个剧组如此运作一定拍不出好的作品。我的创作集体也不会这样，有这样意向、有这样苗头的，就不再是我们创作集体的一员了。

不能做一个只会说漂亮话的行外人

我们国家制片人的素质参差不齐，国外的制片人大多由导演转来，有对行业的熟悉，他们对这个行业有发言权。我有发言权是因为我做过演员、导演、编剧，对每一步都会有着一些指导性的意见来把控。对剧组的整个运作系统可以说是轻车熟路，换句话说，一般的事情是瞒不过我的，我不是外行。这一点很重要，你要想在一个行当里面做得好，就绝不可以是一个只会说漂亮话的外行人。

作为制片人，就是把大家凝聚起来，把这些专业人员凝聚起来，做好你的专业，我们就能够不赔钱。所以眼光还是很重要。

这一行就是艰苦

我做制片就没有不困难的时候。举个例子，现在我们选择演员，非常困难的。选演员就好像找对象一样的难，你看中的未必人家能够同意，人家看中的你未必就喜欢。还有时间的因素等等。拍戏当中的困难是无数的，实际上，所有拍电视剧的，不仅仅是我，任何人拍电视剧，都会遇到很多的困难，这种困难是大家看不到的，我们克服了这样的困难，片子上告诉大家，很好看，这个很好看的背后，一定都是很艰苦的。比如说拍《天龙八部》，都是浙江的大山，我估计每天从下了汽车到拍摄现象，走路爬山要爬四十分钟，人们看不到你去爬山，人们只看到景色很好，很美，所以这些困难将来会很多。

像《神雕侠侣》对于我来说绝对是一个噩梦，这不是说我觉得拍这部戏有多遭罪，而是说我们拍这部电视剧同我的前几部金庸剧来说，遇到的困难太大了！从头到尾都是艰苦，九寨沟，我们去的时候正是很冷的时候，那里的宾馆还不接待我们，我们一大帮人只好住在帐篷里，睡在地上，多冷呀！转场雁荡山之后，最大的困难就成了下雨，还有就是爬山，雁荡山是很陡峭的，这个大家都知道，所以我们每天都要花三个小时把所有的器材搬到山上的拍摄场地，而且不能占用拍摄的时间，所以就成了每天晚上的工作，而且还要派专人来守着。到了象山之后，因为要拍大场面，对于天气的要求也就比较高，谁知道还是下雨，已经下得我焦头烂额了！我们大量的工作人员都睡在地上，就是充气，睡在地上。那时候温度是零下3度左右，也没有火，就是一个电褥子，睡在帐篷里。

每拍一部戏都很最艰苦的，每拍一部戏都是很累。你赶上的时候要不就是冬天，要不就是夏天，不是暴热，就是冷。还有遥远的路途。当然这种艰苦，比比皆是，我觉得艰苦不是一个什么标签，因为这一行就是艰苦，冯小刚拍《集结号》，艰苦得简直不能再艰苦了，他自己都说，受不了了，冻的。但是没有不艰苦的事，你坐在家里能拍出这样的戏吗？不可能。

当我们去拍戏的时候，真的觉得是攀爬一个很高的山。你要看这个山那么高，真的是有点气馁。所以我的观点就是不看，你爬就是了，努力地爬，突然有一天，到了，这个风景还不错，但是无人喝彩。但是这个攀爬的过程给你带来的喜悦是巨大而又难以表述的。

解决问题

在内心里，我知道自己的热情和固有的性格完全适合组织、面对、解决各种各样的事情，这是一个制片人必须具备的基本条件。专门单一的创作，对于我这样'精力旺盛'的人来说是一种浪费！

人在江湖

　　职业要求我们必须在纷纭复杂的事务中游刃有余地判断人和事，处理问题，按步骤实施。这体现在宏观的全局把控上，也体现在诸如换角色和处理火灾、台风等具体事务上。

　　制片人有的时候还必须是铁面无私的老板，而且要时时站在现场，要果断地解决可能发生的问题。我经常说的一句话：如果你有智慧，就把它贡献出来；如果你没有智慧，就多流些汗水；如果你既没有智慧，又不愿意流汗水，那就请你自己考虑吧。

　　在剧组发挥不了作用甚至起反作用的人，会被我毫不客气地请出去。上到导演、主演，下到办事人员，都必须有条不紊地服从于剧组整体。

　　电视是遗憾的艺术，其实做制片也是。说不出什么具体不满意的地方，如果当初知道哪里不足就一定会纠正，不可能视而不见的，但拍摄的进程永远是向前的，下一部永远比这部更好，因为在每一次的过程中都会不断吸取教训，不断成长与提高。

第六章

诗意人生

人在江湖

西湖秋歌

秋瘦天远上，
孤月烟水寒。
半生功名著，
思高志尤坚。
坎坷红尘路，
吟啸且徐行。
窗前听叶落，
吾心孰可知。

今秋有感！
张纪中2015秋

雪后抒狂

广汉嫦娥醉飞舞，
随意落花风轻扬。
万千世界一夜老，
披落白发三千丈。

小 年

春风吹度玉门关，
灶神言善上九天。
九州处处同欢庆，
回宫寰宇降福年。

戊戌春节　闲情偶寄

（一）
2018除夕杭州植物园寻梅

枝头一点报春晓，
寒香幽然荡寂寥。
青山隐声听梅语，
静候百花芳菲笑。

（二）
卜算子
杭州植物园寻梅

空山鸟为邻，
小径寻梅笑。
春寒料峭暗香飘，
孤然立枝俏。
傲迎细雪摇，
笑等群芳到。
百花飞舞灿烂时，
她在丛中笑。

2018年2月15日除夕日

（三）
梅

疏枝立寒风，
笑在百花前。
无有争春意，
暗香颂人间。

2018年2月15日除夕日

（四）
饮茶难得闲

室雅何须大，
春风涌入家。
魏紫来做客，
狗年旺华夏。

戊戌初二

探梅超风

跣足探春踏歌行，
梅笑超山风云祥。
春上枝头八九分，
万点红妆伴老翁。
千年不觉寒风苦，
再吐芳华香如故。
此生愿与梅共舞，
留得清气天地间。

游超山

弹剑一曲,
酒千殇。
望超山香雪,
梅可超风。
花开万点,
伴铁骨英豪。
有前人栽树,
为后人留香。

清平乐
清明

风轻云淡,
鸟鸣花烂漫。
思念双亲天堂畔,
清明祭扫再拜。

人在江湖

回想年少时空，
慈母严父家风。
今得祖荫庇护，
他时直飞苍穹。

春日有感

春风扑门抱，
花香入梦游。
细雨垂帘霏，
高枕望溪跑。

图书在版编目（CIP）数据

人在江湖 / 张纪中著. — 南京：江苏凤凰文艺出版社，2019.7
ISBN 978-7-5594-3427-2

Ⅰ.①人… Ⅱ.①张… Ⅲ.①中国文学 – 当代文学 – 作品综合集 Ⅳ.①I217.2
中国版本图书馆CIP数据核字（2019）第042992号

人在江湖

张纪中　著

统　　筹	杜星霖
责任编辑	王　青　梁雪波
特约编辑	杜星霖　徐炳田
策　　划	黄孝阳
责任印制	刘　巍
出版发行	江苏凤凰文艺出版社
	南京市中央路165号，邮编：210009
网　　址	http://jswenyi.com
印　　刷	无锡易杰印刷有限公司
开　　本	720毫米×1000毫米　1/16
印　　张	22.5
字　　数	330千字
版　　次	2019年7月第1版　2021年4月第8次印刷
书　　号	ISBN 978-7-5594-3427-2
定　　价	59.80元

江苏凤凰文艺版图书凡印制、装订错误可随时向承印厂调换